KB111943

푸른 봄의
프러포즈
:너라서 다행이야

푸른 봄의
프러포즈
:너라서 다행이야

초판 1쇄 인쇄일 2015년 8월 25일
초판 1쇄 발행일 2015년 8월 28일

지은이 | 아이수
펴낸이 | 김기선
편집장 | 김은지

펴낸곳 | 와이엠북스(YMBOOKS)
출판등록 | 2012년 7월 17일 (제382-2012-000021호)
주소 | 서울 도봉구 노해로 379, 1005호(창동, 대성빌딩)
전화 | 02)906-7768 / **팩스** | 02)906-7769
E-mail | ymbooks@nate.com

ISBN 979-11-322-2773-1 03810

값 9,000원

YMBOOKS ROMANCE STORY

푸른 봄의 프러포즈

:너라서 다행이야

아이수 장편소설

BOOKS

목차

"다혜와 결혼하라고 하셨습니까, 지금?"

한국의 부동산 재벌이라 하면 세 손가락 안에 드는 임씨가(家)에 들어온 지 딱 16년이 되는 해였다.

세준을 부른 임 회장은 덤덤한 투로 말했다. 결혼하라고.

"결혼이라니……. 그러려고 저를 후원하신 겁니까? 다혜의 신랑감으로 키우려고?"

"똑똑하니 바로 아는구나."

임 회장은 영재 후원이라는 방식으로 세준네 가족을 불러들였다. 그 덕에 건설현장에서 일하던 아버지는 회장 전속 운전기사가, 꽃집에서 시간제로 일하던 어머니는 임씨 저택 정원 관리사가 되었다.

생각해보면 처음부터 조건이 말도 안 되게 좋았다. 아무리 영재 후원이라고는 하나, 집을 내어주고 부모에게 평생 일자리까지

준다는 건 이상했다. 처음부터 손녀사위로 맞을 생각이었다. 그것도 그 자리에 맞게 교육시켜서.

"제가 거절할 수도 있지 않습니까."

"그럴 리 없잖으냐."

세준은 쓰게 웃었다. 속을 다 들킨 모양이었다. 처음 만난 순간부터 짝사랑해왔다. 그런 그녀와 결혼이라니. 꿈이 아닐까 싶은데 거절할 리가 없었다. 하지만 그건 제 마음일 뿐이었다. 다혜는 다를 수 있었다. 아니, 다를 수밖에. 저를 싫어하는 다혜가 이 결혼을 받아들일 리가 없었다.

"다혜는요?"

"무슨 뜻이냐?"

"다혜도 이 결혼…… 받아들였습니까?"

"받아들이다니, 이상한 말을 하는구나. 다혜는 처음부터 네가 결혼 상대라는 걸 알고 있었다."

임 회장은 그리 말하면서 웃었다. 나이를 무색하게 하는 아름다운 미소였다.

"싫으면 거절하면 된다. 그러면 다혜는 생전 처음 보는 남자와 선을 봐서 결혼하겠지."

"……짓궂으시네요, 회장님."

"무슨 뜻인지 모르겠구나."

그녀는 세준이 이 결혼을 거부할 거라고는 생각도 안 해본 눈치였다. 그러니 일부러 저렇게 말해 그의 속을 긁고 있었다. 그를 깨달은 세준은 그저 웃을 수밖에 없었다. 거절조차 할 수 없는 제안이었다. 애초에 답이 정해져 있는데 무슨 말을 해야 할까.

"그럼 받아들인 것으로 알겠다. 가보아라."

임 회장이 대화를 끊었다. 나가보라는 손짓에 세준은 더는 말하지 않고 뒤돌아 나갔다. 서재를 빠져나오자 막혔던 숨이 급하게 터졌다. 문 앞에 선 채로 깊은숨을 내쉬자 회장의 비서가 이상하다는 듯 바라봤다.

16년 전……. 스멀스멀 기어 올라오는 옛 기억에 세준은 피식, 웃음을 흘렸다.

미국 워싱턴에서 열렸던 국제 경영 아이디어 대회(IBPC)에서 우승했을 때였다. 담임 선생님이 막무가내로 서류를 넣었었는데, 무슨 운명인지 그게 통과되었다. 비행기 삯이 적잖아서 포기하려 했지만, 담임 선생님은 무슨 자신이 있었는지 자신이 빌려줄 테니 상금 타면 갚으라며 무작정 세준을 데리고 워싱턴으로 날아갔다.

생각해보면 그 선생님이 아니었다면 세준의 인생은 완전히 다른 방향으로 흘러갔을 것이다.

최초의 한국인 우승자, 그것도 만 12세라는 최연소 우승자였다. 미국의 언론에서 시끄럽게 떠들어댔지만, 막상 한국에서는 손바닥만 한 기사가 하나 실렸을 뿐이었다.

국제대회에서 우승했다고는 해도 그런 일로 주변의 태도가 변하거나 하는 일은 없었다. 운동장 조회 시간에 표창장을 받은 정도였을까. 반 친구들이 미국은 어떤 곳이냐고 시끄럽게 물어보는 것도 하루 이틀이었다.

'이분이 임홍례 회장님이셔. 세준이 너를 후원해주시기로 하셨어.'

그 만남이 있기 전까지는.

인생이 한순간에 드라마틱하게 변했다. 어느 날, 학교를 마치고 집에 가니 어머니가 짐을 챙기고 있었다. 이사를 한다고 했다. 그 회장님이라는 할머니가 사는 집 정원에 아담하게 지어진 단독건물을 가리키며 어머니는 이제 여기서 살 거라고 말했다. 그리 말하는 어머니의 얼굴에 환한 미소가 가득했다.

아버지는 더 이상 공사장에 나가지 않는다며 양복을 입었다. 생전 처음 보는 그의 양복 차림은 어색하기 그지없었지만, 그가 정말로 행복한 듯 웃고 있어서 세준은 그를 따라 웃었다.

'여기가 네 방이야.'

그 방 하나가 예전 집보다도 넓었다. 커다란 방 한가운데에 책상이 놓여 있었고, 그때만 해도 귀하디귀했던 컴퓨터도 있었다. 벽은 두 면이 모두 책장으로 책이 빽빽하게 꽂혀 있었다. 세준을 안내하던 남자는 웃음기 하나 없는 딱딱한 얼굴로 말했다.

'고등학교에 들어가기 전까지 이 책들을 모두 정독해야 한다. 앞으로 방과 후에는 개인교사가 올 거다.'

거부라는 선택지는 없었다. 세준은 이 집에 발을 들이는 순간 그것을 깨달았다. 갑자기 주어진 이 모든 혜택은 자신이 기대를 충족시켜야만 가질 수 있었다. 하지만 세준은 부담을 느끼거나 두려워하지 않았다. 아니, 오히려 기쁘게 받아들였다. 이들이 원하는 건 똑똑한 이세준이었다. 그건 전혀 어려운 일이 아니었다.

'저 아이는 누구예요?'

방과 이어진 발코니로 나갔을 때였다. 정원에 앉아 있는 여자아이가 세준의 눈에 들어왔다. 남자는 흘끗 내려다보더니 처음으로 미소를 지었다. 사이보그인 양 딱딱하기만 하던 그의 표정이 더없이 부드러워지는 것에 세준은 깜짝 놀라 다시 아래를 내려다봤다. 그때, 여자아이가 정원에 비친 그림자를 보고는 고개를 들었다.

'회장님 손녀야. 임다혜. 이 집의 보물이라고 할까, 천사라고 할까.'
'천사……'

세준은 멍하니 그의 말을 따라 했다. 새까만 눈동자와 눈이 마주쳤다. 하얀 얼굴이 새까만 머리 탓에 더 희게 느껴졌다. 흰 원피스를 입고 있어서 그랬을까, 정말 천사처럼 보였다. 붙잡지 않으면 그대로 하늘로 날아가버릴 것만 같았다.

'뭐, 친하게 지내라고.'

그의 말이 귀에 들어오지도 않았다. 심장이 얼굴로 이동한 듯했다. 귓가에서 쿵쾅쿵쾅 요동쳤다. 새까만 밤하늘의 별처럼 반짝이는 눈이었다. 그 눈과 시선이 마주치자 그대로 마음을 사로잡혀 버렸다.

그 꼬마 아가씨가 9살이었다. 이 집에서 또래의 남자아이를 보는 게 신기한 듯 다혜도 시선을 피하지 않고 바라보고 있었다. 그 시간이 몇 초나 될까. 하지만 세준은 16년이 지난 지금도 확신한다.

그 찰나에 사랑에 빠졌다고.

다혜가 환하게 웃었다. 그 환한 미소에 세준은 심장이 고장 나버린 것만 같았다. 예뻤다. 하늘 위에 태양이 있다면 여기에는 임다혜가 있다. 어느새 마음에 들어찬 다혜가 빛나고 있었다.

"사장님, 괜찮으십니까?"

회장의 비서가 세준의 상념을 깨웠다. 세준은 고개를 끄덕이며 그를 물끄러미 바라봤다. 아무렇지 않던 일상이 한순간에 다르게 느껴졌다.

LM건설 사장 이세준.

주어진 기회를 잘 잡았기에 얻은 타이틀이라고 생각했다. 제 노력으로 손에 쥔 줄만 알았다. 세준은 쓰게 웃고는 걸음을 옮겼다.

본관을 나서니 윤 비서가 기다리고 있었다. 회사로 모시겠다며 먼저 걷는 그녀를 뒤따르며 세준은 슬쩍 서관을 바라봤다. 저 푸른 장미 정원 너머에 있을 그녀를 그려봤다. 어렸을 적 모습 그대로 아름답게 자란 다혜를.

그런데 이 모든 것이 임다혜와 결혼하기 위함이었다니…….

세준은 끓어오르는 흥분을 감출 수 없었다. 늘 마음에 소중하게 품고만 있던 그녀였다. 오랫동안 억눌러온 욕망에 불이 붙는다.

1. 푸른 봄의 프러포즈

"다혜는요?"

"아가씨는 아까 징원으로 가셨어요."

오늘따라 청명한 하늘은 구름 한 점 없이 맑았고 바람은 부드럽고 상냥했다. 거실까지 흘러들어오는 바람이 생각보다 기분을 좋게 했다.

서관 테라스 쪽으로 걸어가자 멀지 않은 곳에 다혜가 보였다. 언제나처럼 같은 자리에 앉아 있는 그녀를 몰래 훔쳐봤다. 푸른 옥빛의 정원, 푸른 물이 든 흰 원피스를 입은 다혜. 마치 한 폭의 풍경화처럼 자연스럽게 녹아든 모습에 또다시 가슴이 뛰었다.

사시사철 항상 아름다운 장미 정원은 다혜만의 휴식 공간이었다. 정원과 이어진 테라스의 기둥에 몸을 기댄 채 세준은 가만히 다혜를 바라봤다.

"······왔어요?"

그 시선이 뜨거웠을까. 고개를 든 다혜가 그를 발견했다. 잠깐 멈칫하는 것을 세준은 놓치지 않았다. 쓰다. 설탕 하나 넣지 않은 에스프레소를 마신 듯이 입 안이 썼다. 조금 전까지 다혜의 입가에 머물고 있었던 미소가 온데간데없이 사라졌다.

세준은 팔짱을 풀어 주머니에 손을 찔러 넣은 채 걸어갔다. 돌 담길은 걷는 것만으로도 운치가 있었다. 다혜가 고개를 돌려 찻잔을 내려놨다. 그게 시선을 피하는 것처럼 느껴져서 세준은 미간을 좁혔다.

"결혼식 날짜가 잡혔더군."

"네, 들었어요."

그녀의 눈썹이 살짝 꿈틀거리는 것을 세준은 놓치지 않았다. 테이블 옆에 멈춰 서서 가만히 내려다봤다. 다혜는 시선을 들지 않았다.

다시 찻잔을 드는 그녀의 손이 슬쩍 떨렸다. 자신을 보라고 소리치고 싶은 마음이 아우성쳐 세준은 작은 한숨을 내쉬었다. 하지만 그 한숨에 다혜가 움찔하는 것을 느껴 얼른 입술을 앙다물었다.

"괜찮아?"

"······어떤 의미죠?"

허리까지 내려오는 긴 생머리는 한 올도 흐트러지지 않고 윤기가 흘렀다. 저 머리카락에 입을 맞추는 상상을 했다. 항상 상상만 했지, 한 번도 시도해보지 못했다. 세준은 다시 한 번 드는 충동을 쓴웃음을 지으며 억눌렀다. 자신에게는 허락되지 않는 일이었다.

"이대로 나와 부부가 돼도 괜찮겠냐는 의미야."

대답 대신 고개를 든 다혜와 눈이 마주쳤다. 별을 박아둔 것처럼 화사하게 반짝이는 눈동자에 세준은 가슴이 떨려 입술을 질끈 깨물었다.

"이미 정해진 일이잖아요."

그리 말하는 다혜가 예쁘게 입꼬리를 올려 웃었지만, 그 눈은 웃고 있지 않아서 세준은 허탈한 웃음을 뱉어야 했다. 제게는 한 번도 진심으로 웃어주지 않았다. 그를 알면서도 그녀와 결혼하기로 한 스스로가 참 우스웠다.

"그렇지. 이미 정해진 일이지."

자조적인 웃음을 떨치고 고개를 끄덕였다. 손발이 저릴 정도로 가슴이 시려 더는 버티지 못하고 돌아섰다. 다혜의 새까만 눈동자에 비치는 자신이 부끄러워 눈을 마주칠 수가 없었다.

"세준 씨."

덜컹, 심장이 순간 내려앉았다. 다혜의 목소리가 마음을 파고들어왔다. 그 부드러움에 세준이 놀란 표정을 감추지 못한 채 눈을 껌벅였다.

"9살 때였어요."

"⋯⋯?"

"세준 씨와 결혼이 정해진 건. 그러니 제게 이 결혼은 지극히 당연한 거예요."

세준은 뒤돌아보지 않았다.

"그러니까 괜찮으냐고 묻지 마세요."

심장이 부르르 떨리는 것이 느껴져 세준은 눈을 감았다. 전신에 소름이 돋는다. 가슴이 시려 견딜 수가 없다. 새까맣게 물든 시야에 다혜를 처음 봤던 순간이 설핏 떠올랐다가 사라졌다. 지금처럼 허리까지 내려오는 긴 머리를 하고 수줍게 미소 짓던 꼬마 아가씨가.

"그래? 너에게는 물어볼 가치도 없는 질문이었군."

"그런 뜻이…… 아니었어요."

"내게는 그렇게 들렸어."

"……."

다혜가 한숨을 내쉬는 게 등 뒤로 느껴졌다. 세준의 미간에 골이 더 깊게 파인다. 항상 삐걱거렸다. 특히 이 결혼이 정해진 뒤로는 더욱더.

"그만 돌아가지. 더 있다가는 네가 숨 막혀 죽어버릴 것 같으니까."

"……세준 씨."

다혜의 목소리가 조금 날카로워진 걸 느낀 세준이 피식 웃었다. 그러고는 뒤돌아보지 않은 채 걸어 나갔다. 아까까지만 해도 부드럽게 느껴지던 바람이 지금은 답답하게 숨을 옥죄어왔다.

거실을 지나는데, 아까 마주쳤던 도우미와 다시 마주쳤다. 그냥 지나가려던 세준이 잠시 걸음을 멈추고 그녀를 불렀다.

"다혜에게 카디건을 가져다주세요."

미온한 바람이기는 해도 혹여 다혜가 감기라도 들까 걱정이 됐다. 가뜩이나 약해서 쉬이 감기가 들곤 했다. 원피스 재질이 그리 두꺼워 보이지 않는 게 계속 신경이 쓰였다. 도우미 아주머니는 웃으며 고개를 끄덕였다.

"사장님."

출근을 준비하는 세준의 곁으로 윤 비서가 걸어왔다. 그녀는 세준의 개인 비서로 그의 모든 스케줄을 담당했다. 임 회장이 직접 소개한 여자로 유명 기업 비서실장이었다는 경력답게 매사에 정확하고 철저했다. 세준과 같이 일한 지도 벌써 3년째에 접어들었다.

"아아, 금방 준비하지."

"괜찮습니다. 아직 15분 정도 여유 있습니다."

넥타이를 매는 세준의 곁으로 다가온 윤 비서가 사무적으로 스케줄을 읊었다. 그를 듣고 있던 세준은 순간 시야에 잡힌 움직임에 눈을 돌렸다. 창문 밖이었다.

'······다혜?'

잘못 본 게 아니었다. 방금 지나간 건 분명 다혜였다. 세준은 손을 들어 윤 비서의 말을 끊었다.

"사장님?"

윤 비서가 그를 불렀지만 그는 듣지 못한 듯 창가로 걸어갔다. 세준이 서 있는 방에서는 정원이 아주 잘 보였다. 그리고 본가 저택에서 현관으로 가려면 꼭 세준의 집 앞을 지나야 하는 구조라서 더 그랬다. 다혜가 손수 현관으로 누군가를 마중 나가는 모습에 세준의 눈가가 가늘게 떨렸다.

"다혜 아가씨······."

윤 비서도 그녀를 발견했는지 작게 중얼거렸다. 창문 너머로 다혜와 어떤 남자가 같이 서 있는 모습이 보였다. 남자는 이곳에 처음 온 듯 주변을 둘러보고 있었다. 환한 미소가 매력적인 남자였다. 유들유들한 성격이라는 게 그 미소로 단번에 티가 났다.

"다혜, 너 정말 아가씨였잖아?"

남자의 목소리가 또렷하게 들려왔다.

"그런 거 아니에요, 선배."

하지만 세준에게는 조곤조곤하게 부정하는 다혜의 목소리가 더 잘 들렸다. 그 입가에 살짝 걸린 미소에 세준은 입술을 질끈 깨물었다. 남자는 다혜의 곁에 딱 붙어서는 주변을 신기한 듯 둘러봤다. 게다가 자연스럽게 다혜를 안은 듯한 자세로 서 있는 것이 자꾸만 세준의 심기를 건드렸다.

다혜의 어깨에 올린 손을 쳐내고 싶었다. 그러나 다혜가 아무 말도 하지 않으니 더 짜증이 났다.

"누군지 조사해볼까요?"

윤 비서가 눈치를 살피고는 작게 물었다. 세준은 다혜에게서 눈을 떼지 않고 있었다. 남자와 함께 정원을 가로질러 걸어가는 모습을 보는 그의 눈이 매섭게 타올랐다.

"강해준, 스물아홉. 다혜의 대학원 선배. 같은 교수 세미나에 속해 있고, 집은 여의도 금융거리 옆. 2남 1녀 중 차남. 아버지는 ND은행 여의도 본점 WM영업부 과장."

"……사장님."

남자의 이력을 줄줄 꿰는 세준에 윤 비서가 슬쩍 인상을 찡그렸다. 처음 보는 줄 알았는데 언제 저렇게 조사를 했을까. 그것도 저도 모를 정도로 은밀하게.

그 시선을 알아챈 세준이 그녀를 흘끗 보고는 피식, 웃음을 흘렸다. 그 웃음조차 그의 불편한 심기를 고스란히 드러냈다. 세준은 한참 움켜쥐고 있던 탓에 손톱자국이 남은 손바닥을 다른 손 엄지로 꾹꾹 눌러 폈다. 그 동작에 아직도 힘이 가득 남아 있었다.

"알아, 나도. 집착하는 남자는 매력 없다는 거. 그래서 모르는 척하고 있지."

그 자조적인 웃음에 윤 비서는 따라 웃어야 할지 말아야 할지 잠시 고민했다. 다시 정면으로 시선을 돌린 그녀는 다혜가 이쪽을 쳐다보고 있는 것을 알아차렸다. 하지만 눈이 마주칠 새도 없이 다혜가 고개를 돌렸다.

"안으로 가요."

다혜는 남자, 해준과 함께 본가로 향한 터라 세준이 고개를 들었을 때는 이미 시야에서 멀어지고 있었다. 그 뒷모습을 한참 바라보던 세준이 이내 작은 한숨을 내쉬고는 몸을 돌렸다. 창문에서 멀어지는 그를 윤 비서는 가만히 보기만 했다.

책상 위에 올려둔 탁상 액자를 물끄러미 바라보는 세준의 시선이 짙었다. 평소라면 그냥 지나쳤을 텐데 속이 쓰린 탓인지 자꾸 눈이 샀다. 결국, 멈춰 서서는 액자를 집어 들었다.

사진 속 다혜는 아주 예쁘게 웃고 있었다. 하지만 시선은 정면을 향하고 있지 않았다. 다른 이와 대화하고 있는 모습인 탓이었다. 그랬다. 이 사진은 도촬한 사진이었다. 옆에 있던 친구와 웃고 있는 모습을 찍어 다혜의 부분만 잘라냈다.

이뿐이 아니었다. 벽에 걸려 있는 사진도, 장식장에 걸어둔 사진도, 첫 번째 서랍을 열면 나오는 사진도 모두 멀리서 몰래 찍은 것들뿐이었다. 세준은 한 번도 다혜와 둘이서 사진을 찍은 적이 없었다.

'나만 보면 숨도 못 쉬고 굳어버리니까……'

위액이 역류하는 기분에 세준은 인상을 찡그렸다. 아침을 안 먹고 커피를 마신 탓이라 생각하며 세준은 액자를 내려놨다.

"우리도 이만 출근하지."

"네, 사장님."

윤 비서는 그의 속이 걱정됐지만 아무 말도 하지 않았다. 그건 그녀의 영역을 넘어서는 일이었다. 아무리 세준이 들끓는 사랑의 열병을 앓는다 하더라도 참견할 수 없었다.

"누구야?"

"네?"

"그 잘생긴 남자. 굉장한 시선으로 우리 쪽을 보던데."

해준의 질문을 다혜는 부드러운 웃음으로 넘겼다. 그 웃음을 수상하게 여겼는지 해준이 궁금한 듯 찔러왔다.

"어? 뺨이 빨개졌는데?"

깜짝 놀란 다혜가 눈을 동그랗게 뜨고는 뺨을 만졌다. 빨개졌다는 것이 부끄러운 듯 손으로 뺨을 가리는 행동은 어른스러운 스타일의 다혜를 귀엽게 보이게 했다. 그냥 해본 말이었는데, 반응이 수상쩍다. 해준이 짓궂은 웃음을 터트렸다.

"오호라, 반응을 보아하니 아까 그 여자 남편은 아니겠군. 하긴, 그냥 보기에도 부부 같아 보이지는 않았어. 뭐야, 우리 다혜 아가씨랑 무슨 관계이십니까?"

"놀리지 마요, 선배."

아까 현관 앞에서 경비가 다혜를 아가씨라 부르는 것을 들은 해준이 일부러 아가씨라고 따라 불렀다. 하지만 그리 부르는 게 정말 잘 어울리기 때문이라는 것을 다혜는 알지 못할 테다. 어딘지 입에 착 감기는 호칭이었다.

임다혜는 정말 아가씨, 양갓집 규수 같은 여자였다. 허리까지 길게 내려오는 검은 생머리나 화장기 하나 없이도 우아한 얼굴이 특히 그랬다.

어쩐지 고풍스러운 느낌을 풍긴다 했더니 부동산 재벌의 하나뿐인 상속녀일 줄이야. 해준이 피식 웃으며 다혜를 바라봤다.

해준이 학교에서 봐온 다혜는 조용하고 얌전하기만 했다. 돈이 많다는 걸 티 내는 법도 없었고, 잘난 척하는 일도 없었다. 해준은 그녀의 동기 중 그녀가 LM건설의 상속녀라는 걸 아는 사람이 한 사람도 없을 거라고 확신했다.

"할머니께서 후계자로 삼은 분이에요."

"후계자? 다혜, 네가 상속받는 거 아니었어?"

"네, 맞아요."

해준이 혼란스러운 듯 제대로 이해하지 못하고 되물었다.

"응? 그 남자가 후계자고 네가 상속인이면……."

해준이 거기까지 말하자, 다혜는 뺨에서 손을 내리고는 평소처럼 차분하게 미소 지었다. 그 미소의 의미를 바로 캐치하지 못한 해준이 슬쩍 마른 입술을 핥았다. 다혜의 미소는 남자를 자극하는 묘한 느낌이 있었다. 그래서 저도 모르게 그녀의 말을 듣게 되곤 했다.

"서재는 저쪽이에요."

그 주제는 그만 말하자는 식으로 느껴졌다. 해준은 순순히 입을 다물었다. 걸음을 빨리하는 그녀를 따라가며 그는 눈을 가늘게 떴다.

'임다혜 결혼 상대라……'

해준이 다혜의 집에 찾아온 건 세미나 자료 때문이었다. 참고 자료로 쓸 원서를 찾던 중 그 원서가 제집 서재에 있는 걸 안 다혜가 그를 초대했다. 물론 강해준 한 사람만 일부러 초대한 건 아니었다. 같은 세미나 팀원들에게도 말했지만, 시간이 맞지 않아 해준이 대표로 오게 됐다.

"이게 도서관이야…… 서점이야?"

별관이 통째로 서재다 보니 그의 말대로 정말 도서관 같은 느낌을 띠기도 했다. 해준은 서재를 꽉 채운 방대한 책 더미에 푹 빠져버렸다. 지금은 어디에 틀어박혀 있는지, 머리카락 한 올도 보이지 않았다. 어차피 있어봤자 이 안에 있을 테니 다혜는 딱히 걱정하지 않았다.

테이블에 앉은 다혜가 원래 목적이었던 책을 뒤적였다. 하지만 몇 장 넘기다 말고 덮어버렸다. 전혀 집중할 수 없었다.

아까 자신을 태워버릴 듯이 노려보는 세준의 시선이 아직도 선명하게 기억났다. 질투를 유발하려고 일부러 해준을 불렀다거나 하는 일은 아니었다. 세준이 아직 출근하지 않았다는 것은 알았지만 설마 보고 있을 줄은 전혀 몰랐다.

출근 준비를 하는지 그는 윤 비서와 함께 있었다.

'부부로 보이지는 않았어.'

해준의 말을 상기하자 다혜는 슬쩍 입술을 깨물었다. 부부로는

22

보이지 않는다 해도 거리가 너무 가까웠다. 아무리 개인 비서라지만 그렇게 딱 달라붙어 있을 필요는 없지 않은가. 세준에게 여자 비서를 붙여준 할머니에 대한 원망이 슬쩍 생겼다가 사라졌다.

다혜의 눈에도 윤 비서는 매력적인 여자였다. 매사가 확실하고, 똑 부러지며, 지적으로 생겼다. 화려한 미인은 아니었지만 그래도 성숙한 매력을 풍겼다. 그녀에 비하면 저는 아직도 어린애에 불과했다.

다혜는 다시금 윤 비서를 떠올리며 한숨을 내쉬었다. 세준의 일거수일투족을 함께한다는 점이 자꾸 거슬렸다. 게다가 세준은 그녀를 보고 웃기까지 했다. 제게는 절대 보여주지 않는 100만 불짜리 미소를 왜 그 여자에게 날리는 건지…….

다혜는 저도 모르게 미간을 좁혔다가 얼른 풀었다. 주름이라도 지면 큰일이니까. 손가락 마디를 세워 미간을 꾹꾹 문지르며 속을 다스렸다. 마침 도우미가 차를 내왔다. 그를 받아 들고 한 모금 머금으니 그나마 속이 좀 풀렸다.

한 잔을 다 비우고 나니 뒤에서 해준이 모습을 드러냈다. 팔뚝 두께의 원서를 다섯 권이나 품에 안고 나타난 그는 조금 흥분에 차 있었다. 혹시 빌릴 수는 없겠느냐며 부탁을 해오는 것에 다혜는 얌전히 고개를 끄덕여줬다.

"이야, 이거 진짜 구하기 힘든 책인데. 정말 고마워."

"아니에요. 하지만 이 서재의 책은 모두 할머니 소유라서 금방 돌려주셔야 할 거예요."

"물론이지. 그런데 할머니가 정말 대단하시다. 이렇게 많은 책을 수집하시다니."

해준의 말에 다혜가 슬쩍 주변을 둘러봤다. 할머니가 이 서재를 만든 이유가 문득 떠올랐다. 그 이유 탓에 슬쩍 입가에 미소가 어렸다. 그를 눈치챈 해준이 왜 그러냐며 물어왔다.

"원래는 보통 방에 두는 책장 정도였어요. 200권도 안 됐던 것 같아요. 어릴 때라 정확히는 모르겠지만."

"하나하나 수집하시다 보니 이만큼 늘어난 거야?"

"네."

다혜가 산뜻하게 긍정했다. 그녀의 시선이 서재 중앙 계단을 향하고 있음을 본 해준이 궁금하다는 티를 냈다. 다혜는 숨길 것도 없다는 듯 가볍게 손을 뻗어 계단을 가리켰다.

"3층과 4층은 이미 정독한 책들을 둔 거고 2층은 근래 읽는 책, 1층은 새로 들어오는 책을 두는 곳이에요."

"……할머니께서?"

방금 4층까지 올라갔다 온 해준은 층마다 얼마나 많은 책이 꽂혀 있는지 알고 있었다. 그래서 되묻는 목소리가 어딘지 떨떠름했다. 그를 알아차린 다혜가 빙긋 웃으면서 고개를 저었다. 할머니가 아닌 다른 누구인지까지는 말해주지 않았다.

하지만 말할 필요도 없었다. 할머니도 다혜도 아니라면 남은 사람은 아까 그 남자밖에 없었다. 해준의 표정이 묘하게 굳었다.

"후계자 수업의 일환이었죠."

다혜는 대수롭지 않은 듯 마저 설명하고는 서재 안쪽으로 시선을 던졌다. 그 시선이 아득하니 멀었다. 해준은 그녀가 그 남자를 생각하고 있음을 쉽게 눈치챘다. 왠지 불쾌한 느낌이 몸에 달라붙는 기분이었다.

"언제부터야? 그 사람이 후계자가 된 게?"

해준의 표정이 조금 굳은 걸 다혜는 알아차리지 못한 듯했다. 세준의 이야기를 하는 것만으로도 표정이 밝아졌다.

"16년 전이요."

"그렇게 어릴 때부터? 무슨 관계길래."

"아무 관계 없었어요. 영재였거든요. 할머니 눈에 든 거죠. 이 아이라면 맡겨도 되겠다."

"……아무 관계도 없는 아이를 후계자로 삼는단 말이야?"

해준이 영 미덥지 않다는 듯 한쪽 눈을 찡그렸다. 다혜는 살짝 미소 지었다. 남이 어떻게 생각하는지는 중요하지 않았다.

"관계야 16년 동안 만들었죠. 신뢰도 쌓았고."

"16년간 쌓은 관계……."

해준이 고개를 끄덕였다. 성인이 되어 만나는 남자나 정략결혼 상대라면 쌓을 수 없는 신뢰 관계였다. 그렇다는 건 제삼자인 자신이 끼어들기 힘든 사이라는 뜻이기도 했다.

"흐음……."

"왜 그래요, 선배?"

저를 바라보는 다혜를 해준은 물끄러미 바라봤다. 아무것도 모른다는 듯 순진한 표정을 짓고 있는 것이 무척이나 매력적이었다.

처음 봤을 때부터 느꼈지만, 시선을 마주하는 것만으로도 가슴이 뛸 만큼 아름다운 여자였다. 그 매혹에 어울리지 않는 순진함, 그리고 엄청난 재력. 약혼자가 있다는 정도로 물러서기에는 너무도 아까웠다. 해준은 일부러 눈을 천천히 감았다가 뜨며 다혜의 시선을 옮아맸다.

"나를 눈앞에 두고 다른 남자 생각을 하는 건 그다지 좋은 기분이 아니네."

"네?"

다혜가 조금 놀란 표정으로 저를 바라보는 것에 해준은 싱긋 입꼬리를 올려 웃었다. 해준은 제 미소의 힘을 알았다. 웬만한 여자는 웃어주는 것만으로도 쓰러트릴 자신이 있었다. 하물며 이리 순진해 빠진 부잣집 아가씨 정도야…….

해준이 손을 뻗었다. 테이블에 내려놓은 찻잔을 쥐고 있는 다혜의 손을 잡을 요량이었다. 그리 손을 뻗으면서도 다혜와 마주하고 있는 시선은 피하지 않았다.

"내가 끼어들 여지는…… 없이?"

나는 네게 호감이 있다. 그런 의사를 강하게 보여주면서 손을 잡아주면 반은 넘어오는 거다. 자신만만하게 손을 잡으려는 찰나, 다혜가 한발 빠르게 다시 찻잔을 들었다. 그 바람에 그 손을 잡으려던 해준의 손은 허망하게 공중에 멈춰 서야 했다. 길게 뻗은 팔이 무색했다.

"……."

다혜는 마치 그의 의도는 전혀 모른다는 듯이 우아한 태도로 차를 음미했다. 해준의 팔 따위는 관심도 없는 눈치였다. 해준이 어색하게 웃으며 팔을 거둬들였다. 입술을 꽉 앙다물었다. 자존심에 금이 갔다.

"선배뿐이 아니에요."

"뭐?"

다혜는 찻잔을 내려놓으며 다시 한 번 서재 깊숙한 곳으로 시선을 던졌다. 저를 쳐다보고 있는 것도 아닌데 해준은 소름이 돋아 순간 몸을 떨었다.

눈앞에 있는 여자가 제가 알던 순진하고 세상 물정 모르는 아가씨 임다혜가 맞나 싶었다. 1년이 넘게 대체 이 여자의 뭘 봐온 건지 헷갈렸다. 먼 곳을 바라보는 다혜의 눈에 끼어들 여지 따위는 전혀 보이지 않았다.

"아무도 끼어들 수 없어요."

저녁 먹으러 오라며 할머니가 다혜와 세준을 불렀다. 평소 세준은 밖에서 먹고 들어왔고, 다혜만 할머니와 함께 저녁을 먹었다. 그래도 가끔 모두 모여서 저녁을 함께하는 경우가 있곤 했다. 대부분 할머니 임홍례가 마련하는 자리로 그녀가 부르면 무조건 꼭 참석해야만 했다.

식사하는 동안은 유독 조용했다. 할머니의 교육 방침 탓이기도 했다. 밥 먹을 때는 결코 소리를 내서는 안 된다며 식탁 예절을 가르쳤다. 평생 그리 배우며 자란 터라 입을 여는 이는 아무도 없었다. 간간이 요리를 내오는 이가 무슨 요리인지 설명해주는 것이 다였다. 그 무거운 적막이 익숙하기는 했지만, 숨이 막히는 건 사실이었다.

세준은 고기를 한 점 집어먹으면서 흘끗 다혜를 바라봤다. 고개 한 번 들지 않고 식사에 열중하고 있었다. 밥 먹는 것뿐인데, 그조차도 예뻐서 순간 세준은 자신도 모르게 넋을 잃었다. 할머니가 헛기침으로 주의를 주지 않았다면 밥 먹는 것도 잊고 바라봤으리라.

다혜가 고개를 들었을 때는 이미 고개를 숙이고 다시 식사하고 있었다. 다혜는 세준을 흘끗 보고는 다시 식사를 했다.

식사 후, 차를 마시러 자리를 옮기고 나서야 할머니가 입을 열었다.

"오늘 너희를 부른 건 결혼 때문이다."

예상했던 말이었다. 세준은 아무런 동요 없이 앉아 있었다. 다혜가 맞은편에 앉아 있는 터라 그녀의 얼굴이 눈에 들어왔다. 그녀 역시 큰 반응은 없었다. 할머니를 쳐다보지도 않은 채, 차를 마시는 것에 집중하는 모습이 꼭 무슨 말을 할지 이미 아는 것 같았다. 뭔가 이상함을 느낀 세준이 슬쩍 미간을 좁혔다.

"결혼식이야 남들 이목 때문에 올리는 것이니 나는 너희가 오늘부로 같이 살았으면 하는구나."

"회장님."

당황한 세준이 순간 자리에서 일어났다. 다혜가 천천히 고개를 들어 세준을 바라봤다. 할머니와 다혜를 번갈아 바라본 세준이 미간을 좁혀 불쾌함을 고스란히 드러냈다.

"혼인신고서도 마련해놨다. 날인하고 합치거라."

말이 끝나기가 무섭게 옆에서 대기하던 집사가 서류철을 들고 와 단정한 손놀림으로 테이블에 내려놓고 열었다. 혼인신고서였다. 그것도 이미 다 작성되어 있었다. 도장만 찍으면 되는 혼인신고서에 세준은 할 말을 잃었다.

심지어 다혜의 도장도 찍혀 있었다. 세준은 그제야 다혜가 저리 침착한 이유를 알아차렸다.

"무슨 문제라도 있는 게야?"

"……."

세준이 아무 말도 하지 못하자 할머니는 눈썹을 으쓱하고는 먼저 자리에서 일어났다. 그러고는 제 말은 끝났다는 듯, 걸음을 뗐다. 차는 손도 대지 않은 채였다.

"신혼집은 다혜가 사는 서관으로 하자꾸나. 인테리어를 바꿔 새로운 느낌을 내는 것도 좋겠지."

그녀가 응접실을 나가는 모습을 세준은 그냥 바라보고 있을 수밖에 없었다. 한동안 말없이 서 있기만 하는 세준을 다혜가 물끄러미 바라봤다. 주먹을 움켜쥐고 있는 모습이 단단히 분개한 것 같았다. 할머니의 어떤 말이 그의 심기를 거슬렀을까.

다혜는 할머니가 어째서 합가를 서두르는지 알고 있었다. 세준에게는 말하지 않았지만……. 이유를 생각하자 가슴에 돌이라도 얹은 듯 속이 답답했다.

후사를 빨리 봐야 한다. 그게 할머니의 입버릇이었다.

'얼른 아이를 갖거라. 그래야 너도 살고 세준이도 살아.'

그녀의 말이 귓가를 맴돌았다. 손을 꼭 부여잡고 말씀하시던 그녀의 표정도 선명하게 기억났다. 그를 떠올린 다혜의 표정이 순간적으로 싸늘해졌다.

원래 임씨 집안은 손이 귀했다. 남자아이가 태어나지 않는 것도 문제였지만, 그나마 태어나는 여자아이도 아주 귀했다. 다혜도 외동이었고, 그녀의 어머니 역시 외동이었다.

"회장님께서 무슨 생각이신 건지 모르겠군."

"……."

세준이 한숨을 내쉬며 다시 자리에 앉았다. 다리를 꼬고 앉아 의자에 팔을 괸 채로 저를 쳐다보는 것에 다혜는 크게 숨을 들이켰다. 검지로 관자놀이를 톡톡 두들기는 모습이 지독히도 섹시했다.

세준은 눈매가 날카로웠다. 눈이 꽤 큰데도 불구하고 눈꼬리가 길어서 그런지 인상이 차가웠다. 게다가 할머니 밑에서 후계자 수업을 받다 보니 위엄마저 갖춰서 그가 바라보면 절로 숨이 막혔다. 흡사 먹잇감을 노려보는 맹수 같은 느낌이었다.

다혜는 입이 바짝 말라 얼른 찻잔을 들었다. 손이 떨려 찻물에 파동이 일었다. 손에 힘을 줘 떨림을 감춰야만 했다. 시선을 떨구고 입을 적셨다. 심장이 너무 심하게 요동쳐서 견디기 힘들었다.

"같이…… 살까?"

쿵! 심장이 터질 듯했다. 다혜는 깜짝 놀라 멍하니 시선을 들었다. 손에 힘이 빠져 순간 찻잔을 놓칠 뻔했다. 두 손으로 얼른 움켜쥐고 그를 바라봤다. 턱을 괸 채로 자신을 바라보고 있는 세준의 시선이 짙었다. 발가벗겨진 기분이 들어 정신을 차릴 수가 없었다.

이 남자는 위험하다.

다혜는 거칠어진 숨을 애써 숨긴 채로 시선을 피했다. 고개를 돌린 채 입술을 질끈 깨물었다. 그렇지 않고는 두근거리는 마음을 들켜버릴 것만 같았다. 그것만큼은 피해야 했다. 그냥 자리를 뜰까, 그런 생각을 하는데, 세준이 먼저 자리에서 일어났다.

"여자는 절차를 중요시한다더군. 아무리 치밀하게 준비된 정략결혼이라 하더라도 말이야."

찌릿, 가슴이 찔린 것처럼 저렸다.

정략결혼. 그것도 16년간 준비해온.

그가 하는 말이 하나같이 비수가 되어 다가왔다. 세준이 천천히 걸음을 뗐다. 주머니에 손을 찔러 넣은 채로 다가왔다. 그녀 앞에 멈춰 서자 그의 그림자가 다혜를 덮쳤다. 어두워진 시야에 다혜는 피했던 시선을 들었다. 그의 기다란 몸을 따라 위로 든 시선 끝에 그와 눈이 마주쳤다. 빛을 등지고 선 탓에 표정이 제대로 보이지 않았다. 일순 그의 안광이 빛났다.

"상황은 마음에 들지 않지만, 할 건 해야겠지."

"……네?"

다혜가 멍하니 바라보는 사이 그가 주저앉았다. 한쪽 무릎을 굽혀 앉은 세준이 눈을 맞춰왔다. 전신을 옭아매듯 찔러 들어오는 시선이 매서웠다. 그래서 다혜는 고개를 돌리지 못했다. 눈을 감지도 못했다. 이글이글 타오르는 그의 시선을 감내해야만 했다.

"나와 같이 살아주겠어?"

대체 언제 준비한 건지 세준이 반지를 들고 있었다. 그가 항상 끼는 것과 같은 세 줄짜리 실반지. 어떤 세공도, 보석도 없는 소박한 반지. 결혼식을 위해 준비한 것 같지는 않았다. 결혼식에서 교환할 반지는 할머니가 직접 정했을 테니. 적어도 몇 캐럿은 되는 다이아몬드라도 박아야 만족할 양반이었다.

다혜는 울고 싶은 마음을 꾹 눌러 참았다. 마음 같아서는 당장에 고개를 끄덕이고 그를 끌어안고 싶었다. 하지만 그럴 수 없었다. 어째서 저 반지를 준비한 건지는 알 수 없었지만, 그가 반지를 내미는 이유도 사랑은 아니었다. 정략결혼의 절차. 그가 한 말이 가슴을 하볐다.

입술만 계속 깨물어대는 다혜를 가만히 바라보던 세준이 작게 한숨을 내쉬었다.

"······네 맘대로 해."

탁, 반지를 의자 팔걸이에 내려둔 세준이 자리에서 일어났다. 놀란 다혜가 얼른 그를 바라봤다. 하지만 그는 시선 한 번 주지 않았다. 그냥 자리를 뜨려는 그를 본 다혜가 급히 입을 열었다.

"한······ 한 가지만 약속해주세요."

"······약속?"

세준이 다혜를 내려다봤다. 다혜는 그가 내려놓은 반지를 집어 들었다. 세 줄의 반지는 가운데가 연결되어 있었다. 조심스러운 손길로 손가락에 끼워 넣자 조금 작은 듯했다. 하지만 끼지 못할 정도는 아니었다. 제 손가락 위에서 빛나는 반지를 잠시 바라본 다혜가 고개를 들어 세준을 바라봤다.

"······서관으로 가요."

할머니의 눈과 귀가 있는 여기서는 할 수 없는 부탁이니까.

결혼할 사이니까 같이 사는 것은 사실 그렇게 이상한 일은 아니었다. 결혼식을 올린 후에 합치나 그 전에 합치나 큰 차이는 없었다. 하지만 당장 오늘이라니 당황했을 뿐이었다. 아직 먼 얘기라고 생각한 것이 순식간에 오늘이 되었으니까.

게다가 너무 서두르는 느낌이었다. 결혼식 날짜를 잡자마자 내민 혼인신고서······. 어쩐지 좋은 느낌은 아니었다. 아무리 정략결혼이라지만 이리 서두를 이유가 있을까. 할머니가 제대로 설명도 하지 않고 떠난 후 세준은 그를 골똘히 생각하고 있었다.

'전혀 짐작도 가지 않는군.'

문득 아직 자리에 있는 다혜가 떠올라 그녀를 바라봤다. 마치 이 상황을 다 아는 것처럼 여유롭게 앉아 있었다. 할머니 말씀이라면 순종적으로 따르겠다는 것만 같아 심술이 났다. 시선만 마주쳐도 긴장하는 주제에.

그래서 동했다. 동요하게 하고 싶었다. 제대로 보라고, 네가 살을 맞대고 살 남자라고. 그렇게 시선을 피하지 말라고, 무서워하지 말라고. 다혜가 시선을 피할 때마다 상처가 하나씩 세준의 가슴에 새겨졌다.

"나와 같이 살아주겠어?"

항상 몸에 지니고 다니는 반지가 있었다. 자신이 끼는 것과 세트로, 다혜의 18살 생일 때 주려고 했다가 실패한 뒤로 늘 가지고 다녔다. 언젠가 주고 싶다고 생각했지만 생각은 생각으로 끝났을 뿐, 이제는 거의 부적처럼 몸에 지니고 있었다. 이런 식으로 줄 거라고는 상상도 해보지 못했다.

하지만 욕심이었다. 창백해진 얼굴로 덜덜 떠는 다혜를 보고 있자니 세준은 자신이 한심해 참을 수가 없었다. 알고 있으면서 무슨 바보짓인가. 임다혜가 저와 좋아서 결혼하는 게 아니란 걸 잘 알고 있으면서.

"……네 맘대로 해."

반지를 던져버리고 싶은 마음을 애써 억누르고 의자 위에 올려놨다. 버리든 말든 신경 쓰고 싶지 않았다. 그런데 다혜가 여운을 남겼다.

서관으로 오는 동안 다혜는 아무 말도 하지 않았다. 세준은 시선만 아래로 내려 다혜의 손을 바라봤다. 제가 준 반지를 끼고 있는 것이 꿈만 같았다. 하지만 순수하게 좋아할 수 없었다. 다혜가 무슨 마음으로 반지를 받았는지 그 속을 알 수가 없었다. 그저 정략결혼이 깨질까 두려워 받았을 수도 있는 일이었다. 그런 생각을 하는 것만으로도 속이 아렸다.

다혜는 세준을 침실 안으로 들이고 방문을 닫은 후에야 그를 바라봤다. 세준은 팔짱을 끼고 서서 그녀를 바라볼 뿐이었다. 무슨 말을 하려고 침실까지 데려왔을까. 16년을 알고 지냈지만 다혜의 침실에 들어온 건 지금이 처음이었다. 그를 깨닫자마자 달콤한 향이 후각을 자극했다.

다혜의 향기로 가득 찬 곳이다.

"……."

꿀꺽, 침과 함께 붉게 물든 감정을 삼켜내는데 다혜가 입을 열었다.

"같이 사는 건 상관없어요. 결혼이라는 게 그런 거니까."

그 단정한 목소리가 다시 속을 긁었다. 세준은 굳이 대답하지 않았다. 듣기 괴로운 말이었지만 적어도 그건 다혜의 진심이었다. 만약 다혜가 인위적인 미소와 거짓으로 대했다면 그게 더 견디기 힘들었으리라.

"다만…… 한 가지만 약속해주시겠어요? 아니, 약속해주셔야만 해요."

"내가 들어줄 수 없는 건 요구하지 마."

"……."

세준의 말에 다혜가 입을 다물었다. 입술을 깨무는 것이 다시 눈에 들어왔다. 세준이 인상을 찡그린 채로 그 모습을 바라봤다. 마음 같아서는 손을 뻗어 그러지 말라고 제지하고 싶었다.

세준이 느낄 만큼 크게 심호흡한 다혜가 시선을 맞춰왔다. 그 커다란 눈동자에 제가 비치는 것이 보여 세준은 힘겹게 숨을 내쉬었다. 그때, 다혜가 충격적인 말을 뱉었다.

"나를 건들지 마세요."

세준은 눈을 크게 뜬 채로 인상을 찡그렸다. 잘못 들었나 싶었다. 무슨 말을 들은 건지 머릿속에서 몇 번이나 되새겨야만 했다. 저를 빤히 바라보는 다혜의 시선은 덤덤하기만 했다. 허투루 뱉은 말이 아니라고 그 눈동자가 말해줬다. 어처구니가 없어 헛웃음을 터트렸다.

세준이 웃는 동안 다혜는 가만히 서 있기만 했다. 하하하! 크게 터졌던 웃음이 이내 하, 하하…… 하……. 끊겼다. 그 끝에 남은 건 분노였다.

"무슨 의미지?"

"말 그대로예요. 나를 건들지 마세요."

덤덤히 같은 말을 반복하는 다혜를 바라보던 세준이 입을 악다물었다. 그 싸늘한 시선에 다혜는 순간 참지 못하고 몸을 떨었다. 얼굴이 다시 핏기 없이 창백하게 질리는 것을 본 세준이 그녀를 비웃으며 다가왔다. 한 걸음 가까워질 때마다 다혜가 눈에 띄게 몸을 떨었다.

세준은 손을 들어 검지로 다혜의 목을 간질이듯 건드렸다. 목에서 턱 끝으로 검지로 쭉 훑는 동작에 다혜가 참지 못하고 고개를 돌려 피했다.

"이렇게 건드리지 말라는 뜻인가?"

"……."

"임다혜, 잊었나 본데, 우리가 결혼하는 건 임씨 집안 대를 잇기 위해서야. 그건 너를 위한 것도, 나를 위한 것도 아니지. 너를 닮은 여자아이를 낳으려면 널 건드리지 않을 수 없잖아?"

여태 일부러 함구하고 있던 일이었다. 아무리 정략결혼이라지만 그 목적을 생각하면 너무도 슬프니까. 임다혜를 안는 이유가 겨우 씨 뿌리기라고 인정하고 싶지 않았으니까.

세준은 끓어오르는 분노를 참을 수 없어 다혜의 턱을 건드리던 손을 움켜쥐었다. 꽉 쥔 주먹이 부르르 떨렸다.

"……아무튼, 건드리지 마요."

다혜는 그 이유를 말하지 않은 채 한 번 더 같은 말을 했다. 세준이 인상을 찡그린 것이 다혜의 눈에도 들어왔다. 그 눈이 매섭게 자신을 추궁하고 있었다. 불같이 화내는 그를 바라보고 있기가 힘들었다. 그래서 몸을 돌려 그를 피했다. 두 손을 가슴 앞에 모아 쥔 채로 거친 숨을 내뱉었다.

그렇다고 그래, 하고 수용할 세준이 아니었다.

"아니, 그건 들어줄 수 없어."

"세준 씨!"

깜짝 놀란 다혜가 뒤를 돌아봤다. 하지만 시선이 마주치자마자 움찔해 뒤로 물러났다. 세준이 진심으로 분노하고 있는 게 느껴졌다. 오싹함에 허리마저 저렸다.

한 발 더 물러나는데 발끝이 어딘가에 부딪혔다. 놀라 내려다

보니 하필 침대였다. 피식, 세준이 비웃는 게 들렸다. 그 웃음이 가슴에 콕콕 와 박혔다.

"좋아. 양보하지. 10분."

"……네?"

"하루에 10분만 널 건드리겠어."

그게 무슨 뜻이냐고 눈으로 묻는 다혜에게 세준은 웃어 보였다. 그러나 화가 나 있는 상태라 웃는 게 더 무섭게 보였다. 다혜가 움찔거리는 것을 보면서 세준이 넥타이 매듭에 손을 끼워 넣어 조금 느슨하게 했다. 그 동작이 무섭도록 야했다. 옷깃이 슬쩍 벌어지며 목젖이 드러났다.

"10분이면 애 만들기에 충분하잖아."

"세준 씨!"

그의 의도를 알아차린 다혜가 바락 소리를 질렀다. 처음으로 보여주는 격한 감정이었다. 세준은 왠지 즐거워져 또다시 웃었다. 상대하고 싶지 않은 듯 도망가려는 다혜를 가볍게 톡 쳐 넘어뜨렸다. 어차피 뒤는 침대였다.

푹신한 매트리스 위로 넘어진 다혜가 작게 신음을 흘렸다. 늘 단정하게 정돈되어 있던 검은 머리칼이 사방으로 흐트러졌다. 새까만 머리가 상황에 어울리지 않게 빛이 났다.

"왜, 10분도 견디기 힘들어?"

"그런 게 아니에요!"

심장이 아렸다. 말할수록 자해하는 기분이 들었다. 하지만 동시에 임다혜가 소리치는 게, 감정을 드러내는 게 기뻤다.

세준은 상체를 일으킨 다혜의 옆에 걸터앉았다. 흐트러진 머리카락을 정리해주고 싶어 손을 들었다. 다혜가 슬쩍 움찔거렸다. 저를 두려워한다는 사실이 미쳐버릴 것 같았지만 다 자초한 일이었다. 하지만 다혜가 몸을 피하지 않는 것을 보고 그대로 머리에 손을 올렸다. 머릿결을 따라 손가락으로 머리를 빗겨줬다. 간간이 두피나 귀에 손이 닿으면 다혜는 영락없이 움찔거렸다.

세준은 아무 말 없이 머리를 빗겨줬다. 꿈꿔왔던 순간이었지만 전혀 기쁘지 않았다. 부드럽게 손가락 사이를 타고 흘러내리는 머리카락의 감촉이 오히려 마음을 심란하게 했다.

시선을 떨군 채 가만히 앉아 있는 다혜를 세준은 조용히 바라봤다. 길고 풍성한 속눈썹이 은은하게 떨리는 것이 보였다. 뺨에 홍조가 가득 들어 있었다. 그 아래로 달싹이는 입술이 눈에 들어왔다. 아무것도 바르지 않았는데도 어찌 이리도 예쁜 분홍색인지……. 이런 순간에도 입을 맞추고 싶은 욕망이 들었다.

자조 섞인 웃음을 흘리자, 그 숨이 닿았는지 다혜도 깊은숨을 내쉬었다. 머릿속에서 그녀를 넘어뜨리고 위로 올라타는 상상이 그려졌다. 고개를 짧게 흔들어 떨쳐내고는 뺨 옆의 머리카락을 쓸어내렸다.

"……10분이야."

손을 내리자 다혜가 시선을 들었다. 조금 젖은 듯 훨씬 짙어진 눈동자에 세준이 온전히 비쳤다.

"이 정도도 안 되나?"

"……세준 씨."

다혜의 목소리 끝이 떨렸다. 무언가 말하려는 듯 입술을 달싹이는 것에 세준은 묵묵히 기다려줬다.

"……미안해요."

"하……."

듣고 싶은 건 사과가 아니었다. 이유였다. 왜 만지지 말라고 하는지 그 이유를 말해주기를 원했다. 소름 끼쳐서? 만지는 것조차 견디지 못할 만큼 싫어서? 임다혜가 입을 다물수록 이런 이유만 떠올랐다.

"됐다. 그만하자."

"……."

더 있어봤자 두렵게만 할 것 같아서 세준은 자리에서 일어났다. 이 이상 미움 받고 싶지 않았다.

"합가는 내일 할 거야. 푹 쉬어."

다혜가 고개를 떨구는 걸 본 세준은 그대로 몸을 돌려 방을 빠져나갔다. 문을 닫고 나서도 다혜의 향을 떨칠 수가 없었다. 이미 제 몸에 배이비린 기다. 방문 앞에 선 세준이 손을 들었다. 다혜를 만졌던 손에 그녀의 향이 고스란히 묻어났다.

그대로 정원으로 나온 세준이 기둥에 몸을 기댄 채 한숨을 내쉬었다. 저녁 바람이 생각보다 찼다. 바람을 쐬자, 몸속을 휘감고 있던 열기가 식었다.

무슨 짓을 한 건지 모르겠다. 다혜의 말에 발끈해서 제정신이 아니었다. 얼마나 싫으면 아이를 가져야 하는 의무를 알면서도 저렇게 거부할까.

'건드리지 마세요.'

다혜의 말이 진한 여운을 풍겼다. 세준은 혀를 슬쩍 깨물었다
가 놓으며 한숨을 크게 내쉬었다. 심란한 가슴을 놀리듯 달이 휘
영청 밝았다. 그를 가만히 올려다본 세준이 피식, 마른 웃음을 뱉
었다. 이런 순간에도 머릿속에 떠오르는 것은 다혜의 손에 끼워진
반지였다.

왠지 주변이 소란스러웠다. 그래서 알람이 울리기도 전에 눈이
뜨였다. 다혜는 잠시 침대에 누운 채로 소리에 집중했다. 남자들
목소리가 여럿 났다. 평소 듣던 목소리가 아니었다. 몸을 일으킨
다혜가 주변을 둘러봤다. 소리는 정원 쪽에서도 났고 거실 쪽에서
도 났다. 서관이 이렇게 시끄러웠던 적이 없었기에 의아했다. 잠
시 머뭇거리다가 이내 옷을 갈아입고 침실 밖으로 나갔다.

"일어나셨습니까, 아가씨."

서관 집사가 다혜 곁으로 다가왔다. 그의 뒤로 분주히 짐을 옮
기고 있는 사람들이 보였다. 딱 봐도 세준의 짐 같았다. 임씨 저택
은 삼성동의 봉은사 근처에 자리해 총 여섯 채가 하나의 저택을
이루고 있었다. 다혜는 그중 서관에 살았다.

"사장님께서 정원에서 기다리고 계십니다."

"아직 출근하지 않았나요?"

"오늘은 출근하지 않는다고 하셨습니다."

"……알았어요. 가서 일 보세요."

다시 방으로 들어가 카디건을 걸치고 나온 다혜가 주변을 둘러
보며 정원으로 향했다. 세준의 짐은 많지 않았다. 정말 최소한의
짐만 가져온 것처럼 보였다. 어차피 세준의 집도 서관 바로 옆에

있으니 필요한 건 언제든 가져올 수 있었다.

"일어났어?"

신문을 보며 커피를 마시고 있던 세준이 금세 다혜를 눈치채고 인사했다. 여유로운 목소리가 일어난 지 한참 된 것 같았다. 차림도 언제나처럼 정장이었다. 깔끔하게 올린 머리에서 정갈함이 묻어났다.

"저를 기다리신 건가요?"

다혜가 앞자리에 앉으며 물었다. 세준은 신문을 반듯하게 접어 테이블에 올려놨다.

"깨웠다면 미안하군."

다혜는 고개만 살짝 저었다. 아침 일찍부터 세준을 보는 건 어쩐지 생소한 느낌이었다. 도우미가 내온 차를 받아 들며 괜히 시선을 피했다.

한집에 산다고는 해도 생활 반경이 서로 달라 마주칠 일이 거의 없었다. 또, 4살이라는 나이 차 탓에 같은 학교에 다닌 적도 없었다. 게다가 세준은 고등학교를 졸업하기가 무섭게 할머니 홍례를 따라다니며 후계자로서 발판을 다졌다. 그러다 보니 홍례가 부르거나 경조사가 있을 때만 얼굴을 보곤 했다.

"간밤에 생각을 좀 해봤는데."

세준의 목소리가 시선을 붙들었다. 거기까지 말하고는 입을 다물었다. 뒤에 이어질 말이 나오지 않자 다혜가 고개를 들었다. 왜 그러는지 의아한 듯 그를 바라봤다. 기다리고 있었다는 듯이 시선이 마주쳤다. 피식, 세준이 가볍게 웃음을 터트렸다. 일부러 그런 거다. 시선을 피한다는 것을 알고 일부러 자신을 보게끔 하려고.

그를 알아차린 다혜가 입술을 깨물었다.

"나는 살 맞대고 살 여자와 반목하고 싶지 않아."

세준의 시선이 진지했다. 그 눈빛을 바라보는 것만으로도 다혜는 가슴이 떨려 쉬이 입을 열지 못했다. 살 맞대고 살 여자. 이세준에게 임다혜는 저런 식으로 정의되는 거다. 속으로 그 말을 한번 더 되뇌었다.

"그래서 말인데."

세준이 손을 움직였다. 생각 없이 테이블 위에 올려두고 있던 다혜의 손 바로 앞까지 다가간 손이 멈칫했다. 다혜도 순간 몸을 굳혔다. 만약 그가 손을 잡으려 했다면 그냥 그러게끔 내버려둘 생각이었다. 하지만 그는 손을 잡지 않았다. 다혜의 손 바로 앞에 놓인 중지로 테이블 위를 톡톡 두드렸다. 그 손짓이 다혜의 손에 닿을락 말락 아슬아슬했다.

"규칙을 정했으면 해."

다혜가 손에서 시선을 떼고 다시 세준을 바라봤다. 그는 굉장히 여유로워 보였다. 이미 모두 다 생각해온 듯했다. 그리고 그 순간, 세준의 검지가 다혜의 손을 슬쩍 건드렸다.

'……읏.'

전신에 소름이 돋았다. 오싹하다. 아주 살짝 스쳤을 뿐인데 그 여파가 대단했다. 다혜는 철렁한 가슴을 간신히 추스르고 세준을 바라봤다.

"다혜, 네가 원하는 건 '건들지 않기' 그거 하나뿐이야? 너를 건드리지만 않으면 우리 결혼에 아무런 불만이 없어?"

세준은 한 손으로 턱을 괴고 있었다. 그 나른한 자세가 오히려 더 매력적이었다. 그때, 세준의 손가락이 다시 한 번 다혜의 손끝을 스쳤다. 아까는 우연히 닿았다고 생각했는데 혹시 일부러 건드리는 게 아닌가 싶은 생각이 들었다. 다혜는 버릇처럼 입술을 깨물었다.

그런데 그때였다.

"그거 하지 마."

"네?"

"입술 깨물지 말라고. 입술 깨물 때마다 10분씩 늘릴 거야."

"……윽."

이번에는 노골적으로 손가락을 훑었다. 손끝을 지나친 손이 그대로 안쪽으로 파고들어왔다. 손가락을 얽어내는 움직임이 못내 야했다. 다혜가 놀라서 숨을 들이켜는 걸 보며 세준은 부드럽게 웃었다.

"또 말해봐. 내가 뭘 안 하기를 바라지?"

"……없어요, 그런 거."

다혜는 얽힌 손을 빼내려 했다. 하지만 세준이 깍지를 세게 쥐고 있는 터라 쉽지 않았다. 손가락의 버둥거림을 그는 가볍게 무시했다.

"정말 없어?"

"네……."

흐음, 세준이 미묘하게 인상을 찌푸렸다. 눈을 가늘게 뜨며 진심인지 가늠해보는 듯했다. 다혜는 일부러 눈에 힘을 주며 진심임을 표현했다. 사실 다혜는 이 손을 놔주는 것, 그것 하나만을 바라고 있었다. 손에 슬슬 땀이 났다. 심장이 전신에 있는 듯, 몸 여기

저기가 두근두근 요동쳤다. 계속 손을 붙들고 있었다가는 모두 다 허사가 되어버릴 것만 같았다.

'네가 원하는 대로 세준이랑 결혼하도록 해주마. 다만 그 이상은 바라지 마라. 아니 된다. 그 이상은 바라면 안 돼.'

할머니의 목소리가 이성을 붙들었다. 항상 들어온 말이었다.

'너희는 같이 있으면 불행해져. 세준이뿐만 아니라 너도, 다혜 너도 위험해진다.'
'네 엄마를 봐. 이 할미가 그리 말렸는데도 말을 듣지 않아 그 사달이 났지 않니.'
'다혜야, 너만은 사랑하는 사람을 잃는 슬픔을 겪지 않았으면 한다.'

후우, 후우. 다혜의 호흡이 거칠어지는 것을 세준이 인상을 쓴 채로 바라보고 있었다. 기껏해야 손을 잡았을 뿐인데 경기를 일으킬 것만 같은 반응이었다. 손을 놔주면 된다는 걸 알지만 놓고 싶지 않았다. 특히 반지가 서로 맞닿은 지금, 이 깍지를 풀고 싶지 않았다.
"……나는 있어."
다혜의 뺨이 붉게 달아올라 있었다. 당혹감에 얼굴에 피가 몰렸을 뿐이라는 것을 알면서도 세준은 가슴이 뛰었다. 더 잡고 있었다가는 울려버릴 것만 같아서 손에 힘을 풀었다. 놓기 싫은 손을 억지로 떼며 작게 속삭였다.

"나를 싫어하지 마."

"……네?"

제대로 듣지 못한 듯 다혜가 눈을 크게 떴다. 눈물이 났던 듯 젖은 눈동자가 반짝였다. 세준은 쓰게 웃고는 자리를 떴다.

할머니, 홍례는 완전히 작정한 모양이었다. 하루빨리 아이를 갖기를 원한다고 노골적으로 드러냈다.

"……침실을 같이 쓰라고요?"

다혜가 당황한 듯 되물었다. 하지만 본관의 집사는 어떠한 표정 변화도 없이 고개만 끄덕여 수긍했다. 할머니의 지시니 따라야 할 수밖에 없었다. 당황하는 다혜 옆에서 세준은 팔짱을 낀 채로 덤덤히 듣고 있었다.

"어째서 그리 놀라는 거지? 부부가 침실을 같이 쓰는 건 당연한 거 아닌기?"

세준은 일부러 과장되게 모르는 척하며 물었다. 다혜가 입술을 앙다무는 것을 보고는 고개를 숙였다. 본관 집사 앞이라는 것도 신경 쓰지 않는 모습이라 다혜가 얼굴을 붉혔다.

"입술…… 깨물지 말라고 했어."

귀에 입을 붙이다시피 한 채로 속삭이는 것에 다혜가 흠칫 몸을 떨었다. 그의 숨결이 고스란히 귓속으로 파고들었다. 순진한 반응에 세준이 미소 지은 채 몸을 뗐다.

"회장님께 알았다고 전해줘요. 방은 각방을 쓸 거지만, 잠은 같이 자겠다고."

"예, 사장님."

집사가 물러난 뒤 세준이 몸을 돌려 다혜를 마주 봤다.

"순진하게 노골적으로 드러내지 마. 회장님께 보고될 테니까."

"그게 무슨……."

"회장님께 들키고 싶지 않은 거 아니었나?"

세준이 정곡을 찔러오자 다혜는 다시 입을 앙다물었다. 겉으로는 티가 나지 않았지만, 입술을 깨물고 있을 것이 뻔했다. 세준이 피식, 웃음을 흘렸다.

"아직 잘 모르겠나 본데, 벌써 40분이야."

"……무슨 의미죠?"

갑자기 튀어나온 40분이라는 말에 다혜가 슬쩍 인상을 찡그렸다. 커다란 눈이 찌푸려지자 오히려 더 요염한 느낌을 피웠다. 세준은 그녀와 시선을 마주한 채로 손을 들었다. 방금 깨물었던 흔적이 남은 아랫입술을 엄지로 슬쩍 훑고는 웃었다.

"내가 널 만질 수 있는 시간."

삐. 인터폰 알림이 건조하게 사무실을 울렸다. 정확히 세 번 울리고는 끊어졌다. 이건 윤 비서와 세준 사이의 약속 같은 것으로 세 번은 중요하지 않은 손님의 방문을 의미했다.

세준이 잠시 고민하는 사이 인터폰이 다시 울렸다. 똑같이 세 번이다. 그럼에도 다시 울린다는 건 중요하지는 않지만 만나야 하는 사람이란 뜻이었다. 세준이 들어오라고 말하기가 무섭게 문이 열렸다.

"이세준, 사람 가려서 받기야?"

"너였군."

장희가 또각또각 날카로운 구두 소리를 내며 안으로 들어섰다. 그 소리만큼이나 날카로운 인상의 여자였다. 세준이 흘끗 보고는 다시 시선을 내리자 그녀의 입꼬리가 씰룩거렸다.

"손님 취급도 안 해주네."

"어쩐 일이야?"

쳐다보지도 않고 시큰둥하게 묻자 장희가 씩 웃으며 곁으로 다가왔다. 긴 다리를 이용해 세준의 책상에 기대앉고는 다리를 꼬았다. 옆이 뜯어진 치마 사이로 드러나는 다리가 요염했다. 다혜라면 절대 입지 않을 짧고 타이트한 치마였다. 슬쩍 그녀의 치마 차림을 상상해본 세준이 자조했다.

"결혼한다며?"

"벌써 들었나. 소식 한번 빠르군."

"우리 아빠 정보통을 얕보지 마시라. 그래서 상대는?"

콧대를 세우고 으스대며 팔짱을 낀 장희가 짓궂은 웃음을 흘렸다. 새침한 표정이었지만 보기 나쁘지는 않았다. 세준은 감출 것 하나 없는 듯이 가뿐하게 대답했다. 그래도 서류는 내려놓고 장희에게 시선을 주고 있었다.

그녀는 세준에게 하나밖에 없다고 말해도 좋을 여자 친구였다. 성별이 여자인 친구. 물론 첫 만남은 전혀 다른 목적을 띠고 있었지만.

"임다혜."

"너네 아가씨?"

아가씨라는 호칭에 세준이 슬쩍 미간을 좁혔다. 하지만 별 의미 없었다는 장희는 흐응, 하고 작은 콧소리만 냈다.

"별로 놀랄 일은 아니네. 그래서, 정략결혼 하는 소감이 어때? 아니다. 정략결혼이 아니지. 노예 계약이지, 노예 계약."

"꼭 그런 식으로 표현해야겠어?"

무례한 데다가 듣기 언짢은 표현 방식이었지만 세준은 딱히 화내지 않았다. 장희가 원래 그런 식으로밖에 말하지 못한다는 것을 이제는 질릴 정도로 알았다. 말한다고 고칠 수 있는 일이 아니었고, 차라리 고치는 것보다 절교하는 쪽이 쉬울 터였다. 그렇기에 이제는 그냥 한 귀로 듣고 한 귀로 흘리는 단계가 되었다.

"맞는 말이잖아. 임씨 가문 재산 지키는 노예."

장희가 키득키득 웃었다. 마침 윤 비서가 커피를 내왔다. 진한 원두커피였다. 몇 번 오지 않았는데도 취향을 꿰뚫고 있는 것에 장희가 눈을 흘겨 그녀를 바라봤다.

"언니, 나랑 일하지 않을래? 얘보다 돈 많이 줄게."

윤 비서가 그녀답지 않게 당황하자 재밌다는 듯 장희가 크게 웃음을 터트렸다. 세준은 끼어들지 않은 채 그녀를 바라봤다. 신씨 집안 교육이 그렇게 엄격하다는데 신장희를 보니 다 뻥이었던 모양이다. 아니면 저 여자만 청개구리든지.

"그래도 좋아 죽겠지?"

한동안 윤 비서를 가지고 놀던 장희가 슬쩍 물었다. 커피를 마시고 있던 세준이 그만 쿨럭 하고 기침을 내뱉었다. 사레들린 모양이라며 손수건을 건네는 태도가 천연덕스러웠다.

"좋은데 미칠 것 같아."

윤 비서가 나가고 나자 세준이 본심을 털어놨다. 장희도 쓰게 웃었다. 그가 얼마나 오랫동안 '아가씨'를 짝사랑해왔는지 알고 있었다. 그래서 자신과도 연인이 아니라 친구가 됐다.

"차라리 거절할 걸 그랬다 싶어. 좋아하는 사람 괴롭히는 취미는 없다고."

"괴롭히다니?"

"싫어하는 줄은 알았지만, 건드리지도 말라는 말을 들으니까 아무리 나라도 버틸 재간이 없더라."

세준은 그걸 말하는 것만으로도 괴로웠다. 가슴이 지끈거리는 것이 마치 망치로 두들겨 맞은 듯했다. 그러고도 모자라 가시가 박힌 듯 계속 신경이 쓰였다. 아무것도 아니라고 무시하려 하지만 작은 통증을 끊임없이 뱉어 신경 쓸 수밖에 없는, 작은 가시.

'나를 건들지 마세요.'

그리 말하던 다혜의 표정이 지금까지도 잊히지 않았다. 세준이 아무 말 없자 장희는 커피 잔을 비우고는 어깨를 으쓱거렸다.

"하여간 천하의 이세준이 여자 문제에는 숙맥이라니까."

"여자 문제라니, 임다혜 문제겠지."

단호한 정정에 장희가 피식, 웃었다. 이세준에게 여자란 세상에 임다혜 하나였다. 그를 처음에 알았을 때 얼마나 어이가 없었던가.

분명 정식으로 소개받은 자리였다. 세준의 집안은 별 볼 일 없었지만, 임 회장이 후계자로 삼은 남자니 장희네 집에서 그를 탐냈다. 하지만 그건 있을 수 없는 일이었다. 이 남자는 장희를 여자

취급도 하지 않았다. 몇 번 형식적으로 만나는 동안 장희는 그의 껍데기밖에 보지 못했다.

"대체 뭐가 그리도 좋다는 건지. 기껏해야 할머니 치마폭에 싸인 귀족 아가씨잖아. 스스로 할 줄 아는 것도 없고, 그렇게도 매력이 톡톡 튀는 것도 아니고."

"신장희."

"어디 말해봐. 난 몇 번 만났지만, 그 매력 도저히 모르겠다고. 차라리 얼굴이 좋다고 하든가. 예쁜 거 하나는 인정해줄 테니까."

장희의 말에 세준이 슬쩍 웃었다. 그 웃음이 사나웠다. 장희는 저도 모르게 숨을 들이켰다. 참 묘한 데서 매력을 뿜어내는 남자였다.

무슨 말을 해도 다 그냥 넘기던 남자가 자신이 좋아하는 여자를 비하하는 것에 분위기가 바뀌었다. 더 말해보라는 도전적인 눈빛에 장희는 입을 다물었다. 더 말했다가는 친구 사이에 금이 갈 거라는 경고였다.

"스스로 할 줄 아는 게 없다니. 전혀 잘못 봤어. 얼마나 열심히 공부하는데. 회장님께 손 한 번 벌리지 않고 자기 앞가림 다 해. 회장님 말씀 거부한 적은 없지만, 그렇다고 자기 의견이 없는 애는 아니야. 자기 인생, 스스로 선택했고……."

"그런 애가 살 닿기도 싫은 사람하고 결혼해?"

"……."

세준이 입을 다물자 장희는 그것 보라며 흥분해서는 따지고 들었다.

"자기 의견이 없으니까 그냥 임 회장님 말씀 따르는 거잖아.

나라면 그렇게 혐오하는 사람하고 결혼하라고 그랬으면 집 나갔어. 얼마나 끔찍하겠어."

세준의 입이 일자가 된 것에 장희는 제가 실수했음을 알아차렸다.

"혐오라니, 그, 그건 내가 단어를 잘못 선택한 거야, 이세준."

"됐어, 그 말이 맞지."

꼬였다. 단단히도 꼬였다. 장희는 이로 입술을 긁으며 그의 눈치를 봤다. 자기혐오에 빠진 것 같은 반응에 후다닥 자리에서 일어났다.

"나, 나는 이만 갈게. 하하하……. 나중에 밥 한번 먹자. 그럼 안녕!"

이 상황을 타개할 방법은 삼십육계 줄행랑뿐이다. 얼른 밖으로 나가버리는 장희를 물끄러미 바라본 세준이 깊은 한숨을 내쉬었다.

화를 낼 일이 아니었다. 장희의 말은 틀린 게 하나도 없었다. 다혜가 저를 혐오하는 것도, 싫은데도 회장님 의견을 따르는 것도 모두 사실이었다.

"아주 확인사살을 하고 가는군."

2. 전할 수 없는 진심

〈덕의초등학교 6학년 이세준(12). 워싱턴에서 개최한 국제 경영 아이디어 대회(IBPC)에서 최연소로 우승.〉

그건 아주 작은 기사였다. 할머니의 교육 방침으로 매일 다섯 개의 신문을 정독하는 게 다혜의 일과였다. 수십 장의 신문 속 수백 개의 기사 중에 딱 두 번 나온 기사였다.

해외 토픽란에 자그마하게 사진과 함께 실린 기사를 다혜는 읽고 또 읽었다. 그것도 모자라 열심히 가위질해 스크랩북에 고이 끼워놓기까지 했다. 흑백의 사진에 나온 남자아이의 미소가 잊히지 않았다.

주에 한 번, 다혜는 할머니와 그 주에 읽은 기사를 두고 얘기하는 시간을 가졌다. 가장 화제가 됐던 기사를 위주로 얘기하곤 했는데, 그때 지나가는 말로 그 기사를 언급했다.

'초등학생인데, 정말 대단한 것 같아요. 어른들을 제치고 1등 이라니.'

그게 할머니의 주의를 끌었다. 조사한 결과, 이세준은 단순히 요행으로 국제 대회에서 우승한 것이 아니었다. 그는 소위 말하는 천재 소년이었다. 할머니의 마음에 쏙 들 수밖에 없는 존재였다.

'이쪽은 이세준. 서관 옆에 신축한 별채에서 살 거란다.'

처음 만났을 때, 다혜는 수줍어 아무 말도 하지 못하고 할머니 뒤에 숨어 있었다. 흑백의 신문 기사에 실린 사진이 닳도록 바라 봤던 얼굴이 눈앞에 있었다. 사진에서 보는 것처럼 환하게 웃지는 않았지만, 활기가 넘치는 얼굴에는 빛이 났다. 동화 속 왕자님을 실제로 만나면 이런 기분일까 싶었다.

"무슨 생각 중이야?"

"아, 미안해요."

세미나 팀원들과 토론하는 중이었다. 해준이 다혜의 상념을 깨 웠다. 그녀답지 않게 넋을 놓고 있는 모습에 마주 앉은 민선이 어 디 아프냐며 걱정을 해왔다. 다혜는 웃으면서 고개를 흔들었다. 아침에 있었던 일이 너무 당황스러워 계속 신경이 쓰였다. 무슨 일을 해도 집중할 수가 없고 세준이 머릿속을 가득 메웠다.

"잠깐 쉴까?"

해준이 능숙하게 다혜를 배려했다. 다른 팀원들도 펜을 내려놓으며 동의했다.

"해준 선배, 너무 다혜 언니만 챙기는 거 아니에요? 좋아하는 거 다 티 나요."

다혜보다 한 살 어린 유미가 짓궂게 웃으면서 그를 놀렸다. 하지만 해준은 당황하는 법 없이 여유롭게 웃었다.

"이미 차였는데, 뭐."

"헤에? 진짜로?"

민선이 깜짝 놀라 얘기에 끼어들었다. 다혜는 상황이 부담스러워 어색한 웃음만 짓고 있을 뿐이었다.

"왜? 해준 선배 정도면 괜찮지 않아, 언니?"

유미가 옆으로 다가와 궁금한 듯 캐물었다. 남의 연애사가 참 재밌는 모양이었다. 조용하던 세미나실이 순식간에 시끄러워졌다. 강해준 정도면 어디 가서 꿀리지 않는다는 말로 시작해서 따로 좋아하는 사람이 있느냐는 추궁으로 이어지는 수다에 다혜는 덤덤하게 대답했다.

"나…… 결혼했는걸."

"으에에에엑?"

유미의 반응이 지나치다. 전혀 예상하지 못한 대답에 깜짝 놀란 모양이었다. 다혜의 옆에 있던 해준도 놀란 건 마찬가지였다. 어제 만났을 때만 해도 분명 결혼 상대라고만 말했지, 남편이라고는 하지 않았다.

"결혼식은 가을에 올리지만 어제부로 정식 부부가 됐어."

"헤에, 뭔가 복잡하네. 혹시 그거 결혼반지야?"

유미가 손을 쑥 내밀어 다혜의 손을 잡아 올렸다. 다혜가 거부할 새도 없이 테이블 위에 손이 올라왔다. 수수한 금반지가 다혜의 가는 손가락에 끼워진 채로 반짝이고 있었다.

"결혼반지치고는 좀 수수한데? 보통 막 다이아 박고 그러지 않아?"

유미의 말에 다혜는 웃기만 했다. 휘황찬란한 반지에는 아무런 감흥이 없다. 그보다는 이 반지가 훨씬 더 소중했다. 겉치레로 할머니가 준비한 것이 아니라 세준이 직접 준 거니까. 그가 항상 끼고 있는 반지와 같은 디자인이었다.

"결혼반지보다는 커플링 같네."

민선이 웃으면서 말했다. 순간 두근거린 다혜는 손을 꼭 쥐고는 웃었다. 커플링. 그런 달콤한 어감이 자신들과 어울릴 리 없지만 듣는 것만으로도 가슴이 뛰었다.

유미가 '언니, 행복해 보어!' 하면서 부러워했다. 해준은 '끼어들 틈이 없네.' 하면서 아쉬움의 윙크를 날렸다가 유미에게 혼났다. 유부녀에게 추파 던지지 말라면서.

"그럼 다들 잘 가요."

다들 뿔뿔이 헤어지고 나니 다혜와 해준만이 남았다. 잘 가라고 인사하고 떠나려는 다혜를 해준이 붙잡았다.

"정말 결혼한 거야?"

"……네."

어떻게 보면 거짓말이다. 혼인신고서는 아직 제출되지 않았다. 물론 곧 제출할 거지만 이 순간에는 아직 아니었다. 그래도 다혜는 굳이 그런 얘기를 할 필요는 없다고 생각했다.

"급작스럽네. 결혼이라는 게 그런 거야?"

"아닐 건 없죠."

다혜는 슬쩍 웃고는 말을 끊으려 했다. 하지만 해준은 쉬이 물러나지 않았다. 다혜가 오늘 갑자기 결혼했다고 말하는 것이 영 거슬리는 모양이었다. 그는 뭔가 말하고 싶지만, 마땅한 말을 찾지 못해 망설였다.

"다혜, 너…… 내가…….."

"네?"

"내가 너를…….."

어렵사리 입을 열었을 때였다. 해준의 시야에 독특한 것이 들어왔다. 조금 멀찍이 서 있는 은빛 스포츠카였다. 애스톤 마틴. 그를 알아본 해준의 표정이 눈에 띄게 굳었다.

그의 표정이 이상하다는 걸 알아차린 다혜가 뒤를 돌아봤다. 잘빠진 라인의 스포츠카가 대학교 교정에 어울리지 않게 서 있었다. 다혜의 눈이 걷잡을 수 없이 커졌다. 아무리 제집 주차장이 셋이고, 각각 입구가 달라 그 안에 어떤 차가 있는지 다 알지 못한다고 해도 세준의 차를 알아보지 못할 정도는 아니었다.

다혜의 시선을 알아차린 듯 차가 부드럽게 움직여 가까이 다가왔다. 차 문이 열리고 그 안에서 세준이 내렸다. 다혜와 해준은 움직이지 못한 채 홀린 듯 그를 바라봤다.

은빛의 차체 앞에 선 세준의 검은 정장 차림이 유독 짙은 색을 뿜었다. 문을 닫고 정면을 바라본 그와 시선이 마주쳤다. 다혜도, 해준도 그렇게 느꼈다. 차에 기대선 채로 팔짱을 끼고 바라보는 표정에서는 관능마저도 느껴졌다.

해준과 다혜는 스무 계단이나 위에 서 있었다. 분명 세준이 올려다보는 쪽이었다. 그럼에도, 대화에 끼어드는 것도 아니고 가만히 서 있기만 하는데도 위압감이 전해져왔다.

"……가만히 서 있는 게 더 무섭네."

해준의 중얼거림에 다혜는 무언으로 동의했다. 차라리 이리 오라고 명령하면 마음이 편하겠다. 아무 짓도 안 했는데 왠지 잘못이라도 저지른 기분이 들었다.

"저 남자와…… 결혼한 거니?"

해준의 질문에 다혜는 심장이 쿵쾅쿵쾅 달리기 시작했다. 저 남자와…… 이세준과.

세준은 담배를 피우지 않았다. 애초에 담배를 배울 환경이 되지 못했다. 행동 하나하나를 엄격하게 관리받았으니까. 게다가 담배는 힐머니가 냄새조차 싫어하기 때문에 더 멀리할 수밖에 없었다. 고등학교도 졸업하기 전, 술을 가르친 것과는 상반되는 일이었다.

그저 다리를 꼬고 서서 팔짱을 끼고 있을 뿐인데도 다혜는 그에게서 시선을 뗄 수가 없었다. 봄바람이 세차게 살랑이며 그를 간질였다. 반듯하게 세운 머리가 흐트러질 정도는 아니었지만, 바람이 신경 쓰이는 듯 고개를 슬쩍 움직였다. 그 작은 행동 하나에도 가슴이 떨렸다.

다혜는 마치 자석에 끌리듯 걸음을 움직였다.

"다혜야……!"

뒤에서 해준이 부르는 것이 들렸지만 멈추지 못했다. 계단을 내려가는 다리가 후들거렸다. 굽이 높은 탓에 위태롭기도 했다.

그럼에도 속도를 늦추지 못했다. 할 수 있는 거라고는 당장 그의 품에 뛰어들고 싶은 마음을 억누르는 것뿐이었다.

오히려 세준의 곁에 서자 가슴의 떨림이 조금 가셨다. 세준이 흘끗 시선을 드는 것이 보였다. 아직 계단참에 서 있는 해준을 바라보는 모양이었다.

"할 말이 남아 보이는데."

하지만 다혜에게 중요한 건 그게 아니었다. 해준에게 작별인사를 하지 못했다는 게 기억났지만, 그야 다음에 만나서 사과하면 될 일이었다. 이세준을 앞에 두고 다른 남자를 생각할 여유는 없었다.

"여긴…… 어떻게 왔어요?"

"같이 갈 데가 있어서 기다리고 있었어."

다혜의 운전기사는 세준이 돌려보낸 지 오래였다.

"언제 끝날 줄 알고……."

"여기 있다는 것만 알면 언제 끝나든 상관없으니까."

다혜가 입을 다물자 세준이 다시 한 번 위를 흘끗 쳐다봤다. 해준이 아직 위에 서 있었다. 하지만 다혜가 뒤를 돌아보지 않는 것을 보니 굳이 신경 쓸 필요는 없는 것 같았다.

세준이 차에서 몸을 떼 똑바로 섰다. 시선이 높아지는 것에 다혜는 멍하니 그를 바라보다가 얼른 눈을 돌렸다.

"가자."

세준이 자연스레 다혜를 에스코트했다. 그가 몸이 닿을 만큼 가까이 다가온 바람에 다혜는 떨리는 가슴을 들키지 않으려 애를 써야만 했다. 차를 빙 돌아 조수석 차 문을 열어준 세준을 흘끗 바라본 다혜가 저항 없이 올라탔다. 문을 닫은 그가 운전석으로 돌아오는 사이 다혜는 크게 심호흡해야 했다.

"무슨 일이에요?"

"……"

"어디…… 가는 거예요?"

애써 용기 내 물어봤지만 세준은 아무 대답이 없었다. 묵묵히 운전만 하는 게 대답해줄 기미가 보이지 않았다. 그를 바라보던 다혜도 결국 입을 다물고는 고개를 돌렸다. 학교를 빠져나가고 시내로 들어서는 동안 다혜는 계속 창밖만 바라봤다.

학교 주변이다 보니 사람이 많았다. 그중에서도 커플들이 자꾸 시선에 밟혔다. 환하게 웃으며 장난치는 여자, 그런 여자의 장난을 웃으며 받아주는 남자. 꼭 끌어안은 채 한 몸처럼 걸어가는 연인, 손잡고 가는 귀여운 커플.

자꾸 그런 모습만 눈에 들어오는 것에 다혜는 시선을 아래로 내렸다. 꼭 모으고 있는 손 위에서 반짝이는 반지를 하염없이 바라봤다. 적어도 이 반지를 끼고 있으면 자신들도 연인처럼 보이지 않을까, 그런 욕심 어린 생각을 했다.

"내려."

차가 멈춘 것도 모르고 있던 다혜가 세준의 말에 고개를 들었다. 커다란 빌딩 앞에 주차한 세준이 먼저 차에서 내렸다. 다혜는 여기가 어딘지도 모른 상태로 우선 그를 따라 내렸다.

주변을 둘러보니 빌딩에 크게 자리한 주얼리숍이 보였다. 그가 당연한 걸음으로 그리로 향하는 것에 다혜가 얼른 그의 소매를 붙잡았다.

"왜, 왜요?"

당황함이 목소리에 그대로 묻어났다. 걸음을 멈춘 세준이 뒤를 돌아봤다. 무표정해서 무슨 생각인지 당최 읽을 수가 없었다.

다혜는 한껏 긴장한 채로 그를 바라봤다. 머리를 굴려 이곳에 온 이유를 따져봤다. 결혼 예물이라면 할머니가 준비하실 테니 그가 따로 신경 쓸 일은 아니었다.

질문에 선뜻 대답하지 않은 세준이 시선을 아래로 내렸다. 다혜는 무의식중에 그 시선을 따라 고개를 숙였다. 그의 시선이 닿은 곳이 꼭 제 손 같았다. 그가 준 반지가 마치 시선을 의식하듯 반짝였다. 다혜의 시선이 반지를 향한 걸 본 세준이 한숨을 토해내며 말했다.

"……작잖아."

"네?"

"불편하지 않아?"

세준의 말에 그제야 다혜는 그가 이곳에 온 이유를 알아차렸다. 반지를 힘겹게 꼈던 것을 기억한 모양이었다. 다혜는 그제야 어깨에 잔뜩 들어갔던 긴장을 풀어냈다. 저도 모르게 안도의 웃음이 났다.

"아니에요. 이대로 좋아요."

끼울 때 마디에 걸리기는 하지만 불편할 정도는 아니었다. 솔직히 말해서 아프더라도 이게 좋았다.

세준은 조금 인상을 찡그린 채로 그녀를 내려다봤다. 7년 전에 맞췄던 반지였다. 그때도 반지 호수를 짐작했을 뿐이라 손에 잘 맞을지 자신이 없었다.

"그럼 됐어. 가지."

세준이 몸을 돌려 다시 차로 향했다. 조수석 문을 열어주는 것에 다혜는 얌전히 차에 올라탔다. 차 유리를 통해 그가 걷는 모습을 물끄러미 바라봤다. 막 운전석 차 문을 연 순간이었다. 세준의 전화가 울렸다. 그 벨소리가 안에 타 있는 다혜에게까지 들렸다. 세준이 문을 연 채로 휴대폰을 꺼내 상대를 확인했다. 잠시 바라보더니 전화를 받았다.

"무슨 일이야?"

다짜고짜 본론을 말하는 것이 친한 사이인 듯했다. 다혜는 저도 모르게 세준을 뚫어지게 쳐다보고 있었다.

"영석이가? 신장희, 네가 꾸민 거 아니야? 안 돼, 오늘은."

거기까지 들렸을 때 세준이 문을 닫았다. 영석이 누군지는 알 수 없었지만 신장희, 그 이름은 아는 이름이었다. 신 회장님 막내딸……. 다혜의 눈에 그림자가 슬며시 내려앉는다.

다혜는 창문을 통해 세준을 계속 바라봤다. 늘 이렇게 보는 쪽에 있었다. 언뜻 그의 입가에 걸린 미소를 본 듯했다. 몸을 움직인 탓에 금방 놓쳐 확신하지는 못했다. 하지만 늘 미간에 골이 파인 채로 저를 바라볼 때와는 확연히 달랐다.

세준의 전화가 끝난 것을 보고는 얼른 시선을 앞으로 옮겼다. 달칵, 문이 열리는 소리가 들리고 이내 그가 옆자리에 앉았다.

"시간 괜찮으면 저녁 먹고 들어가겠어?"

그의 태도가 은근히 상냥했다. 전화 때문에 기분이 좋아진 걸까. 그렇게 생각하면 씁쓸했지만 둘이서만 식사를 해본 적이 없어서 순간 가슴이 콩닥거렸다. 할머니가 없는 곳에서 둘이서 식사라니, 위험하다고 머릿속에서 경고가 울렸다. 하지만 전혀 다른 말이 튀어나왔다.

"네. 괜찮아요."

다혜는 제 대답에 스스로 놀라 입술을 깨물었다. 이렇게 같이 차만 타고 있어도 심장 두근거리는 소리가 들릴까 봐 걱정되는데, 마주 앉아서 식사라니······. 그때였다. 불쑥 뻗어온 손가락이 입술을 가볍게 두드렸다.

"50분. 1시간을 채워줄 건가?"

"네? 아······ 그, 그건······!"

자기 마음대로 입술 깨물 때마다 10분씩 늘린다고 정해버리더니 벌써 50분이란다. 50분······. 그 정도가 되면 건드리지 말라는 말은 아무런 소용이 없게 된다. 입술을 깨무는 버릇이 제 발목을 잡을 줄은 몰랐다. 다혜의 당황하는 모습에 세준이 피식, 웃음을 흘렸다.

"나를 싫어해서 그러는 건 알지만 그 버릇은 고쳐. 안 좋아."

"······네?"

"입술 망가지잖아."

"아뇨······. 그 말······ 말고요······."

"뭐?"

너무 놀란 다혜가 멍하니 옆을 바라봤다. 차를 출발하려던 세준이 그 시선에 고개를 돌렸다. 가까이서 마주한 시선에 움찔한 다혜가 다시 입술을 깨물려다가 황급히 입을 벌렸다. 그를 본 세준이 웃었다. 그 웃음이 왠지 애잔했다.

"싫어해서 그러다뇨······."

"아니라고 할 건가? 내가 가까이 있을 때만 입술을 깨물잖아."

"그건······."

맞지만, 아니었다. 그가 가까이 있을 때 나오는 버릇이라는 건 맞지만 그를 싫어해서 그러는 건 아니었다. 하지만 이걸 어떻게 설명해줘야 할지 알 수가 없었다. 싫지 않다고 말해야 하는 걸까? 그럼 대체 어디서부터 설명해야 하는 거지?

다혜의 곤혹스러운 표정을 본 세준이 인상을 찡그리며 고개를 돌렸다. 묵묵히 차를 출발하는 모습이 단단히 오해한 모양이었다.

오해를 풀고 싶다. 다혜는 저도 모르게 다시 입술을 깨물었다. 하지만 이번에는 세준도 눈치채지 못한 듯 아무 말이 없었다.

퇴근 시간과 맞물렸는지 서서히 차가 막히기 시작했다. 정체된 도로 위에서 하염없이 시간을 보내면서도 다혜는 쉬이 입을 열지 못했다. 세준도 아무 말 없었다. 그렇게 숨을 조이는 적막이 차 안을 가득 메울 즈음 다혜가 한숨을 내쉬었다. 하지만 그 한숨조차도 의미가 왜곡된 듯 세준이 거칠게 내뱉었다.

"그냥 집으로 가지."

화났다. 화나게 했다. 다혜는 손톱이 손바닥에 박힐 정도로 주먹을 움켜쥔 채 괴로워했다.

집에 가도 좋다. 하지만 오해만은 풀고 싶었다. 눈가에 경련이 일 정도였다. 다혜가 힘겹게 입을 열었다.

"아니에요. 그런 의미가······ 아니었어요."

"그게 어떤 의미인데?"

세준이 고개를 살짝 비틀어 다혜를 흘깃거렸다. 그 시선이 차게 식어 있었다. 쉬이 대답하지 못하고 멈칫거리던 다혜가 시선을 창밖으로 돌렸다. 시선을 마주하는 것조차 거부하는 모습에 세준의 표정이 크게 일그러졌다. 아직 날이 어둡지 않아 창문에 어른거리는 다혜의 표정을 읽기 힘들었다.

"싫어하지…… 않아요."

용기 내어 입을 뗐지만 소리가 제대로 나오지 않았다. 바람 소리만 잔뜩 나서 정작 말한 본인도 제대로 알아들을 수 없었다. 다혜는 기어들어가는 목소리를 애써 끄집어냈다.

"싫어한 적…… 없어요."

끼이이익!

주행 중이었다. 물론 길이 막혀 속도를 냈던 건 아니었지만, 그래도 서행 중이었던 차가 갑자기 급정지하자 뒤에서 빵빵거리며 경적을 울려대고 난리가 났다. 다혜가 깜짝 놀라 세준을 바라봤다가 흠칫, 몸을 굳혔다. 세준이 전에 없이 무서운 표정으로 저를 노려보고 있었다. 그 시선이 활활 타올랐다.

길 한가운데서 멈춰 서서는 움직일 줄 모르는 세준 때문에 주변이 점점 더 시끄러워졌다.

잠시 다혜를 노려보던 세준이 다시 앞을 보고 차를 움직였다. 그러고는 매서운 손놀림으로 속도를 내더니 이리저리 용케도 끼어들며 앞으로 나아갔다. 부드러운 움직임이었지만 다혜는 왠지 오한이 들었다. 이유는 알 수 없었지만 그가 아까보다 훨씬 더 화가 났다는 것만큼은 느껴졌다.

5분도 채 지나지 않아서 차가 다시 멈췄다. 주차요원이 능숙하게 주차를 유도했다. 차가 완전히 멈추고 시동이 꺼지도록 다혜는 세준을 쳐다보지 못했다. 차를 멈추고 나서도 세준은 한동안 아무 말 없었다.

"……싫어한 적 없다고?"

침묵을 깬 건 세준이었다. 다혜는 아래를 내려다보며 고개만 살짝 끄덕였다. 머릿속에 할머니의 말씀이 자꾸 재생됐다. 말해서는 안 된다고 생각했지만, 그의 오해를 받는 게 견디기 힘들었다. 적어도 싫어한다고 생각하는 것만큼은 풀어주고 싶었다.

그런데 세준이 기가 찬 듯 한숨 섞인 웃음을 내뱉었다. 어쩐지 자조적인 느낌이 물씬 풍겼다. 저를 향하는 게 아닌 것 같아 다혜가 조심스레 고개를 들었다. 운전대에 팔을 괴고 있던 세준과 눈이 마주쳤다. 그의 눈이 쓰게 웃고 있었다. 그 웃음이 자꾸 마음에 스며들었다.

"나를 싫어하지 않아?"

"……네."

"정말로?"

의심스러워하는 눈치였다. 다혜는 순긴 당황해서 눈만 깜박였다. 쉬이 믿지 못할 정도로 오해가 컸던 걸까? 얼마나 오랫동안 자신이 그를 싫어한다고 굳게 믿었던 걸까. 다혜는 타들어갈 듯이 마르는 입술을 혀로 살짝 축이고는 다시 고개를 끄덕였다.

"거짓말."

"거짓말이라니……."

다혜가 당황해서 고개를 흔들었다. 아니라고 눈으로 호소했지만, 세준은 단호했다.

"싫어하잖아. 그러니 건들지도 말라고 한 거 아니었나?"

"그건……!"

다혜가 깜짝 놀라 소리쳤다가 황급히 입을 틀어막았다. 건드리지 말라고 했던 건 그가 싫어서가 아니었다.

"그건?"

"……."

하지만 말문이 막혔다. 저는 아무 말도 해서는 안 됐다. 저도 모르게 다시 입술을 깨물었다. 세준이 인상을 팍 찡그리고 나서야 그를 깨닫고 입에 힘을 풀었다. 하지만 그래도 할 수 있는 말은 없었다. 결국, 다혜가 고개를 떨구자 세준이 비웃음을 흘렸다. 그 숨결이 비수처럼 날아와 꽂혔다.

"네 반응…… 꼭 나를 혐오하는 것처럼 느껴져."

절대 아니라고 고개를 흔드는 것밖에 할 수 없었다. 아플 정도로 눈을 감은 채로 다혜는 괴로워했다. 열심히 말을 고르지만, 어떤 말도 할 수가 없었다.

'사랑하는 사람과 행복하고 싶은 네 마음, 이 할미가 어찌 모르겠니.'

'세준과 결혼하게 해주마. 하지만 아이를 가질 때까지만이다. 약속해다오.'

'아이를 가지면 바로 너를 유학 보낼 거야. 그쪽에 다 준비해주마. 알겠지, 다혜야? 너희는 붙어 있으면 안 된다. 얼른 아이 가지고 헤어져야만 해. 그래야 살아. 그래야만…….'

할머니의 목소리가 머릿속에서 시끄럽게 울렸다. 하아, 하아……. 다혜의 호흡이 점점 기칠어졌다. 그를 느낀 듯 세준이 어깨를 잡아챘다.

"……임다혜?"

부르니까 고개를 들기는 하는데 상태가 이상했다. 무서운 것이라도 본 것처럼 동공이 커진 채 거친 숨만 몰아쉬고 있었다. 세준이 당황해 다혜의 어깨를 흔들었다. 넋이 나간 것 같은 모습이었다.

"임다혜!"

세준이 몇 번이나 부르고 나서야 다혜가 정신을 차렸다.

"몸이 안 좋은 거야?"

세준이 조심스레 물었다. 다혜는 고개를 흔드는 것밖에 못 했다. 몸이 너무 떨려서 목소리조차 내지 못했다. 식은땀이 나고 전신에 오한이 들었다. 거친 숨만 겨우 내쉬는 다혜를 바라보며 세준이 인상을 찡그렸다.

"나 때문인가 보네."

"……아니에요!"

다혜가 황급히 부정했지만 이미 설득력은 없었다.

"나가 있을게. 진정 좀 해."

세준이 거칠게 차 문을 열고 밖으로 나갔다. 찬바람이 순간 안으로 밀려들어왔다. 숨이 트이는 바람이었지만 서늘한 바람에 다시 소름이 돋았다.

혼자 남고 나서야 다혜는 울음을 터트렸다. 왜 세준이 오해하고 있었는지 알아차렸다. 할머니의 말을 떠올릴 때면 저도 모르게 그에게 거부반응을 일으키고 있었다. 가까워지면 안 된다고 몸이 굳어버리니 그가 볼 때는 자신을 싫어한다고 느낄 수밖에 없는 일이었다.

잠깐이라도 그와 결혼해서 살 수 있다. 그게 임다혜에게 주어진 행복의 전부였다. 그 이상을 욕심내면 그마저도 신기루처럼 바람에 흩날려 사라지게 된다.

세준은 입이 썼다. 이럴 때는 담배를 모른다는 게 짜증이 났다. 진정하려고 밖으로 나왔지만, 불어오는 바람이 야속하기만 했다. 흘끗 안을 바라보자 다혜가 울고 있었다. 곁에서 위로해주고 싶어도 제가 울렸다는 생각이 드니 들어가고 싶지 않았다. 저를 보면 더 울고 말 게 분명했다.

싫어하지 않는다는 말이 좋아한다는 의미는 아니다. 그렇지만 싫어하지 않는다는 말에 가슴이 뛴 것은 사실이었다. 미움 받고 있다고만 생각했으니까. 하지만 이어진 그녀의 반응을 보니 전혀 기뻐할 일이 아니었다.

싫어하지는 않는다. 하지만 닿지 않기를 바란다. 대체 임다혜의 본심은 뭘까. 생각할수록 모르겠다. 한숨을 푹푹 내쉬던 세준이 휴대폰을 꺼냈다. 장희에게 문자를 보내는 손길이 거칠었다. 최영석 새 차 뽑은 기념이라는 말도 안 되는 핑계로 술자리에 나오라던 전화였다. 아까 안 가겠다고 한 걸 취소하고 지금 가겠다고 답했다. 술이라도 마셔야 속이 좀 다스려질 것 같았다.

몇 번 창문을 돌아본 세준이 이내 차에 올라탔다. 다혜가 손수건으로 눈물을 닦고 있는 걸 봤다.

세준이 아무 말도 하지 않은 채 시동을 켜는 것에 다혜도 입을 열지 않았다.

주차장을 빠져나오면서 주차요원에게 팁을 찔러준 세준은 집에 도착할 때까지 묵묵히 운전만 했다. 서관 앞 드라이브 웨이에 차를 세웠다.

"들어가."

세준이 다시 차에 타려고 하자 다혜가 놀라 그를 바라봤다. 빨간 눈가에 세준이 조금 인상을 찡그렸다.

"어디…… 가세요?"

"늦게 들어올 거야. 신경 쓰지 말고 자."

어디를 가든 네가 알 바 아니라는 식의 대답에 다혜의 눈동자가 흔들렸다. 세준의 차가 멀어지는 걸 바라보다가 그대로 주저앉았다. 깜짝 놀란 경호원이 달려와 그녀를 부축해줬다. 다시 울음이 터지려고 했다. 볼썽사나운 꼴을 보이고 싶지 않아 다혜는 괜찮다며 손을 내저었다. 끝내 서관 현관까지 데려다준 그에게 고맙다고 말한 끝에 침실로 달려갔다.

울음이 그치지를 않았다.

"야, 야. 뭘 이렇게 살벌하게 마시냐."

기분 좀 풀어주려고 술자리를 만들었지만, 막상 세준이 무섭게 술을 퍼마시자 걱정이 된 장희가 연신 그를 뜯어말렸다.

"실연이라도 당한 놈 같네."

정작 술자리 주인공인 영석은 별로 마시지도 않았다. 멀쩡한 눈으로 휴대폰을 보던 그가 흘끗 세준을 보고는 중얼거렸다. 그 말에 장희는 세준의 아가씨를 떠올렸다. 다혜와 무슨 일이라도 있던 걸까. 아무 말 없이 술만 퍼마시는 걸 보니 정말 그런지도 모르겠다는 생각이 들었다.

"왜, 결혼 취소됐어?"

영석이 대수롭지 않게 말하자 장희가 하이힐로 그의 정강이를 걷어찼다. 지금 상황에 그런 말이 나오느냐고. 소리 없는 비명을 지른 영석이 툴툴거리고는 세준이 들고 있는 술을 뺏어 제 잔을 채웠다.

"예쁜 와이프 생긴 놈이 왜 울상이야. 형님은 옆구리 시려 죽겠는데."

영석은 들고 있던 휴대폰을 집어 던졌다. 그러고는 요즘 공들였던 여자가 저를 물 먹였다면서 독한 술을 그대로 원샷해버렸다.

"잘 안 됐어?"

장희가 놀란 척 눈을 크게 뜨고 물었다. 그러면서 손은 바삐 움직여 영석의 잔을 채웠다. 그래야 세준이 술을 덜 마실 것 같았다. 그의 눈이 제 손을 보고 있는 걸 알면서도 일부러 무시했다.

"안됐네. 근데 걔, 처음부터 별로였어. 내가 더 괜찮은 애 소개해줄게. 자, 마셔. 마시고 풀어."

"예뻐?"

"아, 진짜."

네 얼굴 좀 보고 얘기할래? 장희의 눈이 그리 말하고 있었다. 영석은 입술을 삐죽였다.

"얼굴로 안 되니까 돈으로 밀잖아."

"돈보다 얼굴이 먼전가 보지."

장희와 영석이 투닥거리고 있는 동안 세준은 언제 주문했는지 새 술을 뜯고 있었다. 차라리 소주를 까서 병나발을 불고 싶은 기분이었다. 술을 잔뜩 마시면 속이 좀 풀릴 줄 알았는데, 취할수록 감정이 더 격해졌다.

"야, 신장희. 이세준 저 자식, 맛 가는데?"

영석이 장희를 툭툭 쳤다. 장희도 세준을 보고는 고개를 절절 흔들었다. 대체 사랑이 뭐라고 저러는지.

"대체 왜 그러는 거야? 진짜 차였어?"

영석이 궁금하다는 듯 물어왔다. 하지만 장희라고 알 리가 없었다. 기껏 아는 거라고는 건드리는 것조차 싫어한다는 것뿐이었다.

"그냥 뭐…… 괴로운 거겠지. 사랑하는 사람하고 결혼해서 천국인 줄 알았는데, 상대에게는 지옥이라니까."

대체 언제 '지옥'이라는 표현이 나온 건지 모르겠지만, 장희는 제 마음대로 그렇게 표현했다. 술을 퍼마시는 세준의 귀에도 그 말이 똑똑히 들렸다.

임다혜에게는 지옥…….

딱히 틀린 말 같지 않았다. 그리 생각하자 갑자기 술이 쓰게 느껴졌다. 더 마셨다가는 오히려 쏟아낼 것 같아 술잔을 내려놨다. 소파 등받이에 몸을 기대자 술기운이 몰려오는 듯 머리가 핑 돌았다.

"지옥이라니……. 걔가 그랬대? 이세준하고 사는 게 지옥이라고?"

"그건 아닌데…… 만지지도 말라고 했대."

"우와, 세게 나오네?"

장희와 술을 주고받으며 영석이 세준을 바라봤다. 미친 듯이 마신다 싶더니 버티기 힘든지 눈을 감고 있었다. 그 모습을 보니 좀 안쓰럽기도 했다. 좋아하는 사람이 저를 싫어하는 기분이 어떤 건지, 영석은 지긋지긋할 정도로 잘 알았다.

짜식……. 영석은 안타까운 마음에 술을 한 잔 더 따라줬다. 마시라는 의미는 아니었지만, 그때 세준이 눈을 떴다.

"괜찮냐?"

묘한 동질감에 영석이 그를 챙겼다. 세준은 깊은숨을 내쉬고는 중얼거렸다.

"싫지 않은데…… 혐오하는 게 아닌데……."

"응?"

"싫은 게 아닌데 건드리지 말라는 건 어떤 의미냐?"

세준의 말에 영석이 한쪽 눈을 찡그리고는 장희를 바라봤다. 장희는 어깨만 으쓱거렸다.

"야, 여자 마음은 여자가 알아야지."

"아씨, 내가 그 아가씨야? 그 마음을 내가 어떻게 알아."

장희가 화를 벌컥 내고는 술이나 마시라며 영석의 잔을 채웠다. 영석도 어이가 없어서 입술을 삐죽이고는 '그래, 마신다!' 하고는 그를 단번에 비웠다. 세준은 천천히 눈을 깜박였다. 흐릿한 시야에 자꾸 임다혜가 떠올랐다. 싫은 게 아니라면서 고개를 젓던 모습이.

"뭐…… 싫은 게 아니라면…… 다른 이유가 있는 게 아니겠냐?"

영석의 말에 세준이 인상을 찡그렸다. 무슨 뜻이냐고 묻는 시선에 영석이 말을 이었다.

"뭐…… 달리 좋아하는 사람이 있다거나, 정략결혼 하는 사람이랑 깊은 관계까지 가기 싫다거나."

"달리 좋아하는…… 사람?"

그 말에 떠오르는 사람이 강해준이었다. 강해준……. 아니, 그

건 아닌 듯했다. 아까 학교에서의 상황을 떠올려보면 좋아하는 사람을 그렇게 보낼 리는 없었다. 강해준 말고 임다혜 주변에 남자가 있었던가? 적어도 세준이 아는 바로는 이렇다 할 사람이 없었다.

"가장 좋은 건 물어보는 거야. 천하의 이세준도 좋아하는 사람 앞에서는 한없이 약해지는구나."

"……"

이미 물어봤지만 아무 말도 해주지 않았다. 차라리 이유라도 말해주면 좋을 텐데 야속하게도 싫어하지 않는다는 말만 반복할 뿐이었다.

"야, 마셔라! 형님이 쏜다. 신장희, 너는 꼭 소개해주고. 예쁜 애. 알았지?"

"얼굴 따지다가 맨날 당하면서 또 예쁜 애 찾네."

"어허, 그러다 운명의 상대 만나고 그러는 거다."

"퍽이나."

장희가 툴툴댔다. 예쁜 하이에나한테 매번 뜯기면서도 정신 못 차린다고.

셋이 주거니 받거니 술을 마시다 보니 술자리가 파했을 때는 모두 제대로 걷기 힘든 상태였다. 그나마 장희가 조금 나은 상태였다. 뻗어버린 두 놈을 가만히 바라보던 장희가 웨이터를 불렀다.

몸이 무거웠다. 솜이 물을 잔뜩 먹은 것처럼 축축 늘어졌다. 세준은 손을 더듬어 주변을 훑었다. 물을 찾는 행동이었는데, 손끝에 무언가 닿았다. 물병은 아닌 듯했다. 더듬더듬 뭔지 확인하려는데, 손에 닿은 것이 꿈틀거렸다.

따듯한 감촉에 말랑한 듯 딱딱한 것이…… 느낌이 이상했다. 딱 달라붙은 듯한 눈을 힘겹게 떴다. 시야가 온통 살색이었다. 눈을 몇 번이나 깜박인 세준이 눈살을 찌푸렸다. 뻑뻑한 눈이 고통을 호소했다. 시야를 가득 메운 것은 나신의 등이었다. 날개뼈가 튀어나온 게 확연히 보였다.

"누구……."

목이 잠겼는지 말도 제대로 나오지 않았다. 세준은 우선 손을 들어 눈가를 문질렀다.

"깼어?"

그때, 장희의 목소리가 들렸다.

"안녕히 주무셨어요?"

눈을 뜨자마자 밖으로 나온 다혜에게 도우미가 웃으며 인사를 건넸다. 그 인사를 받는 둥 마는 둥 다혜가 물었다.

"저…… 세준 씨는 들어왔나요?"

그녀는 고개를 슬쩍 저어 대답을 대신했다. 죄송스러워하는 표정에 다혜는 아니라고, 일 보라며 방으로 돌아갔다. 침실 문을 닫는 것과 동시에 주저앉고 말았다.

세준이 들어오지 않았다.

이리 말하면 우습겠지만 첫날밤이었다. 같이 살기로 한 첫날밤. 그걸 따진다는 게 얼마나 의미 없는 일인지는 알고 있었다. 하지만 그래도 세준이 아예 들어오지 않을 줄은 몰랐다. 다혜는 가슴이 욱신거려 한동안 일어서지 못했다.

울다 잠든 탓에 눈이 팅팅 부어 있었다. 보기 흉해서 한참을 얼음찜질해야 했다. 아침을 먹고 싶은 기분도 들지 않아 몇 수저 깨작거리다가 일어났다.

방에 돌아가 다시 침대에 누워 있는데 민선이 전화했다. 다혜는 시간을 확인하고 난 후 전화를 받았다.

"네, 언니."

ㅡ다혜야, 지금 뭐 하니?

"아니요. 왜 그러세요?"

ㅡ나 학교 가기 전에 스파 들르려고 하는데, 넌 안 가나 해서.

"아……."

그제야 다혜는 그녀가 연락한 이유를 알아차렸다. 다혜는 민선과 같은 스파에 다녔다. 정확히 말하면 민선이 추천한 곳에 같이 다니게 됐다.

ㅡ괜찮으면 지금 올래?

다혜는 잠깐 망설였다. 오후 수업이라 시간적 여유는 있었다. 이대로 집에 있어 봐야 기분만 더 울적해질 것 같아 이내 가겠다고 대답했다. 스파가 있는 호텔은 삼성동에 있어 금방 갈 수 있었다.

전화를 끊은 다혜가 크게 한숨을 내쉬었다. 가면 기분 전환은 되겠지만……. 물끄러미 창밖을 바라본 다혜가 저도 모르게 입술을 깨물었다. 옅은 통증을 느끼고 나서야 그를 깨달았다.

50분. 세준의 말이 불현듯 머리를 스쳤다. 지금 깨무는 걸 봤다면 1시간이라고 했을까. 하지만 그는 이곳에 없다. 임다혜를 만질 수 있는 시간. 그 의미를 이해하기 어려웠다. 세준은 저를 만지고 싶은 걸까.

다혜는 멍하니 입술을 만지작거리다가 이내 고개를 흔들어 상

념을 떨쳐냈다. 민선을 만나 수다를 떨다 보면 좀 울적함이 가시
리라.

"눈 버렸어."

"고생은 내가 다 했으니 조용히 해라."

영석의 투덜거림에 장희가 이글거리는 눈으로 그를 노려봤다.
세준은 말없이 북엇국을 떠먹었다. 장희의 솜씨라고는 믿을 수 없
게 맛있었다. 속이 내리는 뜨거운 국물이 반가웠다. 조금 놀란 눈
으로 그녀를 바라보자 장희는 윙크를 가볍게 날렸다.

"내가 요리 하나는 제대로 배웠지."

"누가 널 신부로 데려간다고 요리를 배웠어."

"최영석, 넌 제발 입 다물고 처먹기나 해."

"네, 네."

둘의 투닥거림을 물끄러미 바라본 세준은 장희를 데려갈 사람
이 영석이 되지 않을까 하는 생각을 해봤다. 짜증 내고 욕도 하지
만, 그래도 영석을 가장 많이 챙겨주는 건 장희였다.

"넌 어디서 잤냐?"

"니들 때문에 소파에서 잤잖아. 허리 아파 죽겠어."

"소파도 넓은데, 뭐."

"이게 고마워는 못 하고."

아침에 눈을 떴을 때 세준의 시야를 가득 메웠던 알몸은 영석
이었다. 정신을 놓은 둘을 장희가 제집으로 데리고 오는 사이 영
석이 속을 게우는 바람에 옷이 더러워져 벗겼다고 했다.

두 사람에게는 고생했다면서 툴툴거리지만, 사실 고생은 집까

지 데려다준 사람들이 했기 때문에 장희가 말하는 고생은 그들에게 팁을 두둑이 찔러 넣어주는 것 정도였다.

"고맙다. 미안하고."

세준이 고맙다고 말하자, 장희는 친구 사이에 무슨 말이냐며 웃었다.

"고마우면 술 사."

"이 여자가. 술을 그렇게 먹고도 또 술 소리가 나오냐? 진짜 술꾼이야, 술꾼. 그러고 보니 혼자 멀쩡하네."

영석이 또 딴죽을 걸자 장희가 식탁 아래서 그의 정강이를 걷어찼다. 악! 이번에는 커다란 비명이 터졌다. 장희는 마치 왜 그러는지 모르겠다는 식으로 웃으며 수저를 들었다. 영석이 한쪽 눈에 눈물을 매단 채로 입술을 씰룩거렸다. 속으로 욕을 잔뜩 하고 있는 게 분명했다.

"어떻게 갈 거야? 대리 불러줘?"

"아니, 괜찮아."

"그럼 조심히 가."

"응. 옷, 빨아서 줄게."

"그러든가."

세준은 현재 장희의 티를 입고 있었다. 흰색 무지 티인데 박시해서 세준이 입어도 넉넉했다. 한 번 더 고맙다고 말한 세준이 영석을 쳐다봤다. 그는 갈 생각이 없는지 소파에 누워 열심히 휴대폰질 중이었다. 그러다 세준의 시선을 느꼈는지 고개를 돌려서는 '잘 가라.' 하고 짧게 손을 흔들어줬다.

세준은 피식 웃고는 장희의 집을 나왔다. 차는 주차장에 가져다 놨다고 했다. 술집에서 아예 잠들어버린 탓에 기억이 하나도 없었다. 장희가 아니었다면 곤란했을 게 틀림없었다.

차에 올라탄 세준은 키를 꽂아둔 채로 등을 기댔다. 술은 깼지만 아직 머리가 멍했다. 잠시 눈을 감았다. 감정을 다스리지 못하고 술을 마시다니……. 저도 아직 어리구나 싶어 자조가 흘러나왔다.

집에 가자 다혜는 집에 없었다. 학교에 갔다는 말을 들은 세준이 슬쩍 눈을 찌푸렸다. 오늘 수업이 일찍 있는 날이던가? 자신이 알기에는 아니었다.

연락해볼까 했던 마음을 접고 장희의 옷부터 벗었다. 거울을 보니 꼴이 가관이었다. 아무리 품이 넉넉하다고 해도 어울리지 않은 옷을 입은 듯 어색하기 그지없었다. 서재에 딸린 욕실에서 씻고 나와 정장으로 갈아입었다.

"이것 좀 세탁해주시겠어요?"

세탁실로 옷을 들고 간 세준이 옷을 부탁했다. 세탁 후 서재에 가져다 두겠다는 말을 들은 뒤, 세준도 이만 출근했다.

"이야, 둘 다 피부가 아주 투명하니 빛이 나네. 좋은 거 하고 왔어?"

유미가 단번에 알아차리고는 눈을 흘겼다. 민선이 웃으면서 긴 머리를 뒤로 넘겼다. 그 손짓 하나에 윤기가 좔좔 흐른다.

"그러게 같이 다니자니까."

"저는 아직 어려서 괜찮거든요?"

"내년 돼봐야지 '아, 일찍 관리했어야 하는구나.' 하지."

"치이. 겁주지 마요, 언니."

미소를 머금은 채 민선과 유미를 바라보던 다혜가 자리에 앉고는 보이지 않는 한숨을 내쉬었다. 그래도 마사지를 받은 덕인지 눈의 부기가 거의 가셔 티 나지 않았다.

수업 준비를 하는 사이 해준이 도착했다. 자연스레 다혜의 옆자리에 앉은 그가 웃으면서 인사했다.

"오늘은 더 예쁘네?"

"헐, 선배……. 지금 그거 엄청 오글거렸어요."

앞자리에 앉은 유미가 몸서리를 치며 짜증을 냈다. 얼굴은 웃고 있어서 해준도 피식 웃었다.

노트를 펼친 해준이 모서리에 작게 뭔가를 써서는 다혜에게 내밀었다.

〈무슨 일 있었어?〉

"……."

다혜는 순간 저도 모르게 입술을 깨물었다. 아무도 눈치채지 못했는데 어떻게 알았을까. 슬쩍 고개를 돌려 그를 바라보자 책을 꺼내면서도 자신을 쳐다보는 해준과 눈이 마주쳤다. 다혜는 웃으려고 애를 썼다. 아무 일도 없다는 듯 미소 지었다. 하지만 그의 표정을 보니 믿는 것 같지 않았다.

〈힘든 일 있으면 말해. 들어줄 테니까.〉

해준의 글씨체는 꼭 그의 표정을 닮았다. 부드러우면서 둥글둥글했다. 귀엽게 보이면서도 획 하나하나가 유려해서 정말 해준을 그대로 대변했다. 그를 물끄러미 바라보던 다혜가 고마워요, 하고 적었다. 그 말이 모호했는지 해준이 쳐다보는 게 느껴졌지만, 다혜는 시선을 맞추지 않았다.

'운 것 같은데…….'

수업이 시작됐지만 해준은 쉬이 집중하지 못했다. 어제 헤어질 때부터 신경 쓰였는데, 오늘 만난 다혜의 얼굴이 좋지 않았다. 투명하리만큼 환한 피부와 달리 눈이 퀭했다. 눈 밑이 슬쩍 부어 있는 것도…… 아무리 봐도 울었던 티가 났다. 교수님 말씀을 경청하고 있는 다혜를 흘끗 훔쳐본 해준이 씁쓸한 미소를 지었다.

결혼했다고 했다. 반지도 꼈다. 그런데 왜 이 감정은 다스려지지 않을까. 결혼했다는 걸 믿을 수가 없어서?

책상에 올리고 있는 다혜의 손을 바라본 해준의 표정이 조금 굳었다. 소박한 반지가 약지를 빛내고 있었다. 민선이 말했듯이 결혼반지보다는 커플링이라는 말이 더 잘 어울릴 것 같은 디자인이었다.

정말 자신이 끼어들 틈이 없는 걸까. 다혜가 그를 좋아한다는 건 어렴풋이 느끼고 있었다. 오랫동안 좋아해온 게 틀림없었다. 하지만 그도 다혜를 좋아할까? 사랑할까? 해준은 거기에 틈이 있다고 봤다. 두 사람은 아직 같은 마음이 아니었다. 마음이 통한 사이가 아니었다. 그리 확신했다.

'잘 파고들면…….'

해준은 눈을 가늘게 뜬 채로 다혜를 바라봤다. 그의 시선을 느낀 듯 다혜가 문득 옆을 돌아봤다. 해준은 언제 그랬냐는 듯 다정한 미소를 지어 보였다.

"제게 할 말 있으세요?"

수업 내내 해준의 시선을 느낀 다혜가 결국 먼저 물었다. 이렇게 노골적으로 쳐다보는 경우는 처음이라 무시할 수가 없었다.

주변을 둘러본 해준이 작게 속삭이듯 말했다.

"울었던 것 같아서."

"……."

"잘…… 안 돼?"

다혜가 입을 꾹 앙다무는 걸 본 해준이 좀 더 부드러운 톤으로 말을 이었다. 쉬이 끼어드는 것처럼 느끼지 않게 일부러 망설이는 티를 내며 조심스럽게.

"얘기 들어줄게."

다혜가 남에게 기대지 않는 성격이라는 건 잘 알고 있었다. 하지만 연애에 관해서는 달랐다. 해준은 다혜가 연애에 숙맥임을 알았다. 그리고 그 남자에 대해서 털어놓을 곳도 없을 게 분명했다. 고민하는 것 같던 다혜가 시선을 맞춰왔을 때, 해준은 속으로 빙고를 외쳤다.

하지만 상대는 임다혜였다. 전혀 호락호락하지 않았다.

"고마워요, 선배."

철벽 임다혜. 그 별명이 그냥 생긴 게 아니라는 걸 실감한 해준이 쓰게 웃었다. 아까와 같은 대답이었다. 예스, 노가 아닌 고맙다……. 물론 그 의미가 노(No)라는 걸 모르려야 모를 수 없었다.

"뭐 해?"

민선이 말을 걸어와서 대화는 끊겼다. 다혜는 아무것도 아니라는 듯 바로 그녀 쪽으로 고개를 돌렸다. 해준이 입술을 악다문 채로 쓰게 웃었다. 도중에 민선과 눈이 마주쳤다. 그녀가 한쪽 눈썹을 스윽 위로 올렸다가 내렸다. 아주 짧은 순간이지만 무슨 생각을 하는지 드러났다.

같이 저녁을 먹자는 민선의 제의를 거절하고 다혜는 집으로 향했다. 점심을 억지로 먹은 게 아직도 얹힌 듯 속이 좋지 않았다.

집에 도착한 다혜는 세준이 집에 왔다는 얘기를 들었다. 옷만 갈아입다시피 하고 회사로 출근했다는 얘기에 다혜는 묵묵히 고개만 끄덕였다. 세준의 외박에 대해서는 깊게 생각하고 싶지 않았다. 그런데 옷을 갈아입고 부엌으로 향하는 다혜의 눈에 무언가 들어왔다.

"그건 뭔가요?"

세준의 방문을 열려는 도우미의 손에 들린 것은 분명 옷이었다.

"아까 사장님께서 부탁하신 옷이에요. 세탁해달라고 하셔서. 오늘 이걸 입고 오셨더라고요, 글쎄."

그녀는 묻지 않은 것까지 시시콜콜 다 얘기했다. 다혜는 표정이 굳으려는 것을 숨기고 억지로 미소 지은 채 손을 내밀었다.

"제가 가져다 둘게요."

"네."

세준의 서재에 들어가는 건 아무래도 다혜가 낫다고 판단했는지, 그녀는 망설임 없이 옷을 내밀었다. 흰 티였다. 아무런 무늬도 없는. 다혜는 천연덕스럽게 옷을 받고는 서재 안으로 들어갔다. 문은 잠겨 있지 않았다.

문을 닫은 후 옷을 펼쳤다. 커다란 티셔츠는 겉보기로는 평범했다. 길이가 좀 길기는 했지만, 그냥 그런가 보다 하고 넘길 수 있었다. 하지만 상표를 확인하자 얘기가 달라졌다. 다혜는 마른 입술을 억지로 축였다. 누가 봐도 명백한 여성 의류 상표였다. 다혜도 알고 있는 브랜드였다.

'이걸 입고 오셨더라고요, 글쎄.'

도우미 아주머니의 말이 머릿속을 떠돌아다녔다. 옷을 쥔 손이 부들부들 떨렸다. 다혜는 한참을 가만히 옷을 바라보기만 했다. 신장희의 전화. 세준의 미소. 외박. 여자 옷……

정황 증거가 너무도 뚜렷했다. 가슴이 답답해 몇 번이나 침을 삼킨 끝에야 다혜는 옷을 개기 시작했다. 하지만 손이 떨려서 제대로 접을 수가 없었다. 몇 번을 망친 끝에 단정하게 접어 책상 위에 올려놨다.

〈The bitter T〉

옷에 쓰여 있는 글자가 눈에 들어왔다. 'T' 뒤는 접혀서 보이지 않았다. 아까 펼쳤을 때 본 단어가 Taste라는 걸 알고 있었다. 하지만 다혜의 눈이 제멋대로 글자를 만들어 읽는다. The bitter Truth, 쓰디쓴 진실.

다혜는 현기증이 나는 것을 억지로 참고 버텼다. 자리를 뜰 요량으로 걸음을 옮겼다. 정신을 붙들어야 했다. 자꾸 다리에 힘이 풀려 고작 몇 걸음 떼는 데도 한참이 걸렸다.

문손잡이를 돌리면서 다혜는 깊은숨을 내쉬었다. 그 무엇도 확인된 것은 아니었다. 정황 증거가 진실이 되지는 못한다. 그래. 세준의 입으로 직접 들은 게 아니었다. 그렇게 속을 달래며 문을 연

다혜는 그대로 굳어버렸다.

"왜 여기서 나오지?"

세준이 걸어오고 있었다. 탁! 손잡이를 놓치자, 문이 거센 소리를 내며 열렸다. 문이 벽에 부딪치고 다시 돌아오는 사이, 세준이 문 앞으로 걸어와 섰다. 그가 문을 잡아 세웠다.

"……왔어요?"

다혜는 최대한 태연함을 가장한 채 말했다. 세준은 대답하지 않고 그녀의 뒤를 바라봤다. 시선이 제게서 멀어지는 것에 다혜는 마른침을 삼켰다. 세준의 시선이 어디에 닿아 있는지는 돌아보지 않아도 뻔했다.

"친구 옷이야. 사정이 있어서 빌려 입었을 뿐이야."

"……네."

어쩐지 변명한다는 느낌이 들었다. 다혜는 그를 물끄러미 바라봤다. 세준도 어느새 시선을 거둔 채였다. 그 눈이 마주쳤다.

미묘한 침묵이 둘 사이를 감돌았다. 서로의 눈동자에 서로가 비칠 만큼 거리가 가까웠다. 내쉬는 숨이 상대방에게 삼켜질 만큼.

"……얘기 좀 하자."

침묵을 깬 건 세준이었다.

이 집에서 가장 비밀이 보장되는 곳이 어딜까. 그건 단연 다혜의 침실이었다. 하지만 그래도 안심이 되지 않는 듯 다혜가 파우더룸으로 세준을 안내했다. 침실 안쪽에 자리한 파우더룸은 확실히 소리가 새어 나갈 리는 없어 보였다.

불을 켜도 파우더룸은 다른 방보다 어둑했다. 게다가 벽등의 불빛이 은은해 기묘한 분위기를 뿜어냈다.

의자를 하나 더 가져와 화장대 앞에 마주 앉았다. 다혜는 갈증이 점점 심해지는 걸 느꼈지만 내색하지 않았다. 물을 마셔도 체할 것같이 긴장됐다.

"나는."

세준이 입을 열자 다혜가 얼른 숙였던 고개를 들었다. 시선이 마주치는 바람에 움찔했지만 속입술을 깨물어 버렸다.

"너에게 미움 받고 있다고 생각했어."

세준의 목소리가 짙었다. 좀 가라앉은 목소리가 어두우면서도 매혹적이었다. 다혜는 이런 순간에도 그의 목소리에 가슴 떨려 하는 자신을 책망했다.

"싫어서, 건드리는 것조차 견디지 못하는 줄 알았어."

다혜는 절실히 고개를 저어 부정했다. 세준이 눈을 가늘게 뜨며 그녀를 주시했다. 진심인지 가늠하는 시선에 다혜는 간절한 마음을 담아 눈으로 호소했다. 그럼에도 세준이 아무 말이 없자 힘겹게 입을 열었다.

"한 번도…… 처음 만났을 때부터 단 한 번도 싫어한 적 없어요."

"……."

"싫어할 리가…… 없잖아요."

어쩐지 고백하는 느낌이 들어 다혜는 황급히 고개를 숙였다. 오해를 풀려다가 다른 오해가 생길 것만 같았다. 입을 꾹 다문 채 아래를 내려다보는데, 문득 손에 시선이 닿았다. 사람 속도 모르고 반지가 반짝거렸다.

"싫어하지…… 않았다."

세준이 중얼거리듯 다혜의 말을 따라 했다. 긴 머리가 흘러내려 그녀의 얼굴을 가리고 있었다. 팔을 뻗었다. 손끝으로 그러쥐어 등 뒤로 넘겼다. 부드러운 머리카락의 감촉이 오싹했다. 세준은 인상을 슬쩍 찡그린 채 다혜를 주시했다. 드러난 하얀 뺨이 붉게 물든 것처럼 보였다. 어두운 불빛 탓에 잘못 본 걸까.

"나만 보면 숨도 제대로 쉬지 못했잖아."

좋아해서…… 너무 두근거려서……. 세준의 말에 다혜는 속으로 대답했다. 차마 꺼내지 못하는 대답이 목 안에서 뭉그러진다.

세준이 붙들고 있는 머리카락이 불에 탄 듯 느껴졌다. 뜨거웠다. 뺨이 다 화끈거렸다. 세준이 시선이 닿는 곳마다 그 불길이 옮겨붙는 듯했다. 다혜의 목이 점점 움츠러들었다. 거의 거북목이 되다시피 할 때가 되어서야 세준이 머리카락을 놔줬다.

"뭐, 그건 그렇다 쳐. 싫어하지 않는다. 혐오하는 것도 아니다. 하지만 건드리지는 말아달라."

두근! 다혜는 순간 숨을 멈추고 그의 눈치를 봤다. 세준이 무슨 말을 하려고 했는지 이제야 알아차렸다.

"그래, 안 건드릴게. 정략결혼이니까 그냥 부부인 척만 해."

"……."

"이럴 줄 알았어?"

흐읍……! 다혜가 숨을 크게 들이마시는 것을 세준도 느꼈다. 고개를 숙이고 있어서 표정은 보이지 않았지만, 절로 그려졌다.

"이유를 말해. 타당하면 네가 원하는 대로 건드리지 않을 테니까."

세준의 목소리는 차분했다. 하지만 다혜는 그가 화를 내고 있다는 걸 느끼고 있었다. 날이 서 있음을 피부로 느꼈다.

그때, 세준이 고개를 조금 숙였다. 순식간에 가까워진 거리에 다혜는 다시 숨을 멈췄다. 숨 쉬는 것도 잊을 만큼 당황하고 있었다.

"하인이 주인 명령 받듯 '네, 건드리지 않겠습니다.' 이러길 원했어?"

"세준 씨!"

다혜가 저도 모르게 고개를 쳐들었다. 눈동자 전체가 다 보일 정도로 크게 뜬 눈으로 세준을 바라보고 있었다.

세준도 그녀가 그런 의미로 말하는 게 아니라는 건 알고 있었다. 하지만 이 정도로 과격하게 말하지 않는 한, 그녀가 이유를 말해주지 않을 것도 알았다.

"이유를 말하지 않는다면 이 결혼, 취소야."

"세준 씨!"

다혜의 눈동자가 크게 요동쳤다. 세준에게도 확실히 보였다. 세준은 동요하지 않았다. 동요하지 않으려고 주먹을 움켜쥐며 애를 썼다. 그녀의 눈에 눈물이 차오르는 것을 보면서도 마음을 다스렸다.

"아직도 말 못 하겠어? 나, 혼인신고서 아직 제출 안 했어."

"……."

기어코 눈물이 한 줄기 흘러내렸다. 그를 보자 세준도 마음이 쓰렸다. 눈물을 흘릴 정도로 말할 수 없는 이유란 말인가.

더 추궁했다가는 이도 저도 안 될 것 같아 세준이 입을 다물었다. 불편한 침묵이 찾아왔다.

한동안 심호흡만 하던 다혜가 이내 시선을 맞춰왔다. 결심한 듯한 눈빛에 세준도 호흡을 가다듬었다.

"할머니께서 왜 합가를 서두르셨는지, 아세요?"

기어코 입이 열렸다. 세준은 긴장을 침과 함께 삼켜내고 대답 했다.

"그야 얼른 후사를 보기 위해서, 아니었던가?"

"서두르는 이유도…… 아세요?"

목소리 끝이 떨렸다. 그 떨림이 세준에게도 전해졌다. 세준은 다혜를 물끄러미 바라봤다. 이번에는 시선을 피하지 않았다. 눈동 자가 흔들리고 있음에도 다혜는 그 시선을 마주하려 애쓰고 있었 다. 거친 숨결에서 긴장이 묻어났다.

세준이 고개를 저었다.

"이상하다고 생각하고 있었지. 넌 아직 어리고 학업이 끝난 것도 아닌데, 왜 당장 오늘이라도 애를 가지길 원하시는 건지."

세준의 말에 다혜가 시선을 조금 내렸다. 그러고는 깊은 심호 흡 끝에 다시 시선을 맞춰왔다. 그 시선이 한없이 가녀리면서도 더없이 농밀했다. 손에 쥐면 부서질 것같이 여린데도 심지만큼은 꼿꼿이 서 있었다.

눈물이 다시 차올랐다. 물방울이 점점 커지는 게 세준의 눈에 도 똑똑히 보였다. 똑, 떨어진 눈물은 뺨에 닿지도 않았다. 언제 눈물을 흘렸느냐는 듯 그녀의 눈동자가 맑았다.

"제가 임신하면……."

다혜는 쉬이 입을 열지 못했다. 제가 하려는 말의 의미가 무겁 게 마음을 짓누르고 있는지, 이내 눈을 감고 다시 거친 숨을 내쉬었다. 그 짙은 숨결이 세준을 곤혹스럽게 하고 있는지도 모르고.

"할머니께서는 저를 유학 보내실 거예요."

"……무슨 뜻이지?"

"그쪽에서 아이를 낳고 학업을 마치게끔……. 그곳에서 살아도 좋고, 돌아올 거라면 부산에 있는 대학교로 보내신다고 하셨어요. 같이 살지 못하도록."

"잠깐. 나 지금 전혀 이해하지 못하고 있어. 네 설명에는 전제가 빠졌군. 어째서야? 왜 일부러 결혼시켜놓고 헤어지게 하는 거지? 네 말을 들으니 애만 낳고 이혼하라는 뜻은 아닌 것 같은데."

세준이 당황한 듯 인상을 찡그렸다. 그 시선이 날카로웠다. 분노한 것 같지는 않았다. 오히려 냉정했다. 하지만 그 시선만으로도 다혜는 오싹함에 몸을 떨었다.

"같이 있으면 안…… 되니까요."

알아듣기 힘들 정도로 소리가 떨렸다. 다혜는 혀를 깨물어 억지로 진정한 뒤 다시 말했다.

"죽어요."

세준의 인상이 더 험악해졌다. 당연하다. 누가 들어도 어이없어할 만한 일이었다. 하아……. 다혜는 오열이 터지려는 것을 간신히 참고 다시 말했다.

"세준 씨…… 죽는다고요."

3. 함께해서는 안 되는……

다혜의 증조부, 즉 임홍례의 아버지가 돌아가신 것은 홍례가 태어나고 만 1년이 채 지나지 않았을 때였다. 홍례의 남편도 딸을 낳고 채 5년을 버티지 못하고 죽고 말았다.

그러다 보니 홍례는 제 딸의 남편도 일찍 죽는 것이 아닌가 하는 걱정이 이만저만이 아니었다. 어머니가 제 남편 될 이를 강원도 깡촌에서 구했듯, 홍례도 딸, 민주를 정략결혼 시키려 했다. 혹 안 좋은 일이 일어나도 사랑이 없으면 덜 슬플 거라 믿고. 하지만 어디 자식이 부모 뜻대로 움직여주던가. 그녀는 연모하는 이가 있었고, 홍례의 반대를 무릅쓰고 기어코 결혼하고 말았다.

홍례는 밤낮으로 기도했다. 제발 무사히 넘어가달라고, 제 딸만큼은 같은 아픔을 겪지 않게 해달라고. 하지만 하늘이 무심한 탓인가, 불행은 다시 찾아왔다. 다혜가 태어난 후, 몸져누운 다혜의 아버지는 끝내 자리를 털고 일어나지 못하고 세상을 떴다. 불행은 거기서 끝나지 않았다. 사랑하는 이를 잃은 민주는 그 슬픔을 견뎌내지 못하고 시름시름 앓다가 끝내 남편을 따라가고 말았다.

소문이 돈 것은 그때였다. 남자 잡아먹는 피라고, 음기가 너무 강해 남자가 버텨내지를 못하는 거라고. 홍례는 물론 그런 소문 따위에 넘어갈 만큼 유약하지 않았다. 다만…… 하나뿐인 손녀가 계속 마음에 걸렸다. 제 어미를 똑 닮은 다혜가 같은 일을 겪을까봐 늘 노심초사했다.

"할머니는 늘 악몽에 시달리셨어요. 엄마가 죽는 꿈이었죠. 제가 어렸을 적에는 하루가 멀다 하고 한밤중에 서관으로 찾아오셔서는 엄마를 찾으셨어요. 먼저 돌아가신 아버지가 미련을 못 버리고 엄마를 데려간 거라며 울부짖으셨어요."

세준은 다혜의 설명을 묵묵히 듣고만 있었다. 간간이 눈살을 찌푸리거나 미간을 좁히면서 반응을 보였다. 다혜는 그의 눈치를 살피며 말을 마쳤다.

"병사…… 였던 건가?"

"네. 원인 모를 병으로 시름시름 앓다 죽는다고……. 저주라고도 불렸죠. 누가 저주하는 건지는 모르겠지만……."

세준은 쉬이 말을 잇지 못했다. 비과학적인 이야기였다. 저주? 말도 안 되는 소리였다.

남자 잡아먹는 피다. 들어오는 남자마다 단명한다더라.

임씨가에서 교육받으며 자라면서 귀에 딱지가 앉도록 들었던 소문이었기에 딱히 특별히 놀랍지도 않았다.

임씨가는 대대로 가주가 여자였다. 집안 대대로 딸밖에 태어나지 않는 탓이었다. 그래서 데릴사위를 들였는데, 무슨 운명의 장난인지 들어오는 남자마다 단명했다. 항간에는 여자의 기가 강해서 양기를 뺏기는 탓이라는 말도 있었다.

인상을 찡그린 세준이 의심쩍은 말투로 물었다.

"그저 우연일 가능성은?"

"우연이 겹치고 또 겹치면…… 더는 우연이 아니게 되거든요."

그리 말하면서 다혜가 웃음 지었다. 그 소리 없는 웃음이 서글퍼서 세준은 말도 안 된다고 화를 내지 못했다. 그 표정을 보니 이 일을 직접 겪은 사람들에게는 일개 미신이 아니라는 것이 느껴졌다.

"그래서 서로 떨어져 있으면 죽지 않는다는 건가?"

"그렇게 믿고 계세요. 할머니는 저도 세준 씨도 죽지 않기를 바라시니까."

"너야 그렇다 치고, 나도?"

"세준 씨는 할머니께 가장 소중한 후계자니까요."

"그래 봤자 네 아이에게 물려줄 때까지 재산을 지키는 도구에 지나지 않아."

세준의 냉소적인 말에 다혜는 묵묵히 고개를 저었다. 할머니가 그를 얼마나 소중히 여기는지는 제가 가장 잘 알았다.

"저도…… 세준 씨가 잘못되지 않기를 바라요."

"그게 건드리지 말라는 이유인 건가."

다혜는 묵묵히 고개를 끄덕였다. 더 큰 이유가 있었지만 말할 자신이 없었다. 그의 책상 위에 고이 올려둔 옷이 다시금 떠올랐다. 쓰디쓴 진실이 가슴에 가시처럼 남아 있었다.

잠깐의 침묵 후, 다혜가 다시 입을 열었다.

"죽으면…… 안 돼요."

말을 뱉고 나니 온몸이 덜덜 떨렸다. 오한이 한차례 전신을 휩쓸고 지나갔다. 천천히 시선을 들어 세준을 바라봤다. 그가 어떤 생각으로 이 이야기를 듣고 있을지 전혀 짐작할 수 없었다.

세준은 이를 악물었다. 임씨가의 말도 안 되는 저주가 다혜의 마음에 얼마나 깊숙이 자리하고 있는지 고스란히 드러났다.

그녀는 같이 있으면 세준이 죽는 게 필연이라고 생각하고 있었다. 그녀를 훑어보자, 가지런히 모으고 있는 손이 눈에 띄게 떨리고 있었다. 손을 꽉 움켜쥐어 떨림을 없애려 하지만 오히려 손만 하얗게 질릴 뿐이었다.

그게 눈에 보이자 세준이 더 고통스러웠다. 주먹을 꽉 움켜쥔 왼 손바닥에서부터 시작된 저림이 팔을 타고 가슴으로 향했다. 심장이 덜컥거리며 통증을 호소했다.

"잠깐, 잠깐만."

세준이 손을 들었다. 곧게 편 손바닥을 보이는 것에 다혜가 입을 다물었다. 그 순간, 어이없게도 세준의 손금이 눈에 들어왔다. 손금을 볼 줄 알면 얼마나 좋을까. 생명선이 어떤 건지 볼 수 있다면…….

아니다. 모르는 것이 나으리라. 만약 생명선이 짧거나 끊어져 있다면 견딜 수 없을 테니까. 다혜는 실없는 생각을 삼킨 채 다시 그를 바라봤다. 눈이 마주치자 그제야 세준이 입을 열었다.

"마음대로 죽이지 마. 그런 미신 따위로 죽지 않아."

"……."

믿지 않는 것도 무리가 아니었다. 다혜의 입가에 미소가 설핏 떠올랐다가 사라졌다. 다시 고개를 숙인 다혜는 눈을 감고 울음을 삼켰다.

세준과의 결혼은 꿈같은 것이었다.

덧없는 꿈.

하룻밤 자고 일어나면 깨져버리는 그런 꿈. 잠깐이라도 행복하길 원한다면 결혼시켜주겠다고 하는 할머니의 말씀에 욕심을 부렸다.

세준과 결혼하고 싶었다. 옆에 있고 싶었다. 함께하고 싶었다.

할머니께는 죄송하지만, 아이를 갖지 않으면 괜찮을 거라 생각했다. 그러면 이 불행을 몰고 오는 저주도 자신들은 피해 가리라 여겼다. 그러길 기도하며 결혼하겠다고 했다.

평생 마음을 무겁게 짓누르던 감정은 오로지 한 사람만을 향하고 있었다. 좋아했다. 사랑했다. 어쩌면 저 자신보다 더 소중히 여겼는지도 모른다. 하루에 한 번이라도 눈이 마주치면 그날은 가슴이 떨려 잠을 이루지 못했다. 대화할 때는 두근거리는 마음을 감추려고 일부러 무시해야만 했다.

헤어지다니, 보지 못한다니, 만날 수 없다니, 그런 것을 견딜 수 있을 리 없었다. 한평생을 바라보고 있어도 여전히 그리운 사람이었다.

같이 있고 싶었다. 곁에 있고 싶었다.

설사 그 이기심이 어떤 위험을 초래한다 하여도.

"그 이유 하나야?"

"……네?"

다혜는 눈을 여러 번 깜박여 눈에 남은 눈물을 떨군 후, 고개를 들었다. 그 눈이 붉게 충혈된 것도 모르고. 눈이 마주친 세준이 인상을 찡그렸다. 미간에 골이 깊게 팬 것에 다혜는 입술을 질끈 깨물었다.

"내가 죽지 않길 바란다는, 그 이유 하나냐고."

"……."

추궁하는 말투였다. 정말이냐고 의심하는 듯이 느껴지기도 했다. 좋아하기 때문에 헤어지기 싫다는 이유를 차마 입에 담지 못한 채 다혜가 고개를 살짝 끄덕였다.

"믿을 수가 있어야지."

"……세준 씨!"

다혜가 젖은 눈으로 그를 바라봤다. 억울함을 호소하는 눈빛에 세준은 피식, 비웃음을 날렸다. 다혜는 충격에 말을 잇지 못하다가 겨우 한마디 했다.

"저…… 거짓말…… 안 해요."

"알아."

뜻밖에도 세준이 냉큼 수긍했다. 하지만 안도할 새도 없이 말이 이어졌다.

"거짓말 같은 거 싫어하는 성격인 건 알지만."

"……알지만?"

"마음이 약해 남을 상처 주지 않기 위해서 선의의 거짓말을 할 사람인 것도 알지."

"그건……."

"나를 싫어하는데, 상처 주지 않기 위해 이런 이유를 가져다

붙이는 거 아니냐고."

"아니에요!"

"그럼 내가 널 만져도 싫어하지 않아?"

세준의 질문이 묘한 의미를 띠었다. 다혜는 어쩐지 그에게 말려버렸다는 느낌을 강하게 받았다. 하지만 그에 대해 깊게 생각할 새가 없었다.

세준의 손이 뺨에 닿았다. 손바닥 전체로 뺨을 쓰다듬는 것에 다혜는 속절없이 몸을 떨었다.

"네 반응을 봐. 이래도 나를 싫어하는 게 아닌 걸 믿으라고?"

"그건…… 그건……."

떨려서, 세준이니까, 그가 만지는 거니까. 나오지 못하는 말이 목구멍을 아프도록 찔러댔다. 입술만 달싹이던 다혜가 눈에 힘을 준 채 입을 열었다.

"세준 씨야말로…… 할머니 때문에 억지로 결혼한 거 아닌가 요? 사실…… 달리 좋아하는 사람이 있는데."

"뭐?"

"아까 그 옷……. 신장희 씨 옷이죠?"

다혜는 스스로 놀라고 말았다. 자신이 이런 질투를 내보이다 니. 저답지 않았지만 감정이 격양되어 스스로 멈출 수가 없었다.

세준이 피식 웃음을 흘렸다. 하지만 눈은 화가 나 있었다.

"여기서 신장희가 왜 나오지? 이건 너와 나의 문제야. 우리 둘의 이야기라고. 내가 결혼하는 사람은 너야. 내가 만지고자 하는 사람은 너라고."

"……."

그의 말을 제대로 이해하지 못하고 다혜가 눈을 껌벅였다. 의미심장하다. 인상을 팍 찡그렸던 세준이 표정에 힘을 풀었다. 깊게 한숨을 내쉬는 게 그도 스스로 감정이 격해졌음을 깨달은 듯했다.

"좋아. 그럼 다시 말해줘. 다혜, 네 입으로 제대로."

인상을 푼 세준의 표정에 여유가 감돌았다. 다혜가 느낄 정도로 노골적이었다. 다시 말해달라는 요구에 다혜는 눈을 몇 번 깜박였다. 수 초가 지나고 나서야 그가 무슨 말을 하는지 알아차렸다. 침을 꿀꺽 삼키고서는 그가 원하는 대로 입을 열었다.

"싫어하지 않아요, 세준 씨."

그 말을 듣는 세준의 입꼬리가 슬며시 위로 향했다. 치명적인 매력에 다혜는 심장이 쿵 추락했다가 복귀했다. 입술을 슬쩍 깨무는데 세준이 말했다.

"그리고?"

"세준 씨가 만지는 거…… 싫지 않아요."

이제 믿는다는 듯 세준이 부드러운 미소를 지어 보였다. 그 미소가 야속해 다혜는 눈물이 핑 돌았다. 이 와중에도 가슴이 부들부들 떨리는 자신이 우스웠다.

"익숙지 않아서 그랬어요. 남자와 닿는 거…… 처음이니까요."

"얼른 익숙해져. 이제 부부니까."

쿵! 쿵! 세준이 한마디 할 때마다 심장이 요동쳐 다혜는 정신을 차릴 수 없었다. 아까까지만 해도 싸우다시피 했는데, 이게 뭐란 말인가. 좋아하는 쪽이 약자라더니 그 말이 딱 맞았다.

다혜의 반응을 즐기는 듯 보였던 세준이 문득 물었다.

"그럼 아이만 갖지 않으면 되나?"

"……네?"

"네가 그랬잖아. 아이를 갖는 대로 유학 보내실 생각이시라고. 그럼 아이가 생기지 않으면?"

"……."

그게 제가 생각하고 있던 시나리오지만, 다혜는 쉬이 입을 열지 못했다. 세준이 한쪽 눈만 찡그린 채로 흐음, 하고 생각에 잠긴 듯 팔짱을 꼈다.

"단순히 애가 생기지 않으면 되는 간단한 얘기는 아니겠지. 그러면 회장님께서는 어째서 아이를 갖자마자 헤어지게 하시는 거지?"

"그건…… 항상 첫 아이가 태어난 후 앓기 시작해서……."

"그게 우연인지 아닌지는 모르는 거고?"

"……네."

물어보는 것뿐인데 추궁당하는 기분이 들어 다혜는 입 안이 썼다. 턱을 문지르며 생각에 잠긴 그를 보고 있자니 자꾸 숨이 턱턱 막혀왔다. 그를 티 내지 않으려고 심호흡하는데, 세준이 쳐다봤다. 무슨 말을 하려고……. 긴장하는 찰나 그가 말했다.

"회장님은 후사를 보고자 우리를 결혼시키신 거군."

"……."

부정할 수 없는 말이었다. 그런데 이어진 세준의 말이 독하디독했다.

"결혼시키지 않았다면 죽을 걱정할 필요도 없는데 말이야."

흠칫. 다혜의 몸이 눈에 띄게 흔들렸다. 세준은 그를 보면서도 말을 이었다.

"굳이 결혼시켜서 말도 안 되는 저주를 걱정하고. 그러는 와중에도 애만 낳으면 된다는 건가? 그러다 잘못돼서 정말 죽으면 역시 저주는 어쩔 수 없다면서 한탄하면 끝인가?"

당황한 다혜가 자리에서 벌떡 일어났다. 무거운 의자가 뒤로 넘어지면서 쿵! 하고 바닥을 울렸다. 묵직한 소리에도 세준은 꿈쩍도 하지 않았다. 눈은 슬쩍 들어 저를 쳐다보는 것에 다혜는 숨도 제대로 쉬지 못했다.

"어디 변명해봐. 아니면 부정해보든가."

세준의 목소리가 차가웠다. 다혜는 한마디도 하지 못했다. 그의 말에 틀린 건 하나도 없었다. 저들 결혼은 후사를 위함이 맞았다. 그를 알고 있었지만, 다혜도 결혼을 선택했다. 세준과 결혼한다는 사실에 마음이 들떠서…… 이 얼마나 부당하고 불합리한 일인지 알면서도 받아들이고 말았다.

제 욕심이었다. 그래서 다혜는 아무런 변명도 하지 못했다. 세준과 가까이 있고 싶다는 욕심이 마음에 가득 차 있었다.

"하긴, 너도 나와 같은 처지지. 몰아붙여서 미안해."

아니었다. 같다니…… 전혀 달랐다. 다혜는 눈물이 차올라 시야가 흐려지는 걸 느끼면서도 손 하나 까딱하지 못했다.

세준이 하얗게 질릴 정도로 꽉 움켜쥔 다혜의 손을 잡았다. 다혜가 움찔거리는 걸 느꼈지만 놔주지 않았다. 오히려 제 쪽으로 끌어당겼다. 다혜는 팔에 힘을 주지 않은 채 그의 행동을 지켜보기만 했다.

"우리 둘 다 임씨가의 꼭두각시인데."

"……."

무슨 말이라도 하고 싶었다. 하지만 입이 떨어지지 않았다. 마치 몸이 제 것이 아닌 듯 이상했다. 다혜는 눈물만 뚝뚝 흘렸다.

세준이 엄지로 다혜의 반지를 쓰다듬었다. 가는 실반지가 그 아래서 반짝 빛을 냈다. 다혜도 무의식중에 그의 움직임을 따랐다.

"걱정하지 마. 결혼은 예정대로 진행할 거니까."

말을 마친 세준이 손을 놨다. 다혜는 소름이 돋는 걸 느꼈다. 잠깐 잡고 있었을 뿐인데 상실감이 이루 말할 수가 없었다.

자리에서 일어난 세준이 그런 다혜를 내려다봤다. 눈을 내리깐 채로 눈물을 뚝뚝 흘리고 있는 걸 보니 가슴이 너무 아팠다.

지끈거리는 가슴을 움켜쥐고 싶은 걸 꾹 눌러 참고 손을 들었다. 머리가 생각하기 전에 손이 먼저 움직였다. 엄지로 그녀의 눈가를 훑어주자 넋을 놓고 눈물을 흘리던 다혜가 눈을 들었다. 잔뜩 젖은 눈동자가 마치 빛 가루를 뿌려놓은 듯했다.

"……쉬어."

키스하고 싶었다. 세준은 이 순간에 그런 욕망을 느끼는 자신을 한심하게 생각하면서 손을 뗐다. 먼저 몸을 돌려 파우더룸을 나갔다.

"저어……."

다혜가 부르는 소리에 침실을 건너가던 세준이 뒤를 돌아봤다. 잔뜩 젖은 눈가, 하도 깨물어서 붉어진 입술, 하얗게 질린 뺨……. 밝은 곳에 나와서 다혜를 보자 끌어안고 싶은 충동이 거세게 일었다. 혀를 슬쩍 깨문 후 시선을 맞췄다. 다혜가 잠시 망설이는 듯하더니 입을 열었다.

"같이…… 자야 해요."

"아아, 걱정하지 마. 잘 때는 들어올 테니까."

침실을 같이 쓰라는 회장님의 말씀을 떠올린 세준이 비죽이 웃으며 고개를 끄덕였다. 이런 상황에도 거부할 수 없는 명령이라……. 자꾸 사고가 부정적으로 흐르려고 해서 세준은 몸을 돌려 방을 나갔다.

혼자 남은 다혜의 얼굴에 절망이 어렸다. 그와 대화를 나누는 동안 참고 참았던 오열이 결국 터지고 말았다. 그대로 주저앉아 우는 다혜를 달래줄 이가 아무도 없었다.

'세준 씨가 죽는다는 건…… 상상도 할 수 없어요. 그래서 처음에는 결혼해서는 안 된다고 생각했어요. 평생 혼자 살자고, 내가 혼자면 아무에게도 피해를 주지 않을 거다. 하지만…… 제 이기심에……. 미안해요, 정말 미안해요.'

방을 나온 세준이 거친 숨을 토해냈다. 방문이 닫힐 때 들린 다혜의 오열이 귀를 잡아챘다. 그녀를 몰아세우려는 생각은 아니었다. 하지만 가슴속에서 들끓는 울분을 참아낼 수가 없어 말이 거칠게 나오고 말았다.

나는 고작 씨내리였던가.

어렴풋이 그런 생각은 하고 있었다. 여자아이, 그것도 한 명밖에 태어나지 않는 집안이니까 후계가 얼마나 중요한지는 알고 있었다. 그래도 설마 아이만 낳기 위한 결혼이라고는 생각하지 못했다.

그런 말도 안 되는 저주나 미신을 믿는 건 아니었다. 이유도 없이 갑자기 시름시름 앓다가 죽는 병이라니.

하지만 배신감이 드는 건 어쩔 수 없었다. 고작 임씨 집안의 후계를 잇기 위해 13살부터 이 집에 들어왔던 건가. 그 시간이 주마 등처럼 눈앞에 그려졌다.

좋았던 기억이라고는 임다혜를 만난 것밖에 없었다. 회장님이 내건 목표를 이루기 위해 세준은 많은 것을 포기해야만 했다. 그 랬던 결과가 고작 씨내리라니.

세준은 밤이 깊도록 서재에서 나오지 못하고, 결국 새벽녘에야 겨우 자리에서 일어났다. 지금쯤이면 다혜가 잠들었으리라 생각 하고 안으로 들어갔는데, 침대 옆 등이 켜져 있었다.

"안 잤어?"

"……자려고요."

다혜의 곁으로 다가간 세준이 인상을 찡그렸다. 불빛 아래 드러 난 다혜의 눈이 아까보다 더 벌겋게 부어 있었다. 내내 운 모양이 었다. 침대에 걸터앉은 세준이 안타까운 마음에 한숨을 내쉬었다.

"왜 그렇게 울었어."

"……티 나요?"

피식, 다혜의 말에 세준은 웃음을 흘리고 말았다. 눈이 퉁퉁 붓 도록 울어놓고 티 나느냐고 묻다니. 그 대답이 귀여웠다.

"생각을 좀 해봤어."

세준의 말에 다혜가 바짝 마른 입술을 슬쩍 핥았다. 긴장하는 게 눈에 보여 세준은 그녀의 손을 잡았다. 아까와 달리 놀라지 않 은 다혜가 잡기 쉽도록 손을 움직였다. 맞잡은 손으로 금세 온기 가 전해졌다.

"우선…… 솔직히 말하면 믿지 않아."

다혜는 놀라거나 하지 않았다. 그가 믿지 않으리란 건 이미 알고 있었다.

"옛날에는 지금보다 과학도 의학도 덜 발달했을 때니까 그 원인을 찾지 못했을 수도 있어. 예전에는 고치지 못했던 병을 지금은 고칠 수 있기도 하고."

세준이 덤덤하게 말했다. 다혜는 묵묵히 경청하며 그의 눈을 응시했다. 눈동자에 두려움 같은 감정은 조금도 찾아볼 수 없었다.

세준은 그녀의 시선을 피하지 않은 채 말을 이었다.

"정밀검사 분야는 특히 독보적인 기술 진보로 질병이나 신체에 대해서 훨씬 자세히 알게 되었지. 그래서 요즘 희귀병이 늘어나고 있잖아. 예전에는 알지 못했던 병에 새롭게 이름을 붙이고 있으니까. 물론 여전히 발병 원인이나 치료법을 모르는 경우도 많아."

세준의 말에도 일리가 있었다. 그렇지만 다혜는 이 끔찍한 일이 정말 원인이 밝혀지지 않은 병 때문이라고 생각하지 않았다. 그래, 이선 저주였다. 임씨기에 깊숙이 뿌리박힌 저주.

"모겔론스 병이라고 들어봤나?"

"아니요."

"몸에 벌레가 기어 다니는 것 같은 피부질환이지. 웃거나 울면 폐와 연결된 기도가 막혀 숨을 거둔다는 코넬리아 디 란지 증후군도 있어. 모두 예전에는 병명조차 없었지. 원인을 알 수 없다는 것은 그 원인을 아직 밝혀내지 못했다는 뜻이야."

원인을 알 수 없는 병으로 확신하는 세준을 가만히 바라보는 다혜의 눈빛이 어두웠다. 생면부지의 사람들이 임씨가에만 들어오면 같은 병을 앓고 죽는다? 그게 바로 저주 아니겠는가. 그리 생각했지만, 다혜는 쉬이 입을 열 수 없었다.

"회장님이 무엇을 두려워하시는지 알겠어."

세준이 손에 조금 힘을 줬다. 손마디가 아플 정도로 꽉 쥐어 와서 다혜가 고개를 숙여 손을 바라봤다. 손바닥에 심장이 있는 것처럼 두근두근했다.

"하지만 나는 발병하지 않은 병을 걱정하는 것보다 지금 이 순간에 충실한 게 더 좋아."

"……발병한 후에는 늦어요."

"그 말도 맞아. 하지만 지금 걱정한다고 막을 수 있는 일도 아니야."

"……그렇지만."

"나는."

세준이 다혜의 말을 끊었다. 그러고는 그녀가 고개를 들기를 기다렸다. 이윽고 다시 시선이 마주쳤을 때 세준은 살짝 미소 지었다. 그 미소에 다혜는 숨 쉬는 것도 잊고 그를 바라봤다.

"나를 싫어하지 않는다고 했지?"

"네. 좋……."

"응?"

다혜는 꼭 말해야 한다는 생각에 용기를 냈다. 그 바람에 맞잡은 손에 힘이 들어갔다. 손에 전해지는 압력에 세준이 슬쩍 손을 내려다봤다가 다시 고개를 들었다.

"좋아하는 쪽에 가까워요."

세준의 대답이 바로 이어지지 않았다. 다혜는 얼굴이 불타는 듯 뜨거워지는 것을 느꼈다. 눈을 감고 싶은 마음이 가득했지만, 겨우 버티고 그를 마주 봤다. 한참을 가만히 있던 세준이 다시 미소를 지었다. 그 웃음이 환했다.

"나도 그래."

순간 눈물이 후드득 떨어졌다. 세준이 입을 벌려 웃으며 눈물을 닦아줬다. 자꾸 울어, 하고 중얼거리는 목소리가 타박처럼 들리지 않았다. 뺨에 닿는 손이 어쩜 이리도 따뜻할까.

다혜가 진정하는 동안 세준은 그녀를 바라보며 생각에 잠겼다. 우선은 이 불행한 우연의 연속이 저주가 아니라는 걸 밝혀내야 했다.

'어디서부터 파고들어야 하는 건지······.'

하지만 임씨가의 말도 안 되는 저주를 조사해보려고 해도 이렇다 할 만한 방도가 없었다.

윤 비서에게 부탁해봐야 회장님에게 보고가 들어갈 것이 자명했다. 의문사에 대해 캔다는 것은 다혜가 모든 것을 털어놓았다는 뜻이 된다. 다혜가 할머니께 들키지 않으려고 애를 쓴 것을 생각하면 그럴 수는 없었다.

'다혜 아버님의 병원 기록을 구할 수만 있어도······.'

세준의 생각이 조금 더 구체적으로 좁혀졌다. 다혜의 아버지라고 해도 벌써 20년이 더 지난 이야기였다. 회장을 거치지 않고 그 기록을 구하기란 여간 어려운 게 아닐 터였다. 한숨을 내쉰 세준이 손으로 미간을 꾹 눌렀다.

손수건을 꺼내 눈물을 닦은 다혜가 그런 자신을 바라보는 게 느껴지자 세준은 언제 그랬냐는 듯 부드럽게 웃어 보였다. 그 미소에 다혜는 조금 부끄러워하며 자리에 앉았다.

"다혜야."

두근! 세준이 부른 제 이름이 달콤하게 녹아내렸다. 다정한 목소리가 마음을 뒤흔들고 있었다. 다혜가 고개를 살짝 오른쪽으로 움직였다. 그를 마주 보려는 의도였다.

세준이 손을 들어 머리를 귀 뒤로 넘겨줬다. 그 단순한 동작에도 다혜는 심장이 후들거렸다. 가까운 얼굴과 짙은 시선에 다혜의 얼굴이 새빨갛게 물들었다. 벽등이 어두워 그가 눈치채지 못하기를 바라며 침착하게 그를 바라봤다. 얼굴이 가까웠다.

"우리가 서로에게 호감이 있다면……."

세준의 말 한마디에 심장이 그의 손에 넘어간 듯했다. 그가 아예 제 심장을 손에 쥐고 흔들어댔다. 이 남자가 이리도 다정한 표정을 짓던 사람이었던가. 다혜는 그의 눈동자에 비치는 자신이 믿기지 않았다. 홀린 듯 바라보며 그에게 빠져들었다. 그때, 세준이 웃었다. 입꼬리만 올려 웃는 게 아니라 눈을 곱게 접어 웃는 모습에 다혜의 심장이 다시 한 번 곤두박질친다.

"나는 다혜, 너와 연애하고 싶은데……. 너는 어때?"

다혜는 제 귀를 의심했다. 지금 제가 무슨 말을 들은 건지 모르겠다. 아까부터 심장이 하도 요동쳐서 청각이 이상해진 듯 제대로 들리지 않았다.

세준이 제 옆에 놓인 다혜의 왼손을 잡았다. 눈은 여전히 다혜를 바라보고 있는 채로 손을 들어 올려 손가락에 입을 맞췄다. 약지였다. 반지의 매끄러운 면이 입술에 닿았다.

"우리, 연애하자."

순간, 꿈이 아닐까 하는 의심이 들었다. 볼을 꼬집어보고 싶을 정도였다. 세준의 눈이 싫으냐 묻고 있었다. 싫다니, 좋아 미칠 것 같았다. 하지만 입이 떨어지지 않았다. 그의 눈에 가슴이 덜컥거려서 진정하려고 애쓰는 것 외에는 아무것도 할 수 없었다. 세준의 눈빛이 부드럽고도 강했다. 그의 말이 마치 주문처럼 가슴에 새겨졌다.

"다혜야?"

직접 입으로 대답을 듣겠다는 듯한 부름이었다. 다혜는 조심스럽게 고개를 끄덕였다. 그것도 엄청난 용기가 필요했는데, 세준은 직접 말하지 않으면 인정하지 않겠다는 듯 여전히 대답을 기다렸다.

"……네, 좋…… 아요."

제 목소리가 아닌 듯 이상했다. 심지어 뒤는 소리가 너무 작아서 들리지도 않았을 듯했다. 그래도 한 번 소리를 냈다고 조금 자신이 붙었다. 다혜는 세준의 눈을 똑바로 바라보며 다시 입을 열었다.

"연애…… 해요, 우리."

그 말이 끝나기가 무섭게 입술이 닿았다. 급작스러운 입맞춤에 다혜는 눈도 감지 못했다. 추읍. 부드러우면서도 부끄러운 소리를 내고는 입술이 떨어져 나갔다. 다혜는 눈만 연신 깜박였다. 방금 입술에 뭐가 닿았던 건지 도저히 머리에 입력되지 않았다.

그 반응이 귀여웠는지 세준이 눈을 찌푸리며 가볍게 웃었다. 16년 동안 세준을 봐왔지만 오늘처럼 웃는 모습을 많이 본 적이 없었다. 이렇게 잘 웃는 남자였구나. 이렇게 다정한 남자였구나.

다혜는 고이 키워온 마음에 불이 붙는 걸 스스로 느꼈다. 좋아하는 마음이 한층 더 깊어졌다. 그를 깨닫는 건 조금 가슴 아픈 일이었지만, 한편으로는 욕심도 생겨났다.

연애를 한다.

결혼을 한다.

그렇다면 언젠가는 우리도 사랑하는 사이가 될 수 있을지도 모른다.

그를 생각하는 것만으로도 심장이 폭발할 듯했다. 다혜가 양손을 뺨에 대고 진정하려고 노력하는 사이, 세준이 주변을 둘러보고는 말했다.

"늦었다. 이만 자야지."

"아, 네."

"나는 저기 소파에서 잘 거야. 씻고 나올 테니까 먼저 자."

"……소파요?"

다혜가 놀란 듯 눈을 크게 떴다. 세준은 아무렇지 않게 고개를 끄덕였다.

"그럼 같이 잘 생각이었어?"

"아……."

막 얼굴에서 손을 떼던 다혜가 다시 뺨을 감쌌다. 세준을 소파에서 자게 하는 게 걸려서 한 말이었는데, 의미가 다르게 받아들여진 듯했다.

"욕실도 서재 쪽 욕실을 쓸 거니까 걱정하지 마."

세준은 다혜의 사적 공간을 배려해주고 싶었다. 여태 혼자 써왔으니까 누군가, 그것도 남자와 같이 쓰기 쉽지 않을 터였다.

"같이…… 자도 되는데요."

그 속삭임에 일어서려던 세준이 멈칫했다. 그러나 고개를 돌아보지는 않았다. 다혜는 조금 초조한 기색으로 그를 올려다봤다. 한동안 가만히 있던 세준이 일어서서는 바지 주머니에 손을 찔러 넣은 채로 몸을 돌렸다.

방이 밝은데도 어쩐지 세준의 얼굴에는 그림자가 졌다. 그래서 그의 표정이 제대로 보이지 않았다. 방금 연애하자는 말을 할 때만 해도 다정하기 그지없었는데, 지금은 또 왠지 거리가 느껴졌다. 자신이 이 남자를 완전히 이해하는 날이 올까. 혹시 안 오지는 않을까? 그를 생각하니 속이 쓰렸다.

"실크 네글리제를 입은 채로 그런 말을 하면 유혹하는 거야."

"……네?"

실크 네글리제? 세준의 말을 멍하니 따라 한 다혜가 고개를 숙여 제 몸을 바라봤다. 항상 입는 원피스 스타일의 잠옷이었다. 흰색 실크기는 하지만 속이 비친다거나 하는 건 전혀 아니었다. 얌전하기만 한 잠옷인데, 어디가 유혹이라는 건지 이해가 되지 않았다.

"아니면 남자를 몰라서 하는 말인가?"

"……."

남자를 모른다는 게 어떤 의미인지는 바로 알아들었다. 하지만 그 말을 하는 이유는 알지 못했다. 당혹스러운 표정으로 고개를 갸웃거리는 다혜를 바라보던 세준이 피식, 웃었다.

"남자는 그냥 잠만 잘 수 있는 부처가 아니야."

"……네?"

여전히 이해하지 못하는 듯 고개를 옆으로 기웃거리는 모습이 사랑스러웠다. 어디서부터 가르쳐야 할까, 한숨이 나오는 것도 사실이었지만.

세준이 느린 걸음으로 몸을 돌려 다혜의 앞에 섰다. 주머니에 찔러 넣은 손을 빼지 않았기 때문에 그 자세가 나른해 보이기까지

했다. 그 여유로움 이면의 긴장을 임다혜는 아마 평생 모를 게 분명했다.

무릎이 닿는 거리에 서자 다혜가 고개를 들어 시선을 맞춰왔다. 그 눈동자가 순했다. 세준이 느끼는 갈증을 전혀 모르는 듯 순하기만 했다.

키스하고 싶다. 안고 싶다. 그 마음을 노골적으로 눈빛에 담았다. 하지만 알아차리지 못하리라.

세준이 손을 들어 다혜의 긴 머리를 매만지다가 부드러운 손길로 한 줌 집었다. 손에 쥔 머리카락을 끌어당기는 것에 다혜의 시선이 머리카락에 고정됐다. 자신도 모르게 그 손의 움직임을 따라갔다. 스르륵, 머리카락이 천천히 그의 손에서 빠져나오기 시작했다.

미처 다 빠져나가지 못한 머리카락의 끝자락이 손에 남겨지자, 세준은 검지를 빙글 돌려 가볍게 당겼다. 예상치 못한 통증에 다혜가 몸을 움찔거렸다.

"……세준 씨?"

당황한 다혜가 세준을 불렀다. 머리카락을 주시하던 세준이 눈만 슬쩍 움직여 시선을 맞췄다. 그의 눈동자에 가득 담긴 감정이 뜨겁게 일렁거렸다. 그를 정면으로 본 다혜는 심장이 덜컹 내려앉았다. 전신이 오싹거리고 숨이 차올랐다.

"됐어, 그냥 자."

세준의 입꼬리가 살며시 위로 향했다. 꽉 쥐고 있던 머리카락을 놔주자 다혜는 왠지 모를 허전함에 몸을 떨었다. 몸을 뗀 세준이 눈을 조금 찡그려 웃고는 문을 향해 걸어갔다. 다혜는 그를 붙잡지 못했다. 그가 보여준 뜨거운 눈빛이 전신을 휘감은 듯한 기분이 들었다.

침대에 눕기는 했는데 세준을 소파에서 재우는 게 영 마음에 걸렸다. 같은 방에서 잔다니까 당연히 침대에서 같이 자는 줄 알았다. 세준이 옆에 누우면 가슴이 두근거려서 못 잘 것 같아 걱정됐는데, 아예 침대에 올라오지도 않는다고 하니 더 신경이 쓰였다.

씻고 온 세준이 소파에 이불을 올리는 것을 가만히 바라보던 다혜가 다시 입을 열었다.

"정말 같이 안 자요?"

조심스레 물었는데 세준의 반응이 무덤덤했다. 아예 제 쪽을 쳐다도 보지 않는 것에 다혜는 입을 꾹 다물었다.

베개에 얼굴을 파묻은 채로 자려고 노력해봤지만 그가 신경 쓰여 잠이 오지 않았다. 침대와 소파 사이의 거리는 있지만, 같은 공간에 있다는 사실이 자꾸만 의식됐다. 결국, 실눈을 뜨고 그를 훔쳐보기에 이르렀다.

'정말이지…… 천연덕스럽게 유혹하는군.'

그 시선을 애써 무시한 세준이 쓴웃음을 지었다. 분명 다혜는 제가 소파에서 자는 게 마음에 걸려서 저러는 걸 터였다.

"정말 같이 자길 원해?"

"네!"

대답하는 목소리가 한결 밝아졌다. 피식, 웃은 세준이 못 말리겠다는 듯 고개를 절절 흔들었다. 다혜와 마주 누우면 오늘 밤은 잠을 포기해야 한다. 밤새 애국가라도 불러야 하지 않을까.

결국, 이불을 걷은 세준이 자리에서 일어났다. 다혜가 반쯤 몸을 일으켜 쳐다보는 것이 어둠 속에서도 똑똑히 보였다. 창밖에서 새어 들어오는 달빛이 그녀를 더욱 매혹적으로 보이게 했다.

세준이 침대로 걸어오자 이불을 걷어주는 자세가 야릇했다. 본인은 모르고 하는 행동임이 틀림없지만. 세준이 쓰게 웃으며 침대 위로 올라갔다. 들고 온 베개를 놓고 옆에 눕는데 빤히 바라보는 다혜의 시선이 고스란히 느껴졌다. 저 시선을 두고 어떻게 자라는 말인지…….

"이제 진짜 자는 거야. 잘 자."

"세준 씨도 잘 자요."

그리 말하는 다혜의 입꼬리가 살짝 올라가 있어 세준은 웃고 말았다. 정말 이길 수가 없다. 많이 좋아하는 쪽이 지는 거라더니. 저런 예쁜 모습을 보고 어떻게 싫다고 할 수 있을까.

두근거리는 밤이었다. 생각해보면 이 또한 꿈만 같았다. 싫어한다고만 생각했는데, 싫지 않단다. 오히려 좋아하는 쪽에 가깝다는 말에 세준은 정말 꿈이 아닌가 의심해야 했다. 연애하자고 했지만, 그 말이 끝나기 무섭게 이렇게 같은 침대에서 잠을 청하다니. 믿을 수 없이 좋은 방향으로 일이 풀리고 있었다.

그 말도 안 되는 저주만 아니라면…….

생각이 그에 미치자 세준의 표정이 굳었다. 그를 바라보고 있던 다혜도 그를 눈치챘다. 무슨 생각을 하고 있기에 저렇게 심각한 표정일까. 같이 자는 게 불편해서 그런가 싶어 다혜의 표정도 시무룩해졌다. 저도 모르게 버릇처럼 입술을 깨무는데, 세준이 문득 입을 열었다.

"1시간 채웠네."

"네?"

"입술."

"아……."

당황한 다혜가 얼른 입술에 힘을 풀었다. 하얗게 질렸던 입술에 피가 돌면서 아까보다 더 붉어졌다. 고개를 살짝 돌린 세준이 미소 지은 채 말했다.

"손."

손? 바로 알아듣지 못한 다혜가 멍하니 그 말을 곱씹다가 슬쩍 아래를 내려다봤다. 세준이 팔을 들고 있었다. 손을 내민 자세를 한참 바라본 다혜가 조심스럽게 그 위에 제 손을 올리자, 세준이 손에 힘을 줬다.

"1시간, 손잡고 자자."

두근두근, 심장이 손바닥으로 옮겨갔나 보다. 마주 잡은 손으로 제 심장박동인지 세준의 것인지 알 수 없는 박동이 느껴졌다.

손을 잡아서 더 긴장할 것 같았는데 이상하게 안심이 됐다. 그래서 기분 좋게 눈이 감겼다. 세준을 향해 몸을 돌린 채 다혜는 잠을 청했다.

후우. 속으로 짧은 한숨을 내쉰 세준이 다혜를 바라봤다. 손을 잡자 안심한 것처럼 바로 잠을 청하는 모습에 웃음만 자꾸 나왔다. 멀리서 바라만 봐도 미칠 정도로 두근거렸는데, 그 사람이 이렇게나 가까이 있다. 제 손을 잡고 잔다.

세준은 울컥하는 감정을 애써 다스린 채 눈을 감았다. 잘 수 있을 것 같진 않지만, 기분이 나쁘지는 않았다.

4. 가슴이 시키는 대로

　평소처럼 5시에 기상한 세준이 먼저 제 방으로 돌아갔다. 그 움직임에 잠깐 깬 다혜는 그를 확인한 후 다시 잠을 청했다. 밤새 가슴이 콩닥콩닥 뛰어서 도무지 제대로 잘 수가 없어 몇 번이나 선잠이 들었다가 깨기를 반복했다.

　세준이 나간 후에야 정말 잘 수 있었다. 겨우 맘 놓고 자고 있었는데, 뺨에 부드러운 감촉이 느껴졌다. 그 따듯함이 기분 좋았다. 그러다가 순간 사라졌다. 허전함이 찾아왔다. 다혜는 무의식 중에 고개를 움직였다. 방금 뺨에 닿았던 온기를 찾아서.

　"……쿡쿡."

　그때였다. 가벼운 웃음소리가 귀를 간질였다. 이상함에 다혜가 눈을 뜨려 했다. 하지만 눈 위로 무언가 가볍게 내려앉았다. 그 감촉이 조금 전 뺨에 닿았던 것과 비슷했다.

"오늘 수업 없지? 5시에 일 끝내고 올 테니까 데이트하자."

세준의 목소리가 들리고 나서야 다혜는 제 눈을 덮은 것이 그의 손이라는 것을 알아차렸다. 그제야 익숙한 향이 콧속으로 훅 스며들었다. 타바코 플라워와 화이트 머스크. 세준이 즐겨 쓰는 향이었다.

다혜가 눈을 떴을 때 그는 침실을 나가고 있었다. 출근 준비를 끝낸 듯 이미 정장 차림이었다. 자신은 늦잠을 잔 데다가 자고 일어난 꼴이 말이 아니었을 텐데, 무방비하게 다 보였다고 생각하니 창피했다. 괜히 이불을 끌어올려 얼굴을 가리는데, 세준이 뒤를 돌아봤다. 눈만 빼꼼 내밀고 있는 다혜를 보고는 피식, 웃었다. 그 웃음에 다혜의 가슴에 불이 붙는다.

아침 인사 겸 보고차 세준이 본관에 들렀다. 이미 아침 식사를 마치고 신문을 읽고 있던 홍례가 세준을 서재로 들였다.

"그래, 합가하니 어떻너나?"

"아직 이렇다 할 느낌은 없습니다."

"흠. 묘한 대답이로구나. 좋다고 방방 뛸 리 없는 줄은 알고 있었다만."

신문에서 눈을 떼지 않은 홍례였지만, 활자가 눈에 들어오지 않았다. 세준은 그런 그녀를 물끄러미 바라보다가 사무적으로 사업 보고를 올렸다. 다혜에 대해서 이렇다 저렇다 말하지 않으니 그가 무슨 생각을 하고 있는지 읽기 어려웠다.

보고를 마친 세준이 물러가겠다고 인사했다. 홍례는 가만히 고개만 끄덕였다. 방을 나서려던 차에 세준이 나지막하게 덧붙였다.

"소중히 대해줄 생각입니다."

"아무렴."

홍례의 목소리 또한 덤덤했다. 세준이 물러가고 난 후에야 한숨을 내쉬었다. 옆에 서 있던 집사가 약병과 물을 준비해 들고 왔다. 미지근한 물로 목을 축이고 나서야 홍례는 쓴웃음을 뱉었다.

"어찌 생각하나?"

"사장님도 여간해서는 속내를 드러내지 않는 분이시라……
잘 모르겠습니다."

집사의 말에 홍례 역시 고개를 끄덕였다. 그렇게 가르친 건 저자신이었기에 누굴 탓할 수도 없었다.

"재계약 건은 우선 보류해둬. 신규 입점으로 연락한 곳부터
만나보지."

"네. 약속을 잡을까요?"

"이번 주는 빼."

"네? 이번 주가 가장 시간이……."

"내가 안 돼."

"네?"

스케줄상으로는 이번 주가 가장 좋은데 안 된다는 세준의 말에
윤 비서가 눈을 크게 떴다. 자신이 알기에는 세준이 개인적으로
시간을 빼는 일은 극히 드물었다. 이왕 스케줄 얘기가 나온 김에
세준은 아예 당분간 시간을 빼기로 했다.

"문제라도 있나?"

"아니요. 그렇지는 않은데…… 개인적으로 호기심이 생겨서
그랬습니다."

"호기심?"

"사장님께서 개인 시간을 따로 가지시는 일을 본 적이 없어서…… 죄송합니다."

"죄송할 건 없지."

세준은 슬쩍 입술을 끌어올려 웃었다. 윤 비서가 틀린 말을 한 건 아니었다. 이세준에게 개인 시간은 애초에 주어지지 않은 것이었다.

임씨가에 들어왔을 때부터 항상 24시간을 감시 체제 속에서 살았다. 일을 도울 때부터는 스케줄을 스스로 정하게 되었지만, 항상 임 회장이 붙인 비서가 있다 보니 결국 감시와 다를 바가 없었다.

"말이 나와서 하는 말인데……. 혹시 25살의 여자가 좋아할 만한 데이트 코스가 있을까?"

"……데이트 코스요?"

윤 비서는 세가 뭔가 잘못 들었니 싶어 인상을 찡그렸다. 이세준이 데이트라는 말을 꺼낼 만한 상대가 있던가? 그 생각이 이내 나이에서 멈췄다. 25살이라면 상대는 임다혜밖에 없다.

"아가씨와 데이트하세요?"

"응. 연애 좀 해보려고."

세상에. 이세준 입에서 연애라는 말이 나오다니. 윤 비서는 입만 뻥긋거리며 쉬이 말을 잇지 못했다. 세준은 크게 개의치 않는 듯 탁상 액자를 보며 빙그레 웃었다. 다혜와 데이트라니……. 생각하는 것만으로도 가슴이 콩닥콩닥 뛰었다.

"서울숲 산책도 좋고, 요즘은 대학로에 공연 보러 많이들 가죠."

"흐음."

추천받은 데이트 코스는 세준도 이미 생각해봤던 곳들이었다. 그런데 딱히 끌리지 않았다. 무언가 부족했다. 그 외에도 무언가 놓친 부분이 있었다. 그래서 드라이브나 영화도 생각해봤지만 하나같이 마음에 들지 않았다.

"데이트라는 게 밥 먹고 차 마시고 같이 걷는 건가?"

"보통 그렇죠? 영화를 보기도 하고요."

"데이트라는 게 그다지 재미없는 거였군."

"……네?"

세준의 말에 윤 비서가 다시 의아한 듯 고개를 갸웃거렸다. 뉘앙스가 어쩐지 이상했다. 꼭 데이트 한 번 안 해본 사람 같았다. 아니, 안 해본 사람이 맞았다. 순간 그를 알아차린 윤 비서는 경악을 감추려고 애를 써야만 했다. 세준은 액자 속 다혜 사진을 보느라 눈치채지 못했지만.

"음……. 뭐, 특별하게 무언가 하려고 하지 않아도…… 같이 있는 것만으로도 좋지 않을까요? 물론 다혜 아가씨께서 원하시는 걸 같이하는 게 가장 좋고요."

"……고려해보지. 고마워. 나가봐."

"네. 이번 주 오후 스케줄은 비워놓겠습니다."

"그래."

윤 비서가 나간 뒤 홀로 남은 세준이 관자놀이를 짚었다. 무작정 연애하자고 꼬시기는 했는데, 막상 하려니 문제가 한둘이 아니다. 우선 세준은 연애가 어떻게, 뭘 하는 건지 몰랐다.

"같이 있는 것만으로도 좋다……."

윤 비서가 남긴 말을 곱씹어본다.

−15분 후면 도착할 것 같은데.

"네, 오세요."

아무렇지 않은 척 대답했지만 세준의 목소리를 들으니 바로 긴장이 됐다. 크게 마음 두지 않으려고 했지만 시간이 가까워질수록 신경이 쓰였다. 일부러 리포트를 작성하며 다른 것에 집중하려고 해봤지만, 진척이 없었다.

−오늘.

"네?"

그대로 전화를 끊을 줄 알았는데, 세준이 뭔가 덧붙였다. 전화를 내려놓던 순간이라 제대로 듣지 못한 다혜가 허겁지겁 되물었다.

−자꾸만 다혜, 네 생각이 났어.

귀가 폭격을 맞은 것 같다. 생각해보니 세준과 처음 하는 통화였다. 귀에 대고 속삭이는 것 같은 목소리로 달콤한 말을 뱉으니 가슴이 진정되지 않았다. 평소의 무던한 말투였다. 마치 일을 보고하듯 무뚝뚝하기까지 했다. 그럼에도 그 뜻이 달았다. 귀가 녹아버릴 지경으로.

−너는?

게다가 짓궂다. 마치 '밥 먹었어. 너는?' 하고 묻는 것처럼 단순한 질문이었다. 하지만 대답을 하려니 떨려서 소리가 나오지 않았다. 듣는 것보다 말하는 게 더 힘든 거구나. 다혜는 슬쩍 입술을 깨물었다. 그렇지 않고는 떨림을 진정할 수가 없었다. 그런데 마치 보고 있던 것처럼 세준이 말했다.

-입술은 깨물지 말고.

"……어떻게 알았어요?"

-그런 느낌이었어.

"넘겨짚은 거군요."

-그래. 더불어서 다혜, 네가 사실 하루 종일 내 생각만 한 것도
알아.

할 말을 잃은 다혜가 아무 말도 못 하고 있자 세준이 수화기 너
머에서 작게 웃음을 터트렸다. 그 웃음소리가 맑았다. 다혜는 슬
쩍 눈을 찌푸리며 웃었다. 가슴이 철렁했지만 긴장은 조금 풀렸
다. 긴장을 풀어주려고 일부러 그런 것 같은 느낌을 받았다.

-그럼 금방 도착할 거야.

세준이 전화를 끊으려 하자 다혜가 얼른 말했다.

"했어요!"

-응?

"세준 씨 생각…… 했다고요."

-…….

차마 세준의 말을 들을 자신은 없어서 '그럼 이따 봐요.' 하고
재빨리 먼저 전화를 끊었다. 얼굴이 화끈거린다. 귀까지 불타오른
듯 뜨겁다.

서관 정원에서는 현관에서 이어지는 진입로가 바로 보였다. 첫
번째 주차장으로 이어지는 도로였는데, 세준이 주로 이용하는 도
로였다. 정원에 앉아 있으니 금방 세준이 도착했다. 그의 은빛 스
포츠카가 모습을 드러낼 때부터 심장이 드럼 연주라도 하듯이 요
동쳤다. 평정심을 유지하려고 차를 입에 댔다가 다시 내려놨다.

괜히 화장실이라도 가고 싶어질까 봐, 그마저도 신경 쓰였다.

진입로와 이어져 있는 정원 초입에 차를 세운 세준이 모습을 드러냈다. 아침에 봤던 모습인데도 멋있었다. 봄바람이 살랑, 그의 옷깃을 간질였다. 바람에 휘날린 옷자락만큼이나 다혜의 가슴도 물결쳤다.

"왜 나와 있었어. 바람 부는데."

"따듯해서 괜찮아요."

다혜가 자리에서 일어서려고 하자 세준이 괜찮다며 만류했다. 여유롭게 자리에 앉는 그의 모습에 다혜도 다시 자리에 앉았다. 도우미가 세준에게도 차를 내왔다. 목이 말랐는지 세준이 물을 부탁했다. 그러고는 얼굴을 빤히 바라본다. 진중한 시선에 놀란 다혜가 순간 긴장한 채로 그 시선을 받았다.

"예쁘네."

"네?"

갑자기 튀어나온 찬사에 눈을 크게 뜨자 세준이 턱짓했다.

"옷. 예쁘다고."

굳이 콕 집어서 옷이라고 말하는 것에 다혜는 입술이 바짝 말랐다. 왠지 놀림받은 기분이었다. 아니, 정말 놀림받은 거다. 세준의 올라간 입꼬리를 보니.

"그럼 갈까?"

목을 축인 세준이 먼저 일어나 손을 내밀었다. 조심스레 그 손을 잡고 일어나자 세준이 자연스레 에스코트했다.

"너랑 뭘 같이하면 가장 좋을까, 생각해봤거든."

부드럽게 주행하며 세준이 입을 열었다. 시선은 정면을 향하고 있었지만, 제게 하는 말에 다혜가 고개를 옆으로 돌려 그를 바라 봤다.

그 시선을 눈치챈 듯, 세준이 살짝 고개를 움직여 시선을 맞췄 다. 옆으로 흘겨보는 시선이 매혹적이라 다혜는 그만 침을 꿀꺽 삼키고 말았다. 긴장한 걸 들킬 것만 같아서 괜히 시선을 앞으로 돌렸다. 세준이 웃는 소리가 들렸지만 무시했다.

사실 다혜도 마찬가지였다. 아침에 세준이 데이트하자고 말하 고 간 뒤부터 이런저런 상상을 해봤다. 로맨스 영화에서 봤던 장 면에 저와 세준을 대입하기도 했다. 무슨 상상을 하든 부끄러워서 금방 포기했지만.

"다혜, 너는 데이트해본 적 있어?"

"아뇨. 친구들과 놀러 다닌 적은 있지만, 데이트는……."

"남자 친구 없었어?"

"네."

"한 번도?"

세준이 믿지 못하겠다는 투로 되묻자, 다혜는 더 크게 고개를 끄덕였다. 이상하게 세준은 저에 대해 신뢰가 없는 듯했다. 그렇 게 믿지 못할 정도로 거짓말을 한 적이 없는데. 아니, 거짓말을 할 정도로 대화해본 일도 없었다.

"나는 어떨 것 같아?"

그리 묻는 세준의 입가에 미소가 살짝 걸려 있었다. 다혜는 순 간, 신장희가 떠올라 입매를 굳혔다. 근래에는 보지 못했지만 예 전에는 생일 파티 등으로 얼굴을 보곤 했다. 키가 아주 크고 늘씬 한, 모델이라고 말하면 그대로 믿어버릴 것 같은 여자였다.

그녀는 신 회장님이 늘 막내딸인지 막내아들인지 헷갈린다고 말씀하셨을 정도로 당찼다. 그리고 화려하고 화통한 게 자신감이 넘쳤다. 몇 년 전 기억인데도 아직도 생생할 정도로 강렬한 인상의 여자였다.

"인기 많았을 것 같은데요."

다혜는 솔직하게 말했다. 그 대답이 웃겼는지 세준이 키득거렸다.

차는 금방 임씨 저택을 빠져나갔다. 골목을 지나 큰 도로에 들어섰다. 올림픽대로로 향하는 방향을 본 다혜가 슬쩍 고개를 돌려 세준을 바라봤다. 운전에 집중한 세준의 옆모습이 섹시했다. 조금 끄른 넥타이 사이로 보이는 목의 라인이라든지, 운전대를 잡은 팔이라든지⋯⋯. 왜 사람들이 운전하는 남자를 섹시하다고 하는지 이해하게 되었다.

삼시 신호에 걸려 차를 멈춘 후 세준이 다혜를 바라보며 말했다. 그 시선이 진중했다.

"너랑 같아. 연애해본 적 없어. 여자 친구도 없었고."

뜻밖의 대답에 다혜는 조금 놀랐다가 이내 수긍했다. 아마 연애할 시간조차 없었을 터였다. 그 시선의 의미를 알아차린 듯 세준은 가만히 웃기만 했다.

사실 회장님은 연애도 하는 게 좋다며 적극적으로 밀어주곤 했다. 하지만 세준은 생각이 없었다. 임다혜가 아니면 전혀 불타오르지 않았다.

임다혜가 아니면.

"왜 그래요?"

신호에 차가 멈춘 사이 세준이 자신을 뚫어지게 쳐다보자, 다혜가 눈을 깜박이며 의아해했다.

창문을 열어놔서 바람이 시원하게 몰아쳤다. 휘날리는 머리카락 사이로 세준의 목소리가 달콤하게 흘러들었다. 무슨 말인지 알아듣지 못한 다혜가 되물으려 했다. 하지만 머리카락이 시야를 방해해 입을 열지 못했다.

다혜의 머리가 엉망이 되는 게 거슬렸는지 세준이 창문을 닫았다. 손수 머리를 정리해주기도 했다. 머리와 목덜미를 훑는 손길에 다혜는 속절없이 움찔거렸다.

도착한 곳은 여의도의 H호텔이었다. 차를 댄 세준이 우선 밥부터 먹을까? 하고 다혜를 레스토랑으로 데려갔다.

음식을 주문한 후, 먼저 나온 와인을 맛보는 세준을 다혜가 빤히 바라봤다. 메뉴를 고른 것은 세준이었다. 그럼에도 제 취향을 완벽히 맞히는 것에 조금 놀랐다.

가끔 식사를 같이할 때면 할머니의 주방장이 알아서 음식을 내왔다. 그 외에 다혜가 먼저 제 취향으로 주문하는 걸 세준이 봤을 리가 없었다. 그럼에도 나오는 요리마다 하나같이 자기 취향이었다.

다혜는 살짝 망설이다가 조심스레 물었다.

"그런데…… 어떻게 알았어요?"

"뭐를?"

"제 취향이요. 너무 당연하게 제가 좋아하는 걸 주문하니까 신기해서요."

어떻게 자신이 좋아하는 음식을 꿰뚫고 있을까. 다혜는 그게 너무도 궁금했다. 하지만 정작 질문을 받은 세준은 그런 걸 묻느냐는 듯 웃음만 터트렸다.

"질문에 답이 있잖아."

"네?"

"내가 어떻게 알 것 같은데? 본관 쉐프에게 네가 뭘 좋아하는지 물어봤을 것 같아?"

"……그건 아닌 것 같은데요. 먼저 말하는 걸 보니까."

"그럼?"

세준은 여유롭게 와인을 음미했다. '맛이 괜찮은데, 한번 맛보겠어?' 하고 권하기까지 했다. 술을 그다지 좋아하지 않는 다혜는 괜찮다며 거절했다. 세준이 어떻게 제 취향을 잘 알고 있는지가 더 궁금했다.

"아, 통찰력? 그런 거죠? 눈썰미가 뛰어나니까…… 보고 알았나요?"

한참을 고민하던 다혜가 제 추측을 늘어놨다. 본관에서 같이 식사할 때 봐서 안 거 아니냐며 살짝 웃었다. 세준이 다시 웃음을 터트렸다. 그 웃음이 경쾌할 정도로 맑아서 다혜는 미간을 좁혔다. 제 말이 웃겼던 걸까? 그리 생각하는데 세준이 미소를 머금은 채로 미안하다며 사과했다.

"웃어서 미안해. 네 대답이 너무 정확해서 그랬어."

"네?"

"맞아. 보고 알았어. 항상 보고 있었거든."

"……네?"

항상 보고 있었다는 말에 다혜의 뺨에 홍조가 확 돌았다. 새빨개진 뺨이 부끄러운 듯 다혜는 마른 입술을 몇 번 핥다가 얼른 물을 마셨다. 그 순수함이 참 예뻐서 세준은 자꾸 웃음이 나왔다. 웃겨서가 아니라 기뻐서, 좋아서.

오늘의 다혜는 참 예뻤다. 항상 예뻤지만 평소에 안 하던 화장도 살짝 한 것이 눈에 보였다. 검은 원피스는 몸에 착 밀착되어 은은한 광택을 냈고, 위에 걸친 남색 재킷도 수수한 듯하면서도 화사한 게 다혜의 흰 피부와 잘 어울렸다. 항상 얌전한 차림만 봤는데, 오늘은 왠지 섹시했다. 검은 머리마저도 요염함을 부추겼다.

"요즘처럼 대화를 나눈 적이 별로 없지."

"아…… 그렇죠."

다혜도 수긍했다. 같이 산다고 하지만, 그런 느낌을 받지 못할 정도로 만나는 일이 별로 없었다. 그래서 더 간절했다.

"그래서 너에 대해 더 몰랐던 것 같아."

"저도 그래요. 솔직히…… 매일 새로워요."

다혜의 말에 슬쩍 미소 지은 세준이 다시 와인을 집어 들었다. 그러면서도 시선은 다혜에게서 떼지 않았다. 그윽한 시선에 다혜는 자꾸 가슴이 콩닥콩닥 뛰어 진정할 수가 없었다.

"어때?"

"……네?"

"잘 몰랐던 게 더 낫지 않나 해서. 몰랐던 모습을 보고 실망한 건 아니고?"

세준의 질문에 다혜는 고개를 젓는 대신 되물었다.

"세준 씨는요?"

그러자 세준이 와인을 내려놓고는 미묘한 표정을 지었다. 읽기 어려운 표정에 다혜는 긴장하고 말았다. 그의 눈이 마치 '어떨 것 같아?' 하고 묻는 듯했다. 실망하지 않았으면 좋겠다는 마음이 목구멍 끝까지 치솟았다.

"좋아."

두근! 심장이 아플 정도로 강하게 오그라들었다. 가슴의 통증에 숨을 제대로 못 쉬었다. 받은 숨을 내쉬며 다혜는 떨리는 손으로 물잔을 집어 들었다. 한 모금 얼른 들이켜는데, 세준의 시선이 무섭도록 따라붙었다. 얼굴이 화끈거려 견디기 힘들었다.

"덕분에 미움받는 게 아니었다는 걸 알았으니까."

다혜는 입술을 질끈 깨물었다가 얼른 힘을 풀었다. 그 모습을 세준이 귀엽다는 듯 바라봤다. 그사이 음식이 나오기 시작했다.

포크를 드는 다혜의 표정이 아까보다 현저히 어두워졌다. 싫어하는 게 아니다. 아직 그 정도밖에 전하지 못했다. 좋아한다고 말하고 싶었다. 하지만 말할 수 없었다. 이기심에 세준을 위험으로 밀어 넣은 자신이 무슨 자격으로…… 그를 생각하면 자꾸 심장이 아팠다.

식사를 끝마치고 밖으로 나온 세준이 자연스레 엘리베이터 버튼을 눌렀다. 그런데 내려가는 게 아니라 올라가는 버튼이었다. 의아함에 다혜가 세준을 바라봤다.

"왜?"

"위로 올라가요?"

"응."

라운지로 올라가나…… 다혜의 생각이 얼굴에 고스란히 쓰여

있어서 세준은 빙그레 웃었다. 라운지라…… 그것도 나쁜 생각은
아니었다.

"나중에 라운지도 가지."

"나중에요?"

엘리베이터는 12층에서 멈췄다. 엘리베이터 문 바깥은 아주 어
두웠다. 벽에 달린 색색의 조명이 은은하면서도 묘한 느낌을 자아
냈다. 그 느낌이 천박하기보다는 고급스러웠다. 조명을 달고 있는
흰 꽃이 푸른색으로 빛났다.

"이 호텔에 2인용 영화관이 있더라."

"2인용 영화관이요?"

"소극장 같은 건데, 딱 두 좌석만 있다는군. 가본 적은 없지만
괜찮을 것 같아서 예약했어."

세준이 너무도 자연스레 안으로 향하니 다혜는 멋도 모르고 따
라 들어갈 수밖에 없었다. 얼마 걷지 않아 직원이 카드를 확인했
다. 이내 직원 셋이 따라붙었다. 한 직원이 앞으로 나와 안으로 안
내했다.

들어가는 입구가 정말 영화관과 흡사했다. 마치 영화관을 전세
낸 듯한 느낌이었는데, 세준의 말대로 좌석이 딱 둘밖에 없었다.
그것도 일반 의자가 아니라 2인용 소파였다. 소파 앞에 있는 테이
블은 마치 미니바처럼 보였다. 그 안에 직원이 한 명 섰다. 옷차림
이나 주문을 기다리는 모습을 보니 바텐더인 듯했다. 세준은 다혜
를 슬쩍 보더니 말했다.

"Kiss in the rain."

"……네?"

갑자기 튀어나온 키스라는 말에 다혜가 멍하니 눈을 깜박였다. 세준의 입으로 듣는 키스라는 단어가 굉장히 야릇했다. 발음할 때 흘러나오는 숨이 야하게 느껴졌다. 그런데 대답은 다른 쪽에서 들렸다.

"네, 두 잔 드릴까요?"

"아니, 한 잔만. 다른 하나는 위스키 미스트로."

다혜의 얼굴이 빨갛게 물들고 말았다. 칵테일 이름이었다니. 일부러 그런 게 틀림없었다. 놀리려는 의도를 감출 생각이 없던 듯 세준이 슬쩍 눈을 찡그린 채 웃었다.

"짓궂어요."

"뭐가?"

끝까지 모르는 척하는 게 정말 짓궂었다. 다혜는 눈을 슬쩍 흘기고는 자리에 앉았다. 자리에 앉자 직원이 바로 무릎 담요를 건네줬다. 그러고 보니 생각보다 에어컨이 셌다. 아직 그렇게 날이 차지 않은데 과한 듯 느껴졌다. 담요를 펼치는 사이, 세준도 옆자리에 앉았다.

"도수 낮춰달라고 했으니까 괜찮을 거야."

"아…… 술 마실 줄 알아요. 별로 즐기지 않을 뿐이에요."

"예뻐서 마시게 될걸."

세준의 말은 곧 증명됐다. 바텐더가 들고 온 칵테일은 정말 예뻤다. 파란색과 보라색, 그리고 투명한 얼음이 만들어내는 색의 조화가 환상적이었다.

다혜가 그에 빠져 감탄하는 사이, 세준은 위스키를 한 모금 머금었다. 긴장을 억누르려고 하니 자꾸 술을 입에 대게 됐다. 다행히도 술은 센 편이었지만, 너무 마시다가 오히려 자제심을 잃을까 걱정이었다.

이내 직원들이 나가고 조명이 한 단계 어두워졌다.

"On the edge of cliff라는 클래식 영화인데, 알아?"

"아, 제목은 들어본 적 있어요."

"생각보다 재밌어. 너무 내 취향으로 고른 것 같아서 미안하네."

"아니에요."

이렇게 둘만의 시간을 보내고 보니 다혜도 세준이 조금씩 파악됐다. 그는 '뭐 할래?'라든지 '이거 어때?' 하고 묻는 성격이 아니었다. 상대방의 정보를 근거로 자신이 최적의 선택을 하는 편이었다. 그러니 어떻게 보면 일방적일 수도 있었다. 하지만 다혜는 그런 방식이 익숙했다.

그건 할머니의 방식이었다. 할머니에게 교육받기 이전의 세준은 어떤 성격이었을까. 다혜는 가슴에 못이 하나 더 박히는 기분이 들었다. 표정이 어두워지려는 찰나, 영화가 시작했다.

정면으로 시선을 돌린 다혜가 칵테일을 집어 들었다. 화려하고 아름다운 색감에 비해 술맛이 강하게 돌았다. 슬쩍 눈을 찌푸리는데 뒤에 달콤한 맛이 따라왔다. 입안에 부드럽게 퍼지는 달콤함에 다혜는 생각 없이 한 모금 더 마시고 말았다.

[데니스, 제발 도망가요! 난 신경 쓰지 말고 가라고요!]
[그럴 수 없어! 너도 같이 가는 거야.]
[그러다 둘 다 죽어요!]

[아니, 너는 내가 살려. 안나, 나를 믿지? 내 손을 잡아.]

[데니스…….]

영화는 여자 주인공이 납치당하면서 시작하더니 내내 촌극을 다투며 긴박감이 감돌았다. 남자 주인공은 몇 번이나 그녀를 구하려고 달려들었지만, 번번이 눈앞에서 놓치고 말았다. 그러면서 어째서 남자 주인공이 여자를 포기하지 못하는지 그 이유를 하나씩 보여줬다.

긴장이 최고조로 달아오른 하이라이트에서 여자 주인공 안나는 그를 위험에 빠뜨릴 수는 없다며 혼자 죽는 것을 선택했다. 남자 주인공 데니스는 그럴 수 없다며 그녀를 끌어안았다.

죽느냐, 사느냐의 순간에도 데니스는 안나를 놓지 않았다. 그녀가 없다면 사는 이유도 없다는 데니스의 한결같은 사랑이 돋보이는 극적인 순간이었다.

하지만 전혀 집중할 수가 없었다.

"영화…… 안 봐요?"

"보고 있어."

거짓말. 다혜는 차마 그 말을 뱉지 못하고 속으로만 중얼거렸다.

영화관으로 데려와 놓고 막상 세준은 한 번도 스크린에 시선을 주지 않았다. 다혜는 아무것도 모르고 조금 긴장한 채로 영화를 보고 있었는데, 자꾸 얼굴이 따가웠다.

그걸 느끼고 나니 영화에 전혀 집중할 수가 없었다. 그래서 빈 칵테일 잔을 내려놓으며 다혜가 세준을 흘끗 바라봤다. 그런데 그 순간 움찔하고 말았다. 세준이 아예 소파 등받이에 팔을 괸 채로 다혜 쪽으로 몸을 돌려 앉은 탓이었다.

그는 아예 영화를 볼 생각이 없는 사람처럼 옆으로 앉아 다혜만 뚫어지게 바라보고 있었다.

그 시선을 무시하고 영화를 본다는 건 거의 불가능했다. 화면 속에는 데니스와 안나가 폭격 사이를 뚫고 지나가며 고군분투하고 있었지만, 다혜는 얼굴이 화끈거려 제대로 시선을 들지도 못했다.

"얼굴이 빨개."

영화의 효과음이 시끄러울 정도로 컸는데도 그의 목소리가 또렷하게 들렸다. 흠칫, 다혜가 목을 움츠렸다. 세준이 어느새 손을 뻗어 뺨을 쓰다듬었다. 예상하지 못한 간지러움에 오싹한 기분을 느꼈다.

목을 움츠린 채로 다혜가 그를 바라봤다. 그는 표정 변화 없이 손끝만 까딱거려 다혜의 뺨을 건드렸다. 손끝이 뺨을 훑는 감각에 알 수 없는 전율이 흘렀다.

"술 때문일까?"

다혜는 전혀 대답하지 못했다. 영화 속의 펑펑 터지는 효과음이 꼭 제 속에서 나는 소리 같았다. 세준의 손가락이 조금 집요하게 움직였다. 검지와 중지 끝으로 뺨을 훑고는 귀를 가리고 있는 머리카락을 집어 뒤로 넘겼다. 가려져 있던 귀가 드러나며 손끝에 살짝 스쳤다.

'……홋!'

그저 귀에 손이 살짝 닿았을 뿐이었다. 그런데 그 자극이 지나치게 강했다. 다혜는 저도 모르게 발가락에 힘을 줬다. 오므리고 있던 다리에도 힘이 들어갔다. 그 작은 스침에 전신에 긴장감이 감돌았다.

"왜 이렇게 긴장했어?"

그 긴장을 알아차린 세준이 살짝 웃었다. 다혜는 눈을 감은 채로 한숨을 길게 내쉬었다. 그리고 이내 눈에 힘을 준 채로 세준을 바라봤다. 그는 여전히 여유로웠다. 다혜는 잠깐 망설이다가 이내 세준 쪽으로 몸을 돌려 바른 시선으로 그를 마주했다.

"······큭."

내내 여유로운 척하고 있던 세준이 눈을 찡그리며 웃음을 터트렸다.

"귀여워, 임다혜."

대체 어디가 귀여운 거죠, 그리 되묻고 싶은 마음을 숨긴 채로 다혜가 다시 숨을 몰아 내쉬었다. 세준이 손을 아래로 뻗었다. 무릎 위에 가지런히 모으고 있는 다혜의 손등을 슬쩍 엄지로 쓰다듬었다.

어째서 세준의 행동 하나하나가 다 참을 수 없는 자극으로 느껴지는 걸까. 다혜는 계속해서 다리에 힘을 줘야 했다. 그러지 않으면 긴장이 풀어져버릴 것만 같았다.

"손잡아봐."

다혜는 그의 말에 손을 내려다봤다. 세준이 손을 겹치고 있어서 손을 뒤집기만 하면 됐다. 조심스레 손바닥이 위로 향하도록 손을 뒤집었다. 이내 손바닥이 서로 맞닿았다. 손바닥의 온기가 천천히 서로 녹아들었다.

"손잡는 거 좋아하지?"

"······네."

긴장한 탓에 대답이 조금 늦었지만, 다혜는 솔직하게 대답했다. 그리고 시선을 들어 그를 마주 봤다. 다혜가 보기에 그는 여유롭기 그지없었다. 그래서 제 손바닥에 차오르는 땀을 그가 눈치챌까 봐 자꾸 긴장됐다.

"또 뭘 좋아하지?"

"……."

"그럼 내게 물어봐."

세준이 자연스레 질문을 유도했다. 그를 잠시 바라본 다혜가 입을 열었다. 목소리가 떨리지 않도록 신경 쓰는 기색이 역력했다.

"세준 씨는 뭘…… 좋아하는데요?"

"키스."

"……읏!"

순간 튀어나온 대답에 다혜가 저도 모르게 숨을 들이켰다. 그 적나라한 반응에 세준이 입꼬리를 슬쩍 끌어올렸다. 순진무구한 반응이 예상과 크게 다르지 않았다. 세준이 손가락을 살짝 움직여 다혜의 손바닥을 긁었다. 흠칫, 몸을 떠는 것을 보면서도 멈추지 않았다. 손톱으로 손바닥을 세게 자극했다.

"다혜, 네가 키스해줬으면 좋겠는데…… 너는 어때?"

세준의 말에 다혜의 얼굴이 새빨갛게 물들었다. 눈을 마주치고는 있지만, 똑바로 보지 못하는 그녀를 바라보며 세준이 슬쩍 혀를 내밀었다. 입술 사이로 살짝 모습을 드러냈다가 사라진 혀에 다혜의 눈동자가 크게 흔들렸다.

"키스…… 해볼래?"

머리가 뜨거웠다. 술 때문이라던 세준의 말이 생각났다. 생각

없이 꿀꺽꿀꺽 다 마셔버렸는데, 저에게는 도수가 높았던 모양이었다. 그렇지만 지금은 술에 취한 건지, 세준에게 취한 건지 알 수가 없었다.

"이리 와."

세준의 목소리가 머릿속을 뒤흔들었다. 다혜는 그에게서 시선을 피하지 못한 채 이끌려갔다. 얼굴이 가까워졌다. 눈을 감고 싶지만, 제 시선을 붙들고 있는 세준 탓에 그조차도 용이하지 않았다.

상체를 숙이는 것만으로는 닿지 않아 소파에 팔을 집고 엉덩이를 들어야 했다. 그렇게 다가갔지만, 입술을 맞대는 것은 쉽게 하지 못했다. 바로 앞에서 서로의 숨결이 오갔다. 거칠어진 숨결이 가감 없이 섞여들었다.

"……흐읍!"

순식간에 세준이 허리를 낚아챘다. 놀란 탓에 거칠게 부딪힌 입술이 아플 정도로 뜨거웠다. 이에 부딪힌 건지, 긁힌 건지 알 수 없는 입술이 화끈거렸다. 입술이 벌어질 틈도 주지 않고 비집고 들어온 혀가 목구멍을 넘어가려는 듯 깊숙이 파고들었다.

"읏! 세…… 세준…… 씨!"

숨이 막힌 다혜가 당황해 손을 들어 세준의 어깨를 붙잡았다. 하지만 그는 멈추지 않았다. 어정쩡한 자세의 다혜를 끌어안고서는 입안을 헤집었다. 혀의 능숙한 유도에 다혜의 혀도 반응했다.

"하, 아…… 흐……."

소리가 되지 못한 신음이 입술 사이로 터져 나와 흩어졌다. 다혜의 혀를 붙잡아 얽은 세준이 혀 아래를 간질였다. 생전 처음 맛보는 자극에 달뜬 신음이 계속해서 흘러나왔다.

다혜의 혀가 어느새 밖으로 고개를 내밀어 세준의 혀에 적극적으로 엉겨 붙었다. 그도 부족하다는 듯 좀 더 자주적으로 움직인 혀가 어느샌가 세준의 입속으로까지 넘나들었다. 얽히고설키는 혀의 움직임에 관능이 짙게 배어 있었다.

"하아, 하아……!"

겨우 입술을 뗐을 때는 힘이 빠져 스스로 몸을 가눌 수가 없었다. 숨도 내쉬지 못하고 키스에 매달렸던 탓에 가쁜 숨이 이어졌다.

힘겹게 공기를 탐하는 다혜를 내려다보던 세준이 슬쩍 웃었다. 그러고는 아직 정신을 차리지 못하는 다혜의 입술을 다시 한 번 탐했다. 이번에는 입속으로 파고들지 않고 입술을 집요하게 괴롭혔다.

아랫입술을 물고 깨물고 빠는 행동에 그의 어깨를 쥔 다혜의 손에 힘이 잔뜩 들어갔다. 손톱이 옷 너머로 박힐 정도로 힘이 들어갔지만, 세준은 멈추지 않았다. 간간이 막힌 숨을 쉴 수 있도록 입술을 뗐다가 몇 번 숨을 몰아쉬기가 무섭게 다시 입술을 맞붙였다. 이를 훑고 입천장을 쓰다듬는 혀의 움직임에 다혜는 허리마저 떨어가며 그에게 매달려야 했다.

"첫 키스야?"

영화의 시끄러운 음악과 효과음 속에서도 그의 목소리는 지나칠 정도로 또렷하게 들렸다. 마치 귓가에 대고 말하는 것처럼.

다혜는 왠지 억울했다. 자신은 키스 한 번에 이렇게 녹아내렸는데 그는 여유롭기만 했다. 목덜미를 만지작거리는 손길마저도 능숙했다. 왠지 그의 과거에 질투가 났다.

저는 16년 동안 좋아한다는 말 한마디 못 하고 몰래 바라보기만 했는데, 그에게는 많은 여자가 있었다고 생각하니 괴로웠다.

"나는 첫 키스인데…… 다혜, 넌 아니었어?"

"……첫 키스라고요?"

다혜의 손을 들어 손등에 입을 맞춘 세준이 슬쩍 눈을 내리깔아 시선을 맞췄다. 내려다보는 그 시선이 어찌나 매력적인지, 다혜는 다시금 가슴이 뛰었다. 이렇게 자연스레 입을 맞추고 키스를 녹아내릴 만큼 잘하는데 첫 키스라니 어쩐지 믿기지 않는다.

"왜? 너무 잘해서 안 믿겨?"

"읏……."

심지어 속을 다 읽고 있다. 다혜는 얼굴을 붉히며 슬쩍 눈을 피했다. 세준이 입술만 닿게끔 산뜻하게 뽀뽀했다. 쪽, 닿았다가 떨어지는 입술이 아까와 다르게 매우 부드러웠다.

"계속 키스하고 싶다."

"……."

"입술 떼니까 허전해."

그냥 하면 될 것을, 일부러 그렇게 말하는 이유를 알아차린 다혜가 슬쩍 혀를 깨물었다. 세준의 웃음이 능글맞아 보였다. 하지만 다혜의 속마음도 그와 같았다. 처음 하는 키스였다. 그것도 이세준과 하는 키스였다.

다혜는 술기운이 머리를 잠식했다고 믿었다. 그렇지 않으면 이런 용기가 날 리가 없었다. 다혜의 입술이 세준의 입술 위에 조심스레 내려앉았다.

쪽, 하고 붙었다 떨어지는 입술을 세준이 잡아챘다. 다시 한 번긴 키스가 이어졌다. 아까와 다르게 혀가 아주 천천히 움직였다.

입술을 비집고 들어갈 때도 힘을 잔뜩 준 채로 느리게 핥았다. 감질나면서도 집요한 혀의 움직임에 다혜의 숨이 금세 가빠졌다.

"흐으…… 읏……."

맞잡은 손에 힘이 들어가 부들부들 떨리는 것을 알면서도 세준은 천천히 키스했다. 혀를 얽는 것도 느려서 오히려 조바심이 난 다혜가 먼저 혀를 움직여야 했다.

다혜의 혀가 먼저 부딪쳐오자 세준은 슬쩍 눈웃음을 짓고는 그 혀를 빼물었다. 혀끝을 물려버린 다혜가 놀라서 혀를 빼려고 했지만, 그가 강하게 빨아올리는 바람에 힘이 빠지고 말았다.

척추가 부르르 떨렸다. 머리끝까지 쭈뼛 서는 오싹함에 몸이 잔뜩 달아올랐다. 다혜의 혀를 혀끝으로 슬쩍 깨물어 자국을 낸 세준이 속삭였다.

"달다. 다혜, 너 엄청 달아."

데이트는 영화를 보는 것으로 끝났다. 세준도 꽤 술을 마신지라 대리운전 서비스를 이용했다. 뒷좌석에 나란히 앉아 집에 가는 동안 입을 여는 사람은 없었다. 다만 맞잡은 손이 뜨거웠다. 손에 땀이 차도 놓는 법이 없었다. 그렇게 집에 도착할 때까지 하나로 겹쳐지는 손바닥 안의 두근거림을 느꼈다.

5. 장미 가시를 품에 안고

'다혜 아가씨, 꽃구경 나오셨어요?'

서재에 가는 길이었다. 문득 들려온 어머니의 목소리에 세준은 걸음을 멈추고 주위를 둘러봤다. 멀지 않은 곳에 있는 서관 정원에서 다시 한 번 어머니의 목소리가 들렸다. 아직 수업까지는 20분가량 남아 있는 터라 세준은 생각 없이 그쪽으로 걸음을 돌렸다.

'장미…… 한 송이만 얻을 수 있을까요?'

조곤조곤한 말씨가 아이의 것이라고는 믿기지 않을 만큼 차분했다. 세준은 저도 모르게 걸음을 멈췄다. 서관 정원을 둘러싼 장미 담장은 성인의 가슴께까지밖에 오지 않아서 어머니를 찾는 건 어렵지 않았다. 목소리의 주인공인 다혜는 보이지 않았다.

'그럼요. 가장 아름다운 녀석으로 골라드릴게요.'

이곳, 임씨가에 살게 되면서 세준이 가장 이해하지 못한 것은 '다혜 아가씨'였다. 이곳은 마치 임다혜를 위한 세상 같았다. 모든 일이 임다혜를 위주로 돌아갔다. 어머니도, 아버지도, 그보다 훨씬 나이 든 사람들도 자연스레 다혜에게 존대했다.

아가씨라는 호칭, 임씨가를 벗어나면 절대 사용하지 않을 호칭임에도 아무렇지 않게 다혜를 아가씨라 불렀다.

'다혜 아가씨, 장미 좋아하시나요?'

한 번은 여쭤본 적이 있었다. 고작 9살밖에 되지 않은 아이에게 존대하는 것이 이상하지 않으냐고. 하지만 어머니는 빙긋 웃기만 할 뿐이었다.

이곳 임씨가에서 다혜에게 존대하지 않는 사람은 그녀의 할머니, 임 회장과 세준뿐이었다. 또래가 존대하면 바깥에서의 생활과 괴리가 느껴지게 된다는 이유로 세준은 반말하는 것을 허락받았다.

하지만 생각해보면 정말 말도 안 되는 이유였다. 그렇다면 어른들이 존대하는 것은 괴리가 안 느껴진단 말인가? 물론 나중에 안 거지만, 나름 약혼자였던 탓이었다. 결혼할 사인데 다혜를 모시는 입장이 되어서는 안 된다는 이유였다.

'장미는…… 함부로 다가갈 수 없잖아요. 그…… 닮았어요.'

다혜의 대답이 묘했다. 세준은 그 말을 이해하지 못했지만, 어머니는 바로 알아차린 듯 웃음을 터트렸다. 가장 탐스러운 장미를 잘라 가시를 정리하고는 다혜에게 건넸다. 세준에게는 어머니가 몸을 숙이는 것밖에 보이지 않았다. 다혜가 장미꽃을 받고 어떤 표정을 지었을지 전혀 알지 못했다. 그녀를 보며 빙그레 미소 짓고 있는 어머니만이 보였다.

서재에서의 수업을 끝낸 후, 집으로 돌아왔을 때는 이미 저녁 시간이었다. 저녁을 준비하던 어머니가 세준을 발견하고는 손짓했다.

'이거 받아.'
'……갑자기 웬 장미예요?'

꽃 꺾는 거 싫어하시잖아요, 하고 덧붙이자, 어머니는 싱긋 웃으며 '선물이야.' 하고 덧붙였다.

'다혜 아가씨가 주는 거야.'
'네?'

그러고 보니 서재에 가는 길에 다혜가 장미 한 송이를 받았던 것이 기억났다.

그걸 왜 내게……? 세준의 눈이 그리 묻고 있음을 알아챈 어머니가 웃으면서 말했다.

'정원에 꽃이 그리 많은데, 세준이 너는 꽃구경 한번 할 시간이 없으니까. 5월의 장미를 구경시켜주고 싶었나 봐.'
'……쓸데없는 참견이네요.'

뾰로통한 표정으로 슬쩍 시선을 피하는 세준을 바라보던 어머니가 손에 장미를 쥐여줬다. 받지 않으려던 세준이 순간 인상을 찡그렸다. 가시 하나 없이 잘 손질된 장미는 확실히 탐스럽고 아름다웠다. 이 장미를 받았을 때, 다혜의 표정을 보지 못한 게 어쩐지 마음에 걸렸다.

'너랑 닮았대.'
'……네?'

세준이 한참 동안 장미에서 눈을 떼지 못하자 어머니는 다시 저녁을 준비하면서 지나가는 말처럼 입을 열었다. 순간 놀란 세준이 고개를 들어 그녀를 바라봤다. 가스레인지 불을 켜는 어머니는 뒤도 돌아보지 않은 채 말했다.

'가시 있는 게 똑같대.'

어머니는 자꾸 알아듣지 못할 말만 던졌다. 세준은 다시 장미로 시선을 돌렸다. 제가 건네받은 장미는 가시가 하나도 없었다.

이 장미가 의미하는 게 뭘까. 알 듯하면서도 모르겠다.

임다혜는 이세준이 처음으로 마주한 난제였다.

다가가고 싶다. 하지만 그러지 못하니까 눈으로만 본다. 그런 간단한 뜻을 그때는 알지 못했다.

'……내게는 다혜, 네가 장미였어. 가시가 너무 많아서 다가갈 엄두를 내지 못했지.'

갑자기 든 상념에 세준이 자조 섞인 웃음을 뱉었다. 어제 다혜와 데이트했던 탓일까. 오랜만에 옛 생각이 떠올랐다. 임다혜가 제 마음속 장미 가시 같은 존재가 되었던 순간이.

"회장님께서 부르십니다, 사장님."

갑작스러운 목소리에 세준이 고개를 돌렸다. 언제 서재로 들어온 건지 본관 집사가 문 앞에 서 있었다. 세준이 바라보자 그는 무표정을 유지한 채 고개를 숙였다.

"지금 가죠."

임 회장을 속일 수 있다고는 처음부터 생각하지 않았다. 대한민국에 살면서 그녀의 눈을 피할 수 있는 곳이 있을까? 적어도 세준이 아는 한도에서는 없었다.

"모셔왔습니다, 회장님."

집사의 말을 듣고도 그녀는 움직이지 않았다. 책상 앞에 앉아 신문을 들여다보는 임 회장을 잠시 바라본 세준이 먼저 소파로 향했다.

집사가 물러난 뒤에도 그녀는 이렇다 저렇다 말이 없었다. 잠시 뒤, 다시 들어온 집사가 커피를 내왔다. 세준은 입술을 슬쩍 핥고는 커피를 집어 들었다. 목을 조금 축이고 나니 머릿속이 정리

된다. 커피의 쌉쌀하고도 고소한 내음이 긴장을 조금 풀어줬다.

그때였다. 내내 시선조차 주지 않던 임 회장이 입을 열었다. 집사가 옆에 놔둔 커피를 집어 드는 손길에 피곤이 느껴졌다.

"그래, 즐거웠는가."

먼저 본론을 꺼내지 않는 화법에 세준은 웃음이 나왔다. 물론 겉으로 드러내 웃지는 않았다. 표정을 숨기는 것 정도는 아무것도 아니었다.

"예, 생각보다 다혜와 취향이 잘 맞더군요."

세준도 그녀에게 맞춰줬다. 마치 일에 관한 보고를 올리듯 덤덤한 말투에 임 회장이 처음으로 시선을 들었다. 마주친 시선에 세준은 물러서지 않고 당당히 맞섰다.

가만히 커피를 한 모금 들이켠 임 회장이 이내 소파로 걸어왔다. 발목까지 길게 늘어지는 카디건이 그녀의 마른 몸을 오히려 더 부각했다.

나이가 느껴지지 않는 우아함이 걸음걸음에 묻어났다. 그 성숙한 아름다움이 가진 힘이 엄청나다는 걸 곁에서 봐온 세준은 누구보다 잘 알고 있었다. 가까이 다가온 그녀에게서 느껴지는 위엄에 눌리지 않으려고 세준은 일부러 커피를 한 번 더 집어 들어 자연스럽게 시선을 피했다.

"그랬다는 건 다혜가 네 마음을 알았다는 뜻이로군."

커피를 입에 머금는 순간, 들려온 임 회장의 말에 세준이 잠시 멈칫했다. 하지만 그를 티 내지 않고 묵묵히 커피를 마셨다. 아까보다 커피가 더 쓰게 느껴졌다.

"네가 고백했으니 다혜도 모든 걸 다 털어놓았을 테고."

세준은 커피 탓에 끈적해진 침을 일부러 크게 삼켰다. 그러고는 여유를 가장한 깊은숨을 내쉬면서 잔을 내려놨다.

"틀리셨습니다, 회장님. 저는 아직 아무것도 말하지 않았습니다."

"그런데도 다혜가 모두 말했나?"

임 회장이 처음으로 눈썹을 들어 올렸다. 의외라는 표정을 보니 조금 속이 통쾌했다. 그 역시 티 내지 않은 채 세준은 무언으로 긍정했다. 임 회장은 세준의 표정을 살피더니 이내 팔짱을 끼며 깊게 심호흡했다.

"그래, 그건 그렇다고 치지. 그러면 내 계획 역시 알겠지?"

그녀의 미소는 자신만만했다. 바깥도, 이곳 응접실도 밝기만 한데 그녀의 얼굴만 어두웠다. 그 묘한 그림자가 무섭도록 차가웠다. 세준은 잠시 눈을 감았다가 떴다. 심호흡과 함께 고개를 끄덕였다.

"예."

"호오, 이의 없이 따를 생각인가?"

임 회장의 입술이 수려한 호를 그렸다. 그 매끈한 미소에 세준은 잠시 움찔거렸다. 그리 웃는 그녀의 뜻을 읽어낼 수가 없었다. 제가 예상했던 것과 어쩐지 반응이 달랐다.

임 회장이라면 이렇게 단도직입적으로 말할 리 없었다. 차라리 다혜의 임신이 확정되는 순간까지 모르는 체 입을 다물고 있다가 딱 헤어지게끔 진행하는 것이 더 그녀다웠다.

그렇다면 대체 왜? 제 의중을 떠보는 이유가 뭘까? 세준은 그녀의 속을 읽으려고 애를 썼다. 하지만 그리 쉬이 속을 보여줄 이가 아니었다. 잠시 망설이던 세준이 이내 입을 열었다.

"회장님, 저를 믿으십니까?"

"갑자기 무슨 의미지?"

엉뚱한 질문에 임 회장이 눈썹을 들어 올렸다. 그녀의 예상에서 벗어났다. 그를 알아차린 세준이 눈에 힘을 주고는 소파 아래 무릎 꿇고 앉았다.

"제게 그간의 병원 기록을 모두 넘겨주십시오."

임 회장은 아무런 반응이 없었다. 그녀와 눈을 마주하고 있는 세준은 그녀의 눈동자조차도 미동하지 않는 것을 봤다. 이 역시도 그녀의 예상을 벗어나지 못했을까? 세준은 조급해하지 않기로 했다. 조급한 모습을 보여서 좋을 건 하나도 없었다.

세준은 다혜의 말 한마디에 정공법으로 나가기로 했다. 임 회장이 다혜뿐만 아니라 자신 역시 죽지 않기를 바란다는, 그 말 한마디에.

"저는 죽고 싶지도, 다혜를 잃고 싶지도 않습니다. 그리고 그 근거 없는 죽음에 굴복하고 싶지도 않습니다."

한참을 가만히 듣기만 하던 임 회장이 처음으로 깊은숨을 내쉬었다. 그 한숨의 의미를 세준은 굳이 해석하고 싶지 않았다. 대신 고개를 숙여 한 번 더 부탁했다.

"그 무모한 도전을 안 해봤을 것 같나?"

"……."

"다혜 아버지도 그랬네. 자신만만했어. 자기는 다르다. 그리 쉬이 죽을 리 없다. 하지만 결과는 여느 때와 다르지 않았네. 나는 더는 보고 싶지 않아."

소중한 이의 죽음을.

임 회장이 삼킨 말이 무겁게 세준을 짓눌렀다. 자신이 하는 말도 그의 말과 하등 다를 바가 없었다. 세준이 슬쩍 입술을 깨물었다. 어떻게든 그녀를 설득해야 했다.

"그때와 지금은 다릅니다. 지금의 의학을, 과학을 저는 믿습니다."

"나는 믿지 않네."

"회장님!"

결국, 세준이 감정을 참아내지 못하고 고개를 쳐들었다. 그 눈의 짙고 푸른 감정을 읽은 임 회장이 슬쩍 눈을 찌푸렸다. 팔자로 내려가는 눈썹이 그녀의 마음을 고스란히 투영한다. 그녀도 처음부터 세준이 말을 들을 거로 생각하지는 않았다.

"한 달."

"……예?"

"한 달 주겠네. 병원 기록이든 뭐든 넘겨주지. 한 달 안에 원인을 밝혀내지 못하면 다혜의 유학 절차를 밟을 거야."

"회장님!"

"왜, 자신 없나?"

한쪽 눈썹만 위로 스윽 올라가는 것이 미려했다. 아래로 내리깐 눈동자는 어둠에서조차 빛났다.

한 달……. 세준이 무의미하게 그녀가 제시한 기간을 읊조렸다. 수십 년 동안 밝혀내지 못했던 원인을 고작 한 달 만에 밝혀내라니, 애초에 기대조차 하지 않는다는 의미였다.

"……한 달 안에 후계가 생기지 않는다 하더라도 말입니까?"

"그래. 후계보다 다혜가 더 중요하니까. 산 사람부터 살려야지. 후계야 정 안 되면 시험관 아기도 생각하고 있네."

임씨가의 저주에 대해 임 회장은 매우 확고한 듯했다. 지금의 세준에게는 그 확고한 믿음을 깨부술 만한 근거가 전혀 없었다.

지끈, 두통이 일었다. 순간 눈앞이 흐려지는 것에 세준은 입술을 세게 깨물었다. 입술의 고통에 시야가 또렷해졌다. 지금 아무리 머리를 굴려봐야 소용없다. 결국, 세준은 고개를 끄덕였다.

"알겠습니다. 한 달, 받아들이죠."

"잘 생각했네."

임 회장은 처음부터 이리될 줄 알았다는 듯 미소 지었다. 그녀의 미소가 얼마나 처절한 감정 속에서 피어난 건지 알기에 세준은 아무 말도 하지 못했다.

"내게 잘못이 있다면……."

두 주먹을 불끈 쥔 채 인사를 올리고 나가던 세준이 회장의 말에 걸음을 멈췄다. 임 회장은 세준을 바라보지 않은 채 중얼거렸다.

"너희를 너무 가까이 뒀다는 거겠지. 어쩌자고 그랬는지…… 지금 생각해도 당최 모르겠네."

문고리를 잡았지만 열지 못했다. 한동안 가만히 서 있던 세준이 이내 문을 열고 밖으로 나갔다. 탁, 닫히는 문소리가 단절감을 증폭시켰다.

다혜를 본 해준은 곧바로 눈치챘다. 무언가 달라졌다. 표정부터가 환해졌다. 빛을 가득 머금고 있었다. 당황해 가만히 바라보고 있자 다혜가 그의 시선을 눈치채고는 웃으며 인사를 해왔다.

"좋은 일 있었나 봐?"

속마음을 감추고 태연하게 묻자 다혜는 살짝 입꼬리를 올려 대답을 대신했다. 그 미소에 해준은 가슴이 지끈거렸다. 지난번에만 해도 틈이 느껴졌다. 잘하면 흔들어놓을 수 있을 것 같다는 생각을 했다. 그런 욕심을 가진 지 얼마나 되었다고…….

둘 사이에 무슨 일이 있었던 건가. 해준이 그답지 않게 표정을 굳혔다. 하지만 다혜는 그를 보지 못하고 자리에 가 앉았다.

특강이 있는 날이라 강의실이 아니라 예술대 소극장에 와 있었는데, 붉은색 소파에 앉은 다혜의 모습이 평소보다 더 아름다웠다. 강렬한 붉은색에 밀리지 않는 칠흑같이 검은 머리와 순백의 피부가 오늘따라 훨씬 더 눈에 띄었다.

"유학이요?"

"응. 오늘 오시는 교수님이 몬트레이 통역대학원 교수님인데 우리 학교랑 자매결연을 맺었대. 한영 동시통역과가 있다니까 흥미가 생기더라고."

민선의 말에 다혜도 고개를 끄덕였다.

"영어 실력이 좀 문제긴 해. 원어민 수준이어야 한다니까."

민선이 슬쩍 인상을 찡그리는 것에 다혜는 눈을 크게 떴다. 다혜가 알기에는 민선도 원어민 수준의 영어 실력을 갖추고 있었다. 고등학생 때까지 미국에서 살다가 한국에 들어왔다고 한 걸 기억하고 있었다. 언니라면 괜찮을 거라며 다혜는 응원을 아끼지 않았다.

다혜의 옆에 앉은 해준은 가슴이 바늘에 찔린 것처럼 따가웠다. 민선과의 대화에 집중하고 있는 다혜를 바라보자, 그 통증이 점점 더 심해졌다. 그러다가 민선과 눈이 마주쳤다. 평소처럼 미소 지어 답했는데, 그녀는 인상을 찡그렸다. 억지로 웃는 걸 알아차린 것 같아서 입 안이 썼다.

"다혜, 너는 유학 생각 없어? 너는 통역보다 번역 쪽 일을 희망하는 거지?"

"아…… 네……."

유학 소리에 다혜의 미소가 사라졌다. 잠깐 멈칫한 다혜가 이내 고개를 크게 저었다.

"유학은 전혀 생각하고 있지 않아요."

마치 저 스스로 다짐하는 것처럼 한 글자, 한 글자 힘주어 대답했다.

서관으로 돌아간 세준이 잠시 거실에 멈춰 섰다. 침실 문을 가만히 바라보는 그의 시선이 뜨거웠다. 서관 집사가 지나가다 그를 보고는 다가왔다. 필요한 게 있느냐는 질문에 고개를 저어 그를 보낸 세준이 이내 제 서재로 들어갔다.

얼마지 않아 본관에서 서류 파일이 도착했다. 몇 대에 걸친 기록임에도 불구하고 서류의 양은 많지 않았다. 그만큼 병의 근거가 되는 것이 없다는 뜻이었다.

'구토, 설사, 출혈성 위장염으로 인한 식욕 부진. 근거가 되는 임상 증상은 이 정도인가. 이것조차 일정하지 않고 결혼 이후 죽음에 이르는 기간 또한 매번 다르고……. 사인은 모두 돌연 심장사. 원인이 정확하지 않은데도 외상이 없어서 부검은 안 했다고…….'

서류를 다 읽도록 세준은 분노만 거세졌다. 도움이 될 만한 것은 전혀 찾아볼 수가 없었다. 가장 문제인 건 부검 기록이 없다는 점이었다.

세준도 알고 있었다. 옛날 사람일수록 부검을 고인에 대한 모욕이라고 여긴다는 것 정도는. 그래도 이런 수상한 죽음이 몇 번에 걸쳐 일어나는데도 부검하지 않았다는 것은 답답한 일이었다. 부검했다면 원인을 찾았을지도 모르는 일이었다.

"젠장."

병원 기록을 조사하면 대충이라도 원인을 찾을 수 있다고 생각했다. 제가 너무 안일하게 생각했던 걸까. 세준은 입술이 터질 정도로 깨물어댔다.

한 달······.

초조해질수록 임 회장이 제시한 한 달이라는 올가미가 목을 죄어온다. 한 달. 앞이 전혀 보이지 않는 상태에서 한 달은 너무 짧다. 어디서부터 파고들어야 하는지 감도 오지 않는다.

똑똑.

"세준 씨?"

다혜였다. 세준이 얼른 책상 위를 어지럽힌 서류들을 차곡차곡 모았다. 대충 서랍을 열어 다 밀어 넣고서야 자리에서 일어났다. 세준이 대답하지 않자 다혜는 돌아갔는지, 기척이 없었다. 책상 위를 말끔히 정리하고 난 후에야 세준이 문으로 다가갔다. 안으로 열리는 문을 잡아당기자 바깥에서 조용히 기다린 다혜가 보였다.

"지금 온 거야?"

"네. 출근 안 했어요?"

"응."

학교에서 막 왔는지 다혜의 차림이 단정했다. 밖에 나갔다 왔다는 게 믿기지 않을 만큼 말끔했다. 머리도 평소와 같이 흐트러

짐이 전혀 없었다. 언제나 봐왔던 완벽한 모습이었다.

어제 데이트할 때는 그렇지 않은 모습을 많이 보여줬다. 시선을 마주하자 부끄러워하던 그녀의 모습이 떠올라 세준은 슬그머니 입꼬리를 올려 미소 지었다.

흰 블라우스에 화사한 푸른 꽃이 잔뜩 그려진 풍성한 흰 치마가 그야말로 봄을 안고 있었다. 허리를 더욱더 잘록하게 보이게 하는 치마를 보니 끌어안고 싶은 욕구가 치밀어 올랐다.

"이제 뭐 할 거야?"

"할머니께 다녀오려고요."

"그렇군."

평범한 대화였다. 그런데 세준이 슬쩍 웃었다. 다혜는 저도 모르게 움찔거렸다. 세준의 표정에 담긴 미묘한 유혹을 알아차린 탓이었다. 주저하는 사이 세준의 얼굴이 가까워졌다. 순간, 키스하는 줄 알고 움찔한 다혜가 눈을 질끈 감았다. 그런데 아무런 감촉도 느껴지지 않았다.

킥. 가볍게 웃는 소리가 났다. 놀란 다혜가 조심스럽게 눈을 떴다. 시야에 세준의 입술이 가득 들어왔다. 매끈한 입술 사이로 뜨거운 숨결이 느껴졌다.

"키스하는 줄 알았어?"

"읏······."

얼굴이 화끈거린다. 그가 짓궂게 놀렸다는 걸 알아차린 다혜가 눈을 크게 뜨고 그를 노려봤다. 그런데 코가 맞닿을 정도로 가까운 거리에서 세준과 시선이 마주치자 오히려 그녀가 더 놀라고 말았다.

다혜는 주춤거리며 뒤로 물러났다. 하지만 세준이 허리를 잡아채는 바람에 뜻대로 되지 않았다. 잡힌 허리가 서로 맞닿기가 무섭게 세준이 입을 겹쳤다. 문 앞이었다. 지나가는 도우미나 집사가 볼 수도 있는 상황이었다. 하지만 세준은 거리낄 게 없는 듯 거침없었다.

허리를 끌어안은 채로 긴 키스가 이어졌다. 다혜가 숨을 제대로 내쉬지 못해 어깨에 손을 올리고 나서야 세준이 슬쩍 입술을 뗐다. 그럼에도 얼굴은 여전히 맞붙인 상태라 표정이 제대로 보이지 않았다. 짙은 숨이 서로의 입속으로 삼켜졌다.

"못된 짓을 배운 아이 같군. 멈추지 못하겠어."

"……짓궂어요."

"좋잖아."

세준의 말이 안으로 삼켜졌다. 입술이 다시 겹쳐진 탓이었다. 키스를 알아버린 입안이 평소보다 뜨거웠다. 제 입속을 헤엄치며 농락하는 혀에 다혜는 다릿심이 풀릴 지경이었다. 세준이 강하게 허리를 끌어안은 채로 단단히 받쳐주고 있는데도 아래로 미끄러질 것만 같았다. 결국, 다혜가 세준의 목을 끌어안았다. 목에 닿는 감촉에 세준이 슬쩍 다혜의 아랫입술을 깨물었다.

"이렇게 유혹하면 놔주고 싶지 않아져."

"어, 언제 유혹했……."

다혜가 얼른 아니라고 부정했지만 그 부정조차도 삼켜졌다. 입을 다시 겹친 채로 세준이 다혜를 안아 들어 옆으로 조금 이동했다. 다혜의 몸이 문 옆의 벽에 닿자 세준이 손을 뻗어 문을 닫았다. 문이 닫히는 소리에 다혜가 잠시 움찔거렸다.

"다혜야."

항상 들어오던 이름이었다. 세준은 유독 제 이름을 자주 불렀다. 세준의 버릇 중 하나였다. 말할 때 항상 '다혜, 네가'라는 식으로 이름을 붙였다. 그래서 그런지, 그의 입에서 나오는 제 이름이 꼭 특별한 것처럼 느껴졌다.

뺨이 뜨거웠다. 열이 오른 걸까. 다혜는 바짝 마른 입술을 저도 모르게 핥았다. 새빨간 혀가 나왔다가 사라지는 것에 세준이 피식, 웃었다.

"자꾸 유혹하면 책임 못 져."

그러니까 유혹한 적 없…….

"어째서 후계를 보기 전에 두 분을 떼어놓으려 하십니까?"

집사 계훈의 말에 홍례는 신문에서 눈을 떼고 그를 바라봤다. 다과를 준비하는 그의 표정은 평소처럼 아무것도 담고 있지 않았다. 그게 임씨 집안 집사의 역할이었다. 눈은 장님처럼, 귀는 귀머거리처럼, 아무것도 보지 않고 듣지 않는 게 철칙이었다. 그런 그가 입을 열었다는 것에 홍례가 흥미로운 듯 웃었다.

"어째서 자네가 신경 쓰는가."

"회장님 뜻을 읽을 수 없어서…… 주제넘었습니다."

바로 물러서는 그를 보며 홍례가 괜찮다고 손짓했다. 물을 붓자 다향이 금세 은은하게 퍼져 나왔다.

"어쩐지 불안해져서 그랬네."

"불안하십니까?"

뜻밖의 대답에 계훈의 얼굴에 처음으로 표정이 그려졌다. 그가 놀란 것이 신기한 듯 홍례가 다시 웃었다. 평생을 곁에 두고 있었지만 이렇게 솔직한 감정 표현은 처음이었다. 그도 늙은 건가, 홍례는 세월의 무색함 앞에서 잠시 웃기만 했다.

그녀의 시선이 마주 보는 벽의 액자에 닿았다. 벽의 반을 채우는 커다란 액자 속에는 빛바랜 가족사진이 햇빛을 반사하고 있었다.

"세준이 녀석, 그렇게 쉬이 아이를 갖지 않을 걸세. 아이를 가지면 헤어지게 하겠다고 했으니까."

"그러시겠지요."

"그렇다면 과연 사신이 아이를 가질 때까지 기다려줄지…… 그게 불안하더군."

아……. 계훈의 입에서 작은 탄성이 흘러나왔다. 차를 조금 마신 홍례의 눈에 그늘이 졌다. 세준이 헤어짐을 각오하고 아이를 가질 리가 없었다. 천년만년 아이 소식이 없다면 어떤 일이 벌어질까? 아이조차 갖지 못한 상태로 세준이 단명할지도 모른다.

"그래서 한 달……."

작게 중얼거린 계훈이 뒤로 물러나 고개를 숙였다.

"회장님의 깊은 뜻을 모르고 여쭈었습니다. 죄송합니다."

홍례는 대답하지 않은 채 찻잔을 들었다.

다혜는 옆에서 느껴지는 기척에 실눈을 떴다. 아까 시계를 봤을 때가 오전 1시였다. 잠시 졸았으니까 그보다 더 늦은 시각일 터였다. 세준이 옆자리에 누운 걸 확인한 다혜가 조심스레 옆으로 돌아누워 천천히 눈을 떴다. 깼다는 것을 눈치채지 않도록 조심히. 다행히 그는 피곤했는지, 똑바로 누워 눈을 감고 있었다.

벌써 3일째였다. 세준이 밤이 깊은 뒤에야 침대에 눕고 동이 트기도 전에 사라지는 일이 벌써 세 번이나 반복됐다. 3시간은 자는 걸까 싶을 정도로 잠깐 눈만 붙였다가 일어나곤 했다.

바로 잠든 듯 미동 없는 세준에게서 낮에 보는 것과는 전혀 다른 느낌이 났다. 고작 사흘 만에 그의 인상이 얼마나 날카로워졌는지 알고 있는 터라 안쓰러움이 먼저 떠올랐다.

그가 할머니와 담판을 지었다는 것 정도는 짐작하고 있었다. 아버지의 죽음의 원인을 캐고 있는 듯했다. 그게 얼마나 중요한지는 다혜도 잘 알고 있었지만, 이렇게까지 하는 건 어쩐지 아니었다. 그러다 몸이 상하면 그게 더 문제다. 그를 상상하는 것만으로도 끔찍했다.

조심스레 팔을 움직였다. 막 잠든 그가 깨지 않도록 아주 천천히 세준의 손을 잡았다. 혹시라도 힘이 들어가지 않도록 애를 쓴 게 무색하리만큼 바로 그가 눈을 떴다.

"아직 안 잤어?"

"아……."

잠들었던 기색이 전혀 느껴지지 않는 목소리였다. 세준이 고개를 돌려 다혜를 바라봤다. 다혜가 허둥지둥 대답했다.

"잠깐…… 깼어요."

"깨워서 미안해."

미안하다니, 그런 말을 들으려던 게 아니었다. 갑자기 울컥, 감정이 치솟아 다혜는 슬쩍 입술을 깨물었다. 어두운데, 그를 어떻게 봤는지, 세준이 손을 뻗어왔다. 입술에 닿는 손의 감촉이 부드러웠다.

"깨물지 말라니까."

"세준 씨야말로……."

"응?"

다혜가 고개를 숙인 채 중얼거리는 것에 세준이 눈을 크게 떴다. 우는 느낌이 났다. 고개를 다혜 쪽으로 옮겨 기색을 살폈다. 마주 잡은 손이 아닌 다른 손으로 턱을 슬쩍 들자 눈이 마주쳤다. 착각이었을까, 우는 건 아니었다. 다만 그 표정이 평소와 달리 상기되어 있었다.

"무슨 생각으로 잠도 자지 않고 그래요?"

막상 나온 말이 제 걱정이라 세준은 슬쩍 웃었다. 턱을 만졌던 손으로 뺨을 가볍게 쓸어줬다.

"일이 갑자기 밀려서 그래. LM 제2타워를 이번에 리모델링하기로 했거든."

"거짓말."

"……."

다혜의 눈이 확고했다. 전혀 믿지 않는 눈치다. 다혜를 우습게 본 건 아니지만, 그래도 대충 넘길 수 있다고 생각했던 세준이 슬쩍 인상을 찡그렸다. 다혜가 벌떡 몸을 일으키자 세준도 일어나 앉았다.

"할머니와 무슨 얘기를 한 거예요?"

다혜가 정곡을 찔러와 세준은 순간적으로 태연하게 대꾸하지 못했다. '한 달'의 조건에 대해 다혜가 알고 있는지, 모르는지 살폈다. 다혜는 미간을 좁힌 채로 괴로워하고 있었다. 여전히 잡고 있는 팔로 그녀의 떨림이 전해졌다. 그 손을 더 꽉 그러쥔 다혜가 말을 이었다.

"세준 씨가 그 일을 조사하고 있다는 건 알아요. 하지만……
왜 그렇게 조급한지 나는 모르겠어요. 그러다 세준 씨 몸 상하면,
건강 해치면 다 무슨 소용이겠어요. 오히려 일을 그르치는 거 아
닌가요."

"그렇게 약하지 않아."

"과신하지 마요!"

넉살 좋게 대꾸했다가 오히려 화만 부추겼다. 다혜가 고함치는
걸 처음 들은 세준이 깜짝 놀라 멍하니 바라봤다. 잔뜩 인상을 찡
그리고 있던 그녀의 눈에서 눈물이 한 방울 톡 떨어졌다. 보고 있
지 않았다면 알아차리지도 못했을 만큼 순식간에 일어난 일이었
다. 다혜가 다시 입술을 깨물었다.

"과신…… 하지 마세요."

침착하려고 애쓰는 기색이 목소리의 떨림으로 이어졌다.

"내가 잘못했어. 다혜, 네가 두려워하는 게 뭔지 알면서 걱정
하게 했네."

세준이 가볍게 팔을 뻗어 눈가를 쓸어줬다. 이 일에 대해 자신
과 다혜가 느끼는 무게가 다를 터였다. 세준에게는 말도 안 되는
미신에 불과했지만, 다혜에게는 가족이 죽어 나간 일이었다.

아버지가 죽었다. 할아버지가 죽었다. 이유도 모른 채 그렇게
사랑하는 이들을 떠나보내야 했다. 어린 다혜에게 그게 트라우마
로 남았을 것을 생각하니 자신이 배려하지 못했음을 깨달았다.

눈물을 툭툭 흘리고 있는 다혜를 보니 본능이 몸을 움직였다. 어
깨를 감싸 끌어안았다. 생각 외로 다혜가 순순히 품에 안겨왔다.

"세준 씨가 잘못되면…… 아무 소용도 없어요."

"응. 미안해. 내 생각이 짧았어."

"……저야말로 미안해요. 괜히 저와 결혼해서…… 세준 씨가 이런 일에 휘말렸네요. 미안해요."

다혜의 입에서 끊임없이 사과가 흘러나왔다. 미안하다……. 세준은 그 말을 어떻게 받아들여야 할지 몰라 대답하지 않았다.

결혼 전에 알았다면 자신은 그래도 다혜와 결혼했을까? 대답은 두말할 것 없이 예스였다. 이런 미신을 믿지 않기도 했거니와 상대가 임다혜였다. 평생 꿈꿔온 일인데 죽는 게 두렵다고 거절했을 리가 없었다.

실제로 다혜와 정략결혼하지 않았다면 어제처럼 데이트할 수 있었을까? 다혜를 이렇게 끌어안고 있을 수 있었을까?

그리 생각하니 머리가 맑아졌다.

"사과하지 마."

"……미안해요."

그래도 미안하다는 말이 나왔다. 어깨가 젖어들었다. 짧은 한숨을 내쉰 세준이 다혜의 머리를 쓰다듬었다. 잠시 이러고 있는 게 좋겠다는 생각이 들었다.

다혜는 입술을 깨물어가며 울음을 삼켰다. 눈물이 나오는 것까지 막을 수는 없었다. 모순이 이어졌다. 세준이 임씨 집안의 의문사를 조사하는 게 얼마나 중요한지 안다. 하지만 그 조사 탓에 세준을 잃게 된다고 생각하니 그런 조사, 차라리 하지 않았으면 싶었다. 그러지 않으면 저주를 막을 방법이 없다는 걸 알면서도.

'어떡하면 좋아. 불안감이 점점 커져.'

다혜는 차마 할 수 없는 말에 입술만 계속 깨물었다. 세준과 함께 지낼 수 있어 행복했다. 세상에 이런 행복, 두 번 다시 없을 것처럼 황홀했다. 결혼 생활을 시작한 지 고작 일주일도 지나지 않았다. 그런데 세준의 조급함을 보니 불안감이 현실로 다가왔다.

다혜가 조용히 안겨만 있자 세준이 등을 토닥여주며 그녀를 눕혔다. 한 사람이 먼저 잠들 때까지 둘은 부둥켜 그러안고만 있었다.

다음 날, 먼저 눈을 뜬 것은 다혜였다. 알람이 울린 것도 아닌데 퍼뜩 눈이 뜨였다. 그만큼 깊이 잠들지 못했다는 뜻이기도 했다.

확 밝아진 시야에 다혜는 잠시 눈만 깜박였다. 눈앞에 보이는 살색이 이질적이었다. 또렷해진 시야가 좀 더 넓어지자 그제야 흰 셔츠도 보였다. 단추를 여럿 풀고 있어서 품이 벌어졌던 모양이었다.

눈을 뜨자마자 세준의 가슴팍을 본다는 것에 다혜가 얼굴을 붉히며 마른 입술을 핥았다. 집중하자, 세준의 고른 숨소리가 들려왔다. 시선을 조금 들어 올리자, 쇄골과 목이 시야에 들어왔다. 그 단편적인 신체 부위가 어쩐지 야릇했다. 살짝 움직이는 목울대조차도 시선을 붙들었다. 조금 더 고개를 들자 턱이, 그리고 입술이 보였다.

"아직 더 자⋯⋯."

그때였다. 자는 줄 알았던 세준이 작게 속삭였다. 입술을 보고 있던지라 그 말이 더 선명하게 들렸다. 몰래 보고 있던 걸 들킨 기분이라 다혜가 움찔, 몸을 움츠렸다.

세준은 눈을 뜨지 않은 채로 팔을 들어 다혜를 더 꼭 끌어안았다. 이마에 턱이 살짝 스쳤다. 까칠한 감촉이 그가 남자라는 것을 다시금 느끼게 했다. 아니, 그것뿐이던가. 몸을 끌어안고 있는 단단한 팔의 감촉이나 가슴 또한 그랬다. 몸에 닿는 모든 부분이 단단한데, 어째서 부드러울까. 다혜는 눈을 꼭 감은 채로 전율했다.

좋았다. 가까워지니 마음을 주체하지 못할 만큼 그가 좋았다.

어째서 기쁨이 커졌는데, 슬픔 또한 커질까. 어째서 비례할까.

"아…… 안 되겠다."

다시 잠든 줄 알았던 세준이 작게 중얼거렸다. 괜히 곤히 자는 사람을 깨운 것 같아 다혜가 미안하다고 사과하려던 찰나, 세준의 고개가 아래로 내려왔다. 다혜가 그를 인식했을 때는 이미 세준의 입술이 귓가에 닿은 후였다. 깜짝 놀란 다혜가 바스락거렸지만 세준은 오히려 더 강하게 끌어안았다.

"겨우 참고 있었는데 다혜, 너 진짜……."

깊은 한숨이 귓가에서 울렸다. 그 숨결이 지독히도 야했다. 저를 타박하는 것 같은데도 다혜는 오히려 얼굴이 빨개졌다. 손이 허벅지에 살짝 닿았다. 맨살에 닿는 손의 감촉에 심장이 질주했다.

"다혜야, 임다혜."

아래로 내려간 입술이 목에서 느껴졌다. 부드럽다고 느끼기도 잠시, 짧은 통증이 이어졌다. 목을 깨물렸다고 느꼈지만 피하지 못했다. 피할 만큼 자유롭지 못했다. 혀가 달콤하게 움직였다. 목을 핥고 빨았다. 오싹함이 전신을 휘감았다. 소름이 오소소 돋고 가슴이 떨렸다.

"……흐읏."

세준의 몸이 반쯤 다혜의 몸 위로 겹쳐진 상태였다. 다리에서 느껴지는 뜨거움이 있었다. 허벅지를 꾹 누르는 감촉이 다리가 아니라는 것 정도는 알게 됐다. 그 감촉이, 뜨거운 열기가 부끄러웠다.

"중독이야, 완전히."

세준의 속삭임에 다혜는 마른 입술을 혀로 축였다. 상체를 살짝 뗀 세준이 그를 보고는 눈을 찡그렸다. 눈가의 떨림이 못내 야했다. 마치 흥분을 애써 참는 것처럼 보였다. 다혜는 부끄러움을 꾹 참고 살짝 입꼬리를 올렸다.

"저도…… 싫지 않아요."

예상치 못한 대답에 세준은 바로 대답하지 못했다. 다혜는 제가 말하고도 창피한 듯 시선을 피했다. 하지만 거친 손길로 턱을 붙들렸다. 그 우악스러움에 대응할 새도 없이 입술이 벌어졌다. 뜨겁게 겹쳐진 입술에 다혜는 반항하지 않고 눈을 감았다.

출근하기 전, 세준이 본관 집사 계훈을 불렀다. 임 회장에게서 세준을 도우라는 명을 들었기에 그는 최대한 협력한다는 듯 모든 질문에 대답했다.

"증조부님이나 조부까지는 이해가 됩니다. 하지만 부친 때면 겨우 20여 년 전인데 부검하지 않은 이유가 뭡니까?"

세준이 가장 궁금해하는 점이었다. 만약 다혜 부친의 시신을 부검했다면 좀 더 정확한 사망 원인을 밝혀냈을지도 모른다. 아무리 외상이 없었다고는 한들 몰랐던 원인이 있을 수 있었다. 계훈은 덤덤하게 말을 받았다.

"당시에는 시대적으로 부검에 대해 호의적이지 않았습니다. 고인을 두 번 죽이는 일이라 할 정도였으니까요. 의사가 자연사라

말한 이상 부검을 하는 일은 없었습니다."

"그건 압니다. 하지만 이건 집안이 걸린 문제잖습니까. 혹시 부검했다면…… 무언가 밝혀졌을지도 모릅니다."

세준이 인상을 찡그리자 계훈도 고개를 끄덕였다. 동의한다는 의미의 고갯짓에 세준은 더 이해할 수 없다는 듯 한숨을 내쉬었다.

"하지만 부검했다고 해서 반드시 특정한 사망 원인이 드러난다는 보장도 없지요."

이어진 그의 말이 미묘하게 부정적이었다. 세준이 눈에 힘을 준 채 그를 바라봤다. 그의 표정에는 아무런 변화가 없었다. 분명 옳은 말이었다. 부검해도 여전히 자연사 판정이 따를 수 있었다. 하지만 아주 미묘하게 거슬렸다.

계훈은 들고 있는 서류를 잠시 바라봤다. 심장마비라고 적혀 있지만, 정확히 말하면 돌연 심장사라고 표현하는 쪽이 더 옳았다. 정말 다른 원인 없이 심장이 멈춰 죽어버린 거니까. 그 당시를 회상하는 눈빛을 읽은 세준은 조용히 기다렸다. 계훈이 서류를 다시 책상에 내려놓으며 입을 열었다.

"가장 큰 이유는 마님이었습니다. 마님께서 거부하셨습니다."

"예?"

"다혜 아가씨의 모친께서 반대하셔서 회장님께서도 강하게 나가지 못하셨습니다."

"아……."

그제야 상황을 이해한 세준이 입술을 깨물었다. 계훈은 말을 잇다가 잠시 세준을 바라봤다. 세준이 이미 다 이해했다는 것을 알아차리고는 말을 골라 다시 입을 열었다.

"인정하지 못하셨습니다. 죽음을요. 장례조차 치르지 못할 정도로 부군을 끌어안으신 채……. 부검은커녕 시신의 부패에 마님의 건강이 염려되는 상황이었습니다. 그런 마님께서 부군의 몸을 갈기갈기 조각낸다는 걸 받아들이셨겠습니까?"

사랑하는 이의 몸을 해부한다. 다혜 어머니, 민주에게는 상상조차 할 수 없는 일이었다. 특히나 그가 죽었다는 사실을 인정하지 못하고 정신을 놔버린 그녀로서는 더더욱. 계훈은 세준이 아무 말 없자, 묵묵히 인사하고 본관으로 되돌아갔다. 세준은 그를 잡지 않았다.

현재 세준이 가장 크게 의심하고 있는 원인은 독극물이었다. 부검하지 않았으니 아무도 모르는 일이었다. 누군가 원한을 가지고 독을 쓴 게 아닐까. 그런 의심이 들었다. 물론 독을 썼다면 의사가 외상을 조사했을 때 알아차렸겠지만, 놓쳤을 가능성도 생각해야만 했다.

'독……. 고작 구토, 설사, 위염 정도의 증상으로는 어떤 건지 알 수가 없다.'

세준은 저도 모르게 고개를 저었다. 먹은 독인지, 바르는 독인지조차도 가늠되지 않는 상황에서 무엇을 할 수 있겠는가.

"차 가져왔습니다."

"거기 두고 가."

도우미가 평소처럼 차를 내왔다. 인터넷으로 독극물에 대해 검색 중이던 세준이 무의식적으로 대답하다가 문득 고개를 들었다. 책상 위에 놓인 찻주전자에서 김이 모락모락 뿜어져 나왔다.

'차…….'

그를 물끄러미 바라보던 세준이 벌떡 일어나 서재를 나갔다.

"왜 표정이 안 좋아?"

"아뇨. 무슨 일이에요, 선배?"

수업이 끝났는데도 다혜가 가만히 자리에 앉아 있자 해준이 곁으로 다가왔다. 다혜는 생각에 잠겨 그를 알아차리지 못했다. 해준이 앞에 앉아 눈앞에서 손을 흔들고 나서야 그를 바라봤다. 제가 있던 것도 몰랐다는 눈치에 해준이 슬쩍 쓴웃음을 지었다.

"책 돌려주려고 하는데, 오늘 가도 되냐고."

"아…… . 책만 주셔도 돼요."

"무거울 텐데?"

"차 타고 왔으니까요. 괜찮아요."

고개를 끄덕인 해준이 슬쩍 속삭였다.

"데리러 왔어?"

그 말을 잘못 이해한 다혜가 고개를 끄덕이다가 황급히 고개를 저었다.

"아니요. 그날만 그랬던 거예요."

바쁜 세준이 데리러 올 리가 없었다. 요즘은 일뿐만 아니라 다른 일 때문에 눈코 뜰 새 없이 바쁜 사람이니까.

세준이 바쁜 이유를 떠올린 다혜의 표정이 다시 가라앉았다. 그를 바라보던 해준이 슬쩍 손을 뻗었다. 하지만 그 손이 채 머리에 닿기도 전에 다혜가 고개를 뒤로 뺐다. 무슨 일이냐며 묻는 표정은 부드러웠으나 경계가 가득했다.

"너무 경계하지 마."

해준이 쓰게 웃자 다혜는 오히려 부드럽게 웃었다. 표정은 자신이 언제 경계했느냐고 말하고 있었지만, 그건 분명 경계였다. 그것도 해준이 아니고는 눈치채지 못할 만큼 완곡한.

"차까지 책을 가져다주는 건 괜찮지?"

"네. 고마워요, 선배."

"내가 고맙지. 이렇게 귀중한 책들을 빌려줬으니까."

해준이 책을 안아 들고 먼저 자리에서 일어났다. 다혜도 따라 자리에서 일어났지만, 해준에게서 가볍게 한 걸음 떨어져서 걸었다. 그 거리가 이루 말할 수 없이 멀게 느껴져 해준은 곁으로 다가가지 못했다.

"책은 도서관에 가져다 두겠습니다."

"저도 같이 가겠어요."

"예."

서관 집사가 책을 받아 들고는 다혜의 뒤를 따랐다. 서재에 가려면 본관 옆 정원을 지나야 했다. 그리로 걸어가는 동안 다혜는 딱히 입을 열지 않았다.

조용히 걸어가던 중, 정면으로 위치한 정원 너머의 동관이 눈에 들어왔다. 부모님이 돌아가신 후, 폐쇄된 건물이었다. 그 안에 어머니, 아버지의 흔적이 가득했다.

돌아가시기 전의 모습을 그대로 유지하게 시킨 건 할머니 홍례였다. 그만큼 그들의 죽음이 할머니의 가슴에 묵직하게 자리하고 있다는 뜻이었다.

'그러고 보니 동관에 가지 않게 된 지도 꽤 됐구나.'

어렸을 때만 해도 어머니의 흔적을 찾아 자주 동관에서 놀곤 했다. 어머니의 침대에 누워 훌쩍거리다가 잠들면 집사가 찾으러 왔다. 할머니에게 몇 번 혼나고 나서야 없어진 버릇이었다.

"동관이 아직 열려 있나요?"

갑자기 나온 질문에도 서관 집사는 놀란 기색이 전혀 없었다. 다혜의 뒤에서 보폭을 맞춰 걷던 그가 다혜가 말한 동관을 바라봤다. 울창한 정원수 너머에 살짝 보이는 동관이 노을빛을 받고 있었다.

"예. 지금은 동관에 소속된 사람들이 없어서 관리가 되고 있는지는 모르겠습니다만."

"저, 잠시 동관에 들렀다 올게요. 먼저 돌아가세요."

"아가씨."

"잠시…… 찾을 게 있어서 그래요."

동관. 그래, 어째서 잊고 있었을까. 다혜는 살짝 미소 지어 그를 안심시키고는 동관으로 향했다. 정원을 빙 돌아가야 했지만 어려운 건 아니었다. 동관의 입구를 가리고 있는 정원을 지나가자 주변을 돌보는 경비와 마주쳤다.

"들어갈 수 있나요?"

다혜의 출현에 조금 놀란 듯했던 그는 잠깐의 망설임 끝에 문을 열어줬다. 아마 회장님께 보고해야 하는지 고민한 모양이었다. 그래도 상관없었기에 다혜는 신경 쓰지 않고 안으로 들어갔다. 집사의 말대로 관리하는 이가 없어서 그런지 먼지가 심했다. 신발을 벗을 수도 없어 신은 채로 안으로 들어갔다.

불을 켜려다가 말았다. 테라스 쪽에서 들어오는 노을빛이 강해서 괜찮았다. 다혜는 잠시 감상에 젖어 주변을 둘러보다가 서둘러

2층으로 올라갔다. 아버지의 서재가 2층에 있던 것이 또렷이 기억났다.

서재 문을 열자 1층 거실과는 비교도 되지 않을 만큼 먼지가 심했다. 서둘러 손수건을 꺼내 입을 틀어막았는데도 잔기침이 터졌다. 잠시 콜록거린 다혜가 조심스레 안으로 들어갔다. 치마가 나풀거리는 탓인지 먼지가 점점 더 일었다. 결국 창문을 열어 환기해야 했다. 그동안 아무도 들어오지 않았다는 티가 확 났다.

"이쯤…… 있던 것 같았는데."

어릴 적, 아버지의 흔적을 좇아 이 방에 자주 왔다. 그때 발견했던 일기장이 분명 어딘가에 있을 터였다. 책장을 훑는 다혜의 손에 긴장이 가득했다. 만약 그 일기장을 찾는다면 세준에게 조금이나마 도움이 될 터였다. 어떤 내용인지 제대로 기억이 나지 않았지만, 어쩌면 단서가 있을지도 모르는 일이었다. 하나라도, 작은 실마리라도 있다면……. 책장을 훑는 손길이 점차 다급해졌다.

다혜는 세준의 조급함이 마음에 걸렸다. 혹시 할머니의 압박이 있던 건 아니었나 싶었다. 차마 대놓고 묻지는 못했지만, 아무리 목숨이 걸린 일이라고 하더라도 세준의 태도는 분명 처음과 달랐다.

그 일에 대해 다 들었음에도 불구하고 그는 무척 여유로웠다. 여유가 흘러넘쳤다. 그는 분명 믿지 않기 때문이기도 했다. 다혜가 보기에도 세준은 미신이나 저주를 믿을 사람은 아니었다. 그래서 여유로울 수 있었다. 미신을 과학적으로 받아들이니까 그는 그런 의문의 죽음에 당할 리 없다고 생각했다. 지금의 의학으로 밝혀내지 못하는 건 없다고 믿는 듯했다.

'왜…… 갑자기…….'

그랬던 사람이 초조한 듯 밤까지 새우며 조사에 착수했다. 이유를 묻는다고 해서 말해줄 사람이 아니었다. 그 정도는 다혜도 알았다. 저를 걱정시키고 싶어 하지 않기 때문이라는 것도 알았다. 그래서 미약하게나마 도움이 되고 싶었다. 그를 말리지 못한다면 적어도 같이 헤쳐 나가고 싶었다.

햇빛이 창밖에서 강하게 들어와 불을 켜지 않았던 것이 화근이었는지 해가 넘어가자 방 안이 순식간에 어두워졌다. 불을 켤 요량으로 자리에서 일어나는데,

"여기서 뭐 하십니까, 아가씨?"

익숙한 목소리가 귓전을 때렸다.

"결과가 나왔습니까?"

―예, 검사 결과 녹차의 성분 외에 특별한 사항은 전혀 없었습니다.

너무 의심이 과했던 건가……. 세준은 알겠다고 대답하고 전화를 끊었다. 찻주전자에 담아 있던 물을 따로 담아 성분 조사를 의뢰했다. 하지만 검사 결과는 깨끗했다.

보고를 받은 세준이 잠시 콧등을 누르며 들고 있던 서류를 내려놨다. 결재를 기다리고 있던 윤 비서가 그런 세준을 바라봤다.

"피곤하십니까? 스파 예약할까요?"

"아니야, 괜찮아."

잠시 쉬지, 세준은 등받이에 몸을 기댄 채 눈을 감았다. 근래 들어 그가 유독 피곤해하는지라 윤 비서는 최대한 그의 일을 줄인 상태였다. 회장님도 세준에게 맞춰주라 하셨으니 달리 문제 될 것

은 없었다.

"사장님께서도 보통 사람이셨나 봅니다. 철인이신 줄 알았는데요."

인간미가 느껴지네요, 윤 비서의 농에 세준이 피식, 웃었다.

"연애는 잘되어가고 계십니까?"

슬쩍 물었다. 솔직히 참견하지 말라는 소리를 들을 각오도 했는데, 세준이 순순히 고개를 끄덕였다.

"연애라는 게 참 무서운 거더군."

"예?"

연애가 무섭다니? 윤 비서가 바로 이해하지 못하고 되물었다. 하지만 뒤로 이어지는 말이 없었다. 입을 다무는 걸 본 그녀는 더는 물어선 안 된다는 걸 파악하고 이내 물러갔다.

'무섭지. 자제심을 모조리 빼앗아버리다니.'

연애는 무섭다. 그리 결론 내린 세준이 피식 웃었다. 휴대폰을 보니 막 4시를 지나고 있었다. 헤어진 지 얼마나 됐다고 벌써 보고 싶을까. 수업 끝났느냐고 연락해볼까 하는 마음이 들어 세준이 휴대폰을 만지작거렸다. 몇 번 번호를 누르다가 결국 포기하고 내려놨다.

'내게 잘못이 있다면 너희를 너무 가까이 뒀다는 거겠지.'

문득 임 회장의 말이 뇌리를 스쳤다. 세준은 아무것도 묻지 않은 손끝을 비비적거렸다. 엄지와 검지, 중지를 모아 문지른 끝에 엄지를 슬쩍 깨물었다. 송곳니에 짓이겨지는 손끝의 통증이 머리의 열기를 식혀줬다.

만약 임 회장이 후원을 명목 삼아 세준 일가를 집으로 불러들이지 않았다면 다혜를 이토록 애틋하게 사랑했을까? 물론 아니었을 거라 생각한다. 하지만 언제고 다혜와 마주쳤다면 분명 사랑에 빠졌으리라. 그게 13살의 어린 나이였을 때든 지금일 때든, 다혜를 만나면 분명 그녀를 사랑했으리라.

"다혜는 아직 안 왔어요?"

"아니요. 귀가하셨습니다."

"본관에 갔나요?"

"동관에 가셨습니다. 금방 오신다고 하셨는데, 아직 오지 않으셨습니다."

"동관이요?"

세준이 의아함에 되물었다. 동관, 입에 담는 것 자체가 낯설었다. 세준이 이곳 임씨 저택에 들어왔을 때는 이미 폐쇄된 터라 들어가 본 적도 없는 곳이었다.

"제가 가보겠…… 다혜야."

세준이 말하다 말고 다혜를 불렀다. 다혜가 막 현관을 열고 들어오고 있었다. 검은 머리가 군데군데 회색빛으로 보일 정도로 먼지투성이였다.

신발을 벗던 다혜가 세준을 발견하고는 모호하게 웃었다. 세준이 벌써 왔을 줄은 몰랐던 듯했다. 다혜의 모습을 이상하게 생각한 세준이 집사를 보내고 다혜에게 다가갔다. 오래된 먼지내가 났다.

"무슨 일이야? 동관에 갔다고 들었어."

"아, 네……. 아버지께서 남기셨던 일기장을 찾으려고 갔어요."

"일기장?"

세준의 눈이 커지는 것을 보며 다혜가 조심스레 고개를 끄덕였다. 일기장, 그 단어 하나로 모든 것을 이해한 세준이 옅은 미소를 그렸다.

"말했으면 같이 갔을 텐데."

"괜찮아요. 그런데…… 찾지 못했어요."

"무슨 의미야? 있던 게 없어졌다는 거야?"

"어렸을 때 기억이라 불분명하지만…… 당시 서재에 있었거든요. 그런데 아무리 찾아도 없었어요."

다혜가 시무룩한 표정을 짓는 걸 본 세준이 그녀의 뺨을 가볍게 어루만졌다. 얼굴에 먼지가 묻는 것도 모를 정도로 열중해서 찾은 게 저를 위한 거라는 걸 알았다. 이렇게 먼지투성이가 되는 건 태어나서 처음일 게 뻔했다. 가슴이 뭉클해진 세준이 다혜를 끌어안았다.

"앗, 더러워져요."

"괜찮아."

세준이 상관하지 않고 더 강하게 끌어안는 것에 다혜가 살짝 얼굴을 붉혔다. 하지만 도움이 되지 못했다는 것이 신경이 쓰였다.

"다혜가 동관에 갔다고?"

"예. 연락 받고 제가 따라갔습니다."

"갑자기 왜?"

"부친의 일기장을 찾고 계셨습니다."

계훈의 말에 홍례의 손가락이 잠시 멈췄다. 계훈은 덤덤하게 동관 서재를 뒤지던 다혜에 대해 가감 없이 설명했다. 그를 듣는 홍례의 시선이 조금 흔들렸다.

"그 아이가 일기장에 대해 알고 있던 건가."

"어릴 적에 본 적이 있다고 하셨습니다."

계훈이 서재에 도착했을 때 다혜는 기척도 느끼지 못할 정도로 열중해서 일기장을 찾고 있었다. 그 모습을 물끄러미 바라보다가 도와줄 요량으로 그녀를 불렀다.

다혜가 마치 귀신이라도 본 듯 깜짝 놀라는 것에 계훈이 죄송하다며 사과했다. 어떻게 알고 왔는지 궁금해하는 눈치에 계훈은 경비에게 연락받고 왔다고 말해줬다.

다시 본론으로 돌아가 무슨 일이냐고 묻자 다혜는 잠시 머뭇거리더니 이내 솔직하게 털어놨다. 일기장을 찾는다는 말에 그는 고개를 갸웃했다.

저를 쳐다보는 다혜의 시선에 고개를 끄덕이고는 같이 도와드리겠다고 했다. 둘이서 한참 동안 서재의 책장을 일일이 훑었다. 하지만 다혜가 찾는 일기장은 나오지 않았다.

"다혜가 알고 있는 줄은 몰랐네."

하지만 그 일기장에는 아무런 단서도 없음을 홍례는 알고 있었다. 그 일기장은 자신이 가지고 있으니까. 계훈이 조금 놀란 듯 눈을 크게 뜨는 것을 보지 못한 채, 홍례가 가장 아래 서랍을 열어 낡은 일기장을 꺼냈다.

"회장님께서 가지고 계셨습니까?"

"그래. 이걸 서관에 가져다주겠나? 내가 읽어내지 못한 실마리가 있을지도 모르겠군."

"예."

일기장을 받아드는 계훈의 손놀림이 평소보다 더욱더 조심스러웠다. 그만큼 오래되어 낡은 일기장이었다. 색이 바래 조금만 잘못해도 찢어질 것만 같았다.

"할머니께서 가지고 계셨어요?"

다혜가 일기장을 받은 건 저녁 식사가 끝난 후였다. 온몸에 묻은 먼지를 씻어내기 위해 목욕을 먼저 하느라 평소보다 더 늦기도 했다. 다혜가 떨리는 손으로 노트를 열었다. 어렸을 적 봤던 느낌이 새록새록 피어올랐다. 먼지가 심해 금세 잔기침이 났지만, 신경 쓰지 않고 한 장 한 장 넘겼다.

"제가 세준 씨에게 가져다줄게요."

"그럼 가보겠습니다."

계훈이 물러난 후 다혜는 세준의 서재를 찾아갔다. 지금도 분명 이 일을 조사하고 있을 게 뻔했다.

방문 앞에 선 다혜가 잠시 망설였다. 이 일기장이 아무런 도움이 되지 못하면 어쩌나, 그런 걱정이 들었다. 할머니가 가지고 계셨다는 말은 이미 이 일기장을 다 보셨다는 의미였다. 그럼에도 불구하고 아무런 단서를 찾지 못하셨기에 여태 아무 말도 없으셨던 게 아닌가 싶었다.

'내가 좀 더 조사해보고 건네주는 게 나을까.'

일기장은 아주 얇은 노트였다. 각 일기도 그다지 길지 않았다.

다혜가 훑어본 바로는 별 내용조차도 없었다. 그리 망설이고 있는데, 달칵, 문이 열렸다.

"어, 어떻게 알았어요?"

"임다혜의 기적이 났으니까."

세준은 당연한 듯 쾌히 대답했다. 그 말이 자신만만해서 다혜는 웃고 말았다. 다혜의 허리를 가볍게 그러안은 세준이 입을 맞췄다. 입술만 살짝 닿았다가 떨어지는 키스였다.

"그건?"

그러다가 몸에 닿는 감촉을 느낀 듯 세준이 아래를 내려다봤다. 다혜가 소중히 들고 있는 노트가 눈에 들어왔다. 누가 봐도 아까 말했던 일기장이었다. 다혜가 고개를 끄덕이며 수긍했다.

"할머니께서 가지고 계셨나 봐요."

"그래서 없던 거로군."

"아무런 도움이 안 될지도 모르지만······. 그래도 혹시······ 조금이라도 도움이 되었으면 좋겠어요."

다혜가 옅은 미소를 띠며 수줍게 말했다. 세준은 일기장 속 내용보다 다혜의 그 마음이 더 와 닿았다. 울컥하고 치밀어 오른 감정을 다스리지 못해 그대로 다혜의 뺨을 그러쥐어 입을 겹쳤다.

깜짝 놀란 다혜가 눈을 크게 뜬 채로 깜박였다. 눈을 질끈 감고 있는 세준이 시야에 들어왔다. 찡그렸다 싶을 정도로 꽉 감은 눈의 떨림이 고스란히 전해져 다혜는 일기장을 꼭 쥔 채 그를 끌어안았다.

세준이 걱정됐지만 그렇다고 항상 그의 곁에 있을 수는 없었다. 그가 출근해야 하듯 다혜도 학교에 가야 했다.

학교로 가는 동안 다혜의 안색이 좋지 않았다. 근심이 어린 까닭이었다.

제발 일기장에 작은 힌트라도 있기를 바랐다. 있다면 할머니가 모를 리 없다는 걸 알면서도 다혜는 늘 기도했다. 그녀가 놓친 단서가 있기를.

강의실로 들어가며 다혜는 일부러 밝은 표정을 지으려 애를 썼다.

"언니…… 옷이 왜 그래?"

유미였다. 막 가방을 내려놓던 다혜가 눈을 크게 뜬 채 제 옷차림을 훑었다. 품이 넉넉한 흰 블라우스와 발목까지 오는 폭이 좁은 플레어스커트였다. 늘 입던 옷차림인데 뭐가 이상하다고 그러는지 알 수가 없어서 고개를 갸웃거리자, 유미가 인상을 팍 찡그렸다. 다혜가 당황한 채로 물었다.

"이상하니? 그냥 평범하게 입었는데?"

"이상하냐고? 예뻐. 아주 예뻐. 근데 언니 말대로 평범하잖아."

"……그게 왜?"

도무지 알아듣지 못하고 눈만 계속 깜박이자 유미가 짜증 난다는 듯 팔을 찰싹 때렸다. 블라우스 위인 데다가 손에 힘이 없어 하나도 아프지 않았지만, 그녀의 태도는 다혜를 당황하게 하기 충분했다. 옆에서 웃고 있던 민선이 대신 말해줬다.

"오늘 유미 생일이라고 파티하기로 한 날인 거 잊었어?"

"아……!"

완전히 잊고 있었다. 그녀의 반응이 노골적이라 유미가 입술을 삐죽 내밀었다. 요즘 세준의 일로 하도 정신이 없어서 생각도 못 하고 있었다. 다혜가 얼른 사과했지만 유미는 이미 삐친 상태였다.

"언니, 신혼이라고 너무 혼자 행복한 거 아니에요? 응? 이 외로운 솔로 동생 옆구리 시린 것도 안 보이죠?"

"미안해, 진짜. 요즘 집에 일이 있어서 신경을 못 썼어. 정말 미안해."

"치……. 결혼 준비하느라 바빠서 그렇죠? 그래도 언니, 작년 내 생일에도 참석 안 해서 이번에는 꼭 축하해주기로 나랑 손가락 걸고 약속해놓고!"

툴툴거리지만 입꼬리는 위로 올라가 있었다. 일부러 더 화내는 척한다는 걸 알아차린 다혜가 유미를 가볍게 끌어안으며 사과했다. 우리 유미, 화났어? 미안해. 언니가 선물 좋은 거 사줄게. 우쭈쭈, 하고 달래주자, 유미가 씨익 웃었다.

"앗싸!"

"이유미, 약은 거 봐라."

민선이 옆에서 못 말린다는 듯 웃음을 터트렸다. 다혜도 같이 웃으면서 속으로 안도의 한숨을 내쉬었다. 지난달, 민선의 생일을 축하해주면서 유미의 생일 얘기를 한 게 이제야 또렷이 기억났다. 같은 날 생일인 동기 희서와 같이 생일 파티를 한다고 했다. 문제는 그 장소랄까.

"그리고 클럽 들어가면 너무 고상하다고 한다고요. 좀 타이트하고 섹시한 룩! 어깨라도 좀 노출해주고!"

유미가 음흉한 눈초리로 손가락을 마구 움직였다. 어쩐지 가슴을 문지르는 듯한 동작에 다혜가 인상을 찡그리며 웃었다. 한 걸음 물러서는 것도 잊지 않았다.

"뭐, 어때. 수업 끝나고 같이 옷 사러 가면 되지."

민선이 가볍게 해답을 내놨다. 유미는 눈을 크게 뜨며 좋은 생각이라며 방방 뛰었다. 자기도 쇼핑 좀 해야 한다며 즐거워하는 그녀를 보자, 다혜는 차마 싫다는 말이 나오지 않았다.

결국, 수업이 끝나고 바로 다 함께 쇼핑에 나섰다. 남자들은 시간에 맞춰 클럽으로 오기로 했다.

다혜는 저를 기다리는 기사를 돌려보내야 했다. 끝날 즈음에 연락드리겠다고, 그때 데리러 와달라고 부탁했다. 언제 끝날지는 다혜도 알지 못했다. 너무 늦지 않으면 좋으련만, 하고 생각했지만, 즐거워하는 유미를 보니 하루쯤은 늦어도 괜찮겠다 싶기도 했다.

요즘 들어 친구들과 어울린 기억이 없었다. 원래도 자주 놀러 다니거나 하지는 않았다. 그래도 같이 공부하면서 밥 먹으러 다니거나 좋은 카페를 찾아다니곤 했는데, 요즘은 거의 그러지 못했다.

세준에게 늦는다고 연락해야 할까……. 잠시 고민한 다혜가 휴대폰을 바라보다가 유미가 부르는 소리에 가방에 집어넣었다.

한 번도 언제 집에 간다거나 하는 연락을 해본 적이 없었다. 다혜도 그랬지만, 세준도 마찬가지였다. 아, 그날, 데이트 약속을 잡았던 날은 세준이 전화했더랬지. 그러고 보니 그게 처음이자 마지막이었다.

서로 문자를 해본 적도 톡을 보낸 적도 없었다. 그냥 집에 있으면 있구나, 없으면 아직 안 왔구나 하고 가볍게 생각했다. 언제 오느냐고 묻는 연락을 해도 되는 건가…….

유미가 고른 옷을 보면서도 다혜는 계속 세준만 생각하고 있었다. 블랙 미니 드레스를 집은 유미가 다혜의 몸에 대보며 이런 건 어떠냐고 물었다. 가슴 윗부분이 다 보일 것 같은 엄청난 드레스에 다혜의 얼굴이 빨개졌다.

"너무 야하지 않아?"

"클럽 가면 다들 이 정도는 입지 않아요?"

"난 안 입어."

옆에서 다른 옷을 보던 민선이 시큰둥하게 대꾸했다. 그녀가 집은 드레스는 몸에 딱 달라붙을 것처럼 작았지만, 그래도 목 부근이 라운드형이라 노출은 심하지 않았다. 다혜가 얼른 동의했다.

"나도 저런 게 더 좋겠어. 이건…… 과해."

"그런가? 언니는 가슴이 예뻐서 입으면 잘 어울릴 것 같은데."

"괜찮아. 사양할게."

다혜가 웃으면서 손을 내젓자, 유미는 영문을 모르겠다는 듯 어깨를 으쓱거렸다. 옷을 내려놓고는 금세 제가 입을 옷을 고르기 시작했다. 유미가 다른 칸으로 넘어가는 걸 본 다혜가 작게 한숨을 내쉬자, 민선이 키득거렸다.

"너무 맞춰줄 필요 없어. 그냥 그 옷 그대로 입고 가도 돼."

"그래도 생일이니까 기분 좋게 해주고 싶었는데……. 유미 패션은 못 쫓아가겠어요."

"어리잖아."

"하아……."

다혜가 고개를 절절 흔들자 민선이 혀를 찼다.

"너도 어린데, 넌 좀…… 뭐랄까. 취향이 성숙하다고 해야 하나, 저런 옷 안 좋아하더라?"

민선이 손을 뻗어 어딘가를 가리켰다. 그 손을 따라 시선을 옮긴 다혜가 깜짝 놀라 고개를 빠르게 저었다. 유미가 어느새 크롭탑에 핫팬츠를 입고 나왔다. 가슴 아래부터 허리 부근까지 맨살이 다 드러나는 패션에 다혜는 얼굴이 다 화끈거렸다. 보는 쪽이 다 남사스럽다.

"거봐. 반응이 내 또래야, 완전."

민선의 말에 다혜가 작게 울상 지었다. 30대 반응이든 뭐든, 저건 좀 아니었다. 여자가 어디 남사스럽게 맨살을 저리 다 드러낸단 말인가. 할머니 밑에서 자란 탓일까. 확실히 다혜는 고전적인 점이 있었다.

"남친은 네 스타일 좋아하지? 여성스럽고 단아하다고."

"네?"

"아, 남친이 아니라 남편인가."

민선의 말에 다혜는 얼굴이 화끈거려 얼른 손부채질을 했다. 남친, 남편……. 둘 다 어색하기만 했다. 아무 말도 못 하는 다혜에게 딱히 대답을 기다리지 않았던 듯 민선이 옷 두 개를 추천했다. 하나는 검은색, 다른 하나는 베이지색 미니 드레스였다. 둘 다 라운드형으로 몸에 딱 달라붙는 것만 빼면 무난해 보였다.

"자. 가서 입어봐."

다혜가 쫓기다시피 탈의실로 향하자 뒤에 남은 민선이 혀를 차며 웃었다. 어느새 곁으로 온 유미가 왜 웃느냐며 물었다. 민선은 그녀를 흘끗 보고는 가볍게 대답했다.

"귀여워서."

"나?"

"응, 너."

아무것도 모르는 유미는 그저 신이 나서 어깨춤을 췄다. 뭐, 그 모습이 귀엽기는 했다.

한편, 탈의실로 들어와 검은 드레스를 입어본 다혜는 경악을 금치 못했다. 하마터면 비명을 지를 뻔했다.

겉보기로는 무난해 보였던 옷은 야하기 그지없었다. 옆선이 10센티미터 정도 시스루로 되어 있었다. 가슴부터 허벅지까지 다 비치는 옷에 기함했다. 이런 옷을 입었다는 것 자체가 부끄러웠다.

어떻게 이런 옷을 입고 밖에 다니지? 거울을 보는 것조차 힘겨워하던 다혜가 조심스레 거울 속 제 모습을 바라봤다. 몸에 딱 달라붙는 옷이 불편하기도 했지만, 다 보이는 가슴 라인을 참을 수가 없었다. 게다가 허벅지를 보니 속옷을 어떻게 입어야 하는지도 알 수 없었다. 옆구리가 시스루니까 뭘 입어도 보일 터였다.

경악에 경악을 금치 못하며 얼른 벗어버린 다혜는 베이지 드레스를 입었다. 다행히 이 옷은 정말로 무난했다. 하나 흠이 있다면 등이 깊게 파였다는 점이었는데, 블랙 드레스를 입어보고 나니 그 정도는 아무것도 아니라는 것을 깨달았다. 결국 베이지로 고른 다혜가 밖으로 나갔다.

유미는 그마저도 평범하다고 했지만, 민선은 괜찮다며 칭찬했다.

찰칵!

그때, 휴대폰 셔터 소리가 들렸다. 어느새 유미가 사진을 찍고 있었다. 다혜가 놀랄 틈도 주지 않고 옆으로 와서는 같이 셀카를 찍었다. 민선도 합세해 같이 찍으니 다혜는 차마 찍지 말라는 말을 하지 못했다.

어쩐 하루 종일 유미에게 말리는 기분이 들었다.

"이유미, 김희서의 생일을 축하합니다!"

챙! 열두 잔이 공중에서 부딪혔다. 술이 튀었지만, 아무도 신경 쓰지 않았다. 오늘의 주인공인 유미와 희서의 앞에서 샴페인도 터졌다.

사실 다혜는 살면서 클럽에 처음 와봤다. 클럽이라는 곳 자체가 다혜에게는 별세계였다. 대학 때도 친구들이 툭하면 같이 가자고 했지만, 늘 거절하기 일쑤였다. 다혜는 그 시끄럽고 정신없는 환경을 좋아하지 않았다. 그렇다고 춤추는 걸 좋아하지도 않았다.

이번 파티 장소가 클럽이라고 들었을 때도 처음에는 거절하려고 했다. 하지만 클럽 안에 방이 따로 있어서 그곳은 조용하다는 말에 그제야 가겠다고 했다. 그리고 다행히 정말 조용했다. 방에 흘러나오는 음악도 있었지만 그다지 시끄럽지는 않았다. 애들이 놀면서 떠드는 소리야 아무렇지도 않았다. 이 방에 들어오기 전, 입구에서 들었던 고막을 찢는 음악만 아니면 됐다.

"늦게까지 있어도 되는 거야?"

다혜가 앉은 자리로 술을 들고 온 민선이 물었다. 다혜는 잠깐 고민하다가 이내 고개를 끄덕였다.

"통금 같은 거 있을 줄 알았는데."

"그런 건 없어요. 언제 들어가든 집에 갈 때 기사분께 연락만

하면 돼요."

"데리러 오라고? 흠. 생각보다 자유롭네. 막 칼같이 들어오는, 시간 체크하고 늦으면 외출 금지하고 그럴 것 같은 이미지거든."

"그건 누구네 얘기예요?"

"사실 내 얘기. 스물아홉까지 딱 그러시더라."

의외였다. 민선이 그런 통제를 받고 살았다니. 처음 듣는 얘기에 다혜가 흥미를 보였다.

민선은 자연스럽게 술을 주스에 섞어 건넸다. 스크류 드라이버라고 했다. 그래 봤자 오렌지 주스 맛밖에 안 난다는 말에 다혜는 조심스럽게 한 모금 마셨다. 민선의 말대로 정말 오렌지 주스 맛밖에 나지 않았다. 아까 건배하느라 마셨던 독한 술에 비하면 그냥 주스였다. 홀짝홀짝 마시다 보니 어느새 한 잔을 비워냈다.

"서른 넘으니까 얼른 시집가라고, 남자 좀 만나고 다니라는 거 있지."

"언니는 연애 안 하세요?"

"어쭈, 추월했다고 이제 언니 챙기는 거야? 왜, 소개해줄 만한 사람이라도 있어?"

"에? 그, 그런 건……."

"농담이야. 난 혼자가 속 편하더라고. 너는 둘이 좋아?"

민선의 말에 다혜는 빈 잔만 만지작거렸다. 민선이 잔을 채워줬다. 술은 조금밖에 안 넣고 오렌지 주스로 잔을 거의 다 채우니 주스 맛밖에 안 났던 듯했다. 그래서 부담 없이 마시게 됐다. 다시 한 모금 머금은 다혜가 용기 내 고개를 끄덕였다. 민선이 부드럽게 웃으면서 다혜의 팔을 슬쩍 쳤다.

"행복한가 보네."

"행복…… 너무 행복한데…… 그래서 더 불안해요."

처음으로 속마음이 튀어나왔다. 술잔 바닥에 깔린 조금의 술에 취하기라도 한 걸까. 다혜는 제가 말해놓고도 아차 싶어 얼른 입을 앙다물었다. 하지만 민선의 반응은 생각보다 덤덤했다.

"다들 그럴 거야. 그때가 가장 행복할 때지. 보기만 해도 좋아 죽겠고, 같이 있으면 심장이 터져버릴 것 같고, 좋아한다고 수백 번 말해도 성에 안 차고."

그렇지? 동의를 구하는 눈빛에 다혜는 아주 작게 고개를 끄덕였다. 하지만 이렇게 행복해도 되는 걸까 하는 죄책감이 더 크게 마음을 짓눌렀다. 자신이 과연 행복할 자격이 있을까.

"노처녀 부럽게 한 죄다. 자, 마셔."

민선이 잔에 술을 조금 더 부었다. 다혜가 놀라 잔을 바라봤다가 이내 순순히 마셨다. '오, 오늘 술이 좀 받나 봐?' 하고 민선이 웃는 소리가 났다. 슬슬 귀가 빨개지는 것이 조금 위험하다는 생각이 들었다. 하지만 마시게 됐다. 그러면 가슴을 옥죄는 이 죄책감을 조금은 내려놓을 수 있지 않을까 하는 마음에.

"누나, 다혜 얼마나 마신 거예요?"

익숙한 목소리가 들렸다. 하지만 눈꺼풀이 무거워 눈을 뜰 생각은 하지 못했다. 귀만 쫑긋거려 누군지 확인했다.

"얼마나 먹였길래…… 다혜야, 임다혜."

아, 해준 선배다. 그를 확인한 다혜가 눈을 뜨려고 애를 썼다. 불빛이 약한데도 눈이 부셨다. 그때, 눈가에 그림자가 졌다. 덕분에 눈을 뜬 다혜가 앞을 확인했다. 해준이 빛을 가려주고 있었다.

고맙다고 말하려는데 소리가 잘 나오지 않았다. 아니, 그 전에 몸이 무거워서 움직이기도 쉽지 않았다. 몸이 축축 늘어졌다. 얼마나 마셨더라……. 오렌지 주스 술 두 잔, 그리고 이름 모를 칵테일을 한 잔 마셨다.

"괜찮아? 여기 물 마셔."

해준이 건네준 차가운 물을 마시고 나니 조금 괜찮았다.

"미안, 쟤네가 가져온 바카디 151이 들어갔나 봐."

"바카디?"

해준이 어처구니가 없다는 듯 인상을 찌푸렸다. 무슨 얘기인지 모르는 다혜는 그저 차가운 물잔만 손에 쥔 채 정신을 붙잡고 있었다.

바카디 151은 현재 판매 중인 양주 중 가장 도수가 높다고 알려진 술이었다. 70도가 넘는 술이라 바텐더들이 불을 붙이는 퍼포먼스를 할 정도였다. 그런 걸 마시게 했다는 말에 성을 낸 해준이 얼른 다혜를 부축했다.

"괜찮아?"

"네……."

그 목소리가 매우 작아 거의 숨결에 가까웠다. 해준을 바라본 다혜가 다시 한 번 고맙다고 말했다.

걱정했다고 말하던 해준이 그 모습을 보고는 멈칫했다. 자신을 올려다보는 다혜의 눈이 촉촉하게 젖어 있었다. 게다가 입술……. 붉게 물든 입술이 마치 유혹하는 것처럼 보였다. 그대로 집어삼키고 싶은 욕구가 무럭무럭 피어올랐다.

"물 더 마셔."

시선을 피했다. 그대로 쳐다보고 있다가는 사고를 칠 것 같은 자신을 예감했다. 해준을 잠시 바라보던 다혜가 그의 말대로 물을 한 모금 더 마셨다. 속이 차게 식으니 조금 나아지는 것 같았다.

"집에 데려다줄게."

"아…… 저 전화……."

전화하면 된다는 그 짧은 말이 제대로 나오지 않아 다혜는 물을 한 모금 더 마셔야 했다. 그 말을 알아들은 해준이 고개를 끄덕였다. 기사가 데리러 올 때까지 같이 있어주겠다는 말에 다혜는 진심으로 고마워했다.

술이 아까보다는 깼지만 그래도 여전히 정신이 없었다. 그런데 다혜의 주변을 둘러본 해준이 가방을 찾지 못했다.

"다혜야, 네 가방 어디 있어?"

"……네?"

해준의 말에 다혜가 자연적으로 손을 움직였다. 제 왼쪽에 뒀을 가방을 찾아 소파를 더듬는데 아무것도 없었다. 그제야 사태를 파악한 다혜가 당황해 주변을 쳐다봤다. 그 옆에 아무것도 없었다.

"민선 누나에게 물어보고 올게."

"네……."

해준이 일어나 민선을 찾아 나섰다. 혼자 남은 다혜가 그제야 상황을 파악하고는 혀를 슬쩍 깨물었다. 가방……. 교재서부터 지갑, 휴대폰까지 모두 그 안에 있었다. 게다가 신분증이나 카드를 생각하자 머리가 복잡했다. 신용카드부터 정지시켜야 한다는 생각이 들었지만, 정작 그럴 휴대폰도 없었다.

"하아……."

생일 파티에 와서 술 마시고 정신을 놓지를 않나, 가방을 잃어버리질 않나…… 좋지 않았다. 운전기사분 전화번호는 또 어떻게 되더라……. 머리마저 제대로 돌지 않았다.

다혜가 앉아 있는 쪽은 방 왼쪽 구석이라 사람들이 자주 지나다니는 곳은 아니었다. 다만 옆에 테라스가 있어서 그리로 나다니는 사람들이 있었다. 게다가 두 명의 생일 파티다 보니 모르는 사람들도 방에 많이 있는 상황이었다. 아예 클럽 스테이지로 연결된 문은 열려 있는 채였다.

화장실에 다녀오던 민선이 누군가에게 붙들려 있는 걸 발견한 해준이 사이에 끼어들었다. 열심히 작업 중이던 남자가 성을 냈지만 중요한 건 그게 아니었다.

"누나, 다혜 가방 봤어요?"

"다혜 가방? 내 가방 옆에 있지 않아?"

"없으니까 물어보는 거죠."

"……없어?"

"언제까지 있었는지 기억나요?"

"……."

민선이 입을 꾹 다물자 해준이 한숨을 내쉬었다. 주변이 너무 시끄러워 대화하기도 쉽지 않았다. 우선 방으로 돌아가자 다혜가 불안한 눈빛으로 둘을 바라봤다.

"누나랑 다혜 말고 이쪽에 누구 있었어요?"

"유미가 잠깐 있었고, 정은이랑 예솔이도 수다 떨다 갔고……. 저쪽 소파에 모르는 애들이 앉아서 휴대폰 하다가 갔고……."

민선의 말에 해준이 한숨을 내쉬었다. 그녀도 술을 꽤 마셨는지, 언제부터 다혜의 가방이 보이지 않았는지 전혀 모르는 눈치였다.

다혜가 우선 민선의 전화를 빌려 카드사에 전화를 걸어 카드부터 분실 신고를 했다. 운전기사 전화번호는 영 생각이 나지 않아 그냥 해준이 집에 데려다주는 걸로 결정했다.

"미안해요, 선배. 폐 끼치네요."

"그런 말 하지 마. 누가 고의적으로 가져간 것 같은데, 우선 신고도 했고 CCTV도 확인하기로 했으니까 곧 찾을 수 있을 거야."

"네……."

클럽에서는 보관함에 맡기지 않았으니 책임이 없다며 단호하게 나왔다. 다만 최소한의 협조는 하겠다고 했다. 신분증도 요즘은 도용당하기도 하니 분실 신고하는 게 좋겠다는 클럽 측 얘기를 듣고 나니 다혜는 앞이 막막했다. 거기에 술 때문인지 속도 좋지 않았다. 해준의 부축을 받고서야 겨우 클럽을 빠져나갈 수 있었다.

"택시가 이쪽에서는 안 잡힐 것 같은데…… 걸을 수 있겠어?"

하필 오늘은 신발까지 유미의 성화에 킬힐로 바꿔 신었다. 원래 신고 왔던 단화는 가방에 들어 있었다. 다혜의 발을 내려다본 해준이 안쓰러운 표정을 지었다. 그러고 보니 옷도 얇기 그지없었다. 해준이 얼른 제 재킷을 벗어 어깨에 걸쳐줬다.

"아……."

안 그래도 쌀쌀해서 몸을 떨고 있었다. 거절하려다가 순순히 그의 배려를 고마워했다.

"신발 바꿔 신을래?"

"킥……. 선배 발에 안 들어갈 텐데요?"

"나 그렇게 발 안 큰데? 바꿔 신어봐?"

"괜찮아요. 고마워요."

해준의 능청에 다혜는 웃고 말았다. 기분이 굉장히 저조했는데, 자연스레 웃음이 흘러나왔다. 그게 해준이었다. 고마움을 말로 다 표현할 수가 없었다.

"자, 잡아."

해준이 손을 내밀었다. 가만히 바라보자 다혜의 손을 직접 끌어다 잡은 해준이 반대편으로 자리를 옮겼다. 그러자 그의 품에 안기는 자세가 되고 말았다. 부축하려는 의미임을 알아서 다혜는 뿌리칠 수가 없었다.

"⋯⋯고마워요, 선배."

결국, 꼭 끌어안은 자세로 걷게 됐다. 덕분에 비틀거리는 일은 없었다.

"안 그래도 피곤한데, 술까지 마셔서 더 힘든가 보다."

"⋯⋯알았어요?"

"보면 알지. 안 좋은 일 있는 건가 싶어서 걱정 많이 했어."

다혜의 보폭에 맞춰 걸어주느라 해준은 엉금엉금 걷고 있었다. 그럼에도 불편한 내색 하나 하지 않았다.

"내가 걱정하는 거⋯⋯ 부담스러워?"

해준의 목소리가 조심스러웠다. 다혜가 고개를 들어 그를 바라봤다. 자신을 내려다보는 시선이 진중했다.

돌이켜보면 해준은 항상 저를 챙겨줬다. 한 번도 그걸 깊게 생각해본 적 없었다. 세준을 생각하느라 다른 사람의 시선을 신경 쓸 여력이 없었다. 지금 이 순간, 술기운이 아니었다면, 어깨를 감싼 그의 온기가 아니었다면 알지 못했으리라.

"욕심은 부리지 않아."

"선배……."

"그래도 마음 접는 건 참 어려워."

해준이 슬쩍 웃었다. 그 미소가 참 애달팠다. 그걸 오늘 처음 알았다. 해준의 마음이 진심이라는 걸, 지금 처음 알았다. 그만큼 관심이 없던 것이다.

"미……."

미안하다고 말하려던 다혜가 입을 앙다물었다. 저도 모르게 입술을 꾹 깨물자, 팔을 잡고 있던 손에 힘이 들어갔다.

"입술 망가져."

"웃……."

순간, 세준이 떠올랐다. 입술 깨물지 말라던 그의 말이. 다혜는 눈에 힘을 줘 한 번 강하게 깜박였다. 깊은 심호흡 끝에 다시 고개를 들어 해준을 바라봤다.

"미안해요."

단호하게 끊어내야 했다. 미적지근하게 그의 따뜻함에 기댈 수는 없었다. 애초에 생각도 해보지 않았고, 앞으로도 받아줄 수 없었다.

"미안해하지 마. 알고 있으니까."

웃지 않았으면 좋겠다. 다혜는 죄책감이 들어 시선을 피했다. 앞을 보자 술 취한 사람들이 길을 막고 서서 떠들고 있었다. 해준이 자연스럽게 제 몸으로 길을 텄다. 그런 자연스러운 배려를 여태 받아온 것이다.

"친구로 만족한다는 거짓말은 안 할게. 하지만 그냥 강해준으로, 선배로 네 옆에 있고 싶더라."

"……"

"아무도 끼어들 수 없다는 네 말…… 기억하고 있어."

그 뒤로 해준은 말이 없었다. 다혜도 아무 말도 하지 않았다. 익숙하지 않은 얇은 힐에 뒤꿈치가 까졌는지 쓰라렸다. 하지만 다혜는 속도를 늦추지 않았다. 발이 부르튼 듯 심하게 조였지만 애써 무시했다.

–고객님의 전화기가 꺼져 있어…….

몇 번을 걸어도 똑같았다. 배터리가 나갔다면 흘러나오지 않을 멘트였다. 고의적으로 꺼두었다는 사실에 세준이 낮은 신음을 흘렸다.

"다혜 연락이 없었습니까?"

"네……."

다혜의 운전기사도 집에서 대기하고 있었다. 다혜가 친구 생일 파티가 있으니 끝나면 연락하겠다고 했다는 말에 세준은 여태 잠자코 기다렸다. 하지만 자정이 넘으니 걱정이 됐다.

다 큰 처자가 집에 들어오는 것까지 걱정하느냐고 할 수도 있어 잠자코 있었는데, 전화기가 꺼져 있다는 말을 듣자 더는 기다릴 수가 없었다.

"어디로 갔는지 아십니까?"

"죄송합니다."

생일 파티……. 단서는 그게 전부였다. 파티 장소로 데려다주지도 않았다고 하니 운전기사는 아는 바가 전혀 없었다. 잠시 인상을 찡그린 채로 고심하던 세준이 얼른 휴대폰을 들었다. SNS 앱을 찾는 그의 눈이 바삐 움직였다.

다혜는 SNS를 자주 하는 편은 아니었다. 다만 친구들과의 연락 같은 걸로 모두 다 만들어 둔 상태였다. 거의 계정만 있다시피 했다. 가끔 친구들이 태그한 사진이 올라오곤 했다.

지금 세준이 찾는 게 바로 그 사진이었다, 다혜가 태그된. 학교 친구의 생일 파티라면 분명 사진을 찍었을 터였다. 노느라고 아직 안 올렸으면 낭패다 싶어 긴장한 채로 손을 움직였다.

'빙고.'

어렵지 않게 찾아냈다. 생일은 같은 세미나의 유미였던 모양이었다. 그녀가 태그한 사진이 바로 눈에 들어왔다.

〈요쏘섹시♡ with 임다혜, 허민선〉

사진 속 세 여자는 노골적으로 섹시한 차림을 하고 있었다. 그 중앙에 있는 다혜를 본 세준이 눈살을 찌푸렸다. 예뻤다. 아름다웠다. 하지만 베이지색 미니 드레스는 가슴을 지나치게 강조하고 있었고, 그 아래로 매끈하게 뻗은 허리도 옷을 안 입은 게 아닌가 하는 착각이 들게 했다. 다혜의 표정도 한몫했다. 분명 원해서 입은 차림은 아닌 듯했다.

오늘 다혜가 입고 나간 옷을 기억하는 세준의 표정이 점점 더 험악해졌다. 저렇게 입고 파티라……. 호텔 빌려서 자기들끼리 노는 거면 좋으련만, 그러길 바라는 세준의 기대를 깨부수듯 유미의 계정에는 당당히 클럽 파티라고 적혀 있었다. 다행인 건 클럽 이름이 적혀 있었다는 것 정도였다. 남자, 여자 할 것 없이 많은 사람들이 댓글을 단 걸 본 세준이 망설임 없이 바로 주차장으로 향했다. 운전기사가 모실까요, 하고 물어왔지만, 직접 가겠다고 말했다.

"아, 혹시 모르니 대기해주십시오."

"예."

뛰어가다시피 해 차에 올라탄 세준이 거칠게 운전해 저택을 빠져나갔다.

"말했어야지."

"……걸을 수 있었어요."

무리한 탓에 발에서 피가 났다. 새 신발의 딱딱한 재질에 뒤꿈치가 완전히 벗겨진 탓이었다. 다혜가 무의식중에 발을 절뚝거리자 그를 알아차린 해준이 이상하게 생각해 살폈다가 발견했다.

다혜는 피가 나는 줄도 모르고 있었다. 직접 눈으로 보고 나니 그제야 쓰라림이 밀려왔다. 한 걸음 떼기도 힘들 정도로 아팠다. 해준이 주변을 둘러보다 불 꺼진 카페 앞 나무 의자를 발견했다.

"실례할게."

"에……?"

그의 말을 다 이해하기도 전에 몸이 붕 떴다. 다혜는 저도 모르게 작은 비명을 내질렀다. 해준이 공주님 안듯 안아 들어 의자로 데려갔다. 내려달라고 말할 때는 이미 도착해버리고 말았다.

산뜻하게 의자에 내려주는 해준의 행동에 다혜는 할 말을 잃고 말았다. 벗고 있던 신발을 가지러 간 해준을 물끄러미 바라보다가 이내 한숨을 내쉬었다. 일이 꼬여도 너무 꼬인다. 한두 번 꼬이는 걸로는 성이 차지 않는지 계속해서 꼬이고 있었다. 구두를 가져와

가지런히 옆에 내려놓은 해준이 말했다.

"아직 신지 말고 있어봐. 편의점에서 소독약이랑 연고 사올
게."

"괜찮은데……."

"괜찮다니. 피 나잖아."

"……."

"길 건너니까 금방 다녀올게."

"네……."

해준이 건널목으로 걸어가는 걸 물끄러미 바라본 다혜가 다시
한숨을 내쉬었다. 거리에 사람이 많지 않았다. 카페 앞의 가로등
불빛이 처연하게 느껴졌다. 은은하면서도 어두운 불빛 아래에 혼
자 앉아 있으려니 뭐하는 짓인가 싶어 어깨가 축 처졌다.

어디서부터 잘못됐지. 유미 기분 맞춰준다고 생일 파티에 참석
한 것? 민선이 주는 술을 넙죽 받아 마신 것? 클럽에서 술 취해
정신을 잃은 것? 뭐든 다 문제였던 것 같다. 그냥 입던 옷 그대로
올 것을…….

쓰라린 발이 괜히 야속하게 느껴졌다. 조금 움직이면 통증이
덜할까 싶어 다리를 흔들어보는데, 쿡쿡거리는 소리가 났다. 언제
왔는지 해준이 편의점 봉투를 든 채로 웃고 있었다. 부끄러운 모
습을 보였다 싶어 다혜가 얼른 다리를 오므렸다.

"정말 귀엽다니까."

"……."

"자. 가만히 있어봐."

"서, 선배!"

해준이 제 앞에 무릎을 꿇고 주저앉는 것에 다혜는 화들짝 놀라 일어나려 했다. 하지만 해준이 그새 다리를 잡고 있어서 일어설 수도 없었다. 종아리를 조심스레 잡고 아래를 본 해준이 이내 과산화수소 포장을 뜯었다.

"조금 따가울 거야."

"……저, 애 아니에요."

"그런가? 애 같은데? 막 보호해주고 싶고, 달래주고 싶은 느낌이 딱 그래."

"……."

처음 듣는 말에 다혜가 얼굴을 붉혔다. 소독약은 그의 말대로 따가웠다. 슬쩍 인상을 찡그리는 사이, 해준은 연고와 밴드를 꺼냈다. 상처를 소독하는 손길이 능숙했다.

"……폐 많이 끼치네요, 오늘."

"난 좋은데."

그렇게 말한 해준이 장난스럽게 웃었다. 다혜는 입술을 앙다물었다. 밴드를 붙여준 그가 일어섰다. 무릎이 더러워진 것에 다혜의 마음에 미안함이 자꾸 불어났다.

"신발 못 신어서 어떻게 하지?"

"그냥…… 구겨 신으면 돼요."

"그래도 돼?"

다혜는 고개를 끄덕이며 신발을 내려다봤다. 폭이 좁고 딱딱한 재질이라 구기기도 어려울 듯싶었다. 그 마음을 알아차린 듯 해준이 짓궂게 웃었다.

"내가 신고 구겨줘?"

"아, 그래 주실래요?"

"진짜로? 구두 망가져도 모른다?"

"괜찮아요."

해준의 발이 크니 더 간단히 구겨질 터였다. 다혜가 진심으로 고개를 끄덕이자, 해준이 직접 구두를 신고 뒤축을 밟아 눌렀다.

"이럼 좀 신을 만한가?"

다시 무릎을 대고 앉은 해준이 다혜의 발을 들어 구두를 신겨 줬다. 어차피 더러워져서 괜찮아, 하는 말에 반박할 수가 없었다.

"고마워요, 정말."

"하루 종일 고맙다는 말만 하네?"

"……그러게요."

다혜가 쓰게 웃자 해준도 따라 웃었다. 하지만 웃음 끝에 울상 짓는 걸 본 해준이 팔을 들어 머리를 쓰다듬었다.

"임다혜가 맨날 고마워했으면 좋겠다. 미안해서라도 옆에 있 게 해주게."

"……선배."

"농담이야."

해준이 무릎을 털며 일어났다. 구두는 뒤를 구긴 덕에 괜찮았 다. 볼도 늘어난 듯했다. 두 번 다시 신지 못하겠지만 상관없었다.

"뭐 하는 짓이지, 지금?"

그때, 서슬 퍼런 목소리가 머리 위에서 들렸다.

6. 심장에게 맡기다

　세준은 그길로 클럽으로 달려갔다. 클럽 내부에는 아직 사람들
이 북적북적했다. 입구에서 다혜에게 몇 번이나 전화를 걸었지
만, 전화는 연결되지 않았다. 결국 일일이 뒤질 수밖에 없었다.

　클럽 내부를 헤맨 끝에 세준은 익숙한 얼굴을 발견했다. 오늘
생일이라던 유미였다. 얼른 다가가 그녀의 팔을 붙들었다.

　처음 보는 남자가 자신을 붙잡자 유미는 그의 행동을 오해한
듯 그를 쳐냈다. 그와 동시에 무례하다며 화를 내던 그녀는 남자
와 눈이 마주치자 바로 입을 다물었다. 그의 눈이 소름 끼치게 매
서웠다. 마치 제가 그에게 무슨 잘못이라도 한 것처럼 느껴져 유
미는 그 자리에 선 채로 덜덜 떨었다. 술을 하도 마셔서 혹시 자신
이 모르는 사이에 그에게 무슨 짓이라도 했나 싶을 정도였다.

　"임다혜 어딨어."

그의 입에서 다혜의 이름을 듣자 유미는 그제야 그의 정체를 알아차렸다. 다혜의 남친…… 아니, 남편이었다. 슬쩍 아래로 시선을 내리자 그의 손에 반지가 보였다. 다혜가 요즘 끼고 다니는 것과 똑같은 세 줄짜리 실반지였다.

문제는 유미도 다혜가 어디 있는지 몰랐다. 한참 버벅거리다가 민선을 떠올렸다. 그에게 사정을 설명하고 그녀를 찾아다녔지만 이미 집에 간 듯 없었다. 그러고 보니 아까 다혜 언니 가방 어쩌고 했던데……. 흥이 절정에 달했을 때라 제대로 듣지 않은 게 문제였다. 결국 민선에게 전화를 걸어 물어봐야 했다.

민선과 통화를 마친 뒤 해준이 집에 데려다준다고 데리고 갔다는 말을 전해주자 남자의 표정이 더 험악해졌다. 알았다고 짧게 답하고 클럽 밖으로 뛰쳐나가는 그를 바라보다가 유미는 다릿심이 풀려 휘청거렸다. 무서웠다. 제 주변에서는 한 번도 느껴보지 못했던 위압감이었다. 전신을 짓누르던 감각이 지금도 살 떨리게 오싹했다.

"아직 안 왔다고요? 알겠습니다."

집에 전화해서 혹시 다혜가 도착했냐 물었다. 그 와중에도 세준은 뛰는 걸 멈추지 않았다. 차를 타고 갔다면 이미 집에 왔을 수도 있었다. 하지만 아직 오지 않았다고 했다. 혹시라도 도착하면 알려달라고 부탁한 채로 계속 길을 따라 달려갔다. 그러던 중 가로등 불빛 아래 두 남녀가 눈에 들어왔다.

어떻게 못 알아볼까. 분명 임다혜였다. 상대는 그 실루엣만으로도 강해준이라는 걸 알 수 있었다.

무의식중에 멈춰 선 세준이 주먹을 그러쥐었다. 다혜의 어깨에 걸쳐진 남자 옷, 해준의 재킷이 신경을 거슬렀다. 짧은 미니스커트를 입어놓고 그 앞에 해준이 주저앉아 있는 걸 보니 열이 뻗쳐 견딜 수가 없었다. 그때, 해준이 다혜의 머리를 쓰다듬기까지 했다. 영락없는 커플의 모습이었다.

"임다혜가 맨날 고마워했으면 좋겠다. 미안해서라도 옆에 있게 해주게."

해준의 말이 마치 귓가에 속삭이듯 또렷하게 들려왔다. 그 말에 담긴 그의 마음이 적나라했다. 그를 다혜도 아는 듯했다. 어쩔 줄 몰라 대답하지 못하는 다혜를 보고 있으니 가슴이 터져버릴 것만 같았다. 그의 마음을 알면서도 밀어내지 않는 것이 눈에 보이니 심장이 쪼그라들었다.

혹 정략결혼 때문에 그를 받아주지 않는 건가 싶은 생각마저 들었다. 다혜가 그를 좋아하는 건 아니라고 생각했던 과거가 와장창 깨졌다. 어쩌면 마음에 두었으나 포기한 걸 수도 있다는 생각이 점점 머릿속을 지배했다.

한 걸음씩 다가가는데 둘은 눈치조차 채지 못하고 있었다. 둘만의 분위기가 형성된 게 마치 주변은 눈에 들어오지 않는 듯했다. 그러쥔 주먹이 부들부들 떨렸다. 긴 심호흡 끝에 세준이 입을 열었다.

"뭐 하는 짓이지, 지금?"

다혜가 고개를 들었다. 빨갛게 물든 뺨이 또렷이 보였다. 세준을 알아본 그녀가 자리에서 일어났다.

"세준 씨……."

어떻게 여기에 있느냐는 의미였다. 그 놀람을 받아주기에는 세준은 너무 화가 나 있었다. 해준이 멋쩍은 듯 웃었다. 그 웃음에 세준은 더 열 받고 말았다.

"여기서 뭐 하느냐고 물었어."

"……곧 가려고 했어요."

"휴대폰은?"

"그게…… 가방을 잃어버려서…….."

"가방을 잃어버려?"

그게 지금 말이 되는 핑계냐고 소리치려던 세준이 입을 다물었다. 다혜가 거짓말하지 않을 거란 생각이 최후의 이성을 붙들었다. 가방을 잃어버렸다는 뻔한 거짓말을 할 만큼 약은 여자는 아니었다. 세준의 눈이 빠르게 다혜가 앉은 의자를 훑었다. 그 말대로 그녀의 가방은 보이지 않았다.

하지만 이 상황은 마치 바람피우던 아내를 붙잡은 격이 아닌가 싶어 자조가 흘러나왔다. 가방을 잃어버렸든 휴대폰을 잃어버렸든, 둘의 분위기는 분명 수상했다. 세준이 비릿한 웃음을 흘리자, 해준이 나섰다.

"발을 다쳐서 그랬을 뿐, 지금 보내주려고 했습니다. 집에 먼저 연락했어야 하는데, 정신이 없어서 못 했습니다. 걱정하게 해드려 죄송하군요."

"……."

세준은 대답하지 않은 채 그를 노려봤다. 그 시선이 노골적이라 다혜가 얼른 세준에게 다가갔다. 뒤축을 구겨 신었지만 그래도 여전히 쓰라림이 남아 있어 조금 절뚝거렸다.

그를 눈치챈 세준이 미간을 좁힌 채 다혜의 다리를 내려다봤
다. 밴드를 붙인 게 살짝 보였다. 의자에 널브러진 봉투나 상자들
을 보니 왜 여기 앉아 있었는지 정황이 설명됐다.

"여기 있어. 차 가져올 테니까."

"가, 같이 가요."

"발, 아프잖아."

"하지만……."

다혜가 계속 같이 가겠다고 하자 세준의 미간 골이 더 깊게 팼
다. 하지만 다혜는 절박했다. 어떻게든 그의 화를 풀어야 한다고
생각했다. 괜찮다고, 절뚝거리지 않으려고 애쓰는 모습에 세준이
결국 한숨을 내쉬었다.

"차를 제가 가져오는 건 어떻겠습니까? 저는 술 안 마셨으니
괜찮습니다."

"……."

"제가 자리를 피해줘야 하는 타이밍 같아서요."

해준이 나서는 것에 그를 노려보던 세준이 다혜를 슬쩍 보고는
그를 다시 봤다. 해준은 당당하게 미소 짓고 있었다. 그 미소를 본
세준의 주먹이 부들부들 떨렸다. 그를 때리고 싶은 충동을 억제하
느라 손등에 핏줄이 다 설 지경이었다.

거리낄 짓은 아무것도 안 했어. 하지만 네가 왜 화를 내는지 알
고 있지.

그의 미소가 그리 말하고 있었다. 하, 짧은 헛숨을 내쉰 세준이
눈을 찡그리며 웃었다. 하지만 그의 안광이 번뜩여 해준은 순간
저도 모르게 마른침을 삼켰다.

"그럼 부탁하죠. 클럽 앞에 있습니다."

차 키를 건네는 손길이 차가웠다. 다혜는 당황한 채 둘을 바라보다 이내 물러났다. 끼어들었다가는 일을 더 크게 만들 것 같았다. 키를 받아 든 해준이 당당한 걸음으로 클럽을 향해 걸어갔다.

해준이 어느 정도 멀어지자 세준이 그에게서 시선을 떼고 다혜를 바라봤다. 그 시선에 다혜가 저도 모르게 움찔거렸다.

"발 아플 텐데 앉아."

다혜는 순순히 의자에 앉았다. 봉투에 연고와 소독약 등을 담아 치우고 그의 자리를 만들어줬지만, 세준은 선 채로 미동이 없었다. 주머니에 손을 찔러 넣고 있는 모습을 보는 것만으로도 긴장이 배가 됐다. 가로등 불빛에 깔린 그림자가 묘한 분위기를 만들어냈다. 서늘하면서도 뜨거운 기운이 세준에게서 흘러나왔다.

"세준 씨."

침묵을 견디기 힘들어 다혜가 먼저 그를 불렀다. 그때, 세준이 입을 열었다.

"그를 좋아해?"

"……네?"

"나와 억지로 결혼하는 바람에 포기했나?"

다혜가 깜짝 놀라 자리에서 일어났다. 오해를 받았다고는 생각했다. 하지만 세준의 말이 마치 확신하는 것처럼 느껴졌다. 자신을 바라보는 표정이 무심한 듯했지만, 뜨겁게 타오르고 있어 다혜는 고개를 절절 흔들었다. 아니라고, 아니라고 말해야 하는데, 세준의 눈빛에 입이 떨어지지 않았다.

그의 시선을 받는 것만으로도 아픔이 느껴졌다. 아까 해준의 눈을 보고 느꼈던 것과 비슷했다. 체념, 처연함, 상처. 그런 것들이 피부를 찔러왔다.

'설마……'

다혜는 마음속에 치솟는 전제를 지우지 못했다.

"내가 물러나면 다 될 일이었군."

"세준 씨!"

"아닌가? 그럼 저주가 강해준 씨를 향할 테니 그것도 안 되겠군."

"세준 씨!"

"왜. 후사는 나랑 보고, 사랑은 그와 할래?"

다혜는 세준이 스스로 상처를 내는 걸 알아차렸다. 그의 상처가 고름을 뱉어내고 있었다. 다혜는 본능에 몸을 맡겼다. 발의 통증 따위 무시하고 벌떡 일어나 세준에게 달려들었다.

"……웃."

당황한 세준이 몸에 힘을 주고 다혜를 붙잡았다. 그대로 뒤로 넘어질 뻔한 것을 겨우 버텨냈다. 그러는 바람에 다혜를 강하게 끌어안아야 했다. 뭐 하는 짓이냐고 화를 내려는 찰나, 입술이 맞붙었다. 이가 부딪힐 정도로 무식한 키스였다. 하지만 다혜는 물러서지 않았다. 발돋움으로 겨우 서서는 무작정 입술을 붙였다.

"……웃, 임, 다혜……!"

세준은 다혜를 떼어놓으려고 했다. 하지만 손에 힘이 들어가지 않았다. 다혜가 먼저 입을 맞췄다. 이런 길거리에서, 아무리 새벽녘이라 할지라도. 혹시라도 강해준이 차를 끌고 올 수도 있는 상황에 먼저 키스했다는 사실에 그녀를 거부할 수 없었다.

"하아, 하아……."

코로 숨을 쉬는 걸 잊었는지 입을 떼고 나서야 다혜가 거친 숨을 몰아쉬었다. 눈에 눈물이 맺혀 있었다.

"……임다혜."

세준이 표정을 일그러트린 채 그녀를 불렀다. 제 이름 석 자에 다혜는 환하게 웃었다. 입을 벌리고 웃는 그 낭요한 미소에 세준은 한 대 맞은 것 같은 느낌이 들었다.

"좋아해요."

"……."

순간 귀가 먹었던 것처럼 다혜의 말이 들리지 않았다. 아니, 들었다. 그런데 바로 이해가 가지 않았다. 좋아해요. 세준은 멍하니 그녀의 말을 되씹었다.

"좋아해요, 세준 씨."

"좋…… 아, 한다고?"

세준이 믿지 못하겠다는 듯 되묻자 다혜는 미소 지은 채로 고개를 끄덕였다. 그 미소 끝에 눈물이 맺히고 있었다. 막을 새도 없이 톡 터져 뺨을 타고 줄줄 흘러내렸다.

"거짓말이라 하지 마요. 좋아해요. 세준 씨를…… 좋아해요."

"……."

"세준 씨는…… 아닌가요?"

그리 묻고 웃는 다혜의 미소가 평생 봐왔던 것 중 가장 예뻤다. 세준은 더 이상 참지 못했다.

임다혜가 이세준을 좋아한다.

강하게 끌어안기자 다혜도 더는 참을 수 없어졌다. 어린아이처럼 목 놓아 우는 다혜를 세준은 말없이 끌어안고 다독여줬다.

그동안 가슴에 묻기만 했던 감정이 봇물 터지듯 터져 나왔다. 한번 말을 꺼내니 멈출 수 없었다. 다혜는 울면서도 계속 고백했다. 좋아한다는 말 외에는 아무 말도 할 수 없었다.

좋아해요……!

평생 꿈꿔왔던 말이었다. 욕심내지 말라고 자책하며 미움만이라도 받지 않으면 좋겠다고 생각했다. 그랬는데, 좋아한다고 했다. 아이처럼 매달려오는 다혜의 순수함이 세준의 심장을 정통으로 두드렸다.

그 말을 듣자 그동안 자신이 느낀 것이 모두 한낱 오해에 불과했다는 것을 알아차렸다.

우는 다혜를 진정시키고 의자에 앉혔다. 그러고도 그녀는 한참을 울먹였다. 쌓였던 감정이 폭발했다는 게 세준도 느낄 정도였다.

누가 얼굴에 대고 불을 붙인 것처럼 다혜의 얼굴이 빨갰다. 다 울고 나니 이제는 창피한 모양이었다. 귀까지 빨개져서는 어쩔 줄을 몰라 허둥대는 모습에 세준이 피식, 웃음을 흘렸다. 고개를 절레절레 흔들면서 손으로 뺨을 가리는 것이 더없이 사랑스러웠다.

생전 처음 보는 광경에 세준은 넋을 잃고 다혜를 바라봤다. 항상 인형 같던 아이였다. 아름다운 외모 때문도 있었지만, 그것을 떠나서 크게 감정을 드러내는 일이 없었다. 웃는 모습을 봐도 그 웃음이 진심이라는 느낌이 들지 않았다.

그랬던 임다혜가 감정을 마구 드러내고 있었다.

"……보지 마요."

세준의 시선을 눈치챈 듯, 한참 고개를 숙인 채 부끄러워하던 다혜가 고개를 들었다. 눈이 마주치자, 새빨개진 얼굴로 속삭였다. 거리가 꽤 있음에도 불구하고 그 말이 잘 들렸다. 세준은 왠지 짓궂은 마음이 들어 어깨를 으쓱거렸다.

"더 해봐. 사랑스러우니까."

"읏……."

짓궂다고 중얼거리는 것이 똑똑히 들렸다. 세준이 옆을 둘러봤다. 조금 떨어진 곳에 자신의 차가 보였다. 해준이 왔구나 싶어 자세히 바라봤지만, 차 안에 사람은 보이지 않았다. 이미 갔을지도 모르겠다는 생각이 들었다.

"……갔나요?"

"그런 것 같아."

"배려해줬나 봐요. 선배와는…… 아무 사이도 아니에요. 선배가 제게 호감 있는 건 알지만…… 이미 확실하게 선을 그었어요."

"미안. 내가 오해했다. 둘이…… 다정해 보였거든."

"……오늘 도움을 많이 받아서."

다혜는 씁쓸하게 오늘 하루를 상기했다. 평소에 안 하던 짓을 한 탓에 너무 많은 일이 있었다. 세준을 걱정하게 한 게 미안했다.

그때, 세준이 손을 잡아왔다. 깍지를 껴 잡는 손에 다혜가 아래를 내려다봤다. 세준이 손을 슬쩍 들어 올렸다. 꽉 잡고 있는 터라 다혜의 손이 자연히 딸려 올라갔다. 다혜의 시선도 다시 위로 올라왔다.

손을 입가로 가져간 세준이 손등에 슬쩍 입을 맞췄다. 그게 제 손이 아님에도, 세준 본인의 손임에도 불구하고 어쩐지 제 손등에 키스를 받은 기분이었다. 다혜의 얼굴이 새빨개지자 세준이 살짝 웃었다.

"믿어. 임다혜, 거짓말 안 한다는 거."

잠시 입술을 깨물었다가 푼 다혜가 마른 입술을 핥아 적셨다. 침도 마른 듯 갈증이 났다. 몇 번이나 입술을 핥은 후에야 조금 괜찮아졌다.

그 모습을 세준이 눈을 가늘게 뜬 채 지켜봤다. 혀의 움직임이 못내 자극적이었다. 게다가 검은 머리가 잔뜩 헝클어진 채, 가늘고 긴 목 주변에 흐트러져 있었다. 그 색의 대비 탓에 더 새하얗게 보이는 목이 시선을 잡아끌었다.

"말…… 수가 없었어요. 세준 씨를 위험에 몰아넣은 제가 무슨 염치로 좋아한다는 말을 하겠어요."

다혜의 말에 정신을 차린 세준이 가볍게 고개를 흔들었다.

"그렇지 않아."

세준이 강경하게 부정했다. 저를 위로해주려고 그러는 것 같아 다혜가 눈빛이 어두웠다. 하지만 세준은 깍지 낀 손에 더 힘을 주며 단호하게 말했다.

"설령 미리 알았다 하더라도 너와 결혼했을 테니까."

두근! 다혜는 심장이 입 밖으로 튀어나올 것만 같아 입을 열지 못했다. 심장이 크게 팽창했다 수축하기를 반복했다.

"내가 먼저 말했어야 하는 건데…… 나도 말할 수 없었어."

"오해…… 하고 있었으니까요."

"네게 부담 주는 거라고 생각했어. 싫어하는데 내가 좋다고까지 하면 숨 쉴 틈을 다 막아버리는 것 같잖아."

가만히 듣고 있던 다혜가 얼굴을 붉힌 채로 작게 속삭였다. 주위가 아주 조용하고 거리가 가까웠으니 들렸지, 아니었다면 놓쳤을 만큼 작은 소리였다.

"……들었다면 다른 의미로 숨 쉬지 못했을 거예요."

다른 의미로, 너무 좋아서. 그를 알아들은 세준이 부드러운 미소를 지었다.

깍지 껴 맞잡은 손 위로 세준이 한 손을 마저 올렸다. 제 손을 위아래로 감싸는 온기에 다혜는 가슴이 뭉클해졌다. 자신이 얼마나 이 온기를 바라왔는지 세준은 모른다. 다혜는 그 손을 물끄러미 바라보다가 천천히 제 손을 들어 얹었다. 겹쳐지는 손에 따듯함이 넘쳐흘렀다.

다시 눈물이 날 것만 같았다.

침실까지는 어떻게든 왔지만 침대로 갈 여유가 없었다. 끊임없이 이어진 키스 끝에 다혜는 세준에게 안겨 있었다. 뒤에서 목을 끌어안은 세준이 귀를 핥는 것에 그녀의 몸이 속절없이 움찔거렸다.

"……읏."

"입술 깨물지 마."

귓속을 파고드는 세준의 목소리에 다혜가 고개를 피했다. 받아내기 힘든 자극이었다.

가쁜 숨을 내뱉는 다혜의 머리카락을 한쪽으로 치워낸 세준이 드러난 목덜미를 살짝 깨물었다. 조심스레 이를 박고 힘으로 눌러 짓이기는 것에 다혜는 부르르, 몸을 떨어야 했다. 잇자국을 내는 것이 마치 표시를 하는 것처럼 느껴졌다. 이세준의 여자라는 표시를.

이로 슬쩍 깨물었다가 혀로 진득하게 핥아준 세준이 이내 입을 뗐다. 잇자국과 붉은 멍울이 선명하게 새겨져 있었다. 그게 마음에 든 듯, 슬쩍 웃고는 한 번 더 입을 맞췄다. 그러고는 더 따듯하게 안아줬다. 압박이 느껴질 정도로 강하게 끌어안은 힘에 다혜가 아래를 내려다봤다. 목과 허리를 감싸고 있는 세준의 팔이 보였다. 그 팔이, 등을 기댄 가슴이 단단했다. 든든했다.

"후우……."

세준이 깊은숨을 내쉬었다. 그 숨결이 귓가를 간질여 다혜가 고개를 돌려 그를 바라봤다. 미간을 조금 좁힌 세준이 쓴웃음을 지어 보였다. 어쩐지 괴로워 보이는 표정에 다혜는 긴장하고 말았다. 그를 알아차린 세준이 고개를 작게 흔들며 미소 지었다.

"너무 떨려서."

그러면서 손을 들어 보인다. 그 손끝이 정말 미세하게 떨리고 있었다. 다혜는 가슴이 뭉클해 바로 입을 열지 못했다. 대신 그의 떨리는 손을 끌어다 제 가슴에 올렸다.

자신도 그렇다고. 이렇게나 떨린다고.

결국 마주 보고 웃었다. 웃음이 사그라지는 순간, 짙어진 숨이 서로 섞여들었다. 맞닿은 입술의 말캉한 감촉이 애틋했다.

목덜미를 쓰다듬던 세준의 손에 힘이 들어갔다. 피하는 것을 혼이라도 내듯, 손끝의 뭉툭한 부분으로 살을 거칠게 쓰다듬었다. 엄지가 쇄골을 강하게 훑자 다혜는 다시 몸을 떨었다.

"인내심의 한계야. 더는…… 참을 수 없어."

세준의 목소리가 매혹적이었다. 그 목소리만으로도 허리가 떨릴 만큼 야했다. 다혜는 대답 대신 고개를 끄덕였다. 하지만 그 눈이 젖어 있었다.

세준이 눈을 맞추자, 코앞에서 부딪히는 시선에 다혜가 다시 입술을 깨물었다. 언뜻 떨리는 눈동자를 가만히 바라보던 세준이 쓰게 웃으며 손을 위로 올렸다. 목덜미를 스치듯 지나쳐와 입술을 엄지로 훑었다. 그 손짓에 입술을 깨물고 있던 이에 힘이 빠졌다.

허무하게 벌어지는 입술 속으로 엄지가 들어갔다. 침이 묻어 젖어버린 엄지에 힘이 들어가 있었다. 아래로 내리눌러 더 벌어지게 하고는 아랫입술에 가볍게 입을 맞췄다.

"우선 씻을까?"

그리 묻는 세준의 눈빛이 짙게 물들어 있었다. 그 욕망이 제 것과 같다. 부끄러움을 이길 정도로 커진 마음에 다혜는 조심스럽게 고개를 끄덕였다.

어렸을 때는 목욕을 도와주는 이가 있었다. 부모님이 안 계신 탓에 자연스레 도우미가 목욕시켜주곤 했다. 고등학교 때는 일본으로 수학여행을 가서 친구들과 같이 온천을 들어간 적도 있었다. 스파를 같이 다니는 민선과는 물에 몸을 담근 채 수다를 떨곤 했다.

하지만 상대가 남자라면 얘기가 다르다. 남자에게 알몸을 보인 기억은 한 번도 없었다.

그냥 남자도 아니고 이세준이다.

"왜 못 들어와?"

"부끄러워서요."

솔직히 털어놓자 세준이 소리 없이 웃는 게 유리 벽 너머로 보였다. 그 입술의 유려한 곡선이 얄미울 정도로 예뻤다. 다혜가 좀

처럼 가까이 가지 못하자 세준이 팔을 뻗었다.

"이리 와."

세준의 목소리에는 거절하기 힘든 힘이 있었다. 부끄러워 죽겠
는데도 한 발자국 다가간 건 그 힘에 끌린 탓이었다. 세준이 뻗은
손을 붙잡고 싶었다. 하지만 수건을 잡고 있는 손을 놓았다가는
그대로 아래로 흘러내릴 것만 같았다. 먼저 욕조에 들어가 있는
세준 역시 허리에 수건을 두르고 있었고, 다혜도 수건으로 몸을
감싼 채였다. 욕조에는 거품이 가득 차 있어서 들어가면 어깨 아
래는 보이지 않을 터였다.

"우선 여기 걸터앉아."

욕조에 걸터앉으라는 말에 다혜가 조심스레 그 말을 따랐다.
앉으니 수건이 아슬아슬하게 올라갔다. 엉덩이 끝이 보일까 봐 얼
른 앉자, 세준이 다시 입을 열었다. 그냥 말하는 것일 뿐인데 꼭
명령을 듣는 기분이었다. 그 말을 따라야 할 것만 같이.

"뒤를 돌아 나를 봐."

다혜가 상체만 돌려 세준을 바라보자 세준이 잘했다는 듯이 칭
찬했다. 그렇게 그가 시키는 대로 다리를 들어 욕조 안에 넣었다.
몸에 닿는 거품이 기묘한 소리를 내며 부서졌다. 무릎을 꿇듯 욕
조에 앉게 되자, 세준이 팔을 뻗어 몸을 끌어안았다. 걸친 것이라
고는 수건 한 장. 하지만 세준에게 끌려가는 사이 풀어졌다.

'앗!'

몸이 닿았을 때는 맨몸이었다. 물과 거품 너머로 맨살이 느껴
졌다. 다혜는 얼굴이 새빨개져 눈을 질끈 감았다. 가슴이 세준의
몸에 짓눌리듯 닿았다. 세준이 강하게 끌어안은 탓에 서로의 심장

박동이 느껴질 만큼 가까웠다.

"아…… 임다혜다."

세준이 속삭였다. 혼자 중얼거리는 듯한 말투였다. 이해하지 못한 듯 다혜가 그를 바라보려 했다. 품에 안긴 상태라 고개만 힘겹게 돌렸다. 하지만 세준은 그 뜻을 설명해주는 게 아니라 그대로 입을 겹쳤다. 다시 이어진 끈적한 키스에 다혜가 숨이 막힌 듯 어깨를 강하게 그러쥐었다. 하지만 거품 탓에 손이 미끄러져 힘이 들어가지 않았다. 오히려 세준의 피부를 쓰다듬는 꼴이 되어버렸다.

"……하웃!"

세준의 손이 허리 위로 올라왔다. 가슴에 닿는 감촉에 다혜는 너무 당황해 전신을 경직시켰다. 쥐가 날 정도로 힘을 줬다. 하지만 입술을 살짝 뗀 세준이 속삭이는 말에 곧 힘을 풀 수밖에 없었다.

"나를 믿어."

그 말에 눈물이 핑 돌았다. 이 남자는 어째서 이렇게나 가슴속을 파고들까. 마치 처음부터 임다혜의 심장이 이세준의 것이었다는 것처럼 자연스러웠다.

몸을 움직일 때마다 물이 출렁거렸다. 거품이 욕조 밖으로 넘치는 탓에 점점 줄어들었다. 팔이 움직일 때마다 물이 파도를 치며 거품을 걷어냈다. 살이 드러났다가 다시 감춰졌다. 그래도 다혜는 더 이상 신경 쓰지 않았다. 아니, 신경 쓸 새가 없었다. 온몸에 쏟아지는 세준의 사랑을 받아내는 것만으로도 벅찼다.

"웃, 거기…… 는……!"

"좋아?"

"흐읏……."

옆구리에 혀가 닿자 다혜가 몸을 크게 웅크렸다. 간지럼과는 다른 이상한 감각이었다. 그런 것을 사람들은 성감대라고 불렀지만, 다혜가 알 리 만무했다. 세준은 슬쩍 웃으면서 집요하게 다혜의 성감을 깨워 나갔다.

"기분이…… 이상해요."

배꼽 주변을 길게 핥아 올리는 것에 다혜가 울먹거렸다. 생전 처음 느껴보는 이상야릇한 감각이 전신을 지배했다. 게다가 저를 그렇게 만들고 있는 사람이 바로 이세준이었다. 세준은 씨익 웃고는 마른 입술을 혀로 슬쩍 핥았다. 그 혀가 방금까지 제 배를 그리고 가슴을 핥았다고 생각하니 미칠 듯이 화끈거렸다. 다혜가 참지 못하고 몸을 떨자, 세준은 웃음을 터트렸다.

"더 느껴도 돼."

세준이 만들어내는 감각에 전신이 마치 제 몸이 아닌 것처럼 느껴졌다. 다혜가 다시 입술을 깨물자 세준이 손끝으로 가슴을 간질였다.

긴장과 자극으로 단단하게 선 돌기 끝에 손이 닿자, 다혜는 참지 못하고 신음을 터트렸다. 세준은 그걸로 만족하지 못한 듯 다시 가슴을 한 입 베어 물었다. 입술에 힘을 줘 깨물고는 혀로 간질였다. 말캉하고 부드러운 혀의 감촉에 허리가 부들부들 떨렸다.

돌기를 입술로 깨물 때는 절로 비명이 터져 나왔다. 너무 작아서 자꾸 놓치는 것조차도 자극으로 이어졌다. 가슴에서부터 생성되는 기묘한 감각이 전신으로 퍼져나가는 것 정도는 느끼고 있었다. 특히 허리 아래가 저릿저릿했다.

미소를 지은 채로 그를 내려다보던 세준이 사랑스럽다는 듯 입을 맞췄다. 다혜는 저도 모르게 허겁지겁 입을 열었다. 그러지 않으면 이 이상한 쾌감에 지배당해버릴 것만 같았다.

그래, 쾌감이었다. 평생 처음 느껴보는 쾌감.

"으…… 으응, 으…… 흣!"

세준의 손이 허벅지 사이로 파고들어왔다. 깜짝 놀란 다혜가 눈을 번쩍 떴다. 보이는 거라고는 세준의 뺨뿐이었다. 살색으로 물든 시야가 이내 새하얗게 물들었다. 그 백색의 시야에 전기가, 불꽃이 튀었다.

은밀한 곳에서 느껴지는 감각에 다혜는 저도 모르게 울었다. 울음이 섞여 가빠지는 숨을 세준이 집어삼켰다. 혀가 달래듯 입술을 핥았다. 몇 번이나 다정하게 키스하며 괜찮다고 속삭였다.

촉촉하게 젖은 아래가 부드럽게 세준의 손을 받아들였다. 손가락의 작은 움직임 하나에도 미세하게 반응했다.

"괜찮아. 받아들여."

세준의 목소리가 마치 주문처럼 느껴졌다. 생전 처음 느껴보는 감각이 두려운데도 그 말 한마디에 마음이 놓였다. 다혜는 그의 목을 끌어안은 채 얼굴을 파묻었다. 그에게 모두 맡기겠다는 의미였다. 세준이 눈을 살짝 찡그린 채로 웃었다. 다혜의 새빨갛게 물든 귀를 깨물면서 속삭였다.

"좋아한다, 다혜야."

반칙이다. 다혜는 울고 말았다. 이런 순간에 처음 말해주다니, 정말 반칙이다.

벌어진 다리 사이로 세준이 좀 더 깊게 파고들었다. 허리 아래가 제 몸이 아닌 것 같았다. 다혜는 무조건 세준에게 매달렸다.

"너는?"

굳이 말해야 아느냐고 다혜의 눈이 그리 말하고 있었지만, 세준은 너그럽고 여유로운 미소를 지은 채 대답을 기다렸다. 그러나 한동안 눈물을 뚝뚝 흘리던 다혜가 고개를 끄덕이자, 웃음을 참을 수가 없었다.

"좋아요. 세준 씨가 좋아요……."

울먹이는 목소리로 또박또박 대답했을 때는 참지 못했다. 강하게 끌어안아 입을 맞췄다. 그렇게밖에 이 감정을 표현할 수 없었다. 다혜야, 임다혜. 부르는 이름이 모두 입안으로 삼켜 들어간다.

"두 분이 같이 귀가하셨습니다."

"별다른 일은 없었나?"

"아가씨의 차림이 평소와 다르셨습니다. 그 외에 이상한 점은 없었습니다."

"그럼 됐네."

"괜찮으시겠습니까?"

임홍례는 대답하지 않은 채 창밖을 내다봤다.

"아직은. 아직은 괜찮아."

집사는 가볍게 묵례하고는 물러났다. 탁, 문이 닫히는 소리가 단절감을 불러왔다.

홍례는 한동안 창문 앞을 벗어나지 않았다. 밤이 깊어 시야는 새까맣기만 했다. 오히려 방 불빛이 창문에 어렸다. 홍례 자신의 그림자가 창문에 새겨졌다. 그 너머를 물끄러미 바라보던 홍례가 이내 깊은 한숨을 내쉬었다.

'한 달……. 나는 무엇을 기다리고 있단 말인가. 다혜의 행복을 앞에 두니 마음이 약해졌는가.'

어두운 밤 그림자가 그녀를 뒤덮었다.

동이 틀 무렵, 세준이 몸을 일으켰다. 다혜가 잠들었는지 확인한 후 침대를 빠져나가는 기색이 아주 조심스러웠다. 불을 켜지 않은 채 창밖의 빛에만 의지해 침실을 나갔다.

방문이 닫힌 후에야 다혜가 눈을 떴다. 옆자리가 비었어도 그녀는 별로 놀라지 않았다. 세준이 어째서 이 시간에 몰래 방을 나갔는지 알고 있었다.

다혜는 작게 한숨을 내쉬며 자리에서 일어났다. 침대 옆 의자에 걸쳐 놓은 카디건을 걸치며 방을 나섰다. 아직 시간이 이른 탓인지 밖에는 아무도 없었다.

세준이 제게 걱정 끼치지 않으려는 건 잘 알고 있었다. 하지만 그건 잘못된 생각이었다.

다혜는 세준의 서재 앞에 서서 짧게 심호흡했다. 노크하지 않고 문을 여는 것이 무례한 일이라는 것은 알았지만, 그런 것을 신경 쓸 때가 아니었다. 조심스레 문을 열자 일기장을 판독 중인 세준이 보였다. 문이 열리는 것을 느낀 듯, 그가 고개를 들었다.

"안 잤어?"

세준이 쓰게 웃었다. 인상을 찡그리며 웃는 것이 그 나름대로 또 매력적이었다. 다혜도 웃으면서 다가갔다. 옆으로 걸어가 서자 세준이 허리를 끌어안았다. 어쩐지 어리광을 부리는 느낌이라 다혜도 그의 등으로 팔을 둘렀다.

"같이해요."

"다혜야……."

세준이 미간을 좁힌 채 고개를 들었다. 그 시선이 무슨 의미인지 알지만, 다혜는 미소를 유지한 채 그의 머리를 쓰다듬었다. 혼자 걱정하는 건 이제 싫다.

"운명 공동체잖아요…… 우리."

그 목소리가 언뜻 떨리고 있었다. 그 설레는 떨림에 세준의 눈동자도 격렬하게 요동쳤다.

"하아……."

다혜가 한숨을 크게 내쉬자, 세준이 괜찮다며 어깨를 토닥거려 줬다.

아무것도 없었다. 단서가 될 만한 것은 전혀 없었다. 특이점이라고 할 건 토기가 심해 병원에서 약 처방을 받았다는 것 정도였다. 하지만 그것도 딱 한 번뿐이고, 그 뒤로 더는 언급이 없었다.

일기는 그저 아내와 나눴던 일상적인 대화였다. 다혜에게는 이루 말할 수 없는 소중한 내용이었지만, 지금 상황에는 그다지 도움이 되지 않았다.

"이래서 할머니께서도 아무 단서도 찾지 못하셨나 봐요."

"단서는 아니지만 한번 알아볼 만한 건 있어."

"네?"

"이 부분."

세준이 아까 다혜가 읽었던 부분을 손으로 가리켰다. 구토 중상. 병원 기록에서도 발견했던 부분이었다.

"무언가 구토를 유발할 만한 것을 드셨을지도 모른다는 거지."

일기에는 무언가 특별히 먹은 것도 없는데 자꾸 토기가 일어나내가 의사를 불렀다고 했다. 약을 먹자 그마저 토할 정도였는데 이삼 일 지났더니 괜찮아졌다고 쓰여 있었다.

그의 시신에는 특별한 외상이 없었다고 했다. 부검하지 않아서 내부 상황은 자세히 알지 못했다 하더라도 겉으로 드러난 상처가 없다고 했다. 독극물이라면 내상만 입혔을 수 있었다.

"……독극물이라고요? 하지만 그런 걸 누가 어떻게……."

다혜가 믿을 수 없다는 듯 떨리는 목소리로 물었다. 세준은 다혜를 안은 손에 힘을 주며 고개를 저었다.

"그랬을 가능성도 조사해봐야 한다는 거지, 그랬다고 확신하는 게 아니야."

세준의 말에 다혜가 입술을 깨물었다. 세준이 눈짓하자 힘을 풀기는 했지만, 여전히 신경이 쓰이는 듯했다. 세준이 다혜의 품을 끌어안은 채 자리에서 일어났다.

"이제 출근해야지."

다혜도 얌전히 그를 따랐다. 더 돕고 싶어도 도움이 될 만한 게 없었다. 다혜의 표정이 좋지 않은 걸 본 세준이 그녀의 허리를 잡고 획 안아 들었다.

"……꺅! 세, 세준 씨!"

높아진 목소리에 떨림이 가득했다. 어쩔 줄 몰라 얼른 내려달라고 애원하는 걸 들은 체 만 체한 세준이 웃으며 침실로 향했다.

"공주님은 좀 더 주무시죠."

"세준 씨……!"

걸음에 따라 흔들리는 탓에 다혜가 저도 모르게 그의 목을 끌어안았다. 이 나이에 공주님 안기라니……. 부끄러워 고개를 들지 못하는 다혜를 보며 세준이 즐거운 듯 크게 웃음을 터트렸다.

회사로 출근한 세준은 한동안 일에 집중하지 못했다. 지난밤 탓이었다. 집에서 초조하게 다혜를 기다릴 때만 해도 그녀와 마음이 통할 거라고는 상상조차 하지 못했다. 지금도 간밤이 꿈만 같았다.

몇 번 서류를 들여다보던 세준이 이내 펜을 내려놨다.

'좋아해요.'

긴장을 풀면 어김없이 다혜의 목소리가 머릿속에 재생됐다. 그때마다 세준은 속절없이 가슴이 두근거렸다. 좋아한다. 임다혜가 자신을 좋아한다. 16년을 짝사랑해온 상대가 사실 자신을 좋아하고 있단다.

숨겨야만 했고, 억눌러야만 했던 감정. 임다혜도 이세준과 똑같았다. 아니, 더하면 더했지, 덜하진 않았을 것이다. 세준과 달리 다혜는 모든 것을 다 알고 있었으니까.

"하아……."

결국, 콧대를 꾹 누른 채로 세준이 인상을 잔뜩 찌푸렸다. 그러지 않으면 얼굴이 풀어져버릴 듯했다. 바보같이.

세준은 고개를 짧게 흔들어 정신을 차린 후 인터넷에 접속했다. 다혜가 없으니 마음 편히 조사할 수 있었다. 만약 이 일이 정말로 독극물에 관한 거라면 다혜 몰래 조사하는 편이 더 낫겠다 싶었다.

독극물의 종류부터 시작해서 독극물 살인, 증거 안 남는 독, 심장마비 독약까지 독극물에 관련된 자료를 다 검색해서 찾아봤지만, 딱히 이거다 싶은 건 없었다.

웬만한 독극물은 음용 당시 티가 났다. 청산가리만 해도 아몬드 냄새가 난다고 하지 않는가. 게다가 구토, 위장 출혈 정도의 모호한 증상을 가지고는 찾기가 어려웠다. 사망 당시의 증상이 아닌 게 가장 큰 문제였다.

'독극물이 아닌 건가······.'

결국, 찾는 걸 중단하고 세준은 윤 비서를 불러 일을 재개했다. 요즘 조사 때문에 임대계약 건을 미뤄뒀더니 가장 중요한 계약이 성사되지 않은 상태였다. 그 일로도 정신없이 바빴는데, 윤 비서가 다른 일을 들고 왔다.

"사장님, 김지부 회장님께서 매우 조급해하십니다."

"본의 아니게 애를 태운 꼴이 됐군. 하지만 그 건은 분명 거절했을 텐데?"

"한번 만나서 얘기하자고 하셨지요. 저녁 약속을 모레로 잡았습니다만, 빠르면 빠를수록 좋다고 하셨습니다."

"만나봐야 소용없을 텐데 괜히 시간 낭비 하시는군."

임씨 가문 기업은 'LM건설'로 부동산 임대업이 주된 사업이었다. 비주거용 건물 임대업으로 법인이지만 지분은 100퍼센트 모두 임 회장이 보유하고 있었다.

그중 총자산이 1,200억에 육박하는 LT타워가 바로 김지부 회장의 KG그룹에서 탐내는 건물이었다. 강남역 사거리에 위치한 LT타워는 강남역의 랜드마크라고 불려 그 위치만으로도 광고 효과가 대단했다.

김 회장 역시 LT타워를 이용해 광고 효과를 볼 요량인 듯했다. 하지만 LT타워와 그 대각선에 자리한 LM타워는 임 회장이 LM건설의 주춧돌이라 부르며 가장 아끼는 건물들이었다. 그러니 김 회장을 비롯한 유수 대기업의 회장들이 현금으로 사겠다며 나서도 절대 팔지 않고 있었다.

"회장님을 통하지 않는다는 것은…… 내게 따로 제안할 게 있으신 건가."

"예?"

"아니야. 날짜는 변경하지 않을 거야. 그대로 진행하지."

윤 비서를 내보낸 후, 세준은 다시 인터넷 창을 열었다. 지금 중요한 건 이득 없는 계약 약속 따위가 아니었다. 좀 더 독극물에 대해 자세히 알아보기 위해 국립과학수사연구소의 독물 연구실 쪽에 연락을 취해볼 생각이었다.

그때였다. 연관 검색어에 걸린 단어 하나가 세준의 시선을 붙잡았다. 독초 살인. 그 단어를 보는 순간, 이거다 싶은 강렬한 촉이 느껴졌다.

"심장마비로 위장한 '협죽도' 살인……?"

협죽도……. 세준은 처음 들어보는 식물이었다. 기사에는 유선화라고도 불리는 꽃이 화려하고 잎이 푸르러 관상용 및 조경수라고 했다. 가로수로 많이 심지만 잎을 섭취했을 경우 치명적인 위험에 빠질 수 있는 맹독성 식물이라고 적혀 있었다.

세준이 벌떡 일어나 밖으로 나갔다. 밖에서 대기하던 윤 비서가 깜짝 놀라 그를 바라봤다.

"퇴근할 거야. 급한 일은 전화로 하지."

"예?"

그녀가 그의 말을 제대로 이해하지 못한 채 멍하니 되묻는 사이, 세준은 빠른 걸음으로 엘리베이터로 향했다. 마치 대기하고 있던 양, 버튼을 누르자마자 엘리베이터 문이 바로 열렸다.

"사장님!"

윤 비서가 뒤늦게 따라 나왔을 때는 이미 문이 닫힌 후였다.

저택에 도착한 세준이 차를 거칠게 별채 앞에 세웠다. 드라이브 웨이에 길게 타이어 자국이 났다. 경비가 얼른 달려왔다.

"대기해두세요."

세준은 그에게 차 키를 넘기고는 집 안으로 들어갔다.

"어머니!"

"세준이 네가 이 시간에 어쩐 일이야?"

소파에 앉아 TV를 보고 있던 세준의 어머니가 놀란 눈으로 그를 바라봤다. 세준이 그녀의 손을 잡고는 잠시 주변을 둘러본 후, 안방으로 들어갔다. 그 눈초리가 긴장을 한껏 머금고 있어서 어머니는 무슨 일인지도 모른 채 아들을 따라갔다.

"어머니, 협죽도라는 나무를 아세요?"

세준이 문을 닫자마자 작은 목소리로 빠르게 물었다.

"협죽도? 네가 그걸 왜 물어보니?"

어머니는 이곳 임씨가의 정원 관리사였다. 세준이 태어나기 전부터 원예 쪽 일을 했으니 식물에 관해서는 잘 알고 있을 거로 생각했다. 아니나 다를까 어머니는 그 나무에 대해 알고 있는 눈치였다.

"협죽도가 맹독성이라는 게 사실입니까?"

"그렇지. 청산가리의 수천 배라고 하니까. 하지만 꽃이 예뻐서 관상용으로 심지."

"혹시 협죽도가……."

"그래, 있어. 내 관할 구역은 아니지만 본관 정원에 있어. 너도 보지 않았니? 서재랑 가까운 데 있어. 그 왜, 분홍 꽃이 흐드러지게 핀 나무."

다리 힘이 풀려 세준이 비틀거렸다. 그를 본 어머니가 슬쩍 웃음을 터트리며 손사래를 쳤다.

"얘는. 맹독성이라고는 하지만 그렇게 위험한 건 또 아니야. 잘 관리하면 예쁘고, 정화 효과도 끝내줘. 여기엔 그 잎을 따먹는 바보는 없으니까 괜찮아."

세준은 어머니의 말이 귀에 잘 들어오지 않았다. 설마 임씨 저택 내부에 독초가 있을 줄은 상상도 못 했다. 등잔 밑이 어둡다는 말이 절로 뇌리에 떠올랐다.

'기사에 나온 대로 협죽도를 달인 물을 음용했다면…….'

세준이 본 기사는 협죽도를 달여 먹여 사람을 살해했다는 내용이었다. 2013년에 보험금을 노리고 저지른 살인이라며 가로수로 잘 쓰이는 협죽도의 위험성을 알리는 글이었다.

병원에서는 시신에서 특별한 외상을 발견하지 못하자 급성 심장마비사로 결론을 내렸고, 담당 검사도 부검 없이 시신을 유가족에게 인도하는 지시를 내렸다고 했다. 보험에 가입한 지 26일 만에 일어난 사건이라 그를 수상히 여긴 보험사에서 신고하지 않았다면 그대로 묻혀버렸을 일이었다.

'증상은 구토, 복통, 무기력, 피로감, 설사, 현기증…… 심장마비로 사망에 이르게 하는 독성물질. 게다가 본관 정원에 있다면…… 구하기 용이했다는 것. 이건 역시…… 살인인가?'

머릿속에 내려진 추론에 세준은 말을 잃었다. 그의 반응을 심상치 않게 생각한 어머니가 이내 웃음을 거두고 그를 바라봤다.

"왜 그래. 무슨 일인데?"

"아니에요. 제가 물어본 건 그냥 잊어버리세요."

"뭐?"

그녀가 이상하다는 듯 인상을 찡그렸다. 협죽도, 맹독, 본관 정원. 단어를 조합한 그녀가 순간 그 의미를 알아차리고 눈을 크게 떴다.

"너 설마…… 협죽도가 단명의 원인이라고 생각하는 거니?"

"협죽도든 다른 독초든…… 누군가 대대로 임씨가의 남자를 살해했을지도 모른다는 것뿐입니다."

"세준아, 너 지금…… 그게 무슨 의미인지 아는 거니?"

협죽도는 본관 정원에 있었다. 누구든 손에 넣을 수 있다는 의미였다. 그렇다면 협죽도를 독으로 쓴 자가 집안 내부 사람일 가능성도 충분했다. 어머니가 말을 잇지 못하고 눈을 잘게 떨자, 세준은 꿀꺽 침을 삼키고는 웃어 보였다. 저를 안심시키려는 미소에 어머니는 오히려 인상을 찡그렸다.

"잊어버리세요. 절대 본관 정원에는 가까이 가지 마시고요. 저도 집에서는 물 한 모금도 마시지 않을 테니까요."

"세준아!"

세준이 인사하고 먼저 방을 나간 후로도 그녀는 움직이지 못했다. 임씨가 남자들이 단명한다는 소문은 그녀도 알고 있었다. 하지만 그녀 역시 세준과 마찬가지로 미신이나 저주는 전혀 믿지 않는 타입이었다. 그래서 세준이 다혜와 결혼한다고 해도 아무렇지 않았다.

사실 그녀는 임 회장이 세준을 다혜의 결혼 상대로 점찍었기에 그를 후원하는 걸 알고 있었다. 이 집에 들어오는 조건이기도 했다. 세준이 억지로 결혼하는 게 아니라면 그녀는 괜찮다고 생각했다. 그리고 다행히도 세준은 다혜를 좋아했다.

그런데 미신이 아니란다. 우연도 아니란다.

"살인이라니…… 말도 안 돼."

털썩 주저앉은 그녀의 눈동자가 정신없이 요동쳤다.

밖을 빠져나온 세준이 바로 시간을 확인했다. 오늘 다혜는 수업이 없었다. 서관에 있을 거라 짐작하고는 바로 그쪽으로 고개를 돌렸다. 아니나 다를까 서관 정원에서 차를 마시며 책을 읽고 있는 다혜가 정원 너머로 보였다. 옥빛의 정원 속 까만 머리가 햇빛을 반사해 더욱 빛났다.

그리로 걸어가는 세준의 걸음이 무거웠다. 머릿속에는 의심스러운 인물들이 하나둘씩 그려지고 있었다. 하지만 표정을 감추지 않으면 다혜가 금방 눈치챌 게 분명했다. 다혜까지 주변 사람들을 의심하게 만들기는 싫었다.

나무 그림자 아래 선 세준이 잠시 걸음을 멈춰 섰다. 다혜가 앉아 있는 곳에서 얼마 멀지 않아 고개를 들면 바로 보일 장소였다. 세준은 주머니에 손을 넣은 채 잠시 다혜를 바라봤다.

오늘 입은 네이비 단색의 시폰 원피스가 다혜를 더욱 성숙하게 보이게 했다. 하는 행동이 의도치 않게 귀여워서 그렇지, 다혜의 생김새는 단아한 성숙미를 풍겨 잘 어울렸다.

별채에서 살 때는 2층의 제 방 발코니에서 다혜를 훔쳐보곤 했다. 한번은 그림자가 비쳐 들킨 적이 있었다. 얼른 숨었지만, 그녀에게 들켰을 게 분명했다. 한동안 창피해서 발코니에 나가지도 않았다.

세준은 시간 가는 줄도 모르고 다혜를 바라봤다. 서늘한 바람이 그녀의 머리카락을 간질였다. 다혜가 손을 들어 시야를 가리는 머리를 어깨 뒤로 넘겼다. 그 단순한 동작 하나에도 세준은 가슴이 뛰었다.

임다혜와 서로 사랑한다.

얼마나 바라온 일인지 말로 다 표현할 수 없었다. 다혜의 사랑스러움을, 그녀의 애정을 알게 된 지금, 자신은 행복의 바다에 빠져 있어야만 했다.

그런데 미신이라고 코웃음 쳐왔던 일이 발목을 잡았다. 마냥 기뻐하지 못하는 다혜를 보면 화가 다 났다. 제 행복을 부수려는 존재가 주변에 있다는 것에 참을 수 없는 분노가 치밀어 올랐다.

책장을 넘기다가 문득 고개를 든 다혜가 정면의 나무 그림자를 바라봤다. 별생각 없이 던진 시선이었는데, 나무 그림자에 무언가 잡혔다. 햇빛이 강해 제대로 보이지 않았지만, 그 실루엣만 보고도 누군지 알 수 있었다.

다혜의 시선을 알아차린 세준이 한 걸음 걸어 나왔다. 그를 본 다혜의 얼굴에 미소가 완연하다.

"일찍 왔네요?"

책을 살짝 덮은 다혜가 자리에서 일어났다. 그녀의 곁으로 걸어간 세준이 가볍게 다혜를 끌어안았다. 산뜻한 포옹이었지만, 다혜의 뺨에 홍조가 살짝 돌았다.

"나가자."

"네?"

회사에 있을 사람이 정원에 짠, 하고 나타난 것도 놀라운데, 나가자는 말에 한 번 더 놀란 다혜가 멍하니 되물었다. 세준은 그녀의 의문을 말로 풀어줄 생각이 없다는 듯 어깨를 가볍게 그러쥐며 피식, 웃었다.

"멍하니 있으면 어제처럼 안고 갈 거야."

"……웃."

공주님 안기……. 다혜가 얼른 고개를 저었다.

"저, 카디건 챙겨 나올게요."

세준이 고개를 끄덕이자 다혜가 서둘러, 그러나 단정한 걸음으로 안으로 들어갔다. 그 뒷모습을 바라보는 그의 눈매가 다시금 사나워졌다.

"어디 가는 거예요?"

차가 서울을 벗어나자 다혜가 문득 목적지를 확인했다. 어디 가는지 전혀 모르는 채 따라 나온 것치고는 꽤 늦은 질문이었다. 세준이 슬쩍 입꼬리를 올렸다.

"어디 가는 것 같은데?"

"방향을 봐서는 경기도…… 양평일까요?"

"호오? 왜 양평이야?"

"별장이 있으니까요."

콕 집어서 양평이라고 말하니 세준이 놀람을 감추지 못했다. 그 표정을 본 다혜는 맞혔구나 하고 담담하게 고개를 끄덕였다. 하지만 별장 이야기를 들은 세준이 인상을 찡그리며 웃었다. 모호한 표정이었다.

"별장이라…… 다혜, 너 은근히 야하네?"

"네?"

양평에 별장이 있으니 별장을 말했을 뿐인데, 대체 그 말이 왜 야하다는 건지 알 수 없었다. 놀란 다혜가 눈을 크게 깜박이자 세준이 오른손을 움직여 다혜의 손 위에 살포시 내려놨다. 그 따듯한 온기에 다혜가 깜짝 놀라 손을 내려다봤다.

"그렇게 둘이서만 있고 싶어?"

"……네?"

세준의 손가락이 손가락 사이사이를 얽어왔다. 다혜의 손가락 사이를 파고들어서는 손 아래 허벅지를 느릿하게 훑었다. 치마가 딸려 올라갔다. 드러난 맨살을 손끝이 부드럽게 긁고 지나갔다. 허벅지에 불이 붙는 기분이 들었다. 게다가 마디를 강하게 쥐는 바람에 오싹하기까지 했다.

멍하니 세준이 하는 대로 당하고 있던 다혜가 문득 고개를 들었다. 허벅지에 붙은 불이 옮겨간 듯 뺨이 새빨갛게 물들었다.

"아, 아니에요. 그런 의미가……!"

단둘이서 별장에 간다. 야하다. 뒤늦게 그 뜻을 알아차리고는 얼른 고개를 저어 부정했다. 세준은 여전히 정면에서 시야를 떼지 않았지만, 새빨간 다혜의 뺨은 보지 않아도 느껴졌다.

"왜? 나는 그런 의미도 좋은데?"

"읏……."

"그럼 별장으로 가지."

"세준 씨!"

결국 다혜가 화를 내듯 소리치고 말았다. 다혜답지 않은 모습에 세준이 크게 웃음을 터뜨렸다. 당황해서 어쩔 줄 모르던 다혜가 멍하니 그를 바라봤다. 그가 저렇게 박장대소하는 모습은 처음 보는 것 같았다.

"다혜, 너는 놀리는 맛이 있어."

순수하고 개구진 느낌이 났다. 꾸며지지 않은 자연스러움이었다. 다혜가 자신을 바라보는 걸 눈치챈 세준이 슬쩍 시선을 흘렸다. 찰나였지만, 마주친 시선에 다혜는 옴짝달싹하지 못했다. 그 눈빛 하나에 숨이 멎어버릴 것만 같았다.

다혜가 조용해지자 세준이 한 번 더 강하게 깍지를 꼈다. 손가락 마디마디를 느릿하게 짓누르는 것에 다혜가 슬쩍 움찔거렸다. 마디가 쪼이는 것이 고통과는 다른 묘한 느낌이 났다. 간지럽기도 하고 아프기도 하고, 어쩐지 몸이 배배 꼬이는 감각이었다.

"양평 별장이라……."

그때, 세준이 작게 중얼거렸다. 손가락 감각에 정신을 놓고 있던 다혜가 그를 흘끗 바라봤다. 손을 놔달라고 하고 싶기도 하고, 이대로 있으면 좋겠다 싶기도 했다. 세준이 능수능란하게 강약을 조절하는 바람에 자꾸 이상한 기분이 들었다.

"왜 그래?"

"……웃."

신호에 걸린 사이, 아무것도 모른다는 듯 세준이 태연하게 옆을 돌아봤다. 시선이 마주친 다혜의 눈이 어느새 살짝 젖어 있었다.

"아픈 거야?"

그 질문의 의미가 모호하다. 다혜는 입술을 슬쩍 깨물고는 도리질 쳤다.

"입술 깨물지 말라고 했잖아. 벌줘야겠다."

"벌이요?"

놀란 다혜가 얼른 입술을 풀었다. 그게 귀여웠다. 무의식중에 나온 버릇 같은 거라 쉬이 고치지 못하는 모양이었다. 세준이 운전대를 잡고 있던 왼손 검지로 제 입술을 톡톡 쳤다.

"키스해줘."

"네?"

다혜가 깜짝 놀라는 걸 보면서도 세준은 태연자약했다. 한 번 더 검지를 까딱거리며 흘끗 신호를 확인했다. 왕복 8차선 도로라 신호가 길기는 했지만, 곧 바뀔 기미였다.

"신호 바뀐다. 키스 안 해주면 출발 안 할 거야."

"세준 씨!"

다혜가 크게 화를 내지도 못하고 소리쳤지만, 세준은 요지부동이었다. 그 순간, 신호가 바뀌었다. 옆 차들이 출발하는 것이 다혜에게도 보였다. 망설이는 다혜를 채찍질하듯이 뒤차가 클랙슨을 울려대기 시작했다.

"얼른."

세준은 자신만만하게 다혜를 바라보고 있을 뿐이었다. 뒤차가 아무리 빵빵거려도 신경 쓰지 않는 눈치였다. 그 태도가 정말로 키스해주지 않으면 출발하지 않을 것만 같았다. 옆으로 빠져나온 뒤차가 지나가면서 쌍욕을 날렸을 것이 보지 않아도 눈앞에 그려졌다.

다혜는 부들부들 떨리는 입술을 얼른 세준의 입에 가져다 댔다. 입술이 쪽, 하고 붙었다 떨어진 건 순식간이었다.

"됐죠? 어, 얼른 출발해요."

부끄러운 듯 고개를 옆으로 돌리는 다혜가 사랑스러워서 세준은 그녀의 목을 잡고 한 번 더 진하게 입을 맞추고 싶었다. 그를 꾹 참고 깍지 낀 손을 풀었다. 얼마나 세게 쥐고 있었는지, 손을 풀자 미묘한 상실감이 느껴졌다. 차를 출발시키며 세준이 웃음 섞인 목소리로 속삭였다.

"다혜야."

"……."

"지금 그거는 키스가 아니라 뽀뽀야."

"……."

"그러니까 벌은 아직 유효해. 다음 신호에서 제대로 해줘."

"세준 씨!"

다혜가 파르르 떨며 애타게 저를 부르는 것에 세준이 맑은 웃음을 터트렸다. 임다혜의 이런 모습을 볼 줄이야. 16년을 알고 지냈지만 처음 보는 모습이었다. 귀여운 건 알았지만, 이 정도라고는 상상도 하지 못했다.

하지만 세준은 몰랐다. 다혜 역시, 그가 이렇게나 장난기 많은 사람인 줄, 이렇게나 맑은 웃음을 터트리는 사람인 줄 몰랐다고 생각하고 있음을.

"여기 벚나무 길이 유명하다더군."

"벌써 봄이 거의 다 지났는데 아직 벚꽃이 지지 않았네요?"

차가 멈춘 곳은 양평의 한 아트 갤러리 레스토랑이었다. 벚나무 길이나 아트 정원이 유명하다고 해서 지난번 데이트 코스를 검색할 때 찾아 체크해두었던 곳이었다.

다혜는 서울에서는 이미 진 벚꽃이 만발한 모습에 눈을 떼지 못하고 바라봤다. 주위를 둘러보는 다혜를 보는 것만으로도 세준은 여기 오기를 잘했다고 생각했다.

"우선 걸을까?"

세준이 손을 내밀었다. 다혜는 그 손을 한참 동안 바라보기만 했다. 그 손이 아까 깍지 꼈던 순간을 기억하게 했다. 저도 모르게 긴장해서 쳐다만 보고 있자, 세준이 재촉하듯 팔을 흔들었다. 절대 먼저는 잡지 않는 것이 짓궂었다. 차라리 그냥 잡아오면 덜 부끄러울 텐데.

일부러 그런다는 것을 알기에 다혜는 순순히 손을 잡았다. 세준이 자연스레 손가락을 움직여 깍지를 꼈다. 다혜가 살짝 움찔하자 손에 힘을 주며 귓가에 속삭였다.

"그렇게 일일이 반응하니까 더 괴롭혀주고 싶잖아."

"……세준 씨가 이렇게 짓궂은 사람인 줄…… 오늘 처음 알았어요."

다혜가 조금 한탄하듯 말을 뱉자, 세준이 깍지 낀 손을 위로 들어 올려 그녀의 손등에 가볍게 입을 맞췄다. 무의식중에 손을 바라보던 다혜의 눈동자가 스리슬쩍 흔들렸다. 그 입맞춤이 아까 차 안에서의 키스 벌칙을 떠올리게 했다.

"그래서 싫어?"

"……그렇게 묻는 게 더 짓궂어요."

"응. 알고 하는 거야."

산뜻한 대답이 어처구니가 없어서 다혜는 결국 웃음을 터트렸다. 그래, 싫지 않으니 문제였다.

벚나무 길은 폭이 그리 넓지는 않았다. 대신 양쪽으로 심어진 벚나무가 바람이 불 때마다 꽃비를 흩뿌렸다. 그 로맨틱함에 절로 가슴이 뛸 정도였다. 맞잡은 손으로 심장박동이 전해지는 것 같아서 다혜는 내내 조금 긴장한 상태였다.

오른쪽으로는 강이 보였다. 강 길을 따라 나 있는 길을 걷고 있자니 데이트라는 말이 실감이 났다. 세준이 아는지는 모르겠지만, 이건 다혜의 첫 데이트였다. 지난번, 호텔로 직행했던 걸 제외한다면.

"이런 곳…… 처음 와봐요."

다혜가 순수하게 감탄을 내뱉었다. 한강 상류 물줄기를 따라 걷는 건 생전 처음 하는 경험이었다. 게다가 눈앞을 분홍빛으로 물들이는 벚꽃 비. 모든 것이 오싹하리만큼 달콤했다.

"나도 처음이야."

다혜도 세준도 정말 앞만 보고 살아왔다. 자신들에게 주어진 일만 하고, 주어진 환경 속에서 반항 없이 자랐다. 하루의 스케줄은 모두 정해져 있었다. 남들이 평범하게 하는 일이 둘에게는 별 세계 이야기였다. 외국에 나간 적은 있어도 이렇게 주변의 아름다움을 구경하러 온 적은 없었다. 그 유명한 여의도 벚꽃 축제나 불꽃놀이도 가보지 못하고 살았으니까.

"그렇군. 다혜, 너도 나랑 똑같았군."

세준이 고개를 끄덕였다. 자신들의 자유는 한정된 자유였다. 그 경계 바깥을 탐한다는 일은 아예 생각조차 할 수 없는 일이었다.

"앞으로 다 해보자. 우리 둘이서."

세준이 부드럽게 웃으며 말했다. 바람이 그의 머리 위로 벚꽃 잎을 전해줬다. 머리카락에 붙은 꽃잎이 그를 부드럽게 보이게 했다. 다혜는 아까와는 다른 의미로 얼굴에 열이 나는 것 같아서 조심스레 고개를 끄덕였다.

데이트는 성공적이었다. 레스토랑 옆 텃밭에서 직접 길렀다는 채소들은 신선했고, 또 맛있었다. 기분 좋게 식사하고 나와 어느 덧 노을이 지고 있는 강가를 거닐었다. 강가에는 운치 있는 나무 의자가 여럿 마련되어 있었다. 그곳에 앉아서 흘러가는 강물을 바라보는 것은 또 다른 경험이었다.

이후 집에 가는 줄 알았던 다혜의 생각과 달리 세준의 차는 반대 방향으로 출발했다. 잠깐 놀랐던 다혜가 그 방향을 확인하고는 눈을 크게 떴다.

"왜 놀라? 별장 가자고 한 건 다혜, 너잖아."

"가자고 했다뇨."

다혜가 당황해서 얼른 부정했다.

"우리 여기서 살까?"

"……네?"

갑자기 튀어나온 제안이 농담인지 진담인지 알 길이 없어 다혜는 바로 대답하지 못했다. 운전에 집중하는 세준의 표정이 진지했다. 창밖에서 흘러들어오는 빛이 세준의 얼굴에 묘한 그림자를 만들었다.

"둘이서만 사는 거야. 시중인도 집사도 없이."

다혜는 대답하지 않은 채 세준을 살폈다. 그가 이리 말하는 의중을 파악하려고 했다. 하지만 세준이 고개를 돌려 저를 바라봤을 때는 생각이 멈추고 말았다. 그의 표정이 복잡미묘했다. 제가 다 읽어낼 수 없었다.

"그래 볼까?"

세준이 한 번 더 강하게 물어왔다. 여전히 의중은 알 수 없었다. 그리 말하는 그의 입꼬리가 살짝 올라가 있었다. 다혜의 머릿속에 잠시 할머니가 떠올랐다가 사라졌다. 어쩐지 아무래도 상관없다는 생각이 들었다. 그가 말하는 대로 정말 별장에서 살아도 괜찮겠다는 말도 안 되는 자신마저 차올랐다. 막 고개를 끄덕이려는 무렵, 세준이 먼저 입을 열었다.

"안 되겠지."

"아, 아니……!"

"우리 둘이서만 살면 굶어 죽을지도 모르니까 말이야."

그리 말하며 세준이 장난스럽게 웃었다. 둘 다 요리할 줄 모른다는 말을 돌려 표현하는 것에 다혜가 잠시 주춤거렸다. 어쩐지 그런 이유 탓이 아닌 듯싶었다. 그 마른 웃음을 끝으로 세준이 입을 다물자 가라앉은 침묵이 숨을 조여왔다. 다혜는 아무 말도 하지 못한 채 앞을 바라봤다.

별장으로 가는 사이, 해는 어느덧 완전히 저물어 모습을 감췄다. 어두워진 길가에 가로등만이 따뜻한 노란 빛을 뿜어냈다.

"그래도 좋아요."

"응?"

"굶든, 인스턴트식품을 먹든 상관없어요."

"……."

"까짓것, 요리…… 하면 되죠. 대신 맛없다고 불평하지 마세요."

"임다혜……."

성을 붙여 부르는 이름이 어쩐지 부끄러워서 다혜가 슬쩍 혀를 깨물었다. 입술 사이로 살짝 모습을 드러낸 붉은 혀에 세준이 인상을 찡그렸다. 손을 뻗은 세준이 그녀의 뺨을 가볍게 쓰다듬었다.

"운전 중에 유혹하기 있기, 없기?"

그러니까 유혹 아니라니까요…….

별장은 산 중턱에 있었다. 그래도 길이 잘 닦여 있고 가로등 불빛이 환해 찾는 데 어려움은 없었다. 별장에 도착하자 별장 관리인이 깜짝 놀라 뛰어 나왔다. 온다는 연락을 받지 못했기 때문에 허둥지둥 둘을 반겼다.

"오늘 하루 묵고 갈 겁니다."

"예, 예!"

별장 관리인 부부와 경비만이 별장을 지키고 있었다. 다른 사람은 없느냐 물으니 청소하는 이들이 정기적으로 온다고 했다. 세준은 가볍게 고개를 끄덕이고는 그들을 물렸다.

"오랜만이네요. 여기 오는 거."

거실을 둘러보던 다혜가 조금 감상에 젖은 채로 미소 지었다. 임씨가의 전용 별장이 전국 곳곳에 있는 데다가 외국에도 있으니 한 별장에 자주 오는 일은 거의 없었다.

세준도 이 별장에 왔던 기억이 희미했다. 주소를 알고 있지 않았다면 찾아오지 못했을 정도로.

밤이 되자 날씨가 쌀쌀해진 터라 관리인이 난방을 넣어주고 갔다. 그들 부부는 별장 옆 별채에서 지낸다고 했다.

'정말 여기서 사는 것도 나쁘지는 않겠어. 관리인은 그 사건과 아무 상관이 없을 테니 식사야 그들에게 부탁해도 되고. 문제는 어떻게 회장님을 설득하느냐인데……'

팔짱을 낀 채로 서 있는 세준을 다혜가 소파에 앉아 바라봤다. 그가 어째서 이곳에서 단둘이 살자는 말을 꺼냈는지, 그 의중은 아직도 짐작하기 어려웠다.

"한잔하겠어?"

미니바에 진열된 양주 앞으로 걸어간 세준이 가볍게 물었다. 다혜는 고개를 저었다. 술은 이제 사양이었다.

세준은 다혜를 흘끗 보고는 크라운 로얄을 꺼내 한 잔 따랐다. 얼음을 녹이는 호박색 액체가 오늘따라 뜨겁게 느껴졌다. 술잔을 들고 냉장고로 걸어가 생수를 하나 챙긴 세준이 소파로 향했다.

다혜는 한껏 긴장한 시선으로 그를 바라보고 있었다. 그 얼굴이 어쩐지 평소보다 더 창백해 보였다. 아픈 건 아닌가 걱정이 될 정도였다. 물을 건네주자 고맙다며 받아 들 뿐, 마시지는 않았다. 입술이 바짝 말라 있는데도.

세준은 양주를 한 모금 머금으며 그녀를 관찰하듯 바라봤다.

"왜 그래?"

안색을 살피던 세준이 먼저 물었다. 다혜는 여전히 그의 의중을 헤아리고 있었다. 본가에 있으면 안 되는 이유라도 있는 걸까……. 생각이 그곳에 멈추자 문득 일기장을 보며 말했던 독극물이 떠올랐다.

'설마……!'

다혜가 깜짝 놀라 자리에서 벌떡 일어나자 세준이 조금 놀란 표정으로 그녀를 쳐다봤다. 시선이 복잡하게 얽혀들었다. 차마 말로 하지 못하는 질문을 눈으로 대신했다. 제발 살인 사건이 아니기를 바라는 마음을 눈으로 호소했다.

다혜의 절망 어린 표정을 읽은 세준이 미간을 좁히며 인상을 찡그렸다. 알아버렸다. 그 짧은 대화로 저의 의중을 읽어버렸다. 세준이 못 말리겠다는 듯이 입술을 깨물며 고개를 절레절레 흔들었다. 허탈한 웃음이 배어 나왔다.

"사실이었던 거예요? 정말…… 정말 독살이었나요?"

"확실한 거 아니야, 다혜야."

"아니요. 세준 씨, 지금 확신하고 있잖아요. 그렇지 않고서야 별장에서 단둘이서만 살자는 말…… 본가를 떠나자는 말…… 하지 않겠죠."

세준이 대답하지 않자 다혜의 눈동자가 잘게 요동쳤다. 그 표정이 애처로워 세준은 마음이 편치 않았다.

"저택 내부 사람인가요?"

"말했지. 확실한 거 아니라고."

세준의 목소리가 짧게 끊겼다. 화났다는 기색이 역력했다. 하지만 다혜는 물러서지 않았다. 그녀의 눈이 일그러지는 것에 세준이 참지 못하고 거친 숨을 터트렸다. 왜, 왜 얌전히 있지 않는 거냐고. 위험에 빠트리고 싶지 않은 걸 모르겠느냐고. 세준의 눈이 그리 말하고 있었다.

"세준 씨야말로…… 왜 몰라요. 내가 우린 운명 공동체라고 말한 거…… 믿지 않았어요?"

"다혜야."

"확실히 말해드려야 하나요?"

다혜의 눈동자가 반짝였다. 눈물이 고인 탓이리라. 한없이 약한 여자였다. 온실 속에서 피어나는 장미 같은 여자였다. 절대 충격을 줘서도 안 되고, 항상 조심스레 다뤄야 하는 꽃. 그런데 세준이 착각했다. 장미는 온실 속의 꽃이 아니다. 장미는 강인한 생명력으로 어디에서든 그 누구보다 화려하게 피어나는 꽃이었다.

"나, 세준 씨 죽으면 죽어요."

"임다혜!"

"세준 씨가 날 지키겠다고 혼자 위험하겠다는 거, 아무 소용 없어요. 제 어머니 일을 아니까 빈말이 아니라는 것쯤은 아시겠죠."

기어코 다혜의 눈에서 눈물이 한 방울 톡, 떨어졌다. 눈동자가 잔뜩 젖어들었다. 그래서 더 반짝였다.

"나…… 이것 하나는 알아요. 어머니가 왜 그런 선택을 했는지."

세준은 그녀를 더 끌어안고 싶은 충동에 시달렸다. 하지만 다혜가 날을 세우고 있어 그럴 수 없었다.

"헤어지는 것도 견딜 수 없는데…… 이 세상에 없다면…… 살아도…… 사는 게 아니겠죠."

다혜는 말을 잇지 못하고 고개를 저었다. 그 눈에 떨림이 가득했다. 입을 열면 왠지 억눌렀던 감정이 모두 터져버릴 것만 같아 세준은 한마디도 하지 못했다.

다혜는 떨리는 입술을 질끈 깨물었다. 얼마나 강하게 깨물었는지 하얗게 질린 것이 세준의 눈에 들어왔다. 그녀의 눈에서 눈물이 뚝뚝 떨어졌다.

세준의 표정이 덩달아 일그러졌다. 가슴이 미어질 듯 조여왔다. 세준은 조심스레 손을 들어 하얗게 질린 입술을 매만졌다. 그럼에도 다혜는 이에 힘을 풀지 못했다. 입술을 깨물지 않으면 감정의 둑이 터져버릴 것만 같았다. 제대로 울지도 못하고 흐느끼던 다혜가 그대로 몸을 돌려 2층으로 올라가버렸다. 흔들리는 치맛자락만큼이나 세준의 마음도 흔들렸다.

울음이 나는 것을 억지로 참으려니까 속이 좋지 않았다. 몸에 너무 힘을 주고 있으니 뼈마디가 다 아팠다. 그럼에도 눈물이 줄줄 흘러 베갯잇을 적셨다.

다혜의 머릿속에 흘끗 어머니가 그려졌다가 사라졌다. 너무 어릴 때 돌아가신 터라 그려지는 것은 사진으로 봤던 모습이었다. 제 나이와 비슷한 시절의 모습. 돌아가시기 전, 저를 안고 계셨던 모습. 하지만 어머니의 눈에 생기라고는 찾아볼 수가 없었다. 품에 안고 있는 저를 쳐다보지도 않았다. 남편을 잃은 그 슬픔에 스스로를 포기한 사람이니까 어린 딸은 안중에도 없었으리라.

어렸을 때는 그런 어머니를 원망한 적도 있었다. 저는 자식 아니냐고. 아버지가 돌아가셨더라도 자식을 보고 기운 내 살아야 하는 거 아니냐고. 왜 그렇게 허무하게 생을 포기했느냐고 원망한 적이 많았다. 그 마음을 이해하기까지 오랜 시간이 걸렸다.

'누가 당신을 죽였어요, 아버지? 대체 누가⋯⋯.'

눈물 끝에 아버지가 떠올랐다. 정말로 누군가 아버지를 죽였다고 생각하니 소름이 돋았다. 아버지를 죽인 것처럼 세준을 죽인다고 생각하니 미쳐버릴 것만 같았다.

그때, 다혜의 등을 안아오는 이가 있었다. 우느라 세준이 침대 위로 올라오는 것조차 느끼지 못했던 모양이었다. 등을 끌어안은 세준이 다혜의 머리에 입을 맞췄다. 그녀를 품 안 가득 끌어안고 온몸으로 사과했다.

아무도 입을 열지 않았다. 눈물이 줄줄 흐르다가 어느 순간 잦아들었다. 다혜가 말없이 몸을 돌렸다. 세준을 마주 껴안고는 가슴팍에 얼굴을 파묻었다.

심장 소리가 모든 것을 대신 전해준다.

서로에게.

7. 아름답고도 위험한

세준이 본관 정원 관리사를 찾았다. 협죽도에 관해 물어보기 위해서였다.

"이곳 정원은 누구나 들어올 수 있게 열려 있어서…… 누가 드나들었는지는 일일이 알 수 없죠. 협죽도를 누가 심었냐고요? 글쎄요. 제가 일 시작하기 전부터 있던 건 확실합니다."

그는 심각하리만큼 아무것도 몰랐다. 심지어 협죽도가 위험하지 않으냐는 세준의 질문에는 웃기까지 했다. 이 나무가 가로수로 얼마나 많이 쓰이는지 아느냐면서 위험했으면 진작 문제가 됐겠죠, 하고 가볍게 손을 저었다.

세준이 작은 한숨을 내쉬자, 그는 사람 좋은 미소를 띠며 안심시키려 했다.

"이 나무, 자살나무라고도 불리지만, 먹지만 않으면 아무 문제 없으니까요. 걱정하실 필요는 없습니다."

"……알겠습니다. 그럼 협죽도는 여기 심어져 있는 이게 답니까?"

"음, 야외에 식재하는 건 이 정원에 있는 게 답니다."

"그렇군요. 그럼 혹시 이전에 일하셨던 분과 연락하는 방법을 알고 있습니까?"

"글쎄요. 연락을 전혀 안 해서요. 총관리인께 여쭈는 게 빠르지 않을까요?"

"총관리인이라면……."

"본관 집사님이요."

그는 끝까지 넉넉한 웃음을 띤 채 물러갔다. 혼자 남은 세준이 정황을 차근차근 정리했다.

몇 대에 걸친 살인이라니 끔찍하기는 했지만, 세준은 오히려 다행이라고 생각했다. 정체 모를 희귀한 병이나 저주보다 훨씬 나았다. 살인은 범인을 잡으면 끝이었다. 회장님이 내건 한 달이라는 기간이 짧기는 했어도, 그래도 대강의 윤곽은 잡혀 그나마 숨통이 트였다.

일 끝내고 돌아오는 길에 본관 집사 계훈을 불렀다. 사실 그도 세준이 의심하는 인물에 포함되어 있었다. 다만 막연한 의심일 뿐이었다.

"이전 정원 관리사 말입니까?"

계훈이 눈을 조금 크게 떴다. 감정 변화를 거의 드러내지 않는 그가 놀라는 것을 보니 의외는 의외였던 모양이었다. 세준이 그의 표정을 세심히 살폈다. 그러나 눈을 크게 떴던 것은 처음뿐, 이내 평소의 덤덤한 표정으로 돌아왔다.

"김성구 씨라면 노환으로 일을 그만두셨고, 5년 전 돌아가셨습니다."

오히려 놀란 건 세준이었다. 이전 관리사라면 정원의 협죽도에 대해 더 자세히 알 것이라고 기대하고 있었는데, 이미 세상을 떴다고 들으니 갑자기 눈앞에 보이지 않는 벽이 생긴 것처럼 실망하고 말았다.

"그런데 김성구 씨는 왜 찾으십니까? 그는 사장님께서 이곳에 오시기 전에 그만뒀는데요."

계훈의 질문에 세준은 대답하지 않고 그를 바라봤다. 임 회장과 비슷한 나이의 그는 회색 머리에도 불구하고 매우 정정했다. 임 회장이 그 나이로 보이지 않는 것처럼 그도 60대로 보이지 않았다.

"……당신은 언제부터 이 집에서 일하셨습니까?"

세준의 질문에 그는 덤덤하게 웃었다. 그 웃음이 어쩐지 꺼림칙했지만, 세준은 내색하지 않은 채 그를 훑었다.

"태어날 때부터…… 라고 대답해드리면 되겠습니까?"

"네?"

예상하지 못한 대답에 세준이 놀란 표정을 그대로 드러내고 말았다. 계훈은 신경 쓰지 않는 듯 웃음기를 지우고는 고개 숙여 인사했다.

"그럼 이만 가보겠습니다."

그의 인사에도 세준은 아무런 반응을 보이지 못했다. 그가 돌아서 걸어가는 것을 가만히 바라볼 뿐이었다.

집사 얘기를 들은 다혜가 고개를 끄덕이며 수긍했다.

"네. 제가 태어났을 때도 계셨던 걸로 알고 있어요. 어렸을 적 사진을 보면 가끔 찍혀 있는 경우가 있었거든요."

그녀의 대답에 세준의 심경이 더 복잡해졌다. 그의 표정을 읽은 다혜가 조심스레 물었다.

"그분을 의심하는 건가요?"

둘이 있는 곳은 다혜의 침실이었다. 그래서 누가 엿들을 일은 없었다. 이곳 저택에서 가장 안전한 곳을 집으라면 단연 이 침실이었다. 세준이 도청 감지마저 설치해놔서 도청을 염려할 필요도 없었다.

"정확히 말하자면 이곳의 모든 사람을 의심하고 있어. 그도 그중 한 사람일 뿐이지."

세준의 말에 다혜가 작게 고개를 끄덕였다. 그의 말이 이해가 됐다. 아무 증거도 없는 지금으로서는 그럴 수밖에 없었다.

세준이 다혜의 머리카락을 슬쩍 들어 올려 입을 맞췄다. 손으로 머리카락을 가지고 놀던 끝에 입을 맞추자, 다혜가 슬쩍 눈을 떴다.

"내가 본 중에 가장 예쁜 머리카락이야."

"……저는 잘 모르겠는데요."

다혜가 부끄러운 듯 부정했다. 세준이 개의치 않고 그녀의 머리카락을 손가락에 빙빙 돌려서는 주욱 잡아당겼다. 한 올도 걸리는 것이 없이 스르륵 빠져나갔다. 그 감촉이 좋은 듯 몇 번이나 반복했다. 단순한 손장난인데, 그 느낌이 좀 야릇했다.

"보석 같아. 새까맣게 빛나는 게."

머리카락을 칭찬하고 있을 뿐이었다. 그럼에도 마음이 뛰는 건 세준의 목소리가 진중하게 색을 담고 있는 탓일 터였다. 세준은 정말 마음에 든다는 듯 머리끝에 한 번 더 입을 맞췄다. 그를 수줍게 바라보던 다혜가 작게 속삭였다.

"머리카락만…… 예뻐할 거예요?"

기어들어가는 목소리가 살풋 떨렸다. 그 떨림이 마음에 드는 듯 세준이 크게 웃었다. 그러고는 허벅지를 톡톡 두드렸다. 옆으로 가까이 앉으라는 뜻에 다혜가 얼굴을 조금 붉힌 채 자리에서 일어나자, 세준이 가볍게 허리를 감싸 끌어안았다. 그 바람에 다혜는 넘어지듯 그의 무릎 위에 올라타게 됐다.

세준은 벗어날 틈도 주지 않고 꼭 껴안은 채로 어깨에 턱을 기댔다. 전신이 밀착된 자세에 깜짝 놀란 다혜는 숨도 제대로 내쉬지 못했다. 엉덩이에는 세준의 다리가, 허리에는 팔이, 등에는 가슴이, 목에는 얼굴이 닿았다. 마주 보지 않은 것이 그나마 다행인 걸까.

세준이 다혜의 뺨에 가볍게 입을 맞췄다. 다혜가 고개를 돌리자, 이번에는 입술이 맞닿았다. 다혜의 입술이 살짝 벌어졌다. 뜨거운 숨이 서로 섞여드는 사이, 세준이 더 격정적으로 키스했다.

거친 키스 탓에 머리카락이 입가에 걸려 다혜가 그를 걷어내려 손을 들었다. 그 손가락의 차가운 감촉이 세준의 뺨에 닿았다. 반지였다. 입술을 뗀 세준이 살짝 웃었다. 무언가 생각난 듯한 웃음에 다혜가 눈을 깜박이며 의아해했다.

"그 반지…… 왜 작은지 알고 있어?"

"네?"

갑자기 나온 반지 소리에 다혜가 손을 돌려 반지를 바라봤다.

처음엔 작아서 조금 불편했지만, 지금은 어느새 몸의 일부가 된 듯 편했다.

다시 시선을 맞춘 다혜의 눈이 아무것도 모른다는 의미를 담고 있어서 세준은 슬쩍 웃었다. 자신의 순정을 입 밖에 꺼내는 건 처음이었다.

"예전에…… 아주 오래전에 주려고 했었거든."

"오래전…… 이요?"

다혜는 세준의 말이 생소하기만 했다. 자신들 사이에는 반지를 주거나 할 일이 전혀 없었다. 전혀 이해하지 못하고 눈만 멍하니 깜박이는 것에 세준이 인상을 찡그리며 혀를 슬쩍 깨물었다. 어쩐지 부끄러워하는 기색이었다.

"네 18살 생일 때……."

세준이 어깨에 턱을 기대고 있었기 때문에 그가 입을 열 때마다 묘한 감각이 어깨를 타고 전신으로 전해졌다. 간지럽기도 해서 몸을 움츠리면 그는 즐거운 듯 웃었다. 그 숨결이 자꾸 목덜미를 자극했다.

비가 내리는 날이었다. 생일에 비라니, 지독히도 불운한 날씨였다. 하지만 다혜는 생일에 큰 의미를 가져본 적이 없어서 크게 개의치 않았다. 어차피 학교까지 기사가 데리러 오기 때문에 옷이 젖을 걱정도 할 필요 없었다.

우천으로 체육 수업이 취소되어 교실에서 자습하던 중이었다. 운동장이 젖어드는 것을 물끄러미 바라보던 한 여학생이 이상한 탄성을 내질렀다. 검고 빨간 것이 눈에 들어온 탓이었다. 순식간

에 모여든 여학생들이 창문에 달라붙어 수군거렸다. 중앙에 자리
하고 있던 다혜도 궁금증에 창가를 바라봤다.

'누구 주려는 걸까? 적어도 50송이는 될 것 같다, 야.'
'경비 아저씨 때문에 못 들어오나 봐. 어쩜 좋아.'
'왜 하필 비 오는 날……'

궁금증이 점점 커져 결국 다혜도 자리에서 일어났다. 자리에 앉
아서는 창밖이 보이지 않았다. 선생님도 자리를 비운 상태였기 때
문에 슬그머니 창가로 다가갔다. 창문을 가리고 선 친구에게 무슨
일이야? 하고 묻자, 그녀가 자리를 비켜주며 창밖을 가리켰다. 그
손끝이 교문을 향하고 있어서 다혜도 그쪽으로 고개를 돌렸다.

교문 밖에 검은 우산을 쓴 누군가가 서 있었다. 품에 새빨간 장
미 꽃다발을 안은 채로.

'장미……?'
'우리 학교 애한테 고백할 건가 봐! 아니면 여자 친구 주려는
건가?'

다혜네 학교는 여학교였다. 이런 로맨틱한 이벤트에 관심이 없
을 리 없었다. 삼삼오오 모여서 이야기꽃을 피우다가 소란스럽다
며 옆 반 선생님이 들어와 호통치고 나서야 다들 자리로 돌아갔
다. 그러고도 저 꽃다발을 받을 사람을 추측하느라 한동안 시끌벅
적했다. 짝꿍이 은근한 목소리로 다혜에게 속삭였다.

'혹시 너 아니야, 다혜야?'

'응?'

'너 오늘 생일이잖아.'

'하지만 내게 꽃다발을 줄 사람이 없는걸.'

'흐음, 모르지. 남몰래 다혜 너를 짝사랑하던 사람일지도?'

다혜는 웃음으로 넘겼다. 저를 짝사랑하는 사람은 없었다. 자신이 짝사랑하는 사람이라면 몰라도. 하지만 그 사람은 제게 장미꽃을 줄 리도 없거니와 지금쯤이면 서재에서 과외 수업을 받고 있을 터였다. 그럴 리 없다며 고개를 젓는 다혜를 보며 짝꿍은 묘한 눈빛을 보냈다.

'흐음. 뭐, 지나 보면 알겠지.'

어쩐지 다혜라고 확신하는 눈치였다.

학교 안 여학생들이 자신을 어떻게 생각하는지 알 길이 없는 세준은 교문 밖을 서성거리기만 했다.

비가 내렸지만, 세준에게는 매우 의미 있는 날이었다. 그냥 생일도 아니고 18살 생일이었다. 그래서 축하해주고 싶었다.

원래 다혜의 생일에는 할머니가 파티를 주최하기 때문에 축하한다는 말 정도는 전해줄 수 있었다. 하지만 그런 의무적인 축하 인사가 아니라 정말 제대로 축하해주고 싶었다. 그래서 일부러 수업을 듣지 않고 도망쳐 다혜의 학교로 찾아갔다. 한 손에는 꽃다발, 다른 한 손에는 반지를 든 채로.

'무슨 일이십니까?'

하지만 학교 안에 들어갈 수가 없었다. 정문에서 방문객 출입을 막는 경비에게 붙들린 탓이었다. 외부인 출입 금지라며 이유가 있지 않고는 들어갈 수 없었다. 그렇다고 세준이 학부형이라고 말할 수도 없는 노릇이었다. 그래서 학교에 들어가는 것은 포기하고 교문 밖에서 기다렸다. 우산을 쓴 채로 한참을 서 있었다.

'도련님, 여기는 어쩐 일이십니까.'

설상가상으로 다혜의 수업이 끝나기도 전에 기사가 먼저 도착했다. 세준을 알아본 기사가 차에서 내려 다가왔다. 크게 당황한 세준이 무슨 말을 하기도 전에 꽃다발을 본 기사가 먼저 이유를 알아차렸다.

'도련님, 이러시면 안 됩니다.'
'……김 기사님.'
'회장님이 아시면 불호령을 내리실 겁니다.'
'생일을 축하해주는 것뿐인데도 말입니까?'
'파티 때 축하해주십시오.'
'……'
'도련님, 회장님께서 누누이 말씀하셨지 않습니까. 아가씨께 사적으로 접근하지 마시라고요.'

축하해주고 싶었을 뿐이었다. 고백 같은 것은 꿈도 꾸지 못했다. 반지를 맞추러 갔을 때, 직원의 사탕발림에 넘어가 남녀 세트를 사기는 했지만, 제 것은 서랍 속에 고이 간직할 생각이었다. 그랬는데…… 전해주는 것조차 안 되는 모양이었다. 세준은 웃을 수밖에 없었다. 그 웃음이 비릿해 목이 아팠다.

'이 장미만…… 전해주시겠습니까? 제가 줬다고는 말씀하지 않으셔도 됩니다.'

'……도련님.'

'그냥…… 그냥 전해주세요. 그 이상은 바라지 않을 테니까요.'

'이번 한 번만입니다.'

그날 김 기사가 꽃을 전해줬는지 그건 알 수 없었다. 하교한 다혜가 집에 왔을 때 세준은 서재에서 빼먹은 수업을 보충하고 있었다.

다혜에게 건네주지 못한 반지는 목걸이 줄에 걸어 목에 차고, 남자용 반지는 왼손에 꼈다. 어느 날 갑자기 끼기 시작한 반지에 할머니는 눈썹을 들어 올렸지만, 딱히 그를 언급해 말하지는 않았다. 김 기사가 일러바치지는 않은 모양이었다. 정말 일러바치지 않은 건지, 아니면 알고도 모르는 척한 건지는 알 수 없는 노릇이지만, 당시의 세준은 그렇게 생각했다.

"그 꽃다발을 준 게…… 세준 씨였다고요?"

다혜의 목소리가 덜덜 떨렸다. 세준은 미간만 좁혔을 뿐, 대답하지 않았다. 꽃다발을 받기는 했구나, 하고 속으로 웃음 지었다.

일이 커질 것을 우려해 김 기사가 버렸을지도 모른다는 생각을 하고 있었는데, 받기는 받은 모양이었다.

"직접 주고 싶었지만, 그럴 수 없었거든."

"……학교에 왔었어요?"

세준은 부끄러운 듯 고개만 끄덕였다. 그를 본 다혜의 눈이 걷잡을 수 없이 떨렸다. 그날 정작 하교할 때, 꽃다발의 남자는 사라지고 없었다. 학생들은 아쉬운 듯 시끄럽게 수다를 떨었지만, 다혜는 그저 평소처럼 차를 타러 갔다.

차에 올라탄 다혜에게 김 기사가 멋쩍은 얼굴로 꽃다발을 내밀었다. 아까 교실에서 봤던 그 꽃다발이 틀림없었다.

누가 준 건지 묻자, 김 기사는 말할 수 없다고 했다. 원래 외간 남자에게 함부로 선물을 받아서는 안 되는 거지만, 오늘이 생일이라 특별히 준다고도 덧붙였다. 대체 누가 준 건지 말해달라고 했지만, 모른다며 강경하게 나오는 것에 다혜는 알겠다며 입을 다물었다.

아까 그 남자가 누구였는지는 결국 알지 못했지만, 기분이 좋은 건 사실이었다. 게다가 장미꽃에서는 어쩐지 익숙한 향이 났다. 장미 향 너머로 맡아본 적이 있는 향수가 묻어 있었다.

"……그게 세준 씨였다니……."

그런 기대를 해보지 않았던 것은 아니었다. 혹시 세준이라면 얼마나 좋을까 하는, 꿈 같은 것이었다. 혼자 상상하는 정도는 괜찮지 않으냐며, 자신을 위안했다. 그랬는데, 세준이었단다. 다혜는 얼이 빠져 아무런 반응도 하지 못했다. 세준이 입이 타는 듯 입술을 살짝 축이고는 턱을 매만졌다.

"반지도 같이 준비했지만 그것까지는 전해달라고 할 수 없었거든."

"……왜, 왜 세준 씨가 주는 거라고 말 안 했어요?"

다혜의 목소리가 아까보다 훨씬 떨렸다. 끝에 울음이 묻어 있었다. 젖은 목소리에 조금 당황한 듯 세준이 안타까운 표정을 지었다. 그 표정에 다혜는 정말 울고 싶어졌다. 참을 수가 없이 감정이 북받쳐 올랐다.

"허락받지 못했으니까."

누구에게, 따위는 물을 필요가 없었다. 울음을 참느라 주름진 미간을 빤히 바라보던 세준이 쪽, 하고 가볍게 입을 맞췄다. 그 바람에 다혜는 눈에 힘을 풀 수밖에 없었다. 눈물이 톡, 떨어졌다.

"달라졌을까? 만약…… 말했다면."

질문이었지만, 다혜를 향한 말은 아니었다. 자문하듯 중얼거린 세준이 작게 웃었다.

"뭐, 중요한 건 지금 이 순간이니까."

비록 많은 오해가 있었고 어려움이 걸음마다 포진하고 있었지만, 그래도 포기하지 않은 걸 다행이라 생각했다. 포기했다면 지금 이렇게 행복할 수 없었을 테니까. 세준의 말을 알아들은 다혜도 눈을 깜박여 눈물을 지우고는 웃었다.

"좋아해. 다혜, 너를 사랑해."

세준의 속삭임이 달콤했다. 아마 그때 들었다면 지금과는 다른 느낌이었으리라. 오래 숙성된 만큼 훨씬 더 진하고 달았다. 마음속에 가득 퍼지는 단 향에 다혜는 환하게 웃었다.

"나도 사랑해요."

맞붙는 입술이 그 어느 때보다 뜨거웠다. 세준이 부드럽게 다혜를 침대로 눕혔다. 다혜는 마음을 열고 그를 받아들였다.

다혜를 뒤에서 끌어안고 누운 세준이 귓가에 속삭였다.

"괜찮아?"

"뭔가…… 이상해요."

다혜의 솔직한 대답에 세준이 웃음을 작게 흘렸다. 그 숨결이 목덜미를 간질여서 다혜가 목을 움츠렸다. 목의 키스 마크가 지워질세라 세준이 다시 자국을 만들어냈다.

바디오일의 장미 향이 풍부하게 주변으로 퍼져 나갔다. 세준의 손이 오일을 바른 다혜의 허벅지 사이를 쓰다듬었다. 미끈거리는 감촉이 부드러웠다.

오일의 반짝거림이 못내 야해서 다혜는 차마 쳐다보지 못하고 고개를 베개에 파묻었다. 꽉 맞닿은 다리 사이를 비집고 들어간 손이 은밀한 곳에 닿을 때마다 달뜬 숨이 터져 나왔다.

세준이 좀 더 몸을 다혜에게 밀착했다. 귓가에서 느껴지는 세준의 호흡에 맞춰 다혜가 천천히 숨을 내쉬었다.

"……으응."

뜨거운 것이 느리게 허벅지 사이를 훑었다. 빠져나갔다가 다시 천천히 밀고 들어왔다. 그 느린 움직임에 다혜는 코로 숨 쉬지 못하고 계속 입으로 뜨거운 숨을 뱉어냈다.

"잘하고 있어."

"하아……."

잘하고 있다니, 숨을 내쉬는 것 말고는 아무것도 하지 않는다.

그럼에도 세준의 칭찬에 뺨이 붉어진다. 작은 심호흡 끝에 허벅지에 힘을 줬다. 벌어지려던 허벅지가 오므려지자 세준의 숨이 순간 거칠게 터져 나왔다. 그게 야릇하다. 다혜는 혀를 슬쩍 깨문 채로 계속 허벅지에 힘을 주려고 애를 썼다.

"읏!"

그 순간, 세준이 어깨를 깨물어왔다. 이로 고정한 채 혀로 살갗을 핥는 것에 절로 몸이 떨려 힘이 빠졌다. 일부러 그런다는 것을 알고 다혜가 눈을 흘겼다. 아래서 올려다보는 세준의 시선이 섹시했다.

이 행위보다 그의 눈 속에 비치는 자신이 부끄러워 다혜는 베개에 고개를 파묻었다. 그 행동이 지나치게 귀여워 세준은 다혜의 어깨를 다시 깨물었다. 쪽 빨아올려 키스 마크를 만들면서도 손은 아래에서 계속 움직였다. 허리 각도를 조금 바꿔 다혜의 중심에 닿게끔 했다.

날개뼈 부근에 입을 맞추는 세준의 숨이 점차 거칠어졌다. 튀어나온 뼈를 깨무는 감촉에 흠칫 놀란 다혜가 몸을 움직였다.

"힘 빼."

다혜의 새빨갛게 물든 뺨에도 색이 가득했다. 그 달뜬 표정이 사랑스러웠다. 당장 안고 싶은 마음이 이성을 충동질했다.

다혜는 두 손으로 얼굴을 가리고 싶은 마음을 꾹 참았다. 그가 지금 얼마나 참고 있는지 고스란히 느껴졌다. 저리 뜨겁게 성을 내고 있는 중심이 지금이라도 제 안으로 들어오고 싶어 한다는 것을 모르려야 모를 수가 없었다.

동시에 세준의 마음이 읽혔다. 소중하고 소중해서 쉬이 안지 못하는 그의 마음이. 다혜는 눈물을 꾹 참았다.

"세준 씨."

"응, 다혜야."

세준의 목소리가 뜨거웠다. 다음 말이 쉬이 나오지 않았다. 다혜의 젖은 눈동자가, 그 반짝이는 눈동자가 진심을 담고 있었다. 하지만 직접 말해야만 했다. 다혜는 사그라지는 용기를 다시 붙잡았다.

"원해요…… 세준 씨."

입술이 닿는 곳마다 열꽃이 피어올랐다. 조금 강하게 빨아올릴 때면 참지 못하고 다혜가 신음을 흘려댔다. 그 달뜬 신음이 세준을 자극했다.

"천천히 심호흡해."

긴장으로 경직되어 있던 근육이 부드럽게 풀린 걸 확인한 후에야 세준은 자리를 잡았다. 다혜는 그의 뜨거움을 온몸으로 받아들였다.

"키스…… 해도 돼?"

세준이 천천히 허리를 밀착시켰다. 조심스레 맞닿는 감촉에 다혜의 몸이 다시 경직됐다. 그를 풀어주려는 듯 세준이 몸을 겹치며 뺨에 입을 맞췄다.

다혜가 고개를 돌려 그의 입에 입을 맞췄다. 조금 놀란 듯 눈을 크게 뜬 세준이 이내 부드럽게 속삭였다.

"키스에만 집중해."

그 목소리가 달콤했다.

"아…… 으응……."

터져 나오던 신음이 고스란히 키스 속으로 삼켜진다. 아픔을 느낄 수도 없을 정도로 천천히 파고들어왔다. 세준은 움직이지 않은 채 가만히 있었다. 밭은 숨이 안정을 찾도록 그렇게 가만히 견뎠다.

"많이 아파?"

"아프기보다는…… 이상해요."

제 안에 세준의 일부가 들어와 있다는 느낌이 이상하다는 듯 다혜가 눈물 맺힌 눈으로 웃었다. 그 웃음이 예뻤다.

"다행이다."

작게 속삭인 세준이 그제야 움직이기 시작했다. 천천히 허리를 움직이자, 다혜가 움찔거리며 어깨를 잡아왔다. 그 손을 등 뒤로 두르게 한 세준이 다시 허리를 움직였다.

얼마나 오랫동안 이 순간을 기다렸는지 자신조차도 몰랐다. 처음에는 그저 신경 쓰이는 여자아이에 불과했다. 모두의 사랑을 받는 예쁜 천사. 남에게 시중받는 게 당연한 인형 같은 아이.

신경 쓰지 않으려고 해도 어느 순간 저도 모르게 쳐다보고 있었다. 절벽 위의 꽃과 같던 그 아이가 지금 제 품 안에 있었다.

"으, 응, 응……."

달콤한 신음을 흘리는 다혜가 예뻐서 계속 입을 맞추면서 움직였다. 얼마나 예쁜지, 얼마나 사랑스러운지, 제가 얼마나 좋아하는지 끊임없이 속삭였다. 말로 하지 않아도 선명하게 전달된다.

"흐웃…… 응……!"

천천히, 그러나 조금씩 빨라지는 움직임에 다혜의 신음도 점차 격렬해졌다. 세준은 끝이 다가오는 것이 싫을 정도였다. 이대로 임다혜의 속에서 녹아버리고 싶었다.

"하, 하앙, 응!"

"……허억, 헉."

서로의 신음이 어우러져 하나가 됐다. 다혜는 온몸이 녹아버릴 것 같아서 정신을 차릴 수 없었다. 생전 처음 느껴보는 쾌락과 말로 형언할 수 없는 이상한 감각에 울었다. 저절로 눈물이 났다. 제가 지금 끌어안고 있는 사람이 이세준이라는 것에, 그와 처음으로 하나가 됐다는 것에 자꾸 눈물이 났다.

세준은 실신한 다혜를 안아 들어 욕실로 데려갔다. 뜨거운 물이 전신을 부드럽게 감싸자, 그제야 다혜가 눈을 떴다. 자신이 언제 정신을 잃었는지도 모르는 듯했다. 쾌락이 지나치게 강했을까, 실신했던 것이 부끄러운 듯 다혜가 얼굴을 붉혔다.

"깼어?"

"네. 언제……."

다혜가 말끝을 흐렸다. 거품 없는 맑은 물에 몸이 다 비치는 걸 본 탓이었다. 방금까지 그에게 안겼음에도 불구하고 정신을 차리니 다시 부끄러움이 밀려왔다. 다혜가 무슨 생각을 하는지 눈치챈 세준이 피식, 웃고는 다혜를 뒤에서 끌어안았다.

"이러면 덜 부끄럽지?"

전신이 맞닿았는데 어떻게 덜 부끄러울까. 그래도 굳이 입 밖으로 내지는 않고 얌전히 안겨 있었다.

"좋다."

침묵이 내려앉기가 무섭게 세준이 입을 열었다. 그 말이 마음을 콩콩 두드려 다혜는 눈을 감았다. 뜨거운 물이 몸을 노곤하게 녹여냈다.

좋다.

세준이 이 독극물 살인사건에서 가장 궁금해하는 건 바로 동기였다. 동기. 임씨 가문을 삼대에 걸쳐 살인한 동기. 가문의 맥을 끊기 위해서라기에는 임씨 집안은 여자 가주에 의해 대가 이어져 내려오고 있었다.

'그러고 보니 여자 가주인데 성이 계속 임씨인 게 걸리는군. 임 회장님 이전의 여자 가주는 어떻게 성을 지켰지?'

세준도 다혜의 성이 임 회장을 따라 임씨가 되었다는 것은 알고 있었다. 왜 성본 변경을 해야만 했는지 한 번도 생각해본 적이 없었다. 임 회장의 상속자이기 때문이라고 막연하게 추측하고 믿어왔을 뿐이었다.

'임씨…… 조사해볼 필요가 있겠군.'

"사장님, 도착했습니다만?"

윤 비서가 이상한 듯 세준을 뚫어지게 바라봤다. 세준이 일하는 중 정신을 팔고 있는 것을 보는 일은 극히 드물었다. 그답지 않은 모습에 윤 비서가 당황해 눈앞에서 손까지 흔들었다. 그러고 나서야 세준이 고개를 들었다.

"그럼 들어가지."

마치 그런 적 없다는 듯 태연하게 차에서 내리는 모습을 윤 비서는 황당하다는 듯 바라봤다.

오늘 만나는 자는 그때 약속을 잡았던 KG그룹의 김지부 회장이었다. 세준은 어차피 거절할 요량으로 나왔기 때문에 간단하게 대화를 나누고 끝낼 작정이었다. 그런데 안에 들어가자 김 회장은 이미 술이 조금 들어간 상황이었다.

"오오. 앉게, 이 사장."

친근한 척 반기는 그의 모습에 세준은 윤 비서에게 밖에서 대기하고 있도록 했다. 상황을 보아하니 이야기가 길어질 게 뻔했다.

윤 비서가 문을 닫고 나간 후에야 세준이 자리에 앉았다. 김 회장의 옆에서 술을 따라주는 여자가 그의 지시에 세준에게 술을 따라주려 했다. 세준은 우선 잔을 들어 그 술을 받았다.

"내 자네 소식을 들었네. 다혜랑 결혼한다고?"

"예, 축하해주시면 감사하겠습니다."

"아무렴! 당연히 축하하고말고!"

김 회장은 술이 들어간 탓인지 과장되게 즐거워했다. 여자가 다시 그의 술잔에 술을 채웠다. 이 여자가 옆에 있는 한 사업 얘기는 시작되지 않을 듯했다. 세준은 잠시 그를 바라보고는 받은 술을 들이켰다.

"다혜는 내게도 손녀 같은 아이야. 아주 예쁜 아이지."

"아껴주신다고 들었습니다."

김 회장이 임 회장과 아주 친하다는 사실을 알고 있던 터라 세준은 잠자코 고개를 끄덕였다. 그가 계속 다혜를 들먹이는 이유는 뻔했다. 일부러 임 회장을 통하지 않고 자신을 불렀을 때부터 속셈이 있다는 것이 노골적으로 보였다.

"그럼, 그럼. 내 아주 아끼지. 우리 집안이 임가랑 인연이 아주 깊어. 내 한때 임 회장과 혼인할 뻔했다는 걸 알고 있는가?"

"예? 그건 몰랐습니다만."

"허허, 몰랐을 게 당연하지. 임 회장이 그 무거운 입을 열었을

리 없으니까."

김 회장이 한 번 더 크게 웃음을 터트렸다. 술이 잔뜩 취한 것처럼 굴지만, 아까 따른 술이 아직 잔에 그대로 남아 있었다. 방심하게 하려는 건가 싶어 세준은 그에 응해주기로 했다. 슬쩍 웃으며 잔을 내밀자 여자가 다소곳하게 잔을 채워줬다.

"그때 혼인했더라면 아마 저세상에서 이 술을 마시고 있는지도 모르겠구먼."

술잔을 입으로 가져가던 세준이 순간 움찔했다. 하지만 노련하게 그대로 잔을 비웠다. 임 회장의 남편이 딸을 가진 후 얼마 지나지 않아 죽은 건 유명한 이야기였다. 그도 그저 그 얘기를 하는 걸수도 있었다. 하지만 이내 이어진 말이 세준을 강하게 찔러왔다.

"다음은 자네 차례일지도 모르는 거 아닌가."

세준이 덤덤하게 김 회장을 바라봤다. 그는 웃고 있었다. 겉으로 너털웃음을 치고 있었지만, 눈은 매섭게 빛나고 있었다. 세준은 그에 마주해 빙그레 웃었다.

"어찌 다혜를 혼자 두고 가겠습니까."

"하하! 자네, 사랑이 깊구만!"

세준은 굳이 아니라 하지 않고 한 잔 더 받았다. 그때, 문득 아까 차에서 생각했던 것이 떠올랐다. 세준은 김 회장의 눈치를 살피며 자연스레 입을 열었다.

"어째서 혼인하지 않으셨습니까? 회장님을 사모하셨을 것 같은데요."

"하하, 내 부정은 안 하겠네. 임 회장이 좀 아름다운가. 지금도 여전하지만 그때는 정말 손댈 수 없는 미인이었네. 그런 여자

가 어째서 그리 별 볼 일 없는 남자와 혼인했는지 모르겠지만, 그
가 죽고 나니 선견지명이 아니었던가 싶었지."

"그 덕에 살아 계시는군요."

"그렇지! 세준이 자네, 재치가 넘치는군."

"과찬이십니다."

세준이 가볍게 잔을 들자, 김 회장도 드디어 술잔을 비웠다. 여
자가 다시 술잔을 채웠다.

"혹 그렇다면 회장님의 어머니도 아십니까? 그분이 회장님보
다 더 매혹적인 분이셨다고 들었는데."

세준이 슬쩍 얘기를 이었다. 김 회장은 별생각 없이 고개를 끄덕
였다. 알고말고, 그리 대답하는 목소리가 과거를 회상하고 있었다.

"그분이 시작이었는지도 모르지."

"예?"

김 회장이 작게 중얼거렸다. 입술만 달싹거렸을 뿐이라 세준은
알아듣지 못했다. 김 회장은 아무 말도 하지 않았다는 듯 술을 들
이켰다. 세준의 눈빛이 조금 날카로워졌다. 그는 무언가 알고 있
는지도 모른다. 그런 생각이 들었다.

"김 회장님."

세준이 그를 불렀다. 김 회장은 모르는 척 젓가락을 들었다. 그
잠깐의 정적에 세준은 몸이 달아 미칠 지경이었다.

"들었는가?"

"예, 무슨 뜻입니까?"

듣지 못했지만 그런 척했다. 김 회장은 슬쩍 웃기만 했다. 그 눈
이 그룹 총수의 것으로 돌아와 있었다. 그러나 그 안에 다른 감정이

섞여 있는 것만 같아서 세준은 조심스러운 시선으로 그를 살폈다.

"그래, 어쩌면 나는 이 순간을 기다려온 건지도 모르겠네."

그는 슬쩍 웃고는 다시 술을 권했다.

세준이 저녁 약속이 있다고 알려왔기에 다혜는 오랜만에 본관으로 가 할머니와 둘이 저녁을 먹었다. 고작 며칠 만이었지만, 어쩐지 굉장히 생소했다. 모든 것이 '내부 범인' 탓임을 알기에 다혜는 그를 티 내지 않으려 애를 썼다.

"그래, 어찌 지내고 있니?"

"잘 지내고 있어요. 세준 씨가 잘해주시고요."

차를 한 모금 마시는데, 여지없이 '독극물'이 떠올랐다. 손에 닿는 모든 것이 불안했다. 범인이 노리는 것이 제가 아니라 세준이라는 것을 알고 있음에도 불구하고 하나하나가 다 신경 쓰여 미칠 것 같았다. 세준이 집에서는 물 한 모금도 마시지 않게 되었기 때문에 더욱더 그랬다.

"눈에 수심이 가득하구나."

홍례의 말에 다혜가 슬쩍 표정을 굳혔다. 티 내지 않으려 했지만, 할머니에게 무언가를 숨긴다는 건 역시 어려웠다.

다혜의 망설임을 본 홍례가 그녀를 살폈다. 늘 다혜의 움직임을 보고받아왔는데, 근래의 움직임은 무엇 하나 제대로 된 게 없었다. 세준이 항상 데리고 움직이는 탓이었다.

겉보기에 두 사람은 그저 데이트하는 것처럼 보였지만, 그리 단순한 일인지는 알 수 없었다. 한 달이란 기약이 걸린 지금은 특히 더.

'할머니는…… 모르시는 거죠?'

다혜는 작은 파동이 생긴 찻물을 내려다보고 있었다. 그 희미한 파동이 제 마음 같았다. 할머니에게 털어놓을 수 없는 마음의 짐이 무거웠다.

'아버지가…… 할아버지가…….'

그를 한 모금 들이켜자, 파동이 더 심해졌다. 눈앞이 어지러워 다혜가 잠시 눈을 감아 심호흡했다. 홍례가 그런 그녀를 물끄러미 바라봤다. 손녀의 혼란이 고스란히 전해져왔다.

"다혜야."

부드럽게 부르자 움찔 몸을 떤 다혜가 천천히 눈을 떴다. 시선을 맞춰오는 그 눈동자가 빛을 담아 반짝였다.

"세준이 걱정되느냐?"

역시 아무것도 숨길 수 없다. 다혜는 솔직히 고개를 끄덕였다. 홍례는 손녀를 곁으로 불렀다. 다혜가 말없이 다가오자, 끌어안아 다독였다. 그녀의 걱정을 이해하지 못할 리 없었다. 자신도, 제 딸도 겪은 일이었다.

'할머니, 전…… 세준 씨가 죽는 것도…… 위험에 처하는 것도 싫어요. 그런데 어떡하면 좋아요? 제가 세준 씨를 위해 할 수 있는 일이 아무것도 없어요.'

다혜의 눈동자가 촉촉이 젖어들었다. 한참 다혜를 토닥여주던 홍례가 조심스레 말을 꺼냈다.

"역시 지금이라도 헤어지는 것이 낫지 않겠니?"

"……."

다혜의 몸이 요동쳤다. 그 걱정을 모를 리 없는 홍례가 그녀를 더 강하게 끌어안았다.

"마음이 더 강해져 돌이킬 수 없는 상처를 입느니……."

"할머니."

다혜의 목소리가 단호했다. 그래서 조금 놀란 홍례가 팔에 힘을 풀었다. 몸을 조금 떼어 다혜의 얼굴을 살폈다. 울 줄 알았던 우려와 달리 표정이 결연했다.

"이겨낼 거예요."

"다혜야."

"세준 씨도, 저도……. 꼭 이겨낼 거예요."

그 표정에서 홍례는 딸, 민주를 보았다. 민주도 저렇게 확고했다. 그러니 제발 결혼시켜달라고 애원했다. 피인가. 어째서 같은 일을 반복하는 걸까. 피해갈 수 있는 것을 어째서 피하지 못할까.

"그리고 후회하지 않아요. 결혼시켜주셔서 감사해요, 할머니."

그 표정을 보니 마음 한구석에 기대가 차오른다. 덧없는 기대가. 홍례는 입술을 깨물어 감정을 억눌렀다.

이 아이가 언제 여자가 되었을까. 자신의 의지로 제 인생을 선택하는 성인이 되었다. 손녀의 자립에 홍례는 자신이 늙었음을 깨달았다. 세월이 어느새 이렇게나 흘렀다.

본관에서 돌아오고 얼마 지나지 않았을 때였다. 현관 쪽이 시끄러워 제 방에 있던 다혜가 밖으로 나왔다. 현관에 있는 이를 본 그녀의 눈이 더할 나위 없이 커졌다.

"내가 내 아들 방에 가는 일을 어째서 허락받아야 한다는 거죠?"

그 목소리가 카랑카랑 울렸다. 평소의 부드럽고 쾌활한 투는 찾아볼 수가 없었다.

"하지만 이곳은 서관이라······. 서관은 마음대로 드나들 수 없어요. 아시잖아요."

도우미가 안절부절못하며 만류하는 것에도 그녀는 불같이 화를 냈다. 소리를 지르는 것은 아니나 목소리가 오싹하리만큼 날카로웠다.

"괜찮아요. 들어오세요."

다혜가 얼른 현관으로 걸어가며 도우미를 보냈다. 어쩔 줄 모르던 도우미는 다혜가 오자 구원받은 것처럼 표정을 풀고는 얼른 물러났다. 다혜가 곁으로 다가와 웃으며 인사해도 그녀의 냉담함은 풀리지 않았다.

"다혜 아가씨, 아가씨께서는 제가 우스운가 봅니다?"

"말씀 편히 하세요."

"왜요. 이제 우리 세준이랑 결혼하니까 나를 어머니라 부르기라도 할 모양인가 보죠?"

"당연히 그래야지요."

"그렇다는 사람이 결혼식 날짜가 잡히도록, 아니 동거를 시작하고도 인사 한 번 안 오나요? 아가씨는 가정교육을 그렇게 오만하게 배웠습니까?"

다혜가 깜짝 놀라 몸을 떨었다. 세준의 어머니가 어째서 이렇게나 날을 세우고 있는지 알 수가 없었다. 그 분노가 분명 저를 향하고 있어 다혜는 당황을 감출 수가 없었다.

"죄송합니다."

"내가 어디 멀리 살아요? 엎어지면 코 닿을 거린데, 정원 하나 넘어오기가 그렇게 힘들어요?"

"생각이 짧았어요. 죄송합니다."

다혜는 잠자코 용서를 구했다. 그녀의 말은 틀린 게 하나도 없었다. 하도 정신이 없어서 세준의 부모님을 찾아뵐 생각은 하지도 못했다. 그건 분명히 제 불찰이었다.

"아가씨가 정말 나를 시어머니로 생각했다면 그렇게는 안 했겠죠. 아니면 하늘 높은 줄 모르고 자라서 정원 관리사 따위를 인정할 수 없다던가."

"아, 아니에요! 정말로…… 정말로…… 그런 생각은 추호도 없었어요. 죄송해요."

다혜가 눈물을 글썽거리며 연신 사과하는 것에도 세준의 어머니는 화를 풀 생각이 없는 듯 보였다.

"됐어요."

그녀는 다혜를 지나쳐 걸어갔다. 어렵지 않게 세준의 방을 찾아내 안으로 들어가버렸다. 문이 열려 있는 것도 신경 쓰지 않고 책상을 뒤지는 모습에 다혜의 눈이 다시 커졌다.

그녀는 거침없이 책상 서랍, 컴퓨터 등을 다 뒤졌다. 다혜가 놀라서 안으로 뛰어 들어갔다. 우선 방문부터 걸어 잠가야 했다. 누가 범인인지도 모르는 상황에 보여서 좋을 건 없었다.

"어, 어머니!"

어머니. 처음으로 입에 담은 호칭이었다. 세준과의 결혼이 정해졌어도 한 번도 생각해보지 않았던지라 생소했다. 그런데 생각보다 자연스럽게 나왔다. 그러나 그 호칭에 신경 쓸 때가 아니었다. 그녀가 매서운 눈으로 노려보고 있었다. 그 눈빛이 세준과 닮았다고 다혜는 무의식중에 생각했다.

"뭐야, 아가씨도…… 알고 있었어요?"

그녀의 손에 들린 서류들이 부정하지 못하게 했다. 다혜가 대답하지 못하고 망설이는 걸 보고는 눈에 불을 켜고 이를 악물었다. 아까보다 더 큰 분노가 그녀를 감싸고 있었다.

"내 아들이 살해당할지도 모르는 거, 아가씨도 알고 있었냐고 물었어요. 지금."

"그, 그게……."

"그러고도 뻔뻔하게 내 아들을 끌어들였어요?"

지끈! 가슴에 새겨질 정도로 담아둔 죄책감이었다. 다혜는 아무 변명도 하지 못했다.

"하……. 진짜 생각이 있는 거야, 없는 거야!"

그녀가 내지른 고함에 다혜가 속절없이 움찔거렸다. 그녀의 분노는 타당했다. 몰랐다고 변명할 수 없었다. 살인인 줄은 몰랐지만, 세준이 위험에 처할 수도 있다는 건 알고 있었다. 알면서도 이기심에 그를 끌어들이고 말았다.

다혜의 반응에 그녀의 눈동자가 화르륵 타올랐다. 그녀가 다혜 쪽으로 걸음을 옮겼다. 다혜는 한 발자국도 움직이지 못한 채 그녀를 바라보고만 있었다. 눈앞에 마주 선 그녀의 얼굴에서 세준이 그려졌다.

"내 아들, 사람 목숨이 그렇게 우습니?"

"어머니……."

"어머니? 내 아들 죽이고도 어머니 소리 할 거야?"

"아, 아니에요."

"닥쳐!"

짝! 다혜의 눈에 불이 튀었다. 귀가 먹먹했다. 소리 대신 삐이익 하고 이상한 기계음이 머릿속을 울렸다. 속절없이 돌아간 고개 탓에 시야가 바뀌었다. 굳게 닫힌 문을 인지하고 나서야 다혜는 뺨을 맞았다는 사실을 알아차렸다. 뒤늦게 뺨이 화끈거렸다.

"이 집에 얹혀살았다고 해서 너네 소유물인 줄 알았니? 여태 후원해줬으니 목숨으로 갚으라는 뜻이야?"

"어머니!"

다혜는 얼른 고개를 흔들었다. 아니다. 절대 그런 의미가 아니었다. 저도 할머니도 절대로 그런 이유로 세준을 끌어들인 게 아니었다.

"죄송해요, 죄송합니다. 하지만 아니에요. 정말, 정말 아니에요."

기어코 눈물이 터졌다. 새하얀 뺨을 타고 줄줄 흘렀다. 다혜는 그조차 인지하지 못한 채 계속 고개를 저었다.

"네가 뭔데, 네까짓 게 뭔데 내 아들을 죽이려 해!"

붙잡힌 어깨에 손톱이 파고들었다. 그 힘이 억셌다. 버티고 있을 수가 없었다. 그 힘에 못 이겨 앞으로 엎어지고 말았다. 그러고 몇 대를 맞았다. 그 주먹에 힘이 없어 다혜는 반항 한 번 하지 못했다. 제 위에서 오열하는 그녀의 마음을 누구보다 잘 알아서, 죄송해서.

"그럼 조만간 연락 주시게. 내 기다리고 있겠네."

얼큰하게 취한 김 회장이 먼저 자리를 뜨고 나서야 세준도 차에 올랐다. 운전을 맡은 윤 비서가 그의 눈치를 살폈다.

"집으로 모실까요."

조심스레 물었지만 답이 없었다. 자리에 앉아 생각에 잠긴 듯 창밖만 바라보고 있는 세준에 윤 비서는 말없이 차를 몰았다.

김 회장은 분명히 확실히 알고 있는 눈치였다. 하지만 그를 다 알려주지 않고 LT타워 거래 건으로 들이밀었다.

'비밀을 풀자고 LT를 넘기는 건…… 이쪽이 손해다. 김 회장도 분명 그걸 알고 있어. 하지만 그걸 알면서도 제시했다는 건…… 그만큼 확실하다는 의미겠지.'

만약 독자적으로 조사해서 비밀을 밝힐 수 있다면 김 회장의 거래를 응하지 않아도 된다. 하지만 김 회장이 혼자만 알고 있는 사실이라면 캐봤자 나올 리 없다. 본인이 입을 열지 않는 한 몰래 알아낸다는 건 불가능했다.

차가 임씨 저택으로 향하는 동안 세준의 머리가 복잡하게 돌아갔다. 그 집중력이 보통이 아니라 윤 비서는 그를 방해하지 않도록 더욱 조심히 운전해야 했다.

김 회장이 떠난 후, 세준은 그 자리에서 술을 따랐던 여자를 매수했다. 그래서 자신이 놓쳤던 말을 들을 수 있었다.

'그분이 시작이었는지도 모르지.'

그분, 임 회장의 모친, 이국향. 따져보면 그때부터였다, 임씨가 남자가 단명하기 시작한 것이. 그녀의 남편이 단명하고 임홍례가 임씨 성을 물려받으면서 임가는 승승장구했다. 여자아이만 태어나기 시작한 것도 이국향이 시집오면서부터였다.

모든 단서가 이국향에게 집중되어 있었다. 그를 생각하는 세준의 눈빛이 한껏 가라앉았다. 백미러를 흘끗 바라본 윤 비서가 긴장할 정도로.

'태어날 때부터입니다.'

그때, 본관 집사 계훈의 말이 뇌리를 스치고 지나갔다. 세준이 주먹을 꽉 움켜쥐었다. 지나치게 힘이 들어가 손에 경련이 일 정도였다.

계훈이 임씨가에서 태어났다면 그의 부모는 누구인가. 그에 생각이 미친 세준이 눈을 가늘게 떴다.

처택에 도착하기까지 무거운 침묵이 차 안에 감돌았다.

집에 도착하니 이상하게 서관이 어수선했다. 바깥에서 안절부절못하는 집사를 발견한 세준이 곁으로 다가갔다. 어깨를 잡자, 그는 깜짝 놀라 비명을 내질렀다. 세준을 본 그가 안도의 한숨을 내쉬며 요란을 떨었다.

"사장님!"

"대체 무슨 일입니까?"

"그게…… 사장님 어머니께서 오셨는데……."

"어머니가요?"

이상한 낌새를 차린 세준이 안을 바라봤다.

"사장님 서재에 계십니다."

집사의 말에 세준은 고개를 끄덕였다. 알아서 할 테니 가서 일

보라고 말하고는 안으로 들어갔다. 서재 문이 닫혀 있었지만, 그 문 너머로 뿜어져 나오는 기운이 심상치 않았다.

똑똑.

문을 두드려도 안에서는 아무런 반응이 없었다. 세준은 작게 한숨을 쉬고는 '들어갑니다.' 하고 말했다. 문을 열자, 대치 상황인 모습이 바로 눈에 들어왔다.

어머니를 먼저 쳐다봤던 세준이 다혜를 보고는 눈을 크게 떴다. 얼굴이 엉망이었다. 눈은 충혈된 채로 부어 있고, 뺨도 새빨갛게 물들어 있었다. 다혜는 세준을 제대로 쳐다보지 못했다.

"대체 무슨 일이에요?"

"문 닫고 들어와."

어머니의 목소리가 심각해서 세준은 토 달지 않고 들어갔다. 밖으로 소리가 나가서 좋을 건 없다는 데에 동의했다. 문을 닫고 걸어 잠그고 나서야 세준이 인상을 찡그렸다.

"그 서류 찾으러 일부러 오셨어요?"

책상에 늘어놓은 서류와 일기장을 보는 순간, 세준은 모든 걸 알아차렸다. 그녀에게 협죽도에 관해 물은 게 실수였다.

"세준이, 너. 짐 싸."

"어머니."

그녀는 길게 말하기 싫다는 듯 입을 다물었다. 짐 싸라고 종용하는 것에 다혜가 떨리는 시선을 들어 세준을 바라봤다. 그 눈동자가 아직도 촉촉이 젖어 있었다.

"나가자. 목숨 흥정하면서 여기 남을 필요 없어. 임씨와는 엮여서는 안 됐던 거야."

그녀는 단호했다. 아들의 죽음을 눈앞에 두고 그러지 않은 어머니가 어디에 있겠느냐마는 지나친 단호함에 세준이 한숨을 내쉬었다.

"저 안 죽어요."

"세준아!"

어머니의 고함에도 세준은 끄떡없었다. 손을 움직여 다혜의 손을 잡았다. 그를 바라본 어머니의 시선이 슬쩍 떨렸다.

"거의 다 풀었어요. 나는 누가 내 목숨을 노리도록 내버려둘 만큼 바보 아닙니다."

"다…… 풀었다고?"

어머니가 눈을 크게 떴다. 다혜도 마찬가지였다. 아무런 단서도 없다고 한 지 얼마 지나지도 않았다. 세준은 두 여자의 놀란 반응에도 자신 있게 미소 지어 보였다.

"그러니까 그만 걱정하세요."

그녀는 여전히 미심쩍은 듯 불안감을 완전히 감추지는 못했지만, 우선 아들에게 반발하지 않기로 했다. 정말이냐고 한 번 더 묻는 것에 세준이 단호하게 고개를 끄덕였다.

"다 밝혀지면 알려드릴게요. 걱정 끼쳐서 죄송해요, 어머니."

세준의 말에 그녀가 다시 고개를 끄덕였다.

"하지만 조금이라도 위험해지면 나는 널 데리고 떠날 거야. 명심해."

"알겠어요."

어머니는 걸음을 옮기면서 다혜를 슬쩍 바라봤다. 그 시선에 다혜가 얼른 고개를 숙여 인사했다. 그 몸짓에 떨림이 가득해 세준이 조금 의아한 시선을 보냈다. 그녀가 나간 후에 세준이 다혜에게 물었다.

"어머니랑 무슨 일 있었어? 혹시…… 맞은 거야?"

"네? 아, 아니요. 세준 씨 위험에 처했다고 화가 나셔서……."

"그 화살이 너에게로 향한 건가."

다혜가 움찔하는 것에 세준은 그녀의 어깨를 다른 손으로 끌어안았다. 품으로 폭 안기는 다혜의 머리에 고개를 파묻은 세준이 작게 숨을 내쉬었다. 그 숨결이 귓가를 간질여 다혜가 다른 의미로 움찔했다.

"미안해."

"……세준 씨가 왜 미안해해요. 어머니께서 화내시는 게 당연해요."

"아프게 해서 미안해."

다혜가 아니라고 했지만, 세준은 계속 사과했다. 그의 팔에 점점 힘이 들어갔다. 숨이 막힐 정도로 꽉 끌어안는 것에 다혜는 그의 가슴에 고개를 묻은 채로 입술을 질끈 깨물었다.

그렇게 울음을 참았지만, 눈물이 흐르는 것까지 막지는 못했다. 몇 번이나 다시 이에 힘을 주며 입술을 깨문 후에야 진정할 수 있었다.

"그, 그나저나 정말 거의 다 풀었어요? 누가 그런 건지…… 알았어요?"

다혜가 화제를 바꾸려고 얼른 물었다. 고개를 들어 눈을 맞추려고 했지만, 세준이 입을 맞추는 바람에 그의 눈을 볼 수가 없었다. 생각보다 격렬하게 쏟아지는 키스에 다혜가 정신을 차리지 못했다.

그의 어머니와 대치하는 동안 심하게 긴장하고 있었더니 온몸이 다 후들거렸다. 그녀가 정말로 세준을 데리고 떠나버릴까 봐 두려웠다. 그럼에도 말릴 방도가 없어서 다혜는 반대조차 할 수 없었다.

"읏……."

거칠게 빨린 아랫입술이 저릿저릿했다. 이를 슬쩍 박아 깨물듯이 빨아올렸다. 그 거친 입맞춤이 마치 지금 세준의 심경을 전해주는 것 같아서 다혜는 반항하지 않고 그를 받아들였다. 등을 끌어안은 팔에 힘이 가득했다. 손끝을 세우고 있는 탓에 그 손끝에 살이 긁히는 기분이 들었다. 아픈 게 아니라 저렸다. 그의 손이 닿는 곳마다 불에 덴 듯했다.

입술이 서로 떨어지고 뜨거운 숨만이 오갔다. 한참 거친 숨을 내쉬던 세준이 이내 몸을 뗐다. 불안한 듯 그를 올려다보는 다혜에게 빙그레 웃어 보였다.

"다시는 아프게 하지 않을게."

세준의 말에 다혜가 멍하니 눈을 깜박였다. 물어본 말에 대답은 하지 않고 다짐을 뱉는 그의 시선이 따뜻했다. 그 눈빛이 어느 때보다 더 든든했다.

"세준 씨……."

세준이 손을 내밀었다. 그게 마치 걱정할 필요 없다는 식으로 느껴져서 다혜는 혼란스러운 마음으로 그 손을 잡을 수밖에 없었다. 맞닿은 손으로 온기가 전해졌다. 손을 잡고 나니 뿌리치지 못했다. 세준이 맞잡은 손에 힘을 한 번 주고는 말했다.

"회장님께 가자."

8. 남자, 그리워서 더 미운……

다혜가 씻고 나온 후에야 본관으로 향했다. 부은 눈과 뺨이 아까보다는 가라앉았지만, 여전히 안쓰러워 보였다. 그녀를 걱정해서 내일 가는 게 어떻겠냐고 물었지만, 다혜가 오히려 지금 가기를 원했다. 그녀의 마음을 모르는 게 아니라 세준도 이내 고개를 끄덕였다.

늦은 방문이라 집사가 잠시 다혜와 세준을 응접실에서 기다리도록 했다. 회장님의 허락이 떨어지기를 기다리는 동안 다혜가 조심스레 그의 눈치를 살폈다. 그 시선을 느낀 세준이 고개를 돌려마주 봤다. 부드럽게 입꼬리를 올려 웃어주는 것이 어쩐지 자신만만했다. 그래서 다혜는 아무것도 묻지 못하고 고개를 내렸다.

아직도 꽉 잡고 있는 손에 땀이 조금 배어났다. 하지만 세준의손은 여전히 산뜻하기만 했다. 조금 서늘하게도 느껴졌다. 여유만

만인 건지, 긴장한 건지 구별하기 어려웠다.

이내 집사 계훈이 안으로 들어오라고 안내했다. 꽤 늦은 시간임에도 임 회장, 홍례는 아직 잠자리에 들지 않았던 모양이었다. 서재로 안내받아 들어가니 홍례가 소파에 앉은 채 둘을 맞이했다.

"꽤 늦은 시간이로구나."

"예, 계약 건으로 저녁 약속이 있어서 늦었습니다."

"계약 건?"

"KG 김지부 회장님께서 한잔 권하셨습니다."

"또 LT 때문인가?"

"예."

"원, 영감도. 지치지도 않는군."

홍례가 혀를 슬쩍 차며 계훈을 내보냈다. 문이 닫히고도 한참 동안 세준이 입을 열지 않자, 다혜가 긴장감에 혀를 슬쩍 핥았다.

"그래, 이렇게 무례를 무릅쓰고 급히 찾아왔다는 건 그 이유가 있을 터."

"몇 가지 여쭈려고 왔습니다."

홍례는 한쪽 눈썹을 들어 올리고는 이내 고개를 끄덕였다. 무엇이든 물어보라는 투에 세준도 고개를 끄덕였다.

"저는 사실 소문만 듣고 임씨 가문은 대대로 여자 가주가 이어왔다고 알고 있었는데, 사실은 회장님의 모친께서 첫 번째 여자 가주셨던 것 아닙니까?"

무엇을 물으려는 건지 전혀 짐작하지 못했던 홍례는 그가 의외의 것을 물어보자 잠시 대답하지 않았다.

서재에 들어오면서 세준은 다혜의 손을 났다. 그래서 다혜는 양손을 모아 다리 위에 올려두고 있었다. 그런데 그 손바닥이 오싹하리만큼 서늘했다. 세준과 손잡고 있을 때는 땀이 촉촉이 배어 났었는데, 지금은 그 땀이 다 식어버리다 못해 증발해버렸다. 손끝이 떨리는 것을 억지로 감추고 있었다.

그래서 알아차렸다. 세준도 이만큼이나 긴장하고 있었던 것임을. 다혜가 세준을 흘끗 바라봤다. 그는 여유로워 보였다. 긴장한 기색 따위 찾아볼 수가 없었다. 얼마나 속을 완벽히 감추고 있으면…… 그에 생각이 미친 다혜가 슬쩍 입술을 깨물었다.

"그래, 소문이란 원래 믿을 게 못 되는 법이지. 내 어머니께서 임가에 시집가신 것이 1947년. 아버지께서 일찍 돌아가시는 바람에 어머니가 집안을 이끌었고, 그게 나로 이어지면서 붙은 소문이지. 그다음 상속자가 다혜니까 당연히 여자가 대를 잇는다고 생각되는 거지."

"그렇다면 원래 임씨가의 재력은 회장님 부친 집안의 것이라는 뜻이 되는군요."

"말하자면 그렇지."

홍례는 부정하지 않았다. 그녀의 어머니는 가진 것이 아무것도 없었다. 그래, 그 반반한 외모뿐이었다. 어머니는 어렸던 홍례가 보기에도 지독하리만큼 색이 강했다.

세준은 잠시 아무 말이 없었다. 홍례는 그가 왜 갑자기 어머니를 언급했는지를 생각하고 있었다. 잠시 생각에 잠겼던 세준이 다시 그녀를 바라봤다. 그 시선이 날카로웠다.

"짐작 가는 인물 없으십니까?"

"뭐라?"

순간 놀란 홍례가 눈살을 찌푸렸다. 하지만 세준은 개의치 않고 말을 이었다.

"회장님 모친 주변 사람 중, 회장님 부친을 죽이고 그 사위를 죽이고, 또 손녀사위까지 살해할 인물."

벌떡! 홍례가 자리를 박차고 일어났다. 세준은 묵묵히 그녀를 올려다볼 뿐이었다. 홍례의 손이, 아니 전신이 부들부들 떨렸다.

"세준이, 너…… 너 지금…… 무슨 말을 하고 있는지 아는 게 냐?"

"한 분 계시지 않습니까?"

"이세준!"

세준이 천천히 몸을 일으켰다. 다혜는 잔뜩 긴장한 채로 두 사람의 대치를 지켜보는 것밖에 할 수 없었다. 할머니의 반응을 보아신 역시 그녀는 이 일이 독살이라는 것을 몰랐던 듯했다. 게다가 세준은 지금 삼대에 걸친 살인이 한 사람에 의한 거라고 말하고 있었다.

다혜가 빠르게 머리를 굴렸다. 증조모가 시집오신 게 47년. 아버지가 돌아가신 것이 91년. 계산으로 따지면 충분히 한 사람이 할 수 있는 일이었다. 그럴 수 있는 사람……. 대체 누가?

다혜가 생각에 잠긴 사이, 세준이 뚜벅뚜벅 문 쪽으로 걸어갔다. 홍례는 부들거리는 몸을 겨우 지탱한 채 서서 그를 노려보고 있었다.

김 회장과 헤어지고 집에 오는 동안 세준은 생각하고 또 생각했다. 동기, 임씨 가문, 여자 가주, 회장의 모친. 단서 단서가 다

따로 노는 것 같았지만, 잘 이어보면 모두 하나로 이어졌다. 그래, 김 회장이 말을 흘리지 않았다면 눈치채지 못했을 일이었다. 임씨 집안의 부를 쟁취한 여자. 임 회장의 모친, 이국향.

"태어날 때부터라고 대답하시더군요."

세준이 문고리를 잡고 돌렸다. 안쪽으로 잡아당기는 문으로 바깥의 불빛이 들어왔다. 서재의 불빛이 은은했던 탓에 바깥의 빛이 지나치게 환했다. 그 환한 빛 너머에 서 있는 사람이 홍례의 시야에 들어왔다. 쟁반을 들고 서 있는 남자가 문을 열어주는 세준을 흘끗 바라봤다.

"그러면 주계훈 씨가 태어났을 때 이곳에 계시던 그의 부친. 그분과 회장님 모친은 어떤 관계였습니까?"

"자, 자네!"

다혜가 깜짝 놀라 자리에서 일어났다. 할머니와 집사를 번갈아 바라보는 그녀의 눈동자가 크게 떨렸다. 홍례가 크게 휘청거렸다. 다혜가 얼른 그녀에게 다가갔다. 다리에 힘이 풀려 서 있지 못하는 그녀를 부축해 소파에 앉혔다.

"할머니!"

"그 사이에 어떤 이해관계가 숨어 있는지 저는 모릅니다. 하지만 회장님, 김 회장님께서 그러셨습니다. 회장님 모친이 모든 일의 발단이셨다고."

"김…… 회장이?"

세준은 말을 슬쩍 바꿨다. 김 회장은 그럴지도 모르겠다고 말했을 뿐이었다. 하지만 그 뜻은 다르지 않았다.

계훈이 그를 슬쩍 보더니 앞으로 걸어갔다. 평소와 다르지 않은 무덤덤한 걸음이었다. 테이블에 찻잔을 내려놓는 동작에는 여전히 절도가 넘쳤다.

세준이 그 옆을 지나쳐 다혜에게 다가가 손을 뻗었다. 그 손을 잡으라는 의미에 다혜가 잠시 망설였다. 할머니의 상태를 보니 쉬이 걸음이 떨어지지 않았다. 하지만 세준의 눈을 보자 저는 빠져야 하는 순간임을 알아차렸다. 작게 고개를 끄덕이고 그 손을 잡았다. 세준이 손에 힘을 줬다. 그 완력이 듬직했다.

"마지막으로 여쭙죠."

"……."

"이곳 삼성동 저택에 협죽도를 심은 분이 누구십니까?"

"……협죽도?"

"유선화라고도 부르더군요."

홍례는 대답이 없었다. 세준은 굳이 그 대답을 기다릴 생각은 아니었던 듯했다.

"김 회장님이 알려주시겠다고 하셨습니다. LT를 팔라는 조건이 붙어 있지만요. 그럼 제 역할은 끝난 것 같으니 물러가죠. 밤늦게 무례했습니다."

세준이 인사하는 것에 다혜가 얼른 따라서 인사했다. 밖으로 나가는 걸음이 조금 거칠었다. 다혜는 할머니를 흘끗 바라보고는 따라갔다. 문을 닫는데, 그 사이로 말없이 서 있는 집사가 슬쩍 보였다. 문을 닫는 바람에 더는 볼 수 없었지만.

"세준 씨……."

서관으로 가는 내내 세준은 말이 없었다. 한참을 그를 따라가던 다혜가 조심스레 그를 불렀다. 그를 듣지 못한 듯 계속 걸음을 걷던 세준이 순간, 멈추고 뒤를 돌아봤다.

"불렀어?"

"아뇨……."

뒤늦은 반응 속도에 그를 방해하고 싶지 않았던 다혜가 고개를 저었다. 하지만 세준은 슬쩍 웃고는 왼손으로 다혜의 뺨을 쓰다듬었다. 그 손이 부드러웠다. 그 어느 때보다 더 다정하게 느껴졌다.

"이제 다 밝혀진 건가요?"

다혜가 조심스레 눈을 들었다가 몸을 굳혔다. 세준의 고개가 아래로 내려온 탓이었다. 가볍게 입술에 붙었다가 떨어진 입술 감촉이 묘하게 아쉬움을 남겼다. 다시 걸음을 옮긴 세준이 깊은숨을 내쉬었다. 아까와 달리 걸음에 여유가 있었다.

"글쎄, 다만 분명한 건……."

세준이 말을 잠시 멈춰 다혜가 긴장한 채로 그를 바라봤다. 앞을 바라보고 있는 그의 시선이 곧았다. 마치 모든 게 끝났다는 듯이.

"이제 우리 손을 떠났다는 것뿐이지."

세준의 말이 진한 여운을 남겼다. 세준도 집사의 부친이 어째서 삼대에 걸쳐 독살했는지 알지 못했다. 알아볼 시간적 여유가 없었다. 하지만 알게 된다고 하더라도 이미 그가 죽은 이상 자신과는 상관없는 이야기였다.

아들 계훈이 그 살인을 이어받지만 않는다면.

다혜가 슬쩍 뒤를 돌아봤다. 어둠 속에 가로등과 건물 불빛만이 빛나고 있었다. 나무들이 본관을 가리고 있어서 본관은 거의 보이지 않았다. 슬쩍 입술을 깨무는데, 세준의 손이 입술에 닿았다.

"벌주세요, 하고 애원하는 거야?"

"아, 아니에요."

"아까도 한 번 깨물었지?"

"……어떻게 알았어요?"

어찌 그렇게 입술에 집착하는 건지. 입술 깨무는 것에 노이로 제라도 있는 듯한 반응이었다. 다혜가 조심스레 그의 기색을 살폈다. 그 시선에 세준이 고개를 갸웃거렸다.

"왜 그렇게…… 싫어해요?"

"뭘? 입술 깨무는 거?"

"네."

글쎄, 세준이 짧게 중얼거렸다. 어쩐지 대답해줄 기미가 보이지 않았다. 다혜가 시선을 살피자, 세준이 슬쩍 웃었다.

"먼저 키스해주면 알려주지."

"읏……."

아직 서관에 들어가기도 전이었다. 어두운 데다가 둘 이외에는 아무도 없기는 했지만, 언제 경비가 지나갈지 모르는 일이었다.

다혜가 망설이는 걸 본 세준은 그럴 줄 알았다는 듯 웃었다. 애초에 해주리라 생각하지도 않은 모양이었다. 그게 어쩐지 분해서 다혜가 까치발을 들었다. 촉, 닿았다가 떨어지는 입술이 아까보다 더 아쉬웠다. 잠시 가만히 있던 세준이 눈을 찡그리며 웃었다.

"말했잖아. 그건 키스가 아니라 뽀뽀라고."

다시 맞붙는 입술이 진득했다. 훨씬 끈적한 혀 놀림에 세준의 셔츠를 움켜쥔 다혜의 손에 힘이 들어갔다.

세준의 키스는 이세준 그 자체였다. 부드러운가 하면 끈적하고 격정적이었다. 숨을 쉬지 못할 만큼 깊숙이 들어온 혀에 다혜가 움찔하면 다시 밖으로 나가 숨 쉴 틈을 살짝 만들어줬다. 공기를 탐하는 잠깐의 여유 끝에 다시 혀를 얽어 강하게 빨아올렸다.

다혜는 그 키스를 받아내는 것만으로도 정신이 없었다. 그래서 어느덧 그의 팔이 허리를 감싸고 있는 것도, 강하게 끌어안는 것도 알아차리지 못했다.

다혜를 있는 힘껏 끌어안은 채로 키스를 퍼붓던 세준이 슬쩍 입술을 뗀 채로 거친 숨을 내뱉었다. 그 숨결에서 술의 향이 느껴졌다. 이제야 겨우 술기운이 올라오는 듯했다. 너무 긴장한 탓에 술을 마신 것조차 기억하지 못했을 정도였다.

하아, 하아. 거칠게 넘나드는 숨결 끝에 세준이 작은 웃음을 터트렸다. 그 웃음은 이내 키스 속으로 삼켜 들어가 아무도 눈치채지 못했다.

격렬한 키스 끝에 새빨갛게 달아오른 얼굴로 둘이 서관 안으로 뛰어 들어갔다. 신발을 이리저리 내팽개쳐 도우미가 경악을 금치 못하는 사이, 얼른 침실로 달려갔다. 생전 처음 해보는 아이 같은 행동에 다혜가 웃음을 터트렸다. 세준의 술기운이 담긴 숨결에 덩달아 취해버린 기분이었다. 침실 문이 쾅, 하고 닫혔다.

문이 닫히자마자 세준이 다혜를 안아 들었다. 난데없는 공주님 안기에 다혜가 깜짝 놀라 와락, 목을 감싸 안았다.

"세준 씨!"

다혜가 비명처럼 그를 불렀지만, 세준은 웃으면서 파우더룸을 지나 걸어갔다. 그의 걸음이 욕실을 향하고 있어서 다혜가 부끄러운 듯 혀를 슬쩍 깨물었다.

욕실에 들어간 세준이 욕조 앞에 다혜를 내려놨다. 다혜가 제 발로 서자 욕조 안으로 들어가 위에 매달려 있는 샤워기를 틀었다. 묵묵히 물을 맞아가며 온도를 조절했다.

위로 세웠던 머리가 쏟아지는 물줄기에 힘을 잃었다. 세준이 이마에 달라붙는 머리를 쓸어 올려 뒤로 넘기는 것을 다혜는 물끄러미 바라보기만 했다.

새까만 머리가 물에 젖자, 묘하게 색정적이었다. 흰 이마를 타고 흐르는 물줄기가 콧대를 따라 턱 아래로 흘러내렸다. 투명한 물의 움직임이 어쩐지 야릇했다. 보고 있는 것만으로도 다리에 힘이 풀렸다.

물이 따뜻해지자 세준이 다혜를 바라봤다. 이미 옷은 다 젖은 채였다. 흰 셔츠 속으로 비치는 피부가 노골적이었다.

"이리 와."

세준이 손을 뻗었다. 다혜는 알고 있었다, 저 손의 부름을 자신은 거부하지 못한다는 것을. 다혜가 침을 크게 삼킨 후, 그 손을 잡았다. 욕조 안으로 들어가 세준과 마주 섰다. 세준이 다혜의 손을 입가로 끌어와 손바닥에 입을 맞췄다. 그 상태로 눈만 흘끗 들어 시선을 맞추는 것이 지나치게 매혹적이었다.

세준이 다른 손을 들어 다혜의 뺨을 그러쥐었다. 그 손의 감촉을 느낄 새도 없이 입이 겹쳐졌다. 거칠게 파고드는 혀가 물기로 촉촉했다. 타액과 섞여 입술 밖으로 흘러나왔다.

"하아, 하아……."

살짝 떨어진 입술 사이로 다혜가 거친 숨을 몰아쉬었다. 그 숨결마저 잡아먹으려는 듯 세준이 깊은숨을 내쉬었다. 맞닿은 이마에서 뜨거운 열기가 전해졌다. 다혜가 조심스레 시선을 들자, 눈이 마주쳤다. 그 눈동자가 뜨겁게 타오르고 있었다. 고동색의 눈동자에 비치는 제 눈도 똑같아서 다혜는 몸을 떨었다.

"이제 어떤 이유로도 나와 헤어질 각오 따위 하지 마."

세준의 목소리가 달았다. 달다 못해 쓴 카카오처럼 느껴졌다. 다혜는 쉬이 입을 열지 못했다. 목소리가 떨려서 제대로 말도 못 할 것 같았다. 그래서 대신 손을 움직였다. 아직도 세준이 마주 잡고 있는 손을 끌어다 제 가슴에 올렸다.

세준은 손바닥에 닿은 다혜의 가슴을 가만히 음미했다. 옷 너머로 보드라운 감촉이 고스란히 느껴졌다. 그 감촉 너머에 다혜가 말하고 싶은 것이 있었다. 두근거린다, 세차게 뛴다. 그 박동이 손바닥에 전해져왔다. 갑자기 타오르는 갈증에 다혜를 바라봤다. 다혜도 시선을 피하지 않았다. 뺨에 홍조가 가득 물들어 있었지만, 눈동자만큼은 올곧게 세준을 바라보고 있었다.

헤어질 수 없어요. 죽음도 우리를 갈라놓을 수 없어요.

그 눈이 줄리엣의 그것보다 더 절절했다. 그 마음이 줄리엣의 사랑보다 더 깊었다. 세준의 입가에 절로 미소가 피어올랐다. 그 마음의 무게가 똑같아서.

"그분은 내게 아버지 같은 분이셨어."

오랜 시간의 침묵 끝에 홍례가 입을 열었다. 계훈은 묵묵히 서 있을 뿐이었다.

홍례의 머릿속에 그가 그려졌다. 돌아가신 지 스무 해가 지났

건만 여전히 또렷했다. 그래, 계훈이 그와 닮은 탓이었다. 계훈을 보고 있노라면 저절로 그가 떠올랐으니까.

"고인을 모욕한 거야⋯⋯. 세준이가 아무것도 몰라서⋯⋯."

그리 말하고 있지만 홍례의 표정이 잔뜩 일그러졌다. 눈을 아예 감아버린 채로 인상을 썼다. 눈이 잔뜩 떨려왔다. 부정하고 있지만 머릿속에 자꾸 그려지는 모습들이 있었다.

"아니라고 하게."

홍례가 눈을 뜨지 않은 채로 읊조렸다. 하지만 아무 대답이 없었다.

"아니라 하라고 했네."

홍례가 천천히 눈을 떴다. 고개를 들어 계훈을 바라보는 그 눈동자가 처절하게 흔들리고 있었다. 시선을 맞춘 계훈이 입을 열었다.

"아니라고 하신다면 아닌 거지요."

"계훈이! 자네, 자네⋯⋯."

홍례의 인상이 다시 일그러지는데도 계훈은 덤덤히 서 있었다. 그는 잠시 홍례를 바라보더니 슬쩍 미소 지었다. 평소 그가 웃는 모습을 본 적이 없는 홍례의 눈가가 다시 경련했다. 그 미소의 의미를 알 수가 없었다.

"진실은 변하지 않습니다. 사람들이 무어라 말할지라도."

그의 말이 의미심장했다. 이리 들으면 이런 것 같고, 저리 들으면 저런 것 같았다. 홍례가 그를 붙들었다. 계훈은 그 손을 잠자코 내려다보다가 부드러운 손동작으로 떼어냈다. 허공에 남은 홍례의 손이 허망했다.

계훈이 고개 숙여 인사한 후 식어 빠진 찻잔들을 다시 챙겨 밖으로 나갔다. 그 동작은 여전히 절도 넘쳤다. 걸음걸이 역시 전혀 흔들림이 없었다.

홍례를 홀로 남긴 채로 방문이 닫혔다. 꽉 움켜쥔 두 주먹이 부들부들 떨렸다. 샹들리에가 미미하게 흔들렸다.

기억의 가장 끄트머리를 떠올렸다. 아주 어렸을 적인데도 이미 아버지가 돌아가신 후였다. 그래, 홍례의 기억에 아버지는 존재하지 않았다. 아버지는 사대독자였다고 했다.

사내는 고용인이었다. 집에서 부리는 사람에 불과했다. 하지만 그는 고용인 무리의 우두머리 격으로, 사람들을 통솔하며 명령하는 쪽이었다. 다른 사내들은 절대 들어갈 수 없는 구역인 안방에도 그는 제집처럼 드나들었다. 그래서 어린 홍례는 간혹 그를 아버지처럼 여기기도 했다.

'아이구. 우리 홍례 왔어? 어딜 나갔다 왔누?'
'요 앞 냇가요. 이거 주웠어요.'

홍례가 내민 손바닥 위의 유리 조각을 본 그가 헤벌쭉 웃었다. 한껏 마모된 유리 조각이 오묘한 빛깔을 내고 있었다. 그는 누런 이를 한껏 드러내며 머리를 쓰다듬어주었다. 깨끗한 손은 아니었지만, 홍례는 그래도 그가 머리를 쓰다듬어주는 것이 좋았다.

'예쁘네. 꼭 우리 홍례 같다.'

그는 꼭 우리 홍례라고 불렀다. 고용인 중 유일하게 말을 놓는 자이기도 했다. 그게 어떤 의미인지, 어렸을 적에는 알지 못했다. 그저 친근함의 표현이라고만 생각했다. 하지만 한 살, 두 살, 나이를 먹어가며 그게 보통 의미가 아니라는 것을 짐작하게 됐다.

'자꾸 이렇게 나오면 나도 더는 못 참으니 알아서 하쇼!'
'허튼 생각 하지 마. 그래 봤자 소용없으니까.'
'마님!'

남자는 툭하면 으르렁대며 화를 냈다. 다른 고용인에게도, 주인인 홍례의 어머니에게도. 그는 폭력적인 성향이 강한 사람이었다. 술을 마시는 날이면 마을 어귀에서 싸움이 붙었다는 소리도 종종 들려오곤 했다.

홍례의 어머니, 국향은 그런 협박 따위 전혀 무섭지 않다는 듯 무시하고는 안으로 들어갔다.

텃마당에서 놀고 있던 홍례가 그를 흘끗 바라봤다. 국향이 사라진 방향을 무섭게 노려보던 그가 이내 몸을 돌렸다. 홍례와 시선을 마주치자, 언제 화를 냈느냐는 듯 헤벌쭉 웃었다. 그 웃음이 다정해서 방금 화를 내던 이는 다른 사람이었나 싶을 정도였다.

홍례가 7살이었을 때 집에 아기가 생겼다. 남자의 아들이라고 했다. 갓난쟁이 아들은 어미가 없어서 고용인들이 돌아가며 키웠다. 아기는 홍례가 지내는 곳에는 올 수 없었다. 그래서 홍례는 아기가 있다는 소리만 들었을 뿐이었다. 홍례가 아기를 처음 봤을 때는 이미 아기가 소년이 된 후였다. 아기는 정말 남자를 똑 닮았다.

아기가 들어온 후에도 남자는 툭하면 국향에게 화를 냈다. 멱살잡이했다는 소문도 들려왔다. 홍례가 목격한 것도 한두 번이 아니었다. 남자가 술에 진탕 취한 날이 하루, 이틀 늘어만 갔다.

그러던 중, 홍례에게 중매가 들어왔다. 고작 16살 때의 일이었다. 그런데 좋은 집안이었음에도 불구하고 국향은 거절했다. 그래, 중매를 거절하기 전날에도 남자는 안방으로 들어가 큰소리를 내며 싸웠다.

'한 번 했는데, 두 번이라고 못 하겠어! 두고 봐! 거짓부렁일 것 같아?'

'주 씨!'

'날 자극하지 않는 게 좋아. 기다려줄 만큼 기다렸어.'

'나는! 나는…… 한 번도 그러라고 시킨 적 없어!'

'하…… 이제 와서 부정하는 거야? 씨발, 제발 살려달라고 하던 게 누군데!'

남자는 술에 절어 있었다. 상대가 주인임에도 불구하고 막말을 쏟아냈다. 밖에서 엿듣던 홍례는 남자가 혹시 어머니를 때리는 건 아닌가 걱정이 될 정도였다. 싸우는 대화를 몇 번이나 들었지만, 무슨 말인지 당최 알아들을 수가 없었다.

그들은 고의적으로 중요한 단어들은 빼고 얘기하고 있었다. 그래서 엿들어도 무슨 내용인지 알 길이 없었다. 어떤 비밀을 둘이 공유하고 있다는 것밖에 알 수 없었다.

열일곱이 되던 해, 홍례는 혼례를 올렸다. 상대가 팔려오듯 데릴사위로 들어왔다는 것은 알고 있었다. 하지만 어머니가 선택한 사람이기에 홍례는 반항하지 않고 받아들였다. 어머니의 뜻에 반하는 일은 할 수 없었다.

'내가 경고했는데…… 경고했잖아! 다 죽여버릴 거야! 다!'

홍례가 혼인한 후, 남자는 미쳐버린 것처럼 집안 식기를 모조리 부수며 난동을 피웠다. 그러다가 경찰에게 잡혀가기까지 했다. 이후 풀려났다는 말은 들었지만 남자는 집으로 돌아오지 않았다. 국향은 그를 찾지 않았다. 그래서 홍례도 그를 찾지 못했다.

그의 아들, 계훈은 집에 남아 있었다. 마치 숙명인 것처럼 고용인이 되어 일했다. 학교도 다니지 못하고 일꾼으로 살았다. 아직 어린아이가 잡일을 하며 어른들 사이에서 버텼다. 계훈은 한마디 불평 없이 묵묵히 제 할 일을 했다.

홍례의 남편은 순박한 사람이었다. 강원도 산골짜기에서 감자를 키우던 농부라고 했다. 그는 홍례와 혼인해 임씨 집안에 들어오고도 농사를 그만두지 않았다. 국향도 그가 농사짓는 것을 반대하지 않았다.

그는 임씨 가문의 드넓은 농지를 보며 아이처럼 좋아했다. 홍례는 그런 남편이 그다지 싫지 않았다. 아니, 오히려 좋았다.

그는 순수하고 밝은 사람이었다. 항상 매사를 열심히 했다. 장모 국향이 그를 무시하고 질타해도 그는 웃음을 잃는 법이 없었다. 홍례는 그가 좋았다. 살면서 처음 본 인간상이었다.

전쟁을 겪어도, 가난을 겪어도 그는 밝기만 했다. 돈이 있고 없고는 그에게 전혀 중요하지 않았다. 홍례는 그를 사랑했다.

1972년, 땅값이 하루가 멀다고 요동쳐 국향은 눈코 뜰 새 없이 바빴다. 딸아이를 남편에게 맡기고 홍례도 그녀의 일을 도왔다.

임씨 가문의 가장 금싸라기 땅은 단연 강남 일대였다. 그런데 강남구청이 들어서면서 그 주변 땅값이 다 올랐다. 모두 임씨 가문의 땅이었다. 임씨 가문의 엄청난 부지는 그대로 돈으로 바뀌었다. 수많은 이들이 돈을 포대기에 싸든 채로 집 문턱을 넘나들었다.

그렇게 국향과 홍례가 집안일에 매진하는 동안에도 홍례의 남편은 즐겁게 농사를 짓고 있었다. 국향이 그에게 준 논과 밭이 꽤 됐는데, 그는 의외로 사람을 부리는 일도 능숙하게 해냈다.

그렇게 모두 다 행복한 줄만 알았다. 그 행복이 영원할 줄만 알았다.

'우리 홍례, 몰라보게 아름다워졌구나.'

남자가 돌아왔다. 홍례는 기뻐서 그를 와락 끌어안았다. 남자가 히죽히죽 웃으면서 국향을 노려보고 있으리라고는 상상도 못한 채로.

그가 돌아왔다는 기쁨을 만끽할 새도 없이 비극은 시작되고 있었다. 홍례가 모르는 곳에서 조용히, 은밀하게.

홍례의 남편이 죽었다. 홍례는 그를 받아들일 수가 없었다. 누구보다 건강하던 사람이었다. 농사일로 다져진 몸은 다부졌고, 기골이 장대했다. 그러던 사람이 어느 날 입맛을 잃더니 밭에 나가지 못했다.

처음에는 현기증이 난다면서 하루를 쉬었다. 쉬면 괜찮아진다며 웃던 사람이었다. 너무 무리한 것 같다며 걱정 끼쳐 미안하다던 사람이었다. 그러나 병세는 순식간에 악화되어 다음 날에는 피를 토했다.

의원을 불러왔을 때는 이미 손을 쓸 수 없는 상태였다. 의원이 맥을 짚고는 표정을 굳혔다. 그 의미를 물어볼 필요도 없었다. 그의 몸이 차게 식어가고 있었다.

미친 것은 홍례가 아니라 국향이었다. 사위의 죽음을 안 그녀는 실성한 듯했다. 방에 틀어박혀서는 하루에도 수십 번 비명을 내질렀다. 집기를 깨부수는 건 기본이고, 깨진 자기 조각을 발로 지르밟기까지 했다.

'대체 어째서 이러셔요, 어머니! 제발 정신 차리세요!'

결국은 몸져눕고 만 국향을 보며 울음 짓는 홍례를 위로해준 것은 남자였다. 그는 기운 내라며 홍례의 어깨를 안아줬다. 자리에 누운 국향이 무언가 말하려는 듯 입술을 달싹였지만, 아무 소리도 나오지 않았다.

2년, 국향은 2년을 병상에 누워 지내다가 생을 마감했다. 홍례는 끝까지 그녀가 실성한 이유를, 몸져누운 이유를 알지 못했다. 괴로워하는 홍례를 토닥여준 남자는 장례가 끝나자 다시 훌쩍 떠났다. 그러고는 오랫동안 보지 못했다.

홍례는 가주로서 사느라 슬퍼할 겨를도 없었다. 홍례밖에 없었다. 임씨 가문을 지켜 이어나갈 유일한 존재였다. 부친이 남겨준, 모친이 불려준 엄청난 부가 손에 들어왔지만, 그것밖에 없었다. 그래, 그나마 하나 남은 것이 바로 딸이었다.

바쁜 홍례를 대신해서 민주를 키운 건 다름 아닌 남자의 아들, 계훈이었다. 어느덧 장성한 그는 홍례의 수족이 되어 움직였다. 어린 날 남자에게 의지했던 것처럼 홍례는 계훈에게 의지했다. 마치 계훈에게서 남자의 흔적을 좇듯이.

'네 아버지가 좋아하셨던 나무야. 유선화가 예쁘다면서 꼭 어머니를 닮았다고 했지. 삼성동 저택에도 심었으면 하는데.'

우습게도 유선화, 협죽도를 삼성동 저택으로 가져간 건 홍례였다. 그 꽃이 얼마나 지독한 꽃인지, 얼마나 무서운 꽃인지 알지도 못한 채. 그 꽃말이 '위험'이라는 것만이라도 진작 알았더라면…….

남자가 나무를 바라보며 했던 말만을 기억하고 있었다. 흐드러지게 핀 분홍 꽃이 제 어미를 닮았다 했다. 그 말이 얼마나 끔찍한 말인지도 모른 채.

민주가 성인식을 치렀을 때 남자가 돌아왔다. 육순이 훌쩍 넘은 남자의 흰머리에 홍례는 가슴이 찡했다. 남자가 어머니를 좋아했다는 것 정도는 알고 있었다. 어머니가 돌아가신 후, 사는 게 사는 게 아니었으리라. 홍례는 그를 극진히 대접했다. 아들 옆에서 편히 쉬시라고 별채까지 내어드렸다.

"무슨 생각을 하기에 불러도, 불러도 듣지를 못하오?"

"김 회장……."

언제 왔는지, 김 회장이 상 건너편에 앉아 있었다.

홍례가 만나자고 연락했을 때, 그는 어느 정도 상황을 짐작하고 있었다. 이럴까 봐 일부러 이 사장을 공략한 건데, 먹히지 않은 듯했다.

술을 한 잔 들이켠 그가 술병을 들어 내밀었다. 하지만 홍례가 움직이지 않자, 혼자 알아서 잔을 채워줬다. 그를 바라보는 홍례의 시선이 잘게 떨렸다.

'회장님 모친 주변 사람 중, 회장님 부친을 죽이고, 그 사위를 죽이고, 또 손녀사위까지 살해할 인물.'

세준의 목소리가 머릿속을 울렸다. 홍례는 극심한 두통에 잠시 고개를 숙여 이마를 짚었다. 신경을 건드리는 고통이 머리를 옥죄고 있었다.

"어떻게 알았지? 같이 살던 나도 몰랐던 일을."

"……이런, 맨입에 밝히라는 건……."

"김지부!"

홍례가 매섭게 그를 불렀다. 날카로운 목소리에 김 회장이 쓰게 웃었다. 분위기를 풀려고 가볍게 던진 말이었지만, 그녀의 반응을 보니 오히려 화만 키운 듯했다.

홍례에게는 치졸한 거래 따위 내밀 수 없었다. 평생 잊지 못하는 첫사랑이니 어쩔 수 없는 노릇이었다.

"……홍례, 자네와 혼인시켜달라고 조르러 가던 길이었네."
김 회장이 당시를 회상하며 읊조렸다.

'거절당했다고요?'
'그래, 중매란 중매는 다 거절하고 있대.'
'내가…… 내가 뭐가 어때서요? 우리 집이 어때서?'

지부는 받아들일 수가 없었다. 홍례는 제 여자였다. 처음 봤을
때부터 제 아내로 점찍어두었다. 홍례의 집이 땅 부자라는 건 알
고 있었지만, 지부의 집도 고명한 양반집으로 족보가 대단했다.
그 누가 신랑 후보로 나서도 그보다 나을 수는 없을 거라 자부했
다. 그래서 중매쟁이도 마음 편히 중매를 섰는데, 웬걸. 홀딱 쫓겨
나고 말았다.

'오히려 저기 강원도 깡촌에서 남자를 구한다고 하는 소문이
있어.'

중매쟁이가 자신은 그렇게 고집스러운 마님은 처음 본다며 혀
를 내둘렀다. 그러면서 남기고 간 말이었다. 강원도 시골에서 홍
례의 남편을 구한다니, 그건 우습지도 않은 농담이었다. 홍례와
결혼하고 싶어 하는 남자는 지부 혼자가 아니었다. 세상 내로라하
는 남자들이 줄을 섰는데, 시골 촌놈이라니?
지부는 중매쟁이가 안 된다면 직접 가서 청혼할 생각으로 홍례
의 집을 찾아갔다. 몇 번 가본 적 있는지라 축대에서 마주친 고용

인이 인사를 해왔다. '홍례 아가씨, 지금 안 계시는데, 어쩐대요?' 하는 말에 지부는 잠시 고민하다가 안에서 기다리겠다고 했다. 고용인은 그러시라며 문을 열어줬다.

응접실로 들어가 고용인이 내온 차를 마시며 기다리는데, 문득 홍례 어머니께 말해야 하겠다 싶었다. 홍례에게 먼저 청혼하고 싶었지만, 실상 혼인을 결정하는 사람이 그녀가 아니라는 걸 깨달은 탓이었다.

본채로 넘어간 지부가 주위를 둘러봤다. 고용인이 지나가면 얘기를 전해달라고 할 생각이었는데, 그날따라 그 주변에 아무도 없었다. 그때는 몰랐지만 지금 생각해보니 일부러 사람을 다 물렸던 것이었다. 아무도 듣지 못하게. 자신들의 지독한 비밀을 아무도 들어서는 안 되었기에.

'죽여버린다고 했어.'

'넌…… 미쳤어.'

'하, 내가 미친 걸 이제야 아셨어? 너에게 미쳐서 죽기 일보 직전이야, 난!'

남자의 목소리가 꽤 큰 편이었다. 지부가 마당에 서 있었음에도 또렷하게 들릴 정도였다. 게다가 그는 잔뜩 화를 내고 있어서 소리가 거칠기까지 했다.

지부는 심상치 않음을 느꼈다. 여자의 목소리는 분명 홍례의 어머니였다. 누가 대체 저 대단한 여인에게 소리를 지를 수 있을까. 남자의 정체가 궁금했다. 그녀의 남편은 오래전에 병사했다

는 것을 지부도 알고 있었다. 내연남일까, 재혼 상대일까, 궁금증
을 참지 못하고 소리를 죽여 안방 가까이 다가갔다.

'이국향, 이국향……!'

남자가 으르렁대듯 뇌까렸다. 몸싸움이라도 하듯 격렬한 기척
이 들렸다. 혹 손찌검이라도 하는 건가 싶어 지부가 당황하는 사
이, 남자의 목소리가 다시 들려왔다.

'넌 내가 살려줬어. 살려달라며, 네가 죽이라고 했잖아! 그 새
끼 때문에 죽을 것만 같다며!'
'살려달라고 했지, 누가…… 누가 죽이랬어!'
'확 죽어버렸으면 좋겠다며!'
'그걸…… 그렇다고 그걸 진짜로 믿는 사람이 어디 있어!'
'여기. 너에게 미친 나.'
'하…….'

내용이 어쩐지 끔찍했다. 죽인다, 살린다……. 엿듣는 지부의
표정이 되레 더 심각해졌다. 둘은 한동안 아무 말도 없었다. 움직
이는 기척 하나 없이 조용했다. 그 침묵이 무서워 지부는 조심스레
걸음을 옮겼다. 이러다 둘 중 누가 나오기라도 하면 엿들은 걸 들
킬 판이었다. 살금살금 옆으로 걷는데, 다시 목소리가 들려왔다.

'경고했어. 홍례 결혼시키면, 나 돌아버려.'

'주 씨!'

'어디 한번 시켜보든가. 한 번 죽였는데, 두 번은 못 죽이겠어? 다 죽여버릴 거야. 이 집 씨를 말려버릴 거라고!'

문이 덜컹! 부서질 듯이 거칠게 흔들렸다. 지부는 깜짝 놀라 허둥대다가 마루 밑으로 기어들어가 숨었다. 심장이 두근대서 손이 다 벌벌 떨렸다. 들킬까 봐 두려워하는 사이, 남자가 경고하듯 한 번 더 뱉었다. 그 목소리가 소름 끼쳤다.

'나를 선택해. 그럼 편해. 응? 이국향. 국향아, 내가 행복하게 해줄게.'

'……이 살인자!'

짝! 국향의 말이 끝나기도 전에 매서운 소리가 들렸다. 비명이 이어졌다. 행복하게 해준다더니 바로 폭력이 이어졌다. 지부는 어처구니가 없어 몸을 떨었다. 차라리 확 쳐들어가서 홍례 어머니를 구하고 싶은 마음도 있었지만, 남자가 너무 무서웠다. 목소리밖에 모르는 남자지만, 들어본 어떤 귀신보다 더 무서웠다.

살인자. 그래, 남자는 살인자였다. 분명 그가 홍례 아버지를 죽인 게 틀림없었다. 오줌을 지릴 것만 같았다. 그만큼 무서웠다. 벌벌 떨다 기절했다. 깨어났을 때는 밤이 깊은 후였다. 지부는 얼른 마루 밑에서 기어 나와 그 집을 빠져나왔다.

"나는 그날의 내가 가장 싫다네."

"……"

"겁쟁이였지. 나는 그 남자가 무서워서 자네에게 청혼도 하지 못하고 도망치듯 다른 여자와 혼인했어. 두려웠거든, 그 남자가."

홍례가 아무 말이 없는 것을 보며 지부는 쓰게 웃었다. 오늘따라 술이 쓰기만 했다. 단맛이 다 빠진 것처럼 지독히도 썼다. 자신의 볼썽사나운 과거를 씻어 내리려는 듯 계속 술을 마시던 지부가 다시 입을 열었다.

"자네가 정말로 강원도에서 올라온 남자와 혼인했을 때, 그 남자의 경고가 진짜라는 것을 알았네. 혹시 정말 죽더라도 뒤탈 없는 남자를 골랐구나. 그렇게나 두려웠던 거구나. 자네가 의외로 부군과 잘 지내는 것이 놀라웠지만 말일세."

잠시 말을 끊은 지부가 자조했다. 홍례와 결혼한 건 제가 아닌데도 지부는 자신이 죽는 것처럼 두려움에 떨며 살았다. 하루하루가 지옥 같았다.

"몇 년이나 아무 일이 없길래 자네 어머니나 내가 너무 심각하게 받아들였던가 싶었던 적도 있었지. 하지만……."

하지만 단순한 시간 차에 불과했다. 결국, 남자는 홍례의 남편을 죽였다. 술을 한 잔 더 들이켠 지부가 홍례를 바라봤다. 그녀의 눈동자가 심하게 요동치고 있었다.

"홍례, 자네는 알지?"

"……"

"그 남자가 누군지."

지부는 몰랐다. 그 남자가 누군지 전혀 알지 못했다. 주 씨. 그날의 국향이 그리 불렀다는 것만 알았다. 홍례는 대답하지 않았다. 그 저 가만히 앉아 있는 그녀의 표정이, 그 무표정이 속 안의 괴로움을 모두 보여줬다. 차라리 표현하면 덜 아프련만, 표현조차 하지 못하는 그녀를 보는 그가 더 괴로웠다. 괴로움에 한 잔 더 들이켰다.

"그는 악귀였어. 그냥 살인자가 아니라 악귀. 임씨 집안 씨를 말리려는 악귀."

"왜……."

첫마디였다. '왜.' 지부는 대답할 수 없었다. 자신은 그 남자가 아니었다. 한동안 묵묵히 있던 지부가 제 생각을 조심스레 털어놨다.

"자네 어머니께서 혹…… 부군께 안 좋은 대접을 받았던 건 아닌가 싶네. 그…… 죽는 게 낫다고 말씀하실 정도였으니까 말일세. 그리고 그 남자가…… 구해준 거지. 잘못된 방향으로."

국향은 혼례를 올린 당일부터 저런 못된 놈, 콱 죽어버렸으면 좋겠다고 빌었다. 귀신은 저런 놈 안 잡아가고 뭐 하느냐고. 벼락 맞을 놈, 죽어도 곱게는 못 죽을 거다. 늘 저주하고 또 저주했다. 밤이면 밤마다 남편에게 성적으로 학대당하고, 낮이면 정신적으로 학대당했다. 사는 게 사는 게 아니었다.

"구해줬으니 당연히 자신에게 매달릴 줄 알았겠지, 그자는. 살려줬으니 이제 제 여자라고 생각했겠지. 하지만 아니었지."

죽여버렸다며 주 씨는 실실 웃었다. 죽여주길 원하니까 그리해 줬다며 칭찬을 바라는 눈치였다. 그 순간, 국향은 자신을 죽도록 괴롭혔던 남편보다 그가 더 무서웠다. 사람이 사람을 죽이고 웃는 다. 마치 벌레라도 밟아 죽인 것처럼 죄악감을 느끼지 못한다. 국향은 그게 너무도 소름 끼쳤다.

"살인자를 낭군으로 모시고 살 수 없었겠지. 자네에게 살인자 아버지를 만들어주고 싶지 않았을 거야."

그는 홍례를 유독 아꼈다. 하지만 동시에 미워하기도 했다. 그 남자의 피가 흐른다며 증오했다. 앞에서는 예뻐해주고는 돌아서면 미칠 듯이 미워했다. 그러면서 늘 말했다. 자기가 아버지가 되면 괜찮다고. 자기가 아버지가 되면 예뻐만 할 거라며 국향에게 얼른 혼인하자고 했다.

죽는 한이 있더라도 그럴 수는 없었다.

하지만 수틀리면 무슨 짓을 벌일까 두려워서 내쫓지도 못했다. 그가 한 번씩 술 처마시고 난동을 피워도 내버려두는 수밖에 없었다. 심기를 거슬렀다가는 정말 칼부림이라도 낼 것 같았다.

국향이 할 수 있는 건 그의 청혼을 거절하는 것뿐이었다.

"나는…… 내 아버지를, 남편을 죽인 자를…… 집에 들였어."

홍례의 목소리가 매우 작았다. 숨소리가 더 커서 알아듣기 힘들었다. 하지만 지부는 되묻지 않았다. 그녀 나름의 고해성사라 짐작한 채 잠자코 있었다. 술이 이제는 그저 물처럼 느껴졌다.

"그러고는…… 사위를 죽이게끔 자리를 만들어줬지. 나는…… 어머니가 그를 사랑했다고 생각했어. 아버지 몰래 그와 사랑해서 나를 낳은 것이 아닌가, 그런 생각마저 했어!"

목소리가 점점 격렬해졌다. 그 소리가 처절하게 갈라졌다. 피를 토하듯 홍례가 기침을 몇 번이나 토해냈다.

"그가 무슨 짓을 했는지도 모르고 그의 죽음까지 책임졌어. 장례를 치러주고 선산에 자리까지 내주었네! 내가, 내가 무슨 짓을……! 아, 아아……!"

세상에 하나뿐인 아버지였다. 얼굴조차 모르는 생부보다 그의
애정이 더 애틋했다. 그를 사랑했다. 그가 진짜 아버지가 되어주
길 바랐다. 어머니가 어떤 고통을 가슴에 안고 있는지도 모른 채,
그를 반겼다. 어머니가 피눈물을 흘리고 있는지도 모른 채, 그와
웃음을, 울음을 함께했다.

"내 남편이 죽었을 때 어머니가 실성했던 적이 있어. 그래, 어
머니는 알고 계셨던 거야. 알았지만 말씀하지 못하셨겠지…….
내가 받을 상처를 걱정해서……. 내가…… 내가 그를 얼마나 좋아
하는지 알고 계셔서……."

홍례의 눈에서 눈물이 주룩주룩 흘러내렸다. 지부는 그 눈물을
닦아줄 손이 없었다. 예전에 도망친 겁쟁이는 이제 와서 내밀 손
이 없었다. 그럴 자격이 없었다. 말해주었더라면……. 뒤늦은 후
회는 안 하느니만 못하다.

드르륵. 그때였다. 장지문이 벌컥 열렸다. 지부가 인상을 찡그
린 채로 뒤를 돌아봤다. 노크조차 없이 문을 여는 무례를 저지르
다니 하고 화를 내려던 찰나, 그의 인상이 풀어졌다.

"언제 왔는가."

"처음부터 있었습니다."

세준이 문을 완전히 끝까지 열었다. 그 옆으로 다혜가 보였다.
지부의 눈이 조금 커졌다. 설마 둘이 같이 오리라고는 생각도 하
지 못했다. 게다가 붉어진 눈을 보니 이미 얘기를 다 들은 모양이
었다. 지부가 쓰게 웃었다.

다혜가 그런 그에게 고개 숙여 인사하고는 할머니 홍례에게 다

가갔다. 그녀를 부축하자 홍례가 다혜의 품을 끌어안고 오열했다. 말 한마디 하지 못한 채 격한 울음을 터트리는 그녀를 다혜는 꼭 끌어안아주었다.

아마 평생에 처음일 터였다. 가주로서 한 번도 약한 모습을 보이지 않았던 그녀였다. 세상 누구보다 강한 여자였다. 그런 할머니가 아기처럼 목 놓아 울고 있었다. 그리고 그 이유가 너무도 끔찍했다. 다혜가 할 수 있는 건 그녀의 등을 도닥이는 것뿐이었다.

"자네는…… 두렵지 않았나."

"두려울 새가 없었습니다."

지부의 말에 세준이 한 치의 망설임도 없이 바로 대답을 내놨다. 다혜를 바라보는 그의 시선이 강해서 지부는 쓰게 웃기만 했다. 자신도 그처럼 강했더라면 아마 많은 사람들의 인생이 달라졌을 것이다. 자신이 조금만 더 용기 있었더라면, 저렇게 제 목숨보다 더 사랑했더라면…….

"그럼 먼저 실례하겠습니다."

세준이 다혜 쪽으로 다가갔다. 다혜에게서 홍례를 넘겨받아 안아 들었다. 꼿꼿한 여인이었지만, 지나치게 가벼웠다. 뼈밖에 없다 싶을 정도로 삐쩍 마른 탓이었다. 그녀를 안은 채로 세준이 걸음을 옮겼다. 지부에게 묵례하는 것도 잊지 않았다. 그렇게 다혜와 세준이 나간 후, 홀로 남은 지부가 고개를 떨궜다.

"실신하신 것 같아요."

"병원으로 가자."

다혜가 뒷자리에 타고 홍례를 눕혔다. 세준은 홍례의 기사에게 따라오라고 말한 후, 직접 운전해 병원으로 갔다. 입원 수속을 끝마치고 나자 이미 밤이 깊은 후였다.

다혜가 할머니 곁에 남고 싶다고 해서 세준도 같이 남기로 했다. 1인 특실이기 때문에 병실에 딸린 거실과 침실이 따로 있었다. 거실에 앉으면 투명 유리로 홍례의 모습이 보였기 때문에 세준과 다혜는 거실 소파에 자리했다.

"후우……."

자리에 앉자 절로 한숨이 밀려왔다. 다혜가 피곤을 감추지 못하고 이마를 짚었다. 세준이 그런 다혜의 어깨를 끌어안아주었다. 어깨에 머리를 기대게끔 해주자 다혜가 몸에 힘을 빼고 기대왔다.

홍례가 김 회장을 만나러 간다는 걸 알았을 때, 세준은 당연히 그녀를 따라가기로 했다. 그런데 그걸 다혜에게 들켰다. 딱히 숨긴 것은 아니었지만, 다혜가 같이 가겠다고 나섰을 때 세준은 조금 걱정했다. 하지만 어차피 그녀도 이미 다 알게 된 일이니 차라리 알려면 확실하게 다 아는 게 낫겠다 싶었다.

'알아서 더 괴로운 일도 있어. 차라리 모르는 게 약인지도 몰라.'

'하지만 알아야만 할 때가 있죠. 지금이 그럴 때라고 생각해요.'

다혜는 세준이 생각하는 것보다 훨씬 강한 여자였다. 그걸 세준은 몰랐다. 늘 겉모습만 봐와서 알지 못했다. 하지만 생각해보면 임 회장의 손녀인데, 강하지 않은 게 이상했다.

'주 씨…….'

주 씨. 주계훈 집사의 아버지. 그 미묘한 관계가 아직 껄끄럽게 남아 있었다. 다혜도 그를 떠올렸는지, 조심스레 입에 담았다.

"알고 계셨을까요?"

주어가 없었지만 알아들은 세준이 '글쎄.' 하고 작게 대답했다. 세준이 조사를 위해 여러 가지 물을 때도 그의 태도는 한결같았다. 당황하는 것도 없고, 아는 티도 내지 않았다. 그저 늘 보였던 모습 그대로였다.

"회장님의 부군 때만 해도 전혀 관계가 없을 거야. 다만…… 네 아버님 때라면 모르겠어. 과연 삼성동 저택에서 주 집사의 눈을 피해 움직일 수 있었을까 싶기도 하고. 아버님이 사셨던 동관에 잠입해서 독극물을 마시게 했다면…… 과연 60대 후반이나 70대인 노인이 아무에게도 들키지 않고 가능했을까 싶지."

"집사께서 도왔을 수도 있다는 거군요."

"알고 도왔거나…… 모르고 도왔거나."

세준의 말에 다혜가 아랫입술을 강하게 깨물었다. 그러지 않으면 오한을 견딜 수 없었다. 입술을 그리 세게 깨물었음에도 불구하고 몸이 덜덜 떨렸다. 세준이 그런 다혜를 더 강하게 끌어안아 주었다. 아예 품에 가둔 채로 팔을 쓰다듬어주는 것에 다혜가 안타까움을 쏟아냈다. 그 밭은 숨에 세준이 이마에 가볍게 입을 맞췄다.

"가슴이…… 너무 아파요."

"응."

"……견딜 수 없이 아파요."

결국, 참아왔던 눈물이 도르르, 떨어졌다. 어딘가에 부딪혀 깨져 사라졌다.

"어째서, 어째서……."

어째서 그렇게까지 증오했는가. 어째서 그렇게까지 사랑했는가. 어째서, 어째서. 모든 말이 그 한 단어에 함축되어 있었다. 차마 입에 담지도 못하는 원망과 물음이 이리저리 뒤엉켜 섞여 있었다.

똑똑. 갑자기 들려온 노크 소리에 다혜가 몸을 굳혔다. 울음마저 안으로 삼켰다. 굳은 채 문을 바라보는 눈이 살짝 떨렸다.

간호사일까? 문을 두드린 사람은 안의 반응을 기다리듯 문을 열지 않았다. 세준이 다혜의 어깨를 살짝 토닥여준 채 자리에서 일어났다. 문을 열려는 듯 움직이는 그의 팔을 다혜가 붙잡았다. 세준이 걸음을 멈춘 채 내려다봤다. 다혜의 눈이 겁에 질려 있었다.

"세준 씨……."

공포심이 깃든 목소리에 세준이 슬쩍 웃어 보였다. 괜찮다고 안심시키는 미소였지만, 다혜의 불안은 쉬이 가시지 않았다.

"걱정하지 마."

그 말에 다혜가 붙잡고 있던 손을 놨지만, 그래도 표정은 여전히 굳어 있었다. 그러나 세준은 그다지 걱정하지 않았다. 만약 저 문밖의 사람이 계훈이라 할지라도 그가 할 수 있는 건 아무것도 없었다.

"들어오시죠."

문을 열자 계훈은 새파랗게 질린 얼굴로 덤덤히 서 있었다. 평소와 다름없는 덤덤함이었지만, 안색이 다르다는 걸 알려줬다.

잘게 떨리는 눈가가 그의 상태를 대변해줬다.

"쓰러지셨다는 연락을 받고 왔습니다. 회장님을 뵙고 싶습니다."

세준은 그가 안으로 들어오는 것을 막지 않았다. 소파 앞에 서 있는 다혜와 시선이 마주친 그가 인사를 올리고 홍례의 병실로 들어가려 했다. 문고리를 돌리는 그를 바라본 세준이 입을 열었다.

"회장님께서 모든 것을 아셨습니다."

"……"

"이 악행이, 악연이 어디서부터 시작했는지…… 그래서 쓰러지신 겁니다. 주 집사, 당신은 회장님을 볼 면목이 있습니까?"

세준은 최대한 덤덤하게 물었다. 그가 아버지의 살인에 가담했는지를 묻고 있었다. 그가 어떤 대답을 할지 다혜도 한껏 긴장한 채 그를 바라봤다.

문고리를 돌리던 계훈이 문을 열지 않은 채 묵묵히 서 있었다. 투명한 유리 너머로 홍례를 바라보던 그가 입을 뗐다. 아주 무거운 목소리였다. 감정이 모두 뒤섞여 듣기 괴로운 소리였다.

"이 사장님과 다혜 아가씨의 결혼을 진행하실 때였습니다. 하루는 한숨을 쉬시며 말씀하셨습니다."

홍례는 다혜의 결혼을 오랫동안 준비하고도 차마 결심하지 못했다. 다혜가 대학을 졸업했을 때도 결혼시킬 생각이었지만, 결국 미루고 대학원 진학을 허락했다. 그녀가 얼마나 과거의 사건에 연연하며 살고 있는지, 가장 가까운 곳에서 모시는 계훈은 모두 다 알고 있었다.

"이 결혼을 성사시켰다가 가장 아끼는 두 아이를 잃을까 두려우시다 하셨습니다. 저는 아무런 대답도 하지 않았습니다. 괜찮을 것을 알고 있었으니까요."

"……핫!"

다혜가 휘청거렸다. 다리에 힘이 풀리는지 소파에 주저앉는 것에도 계훈은 반응이 없었다. 세준은 다혜를 흘끗 바라봤다가 다시 그에게로 시선을 고정했다. 유리에 비치는 그의 표정을 봤다.

"물론 괜찮다고도 말하지 못했습니다. 저에게는 어떠한 말도 허락되지 않았으니까요. 다만 자신 있게 말씀드릴 수 있는 것은 하나. 이 사장님, 당신을 노리는 이는 처음부터 없었습니다."

"당신 아버지의 범죄에 가담하지 않았다는 뜻입니까?"

세준이 확실히 하고자 물었다. 하지만 계훈은 대답하지 않았다. 문을 열고 안으로 들어가는 계훈을 세준이 인상을 찡그린 채 바라봤다. 계훈이 홍례의 상태를 둘러보고 옆에 앉는 것을 보고 이내 다혜의 옆으로 다가가 앉았다.

"우리 모두를 농락했다니……."

다혜의 말에 세준이 쓰게 웃었다. 그에게 휘둘린 것은 맞았다. 이미 죽어 없는 살인자를 두려워했던 시간을 생각하면. 이번에 처음 알았던 세준과 달리 다혜는 성장하는 내내 그 저주에 대해 들어왔다. 홍례는 더했다. 소중한 손녀사위가 죽을까 봐, 손녀가 죽을까 봐 사는 게 사는 게 아니었을 터였다.

누군가 용기를 냈더라면 이렇게까지 이어질 일이 아니었다. 누구 한 사람만 이 잘못된 고리를 끊어냈더라면…….

"말할 수 없었겠지. '제 아버지가 당신의 아버지를 죽였습니다.' 이런 말을 할 수는 없었을 거야."

"말했어야죠. 말했어야만 해요. 그러면 적어도 애꿎은 사람이 한 명이라도 덜…… 죽었을지도 모르잖아요."

다혜의 표정이 아프게 일그러졌다. 세준이 안타까운 손짓으로 뺨을 쓰다듬어줬다.

"아니, 그가 안 건 아무래도 네 아버지 일 이후인 것 같아. 그러니 이미 말해봤자 소용없다고 생각했을 거야. 아버지가 돌아가셨으니 이제 이대로 묻어버리면 된다……. 그렇게 생각했겠지."

"어떻게 그게 그렇게 돼요. 어떻게 그런 일을 알고도 모르는 척 옆에 있을 수 있어요!"

다혜의 감정이 격해졌다. 분명 계훈에게도 들릴 터였다. 세준은 마른 입술을 한 번 핥은 후 그녀를 끌어안았다. 그녀의 마음을 모르는 게 아니었다. 다만 그의 마음도 이해해버렸을 뿐이었다.

"그래서 말하지 못한 거야."

"……네?"

"말해버리면 여기 남을 수 없으니까."

흠칫. 다혜의 몸이 잘게 떨렸다. 세준은 그녀를 더 강하게 안아주었다. 그녀가 받은 상처는 자신이 짐작할 수 있는 크기의 것이 아니었다. 제가 할 수 있는 건 그저 옆에 있어주는 것뿐이었다. 슬픔을 나누면 반이 된다고, 그녀의 슬픔을 같이 끌어안아주는 것뿐이었다.

'결혼 선물이요? 이런 걸 언제 준비하셨어요?'

'내 손녀나 다름없는 아이야. 한 번뿐인 결혼인데 챙겨줘야지.'

'민주 아가씨께서 정말로 좋아하실 겁니다. 아, 회장님이 더 감동하시겠네요.'

'굳이 홍례한테 말할 거 없어. 내가 이런 거 했다고 하면 돈 썼다고 뭐라 한다고. 그냥 잠자코 가져다줘. 먹고 건강해지면 좋지. 거 보니까 민주도 몸이 많이 약해.'

그 말이 얼마나 끔찍한 거짓말이었는지 당시에는 알지 못했다. 계훈은 그가 내민 두 개의 한약을 받아 들었다. 민주에게 주는 것은 아침마다 물에 타 마시면 폐와 기관지에 좋다고 했다.

민주의 남편에게 주는 것은 고혈압 등 성인병에 좋다고 했다. 서로 약효가 다르니 헷갈리면 안 된다는 말에 계훈은 동관의 집사에게 몇 번이나 주의했다.

그랬다. 독이 담긴 한약을 동관에 들인 건 결국 계훈이었다. 아무것도 모른 채, 아버지가 내민 독을 전달했다.

독이 담긴 한약을 정성스레 달여 매일 아침 마신 민주의 남편이 시름시름 앓다가 세상을 떠나고 나서야 계훈은 무언가 이상하다는 것을 깨달았다. 홍례의 남편이 죽을 때가 퍼뜩 떠올랐다. 그때도 아버지가 오랜만에 임씨가로 돌아온 후에 일이 터졌다.

아무 문제 없던 장성한 사내가 하루아침에 병자가 되어 목숨을 잃었다. 한집에서 두 남자가 같은 방식으로 죽어 나갔다. 그리고 그때마다 떠났던 아버지가 돌아와 있었다. 계훈은 머릿속에 드는 의심에 숨도 제대로 내쉬지 못했다.

남편의 죽음을 인정하지 못하는 민주가 실성해 날뛰었다. 홍례는 찢어지는 가슴을 억지로 부여잡고 딸을 추슬렀다.

계훈은 아버지를 다그쳤다. 아니길 바랐다. 그냥 오해이길 바
랐다. 아버지가 돌아온 시기도, 선물을 준 시기도 그저 우연에 불
과하길 바랐다.

'넌 아무것도 알 필요 없어.'

왜 불길한 예감은 틀리지를 않는가. 아버지는 비릿하게 웃었
다. 괴로워하는 홍례를 위로하는 그 위선자의 모습에 계훈은 고개
를 저었다. 저 사람은 제 아버지가 아니었다.

누구인가, 저 남자는. 자라면서 한 번도 저 남자에게 부정을 느
껴본 적은 없었지만, 그래도 자신의 아버지라는 걸 부정해본 적은
없었다. 한 번도 아버지로서 무언가 해준 적은 없는 남자지만, 그
래도 아버지라고 우러러봤다.

'왜…… 대체 왜요……. 왜 그러셨어요!'
'복수여.'
'……예?'
'복수라고. 내 여자를 더럽히고 망가뜨린 임 씨 놈에의 복수.'

계훈은 기가 찼다. 그가 말하는 임 씨가 홍례의 아버지라는 것
은 바로 눈치챘다.

'……그럼 회장님 부군도…… 아버님도…… 다……?'
'임 씨의 흔적은 모조리 없애버릴 것이야. 그놈이 저승에서

얼마나 분통해할지 생각만 해도 통쾌해.'

악귀였다. 그는 악귀였다. 다 늙어빠진 늙은이였는데도 계훈은
그가 무서워서 뒷걸음질 쳤다. 지팡이가 없이는 한 걸음도 제대로
걷지 못하는 노인이었는데도 무서웠다.

'말이 안 되잖아요. 어차피 사위가 가문을 이어받으면 임씨
가문은 회장님을 끝으로 그 성을 물려받을 이가 없어진단 말입니
다. 그런데 왜! 대체 왜 사장님까지!'

'머저리 같은 놈.'

남자는 계훈을 보며 혀를 끌끌 찼다. 힘없는 손가락을 들어 관
자놀이를 툭툭 치며 생각 좀 하라고 핀잔했다.

'홍례가 있잖여.'

'……예?'

'임 씨 놈이 남긴 유일한 흔적, 우리 홍례 말이야.'

계훈의 얼굴이 하얗게 질렸다. 남자는 신경도 쓰지 않고 킬킬
웃었다. 다 빠진 이가 흉물스럽게 모습을 드러냈다.

그의 핏줄을 타고난 존재를 미워했다. 홍례를 보면 그놈이 떠
올랐다. 예쁘고 아름다운 이국향의 딸이라 사랑했다. 천하의 버러
지인 그놈의 딸이라 증오했다.

"더는 지켜볼 수 없었습니다. 제가 할 수 있는 건 하나밖에 없

었습니다."

힘겹게 눈을 뜬 홍례가 무언가 말하려는 듯 입술을 달싹였다. 하지만 들리지 않았다. 계훈은 그녀를 바라보며 희미하게 웃었다. 그 웃음에 체념이 가득했다.

"그가 쓰는 방법을 그대로 썼습니다. 협죽도 잎을 말려서 가루를 내 그가 즐겨 마시는 블랙커피에 소량씩 탔습니다. 편히 가셨을 겁니다."

끝을 내야 했다. 그를 죽이지 않으면 또 누가 희생될지 겁이 났다. 그가 더 미치면 그 마수가 홍례를 향할까 무서웠다. 홍례의 피를 이어받은 유일한 핏줄인 다혜를 향할까 무서웠다.

그가 제 아버지라는 사실이 끔찍했다. 또, 아들인 자신이 하지 않으면 안 된다는 생각도 했다.

"미리 말씀드리지 못해 죄송합니다, 회장님."

홍례의 눈에서 눈물이 줄줄 흘러내렸다. 계훈이 티슈를 곱게 접어 귀 앞에 대주었다. 눈물이 귓속으로 들어가지 않도록 세심히 배려했다. 자리에서 일어나 허리를 90도로 접어 인사를 올렸다. 마지막으로 시선을 맞춘 계훈의 표정이 처음으로 일그러졌다. 내내 덤덤하게 말하던 것과 달리 괴로움이 고스란히 드러났다.

털어놓고 싶을 때가 한두 번이 아니었다. 홍례가 '임씨가의 저주'라며 얘기를 꺼낼 때마다 말해주고 싶었다. 죄송하다고 대신 사과하고 싶었다. 하지만 그러지 못했다. 모든 것이 밝혀질 때가 제가 그녀 곁을 떠나야 하는 순간이니까.

세준이 다혜와 결혼해도 아무 일도 일어나지 않는다면 그대로 묻어 넘길 수 있다고 생각했다. 그런데 홍례의 두려움은 그가 상상한 것보다 훨씬 깊었다. 결혼시킨 것을 후회하며 역시 떼어놓아야겠다고 했다.

그리고 전력으로 조사에 나선 세준이 결국 모든 것을 밝혀냈다. 계훈은 덤덤히 받아들이려고 애썼다. 무덤까지 가져가는 비밀은 없다고 했다. 언젠가 밝혀질 일이었다.

"……곁에서, 모실 수 있어서……."

행복했습니다. 그 말을 차마 뱉지 못하고 입을 다물었다. 눈가가 잘게 떨렸다. 눈물을 참으려는 듯 눈에 몇 번이나 힘을 주고 풀며 버틴 계훈이 몸을 돌렸다. 밖으로 나와 세준과 다혜에게도 90도로 인사를 올리고는 이내 병실을 나갔다.

문이 탁, 하고 닫혔다.

"모두 다 풀렸어? 이제 정말로 안전한 거야?"

"네, 걱정 끼쳐서 죄송해요."

세준의 눈빛이 똑 부러져서 그의 어머니도 이내 고개를 끄덕였다. 아들은 허튼소리는 하지 않았다. 그가 기라면 기였다.

홍례가 퇴원한 후, 세준은 부모님께 그간 있었던 일에 대해 다 털어놨다. 그날 이후로 걱정을 떨치지 못했던 세준의 어머니도 이제야 안심하는 눈치였다.

어머니의 표정이 좀 풀리자 세준이 부드럽게 웃으며 본론을 꺼냈다.

"어머니, 다혜 나무라지 마세요."

"아가씨가 말하디?"

"보면 알죠."

"눈치는 빨라서. 나 틀린 말 한 거 없다, 애."

"이해해주세요. 상황이 그랬어요. 제가 죽을까 봐 걱정하느라 잠도 거의 못 잔 애예요."

세준이 다혜를 옹호하자 어머니의 눈빛이 조금 날카로워졌다. 아들이 안전한 것과 별개로 화가 풀리지 않은 듯했다.

"그래도 널 위험에 빠뜨린 건 사실이잖니."

"그렇지 않아요. 제가 다혜가 좋아서 결혼하겠다고 했어요. 제가 원해서 한 결혼이에요. 결혼하기 전에 알았다고 하더라도 저는 결혼했을 거예요."

"그걸 지금 말이라고……."

"제가 사랑해요, 다혜를."

세준의 단호한 말에 어머니는 씩씩거리다가 제풀에 꺾인 듯 깊은 한숨을 내쉬었다. 그래, 제 아들 고집은 누구도 꺾을 수 없었다. 아, 이제 한 사람 있겠다.

"다혜는 저 위험해질까 봐 걱정했어요. 다혜가 정말 제 목숨을 흥정할 생각이었다면 내버려뒀겠죠. 아무 말 안 하고, 죽나 안 죽나 기다렸지 않겠어요?"

"……그건 그렇구나."

"오랫동안 죄책감에 시달렸어요. 자기 이기심에 절 위험하게 했다고 괴로워했어요."

세준의 말에 어머니는 한 번 더 한숨을 내쉬었다. 그 여린 아가씨가 말도 못 하고 얼마나 속을 태웠을까 생각하니 안쓰러웠다. 그런 아가씨에게 모두 다 그녀 잘못인 양 화를 낸 것을 생각하니 미안함이 밀려왔다.

세준은 조만간 다혜를 데리고 오겠다며 화해하라고 했다. 그녀도 고개를 끄덕이며 애잔한 미소를 띠었다.

옆에서 지켜보던 아버지가 입을 열었다.

"그럼 결혼식은 그대로 진행하는 거냐?"

"예. 다만 규모를 조금 줄일까 합니다. 회장님 현 상태를 생각해도 너무 크게 할 필요는 없다고 판단했어요."

아버지는 이해한다는 듯 고개를 끄덕였다. 전속 운전기사였기에 그는 누구보다 홍례의 상태를 잘 알았다. 그가, 집사 계훈이 떠난 이후로 그녀는 아예 본관에서 두문불출했다.

"회장님은 괜찮으실지……."

아버지가 한숨을 내쉬는 것을 세준은 묵묵히 바라봤다. 그건 자신들이 어떻게 해줄 수 있는 일이 아니었다. 다만 그녀의 상태가 좋지 않으니 다혜도 편치 못했다.

"솔직히 가장 좋은 방법은 주 집사를 다시 오게끔 하는 겁니다만……."

"그래도 되겠어?"

"그건 회장님께서 판단하시겠죠."

세준의 말에 아버지도 고개를 끄덕였다.

"다혜야."

세준의 목소리에 다혜가 고개를 들었다. 그 얼굴에 근심이 가득해 세준의 속이 더 썼다. 할머니의 기운을 어떻게든 북돋으려고 애를 써봤지만 소용없었다. 다혜도 이제는 제가 어떻게 할 수 있는 문제가 아니라는 걸 절감하고 있었다.

"점심은 먹었어? 안색이 안 좋잖아."

"할머니께서 드시지 않으셔서……."

"그렇다고 같이 걸렀어?"

세준이 짐짓 화난 표정을 짓자 다혜가 시무룩하게 시선을 떨궜다. 식욕이 없다고 말해봤자 씨알도 먹히지 않을 것임을 알고 있었다.

"바람 쐬러 나가자."

세준이 이내 어깨 힘을 풀고 살짝 미소 짓자 다혜가 그의 눈치를 살폈다. 잔소리를 각오하고 있었는데 어쩐지 당근이 나왔다. 살살 달래서 밥을 먹일 생각인가, 하고 다혜가 고개를 끄덕였다. 굶어봤자 좋지 않다는 것은 알고 있었다. 하지만 할머니를 보고 있자니 아무것도 먹고 싶지 않았다.

차에 올라탄 다혜가 물끄러미 바깥을 바라봤다. 드라이브 웨이를 한 바퀴 도는 동안 잘 가꿔진 정원이 눈에 들어왔다. 본관을 감싸고 있는 정원수의 웅장함이 오늘따라 더 무겁게 다가왔다. 꼭 본관이 그 안에 갇혀 있는 기분이었다. 폐쇄적인 느낌이 그다지 좋지 않았다.

"혹시 햄버거 먹어본 적 있어?"

"햄버거요?"

갑자기 툭 튀어나온 메뉴가 굉장히 생소했다. 먹어보지 않았다는 뜻이 아니라 세준의 입에서 나올 만한 단어가 아니라서 그랬다.

다혜가 눈을 동그랗게 뜨고 바라보자 세준이 피식, 웃었다. 그웃음이 여전히 살 떨리게 매혹적이었다. 갑자기 가슴이 뛰어 다혜는 슬쩍 시선을 피했다. 의식하고 있지 않았는데 갑자기 의식되니

참을 수 없이 심장이 요동쳤다. 햄버거를 주제로 대화하고 있는데 어울리지 않는 설렘이었다.

"머, 먹어본 적 있죠. 고등학생 때도, 대학생 때도……. 생각해보니 요 몇 년간은 안 먹었네요."

"그래? 맛있는 집 있다는데 거기 가자."

"네……."

갑자기 왜 햄버거일까. 다혜는 그다지 당기지는 않았지만, 굳이 싫다고 할 것도 없어 고개를 주억거렸다. 조금 열린 창문으로 바람이 시원하게 들어왔다. 머리를 간질이는 바람이 기분 좋아 조금이나마 마음이 트이는 것 같았다.

수제 햄버거집에 온 세준이 작게 속삭였다.

"사실 나는 햄버거 처음이야."

그 말에 다혜가 깜짝 놀라 그를 바라봤다. 생각해보니 이해가 갔다. 햄버거를 먹을 만큼의 자유를 가져봤을 리 없었으니까.

"그런데 왜 갑자기 햄버거예요?"

"테이크아웃하기 좋은 메뉴잖아."

"네?"

무슨 뜻인지 이해하지 못한 다혜가 되물었지만, 세준은 대답 없이 문을 열고 들어갔다. 많은 햄버거 모형 앞에 선 세준이 다혜를 바라봤다.

"어느 걸로 할래?"

갑자기 햄버거 테이크아웃……. 대체 무슨 생각인지 알 수가 없었다. 다혜는 우선 그가 시키는 대로 해야겠다고 생각해 메뉴를 둘러봤다. 샐러드가 들어간 버거를 고르자 세준이 소고기 버거와 함께 주문했다. 감자튀김에 음료까지 주문하는 것이 단단히 작정한 모양이었다.

"그냥 먹고 가도 되지 않아요?"

"지금 별로 식욕 없잖아?"

"……그건 그런데."

식욕이 없는 건 사실이라 다혜가 말을 삼키자 세준이 웃으며 어깨를 감싸왔다. 갑작스러운 스킨십에 놀란 다혜가 몸을 움찔거렸다. 세준이 슬쩍 고개를 숙여 속삭였다.

"멀리 나갈 거야. 도중에 배고파지면 그때 먹자."

"멀리요?"

어디를 가겠다는 건지 짐작조차 가지 않아 다혜가 고개를 갸우뚱거렸다. 어딘지 도저히 모르겠다며 그를 바라보는데, 갑자기 세준이 입을 쪽, 하고 맞췄다.

다혜는 그대로 돌처럼 굳어버리고 말았다. 햄버거가 나오길 기다리는 중이라 계산대 옆에 서 있는 상황이었다. 점원이 바라보고는 슬쩍 웃는 것이 느껴졌다. 세준은 전혀 신경 쓰지 않는 눈치였다. 도리어 다혜가 당황하자, 왜? 하고 물어오기까지 했다.

"……어디 가는 건데요?"

결국, 뽀뽀에 대해서는 아무 말도 하지 못하고 행선지를 묻자, 세준은 웃음으로만 일관했다. 대체 어디를 가는데 이렇게 숨기는 건지 알 수가 없었다.

세준은 그대로 고속도로로 향했다. 생각보다 길이 좀 막혔다. 가고 서고를 반복하다가 천안 분기점을 지나서야 정체가 풀리기 시작했다. 그때만 해도 세준이 공주에 간다고는 생각도 하지 못했다.

테이크아웃한 햄버거는 정안 휴게소에 들러서 먹었다. 식기는 했지만, 허기가 조미료가 된 듯 맛있었다. 세준과 나란히 앉아 햄버거를 먹는다는 게 꿈만 같아서 사실 맛 따위는 중요치 않았다.

"사 가지고 다니기는 편하지만 식으니까 별로네."

"사실 이렇게 나올 때는 샌드위치가 더 좋아요."

"그랬어?"

세준이 샌드위치와 햄버거의 차이를 알기는 할까 궁금했지만, 다혜는 그냥 웃어넘겼다. 모르는 게 더 그다웠다. 이렇게 차 안에서 음식을 먹는 것 자체가 처음인 남자니까.

"숨…… 막혔던 적 없어요?"

무의식중에 질문이 튀어나왔다. 막 콜라 캔을 따던 세준이 빙긋 웃었다.

"글쎄."

그 대답이 미묘했다. 그가 넘겨주는 캔을 받아 마신 다혜가 눈을 살짝 찌푸렸다. 탄산이 강해서 목이 따끔했다.

"얻는 게 있으면 포기해야 하는 것도 있다는 게 회장님의 가르침이셨으니까. 남들처럼 방과 후에 게임하러 피시방에 가거나 햄버거를 사 먹는 일상을 포기했기에 지금의 이세준이 있다. 그렇게 생각해."

"이성적이네요. 세준 씨는 사춘기도 겪지 않았을 것 같아요."

다혜가 슬쩍 혀를 깨물며 웃었다. 탄산이 자극적이었다. 목이 쓰렸는데도 다시 마시고 싶었다. 입안에 남은 식은 고기 기름이

싹 가시는 기분이었다. 다시 한 모금 마시고는 또 눈을 찌푸렸다. 그런 다혜를 바라보며 세준이 웃음을 터트렸다.

"왜 그래. 나에게도 사춘기는 있었어. 임다혜가 좋아 죽겠는데, 고백은커녕 말도 걸지 못해서 얼마나 가슴앓이했는데."

"풉……!"

콜라를 먼저 삼켰기에 망정이지, 아니었으면 뿜어버릴 뻔했다. 다혜가 사레들려 심하게 기침하자 세준이 얼른 등을 토닥여줬다.

다혜의 얼굴이 새빨갰다. 사레들린 탓인지 세준의 말 탓인지 굳이 구분할 필요는 없을 듯했다.

"그럼 이만 갈까."

"이제 좀 알려주면 안 돼요?"

쓰레기를 정리하는 세준에게 다혜가 조심스레 물었다. 세준은 그다지 비밀이 아니라는 듯 어깨를 으쓱거렸다.

"여기 공주인데 아직 모르겠어?"

"공주요?"

공주라는 말에 다혜가 눈을 깜박거렸다. 공주……. 딱히 떠오르는 게 없었다. 당연히 알 거라는 눈치라서 계속 머리를 굴렸다.

공주……. 적어도 다혜는 공주에 와본 적이 없었다. 도저히 모르겠다는 다혜의 반응에 세준이 슬쩍 웃고는 차에서 내렸다. 쓰레기를 버리러 가는 세준의 뒷모습을 물끄러미 바라보던 다혜가 순간 떠오른 단서에 눈을 크게 떴다.

"본가에 가는 건가요?"

막 차로 돌아온 세준에게 다혜가 급히 물었다. 본가, 아니 정확히 말하면 삼성동으로 오기 전에 살았던 집이었다. 할머니 홍례가 나고 자란 집. 다혜의 물음에 세준이 맞혔다는 듯 고개를 끄덕였다.

"그 집이…… 아직 남아 있어요?"

다혜는 그 집에 대해 아무것도 몰랐다. 할머니의 고향이라는 것을 어렴풋이 떠올렸을 뿐이었다. 세준이 왜 그곳에 가고 있는지도 알지 못했다. 세준이 차를 출발시키자 환기 때문에 열어둔 창문으로 바람이 세차게 들어왔다. 순식간에 엉망이 된 머리를 정리하는 사이, 세준이 입을 열었다.

"내 오지랖이야."

"네?"

바람 때문에 제대로 듣지 못한 다혜가 급히 되물었다. 고개를 돌려 그를 바라보자 그는 운전에 집중하는 듯 정면만 바라보고 있었다. 그 옆모습에 굳은 의지 같은 것이 느껴졌다.

"더는 남겨진 사람들이 아프지 않기를 바라."

"……세준 씨."

"죄는 미워해도 사람은 미워하지 말라는 말이 있잖아."

그가 누구를 만나러 가는 건지 알아차린 다혜가 입을 다물었다. 세준이 창문을 닫았다. 휘날리던 머리카락이 그대로 가라앉았다. 어깨에 내려앉은 머리가 무겁게 느껴졌다. 아무 말도 하지 않은 채 창밖을 바라보는 다혜의 시선이 복잡했다.

식음을 전폐하다시피 자리에 누운 할머니가 머리를 스치고 지나갔다. 그녀는 마치 삶을 이어갈 의지를 잃은 사람 같았다. 더는 살아서 무엇 하냐고 자조하는 기색이 역력했다. 다혜는 그것이 미치도록 슬펐다. 저는 그녀에게 삶의 이유가 되어주지 못하는 것만 같아 괴로웠다.

"용서하지 못하겠으면 하지 않아도 돼. 주 집사를 보기 힘들면 우리끼리 분가하면 돼. 다혜, 너에게 그를 용서하라고 강요하지 않아."

"……미워해야 하는 대상이 주 집사님이 아니라는 것 정도는 저도 알아요."

다혜가 힘겹게 입을 열었다.

"미워해야 하는 사람은 이미 이 세상에 없죠. 아무도 미워할 필요 없어요."

그리 중얼거리는 목소리가 쓰라렸다. 세준이 한 손으로 다혜의 손을 잡았다. 다혜도 그를 뿌리치지 않았다. 손을 꼭 쥐어오는 힘이 그의 마음을 대변했다.

"할머니께 주 집사님이 어떤 존재인지도 알아요. 아무리 그의 부친이 죄를 지었어도…… 분명 그를 미워하지 못하시겠죠. 그가 돌아오면 기운을 차리실 것도 알아요. 그를 보는 게 괴로우시겠지만, 그가 옆에 있길 바라시겠죠."

다혜의 목소리가 짐짓 떨렸다. 창문 밖에서 시선을 떼지 않던 다혜가 울음이 나는지 입술을 앙다물었다.

"……괴로워요."

"다혜야."

"나는…… 나는 뭘까요. 왜 항상 나는……."

다혜가 세준을 바라봤다. 세준도 잠깐 시선을 돌려 그녀를 바라봤다. 그녀의 얼굴이 잔뜩 일그러졌다. 줄줄 흐르는 눈물을 참기 힘든 듯 결국 고개를 떨구고 울었다. 세준이 갓길에 차를 세우고 그녀를 끌어안았다.

그녀는 언제나 남겨지는 쪽이었다. 그녀의 어머니는 갓 태어난 다혜는 쳐다보지도 않고 남편만 부르짖다 그를 따라갔다. 할머니 아래서 사랑받고 자랐지만, 그런 할머니에게 다혜는 삶의 이유가 되지 못했다. 다혜가 아무리 옆에서 기운 내시라 위로해드려도 소용없었다.

할머니가 얼마나 큰 상처를 받았는지는 이해했다. 믿었던 사람에게 받은 배신이 얼마나 견디기 힘든지 안다. 사랑하는 가족들을 죽인 사람을 믿고, 의지하고, 사랑했다는 사실을 견디기 힘들다는 것을 어찌 모르겠는가. 하지만 그런 그녀의 상처를 안아줄 사람은 다혜가 아니었다. 그녀가 의지하는 사람은 다혜가 아니었다.

"내가 있잖아. 내 삶의 이유는 너야, 임다혜."

"으, 으흑……."

"다혜, 너도 나를 삶의 이유로 삼아. 나, 이세준만 보고 살아. 내가 네 가족이잖아, 이제. 내가 네가 사는 이유가 되어줄게. 내가, 앞으로 태어날 우리 아이가 너의 가족이야."

다혜는 대답하지 못하고 계속 오열했다. 숨이 넘어가도록 터져 나오는 울음에 몇 번이나 세준이 등을 도닥여줘야 했다.

'나는, 나는 엄마가 미웠어요. 이해한다고 했지만, 한편으로는 용서하지 못했어요. 왜 나를 사랑해주지 않았어요? 나는 엄마에게 의미 없는 존재였어요? 왜 나를 지키겠다고, 살아야겠다고 생각해주지 않았어요?'

다혜도 세준을 잃으면 살 수 없으리라 생각한다. 세준이 없는 현실을 견디지 못하리라. 하지만 아이가 있다면? 세준과 사랑해

서 낳은 아이가 있다면? 아무리 삶이 혹독하고 괴롭고 지옥 불보
다 악랄해도 살아야 하지 않겠는가.

"분가하자, 다혜야. 우리끼리 살자. 이세준과 임다혜가 서로
만 바라보고 살자."

세준이 아플 만큼 강하게 끌어안았다. 다혜는 그게 고마웠다.
그 고통이 차라리 고마웠다.

계훈이 임가 저택을 떠난 후, 본가로 내려와 있는 것을 세준은
미리 알고 있었다. 세준의 방문에도 계훈은 어떻게 알고 왔느냐
묻지 않았다. 볼 면목이 없다고만 중얼거렸다.

'속죄해야지요. 그리고 그 속죄는 회장님 곁에서 해야 합니
다.'

세준은 그 한마디만 남기고 차에 올라탔다. 세준이 계훈을 만
나는 동안 다혜는 차에서 내리지 않았다. 세준이 금세 돌아오자
부어서 빨개진 눈으로 왜 이렇게 빨리 왔느냐고 물었다.

"나머지는 그에게 달렸어. 내가 멱살 쥐고 끌고 가는 건 소용
없으니까."

"……돌아올 거예요."

"나도 그렇게 생각해."

너무 운 탓인지 다혜의 목소리가 잠겨 있었다. 목캔디라도 사주
려고 주변 상점을 찾는 세준에게 다혜가 작은 목소리로 말했다.

"애처럼 굴어서 미안해요."

"왜 미안해?"

세준은 주변을 둘러보느라 다혜를 바라보지 않은 채 되물었다. 금세 편의점이 하나 눈에 들어왔다. 주차장에 차를 세운 세준이 다혜를 바라봤다. 얼굴이 빨개진 것이 조금 전의 일이 부끄러운 모양이었다.

"이렇게 말하면 이기적이라고 하겠지만…… 나는 다혜, 네가 고립된 게 나쁘지 않아."

"……세준 씨."

"더 나만 봐. 내게 매달려. 내게 의지하고."

"……."

"이제 아무런 장해물도 없잖아. 너는 나를 사랑하고, 나는 너를 사랑해. 우리 둘이 행복하기만 하자."

세준의 말에 다혜가 그제야 현실을 깨달았다. 더는 아무런 장해물도 없다. 이제는 세준과 헤어지는 것을 걱정하지 않아도 된다. 세준이 죽을까 봐 두려워할 필요도 없다.

정말로 행복하기만 하면 되는 거다.

다혜가 그를 깨달았다는 것을 눈치챈 세준이 빙긋 웃었다. 말려 올라간 입꼬리가 매혹적이었다.

"알았어? 이제 정말로 행복할 일만 남았어."

다혜의 눈에 눈물이 다시 맺혔다. 아까와 다른 의미로 북받친 감정을 주체하지 못하고 다혜가 눈물을 쏟아냈다. 대체 이 많은 눈물이 어디에 숨어 있던 걸까 싶을 정도로 주르륵 흘러내렸다.

세준이 웃으면서 눈물을 훔쳐줬다. 손에 젖어드는 물기마저 사랑스러웠다.

"고마워요. 정말 고마워요."

다혜가 그를 덮치듯 끌어안았다. 세준이 아니었다면, 그가 용기 내주지 않았다면 갖지 못했을 행복이었다. 그가 아니었다면 진즉 스러질 운명이었다.

9살에 세준을 만났다. 왕자님이었다. 눈만 마주쳐도 가슴이 떨렸고 그날 하루가 행복했다. 손 뻗으면 닿을 만큼 가까웠지만, 손을 뻗어서는 안 됐다. 좋아했지만, 말 한마디 먼저 붙일 수가 없었다.

그렇게 16년을 키워온 사랑이었다. 사랑하다가 제가 지쳐 죽을 만큼 절실했다. 죽음이 두려운데도 그를 탐했다.

"이왕이면 사랑한다고 말해줘."

세준이 다혜의 귓가에 속삭였다. 다혜가 주저 없이 사랑한다고 말했다. 아이처럼 매달려오는 그녀가 사랑스러워서 세준은 요동치는 가슴을 억누르지 못했다.

입술이 맞닿는다. 겹쳐진 입술 사이로 서로가 고백했다. 사랑을 전한다.

이제 거침없이 사랑하자고 속삭인다.

9. 행복하기만 하면 된다

"다혜야, 바로 집에 가?"

"아, 선배."

세미나 발표가 끝난 뒤, 가방을 챙기는 다혜에게 해준이 다가 왔다. 다혜가 고개를 저으며 대답했다.

"아니요. 교내 카페에서 수정하려고요."

"교내 카페에 간다고?"

다혜가 막 발표했던 자료를 손끝으로 톡톡 치며 말하자, 해준 은 놀람을 감추지 못했다. 다음 주에 2차 발표가 있으니 수정한다 는 것은 놀랄 이유가 되지 못했다. 다혜가 교내 카페에서 시간을 보낸다는 점이 놀라웠다.

"오늘은 기사가 안 왔어?"

해준의 말에 다혜가 작게 고개를 끄덕였다. '그럼 같이 집에 갈까.' 하고 물으려던 해준이 입을 다물었다. 어쩐지 다른 이유가 있는 듯했다.

"아, 혹시 데리러 오기로 한 거야?"

다혜가 미소로 답하자 해준이 쓰게 웃었다. 그러면 그렇지. 해준이 자료 수정 같이하자고 말하자 다혜도 고개를 끄덕였다. 주제가 같은 데다가 그가 더 많이 알고 있으니 도움받을 요량이었다.

같이 카페로 가는 동안 해준이 슬쩍 다혜를 바라봤다. 일주일 넘도록 수업을 빠졌을 때는 걱정이 돼서 집에 찾아갈까 하는 생각마저 했었다. 그를 실행에 옮기기 전에 다혜가 수업에 나왔지만.

오랜만에 보는 다혜는 전보다 더 위험한 분위기가 났다. 살이 빠진 듯 턱이 갸름해지고 인상이 날카로워진 탓인지, 바라보고 있으면 해준은 자신도 모르게 얼굴을 붉혔다. 예전에는 단정하고 부드러웠다면 지금은 여인의 향기가 났다.

"휴대폰 샀구나."

"아, 네. 번호는 그대로예요."

"그래도 지갑은 찾아서 다행이다."

"네. 클럽에 버려줘서 살았어요."

그 말에 해준은 쓰게 웃고 말았다. 가방 도둑은 끝내 발견되지 않았다. 다혜의 가방이 값비싼 명품인 걸 보고 욕심이 난 건지 통째로 들고 사라졌다. 다혜가 신었던 단화와 카드, 신분증 같은 것들만 클럽 내 여자 화장실에 버려져 있었다. 돈이 될 만한 가방, 지갑, 휴대폰은 보이지 않았다. 클럽 CCTV에 비슷한 가방을 들고 나가는 여성이 찍혀 있었지만, 다혜는 굳이 찾지 않았다. 아니, 더 정확히 말하면 할머니 일로 힘들 때라 찾고자 하는 생각조차 들지 않았다. 그나마 신분증을 찾은 걸로 족했다.

나중에 그 일을 안 유미가 미안해 어쩔 줄을 몰라 했다. 자기 생일 파티에서 그런 일이 생겼다고 하니 제 친구들 중 범인이 있을까 봐 전전긍긍했다. 하지만 모르는 사람도 많았으니 다혜는 굳이 친구를 의심하지 말라고 말해줬다.

"아, 선배. 그때…… 고맙다고 말했어야 했는데…… 이제야 말하네요. 미안해요."

"뭘, 나 때문에 싸우면 안 되잖아."

해준이 차를 가져다주고 돌아갔을 때의 일이었다. 그걸 이제야 고마워한다며 다혜가 난처해했다.

그날이었다, 해준이 다혜를 완전히 포기하게 된 게. 좋아한다며 그를 끌어안는 다혜를 보니 끼어들기는커녕 흔들 수도 없다는 걸 절감했다.

"결혼식…… 가까워지네. 느낌이 어때?"

공부하기 좋은 조용한 카페로 가다 보니 산책로를 따라 걷게 됐다. 도서관 뒤에 있어서 교내 카페 중 가장 넓고 조용했다.

여름 햇살이 따사로웠다. 바람이 조용하게 불었다. 해준은 마음이 썼다. 포기해도 마음이 아린 것은 어쩔 수 없었다.

"사실 아무 생각도 안 들어요."

다혜의 대답이 묘했다. 해준이 고개를 갸웃거리며 그녀를 바라봤다. 앞만 보고 걷던 다혜가 그 시선을 눈치채고는 슬쩍 시선을 맞췄다. 해준의 눈에 걱정이 담겨 있는 것을 보고는 슬쩍 웃었다.

"그냥…… 그날이 되어봐야 알 것 같아요. 지금은 그냥……."

다혜가 말을 삼켰다. 그 뒷말이 궁금했지만 해준은 묻지 않기

로 했다. 다혜는 바람에 휘날리는 머리를 귀 뒤로 넘기며 슬쩍 입
술을 핥았다. 매번 입술을 깨물 때마다 세준에게 한 소리 듣다 보
니 이제는 의식적으로 깨물지 않게 됐다.

왜 그렇게 입술 깨무는 걸 싫어하느냐고 몇 번이나 물어봤다. 항
상 대답을 피하더니 어느 날인가, 슬쩍 지나가는 말로 말해줬다.

'다혜, 네가 입술을 깨무는 게 나를 싫어해서 그러는 거라고
오랫동안 믿어왔거든. 그래서 지금도 입술을 깨물면…… 그게 꼭
날 밀어내는 것 같아서 싫어.'

그 얼굴이 일견 붉어 보였다. 그 말을 들은 이후로 다혜는 절대
입술을 깨물지 않게 됐다. 그에게 그런 상처를 주었다는 것이 슬펐
다. 오랫동안 닿지 않았던 마음이 만들어낸 오해가 가슴 아팠다.

"지금은 이 순간만을 생각하고 있어요."

해준이 카페 문을 열 때였다. 다혜는 작게 대답하고는 이내 안
으로 들어갔다. 그건 해준에게 하는 대답이 아니라 다혜, 자신에
게 하는 말이었다.

커피를 하나씩 시키고 허니브레드도 하나 시켰다. 다혜는 커피
외에 손을 대지 않았지만, 해준은 배가 고팠는지 잘 먹었다. 가운
데 발표 자료 인쇄한 것을 펼쳐둔 채 토론하는 모습이 제삼자가
보면 영락없는 커플이었다.

해준은 세미나 때 지적받았던 부분들을 고치도록 알려주면서
흘끗 다혜를 바라봤다. 남 보기에 연인 같으면 무슨 의미가 있을

까. 정작 여자는 털끝만큼의 빈틈도 보이지 않는데. 해준이 슬쩍 웃음을 흘렸다.

"부럽다."

"네?"

갑자기 튀어나온 말에 다혜가 고개를 들었다. 그 시선이 가까워서 해준이 슬쩍 뒤로 물러났다. 안 그랬다가는 얼굴이 붉어지는 것을 들킬 것 같았다.

"정말 단단한 사랑 같아서 부럽다고. 너도 그 사람도, 불안함 따위는 모를 것 같아."

"불안함이요?"

"왜, 사랑하다 보면 자연히 갖게 되는 감정 있잖아. 이 사람이 나 말고 다른 사람을 만나면 어떻게 하나, 내가 사랑하는 만큼 나를 사랑하지 않는 건 아닐까, 질리지 않았을까 이런 것들. 그런 걸 하나도 모를 것 같아."

해준의 말에 다혜가 살짝 웃었다. 그 미소가 어쩐지 긍정의 대답을 하는 것 같았다.

"왜 모르겠어요. 전전긍긍했죠. 세준 씨는 선배 때문에 불안해했는걸요."

"그야…… 누구라도 내 여자 곁에 다른 남자가 있으면 불안하지."

불안하게 하는 주범이 제 입으로 말하려니 뭔가 이상하다며 해준이 웃었다. 다혜도 그를 따라 웃었다. 자신도 처음에는 세준이 신장희를 마음에 둔 게 아닌가 생각했다. 하지만 세준을 보고 있자니 그런 의심은 눈 녹듯 사라졌다.

"그리고…… 그런 걸 느끼기에는 너무 절실했어요."

"절실?"

"네. 16년을 짝사랑하면서도 한 번도 서로 사랑하는 사이가 될 거라고는 생각해보지 않았어요. 바라고 바랐지만…… 늘 바람으로 끝났죠."

"16년……."

해준이 저도 모르게 그녀의 말을 따라 했다. 16년을 한 사람만 바라보는 게 무슨 느낌일지 그는 상상도 하지 못했다. 다혜는 조금 부끄러운 듯 커피의 빨대를 만지작거렸다. 한 모금 넘기자 시럽이 들지 않은 쌉싸름한 커피가 목을 적셨다.

"겨우, 겨우 마음이 통해서……. 이제 행복하기만 하면 되는데…… 그런 쓸데없는 걱정으로 시간 낭비를 할 순 없어요. 그런 불안을 품기에는…… 지금 너무 행복하니까."

그리 고백하는 다혜의 미소가 참 예뻤다. 정말 지금 이 순간이 얼마나 행복한지 단적으로 알려줬다.

'아무도 끼어들 수 없어요.'

해준은 그녀가 했던 말을 잠자코 되뇌었다. 다혜와 그 남자 사이에는 보다 더 깊은 무언가가 있는 듯했다.

"여기 이 부분. 경제학적으로 해석하면 의미가 달라질 것 같아. 교수님이 지적한 게 그런 거 아닐까? 한번 찾아봐."

"아……."

해준의 말에 다혜가 고개를 끄덕였다. 영어 단어에 보면 일반적으로 많이 쓰이는 단어라도 전문 용어로 보면 다른 의미가 있는 경우가 있었다. 해준이 그런 부분을 지적하는 것에 다혜도 그제야 제 실수를 깨달았다.

태블릿으로 사전을 찾는 다혜를 바라보던 해준이 문득 주변의 웅성거림을 깨달았다. 커피를 주문하고 테이블로 가는 사람들의 시선이 한쪽을 향해 있었다. 해준의 시선도 자연스레 그 시선을 따라갔다.

'이런…….'

고개를 돌려 창밖을 바라본 해준이 쓰게 웃었다. 다혜와 그가 앉아 있는 테이블과 마주 보는 곳에 차가 한 대 서 있었다. 한 번밖에 보지 못했지만 잊으려야 잊을 수 없는 은색 스포츠카. 그리고 차에 기대 이쪽을 바라보고 있는 남자 역시.

'공부하는데, 방해하지 않겠다는 건가.'

해준이 턱을 매만지며 그를 바라봤다. 시선이 마주쳤다. 그는 여유롭게 팔짱을 끼고 있었다. 다혜가 다른 남자와 같이 카페에 있는 것을 봐도 질투 따위 하지 않는다는 듯 느껴졌다. 그날 마주했던 시선과는 확연히 달랐다. 그때의 불안 같은 것은 찾아볼 수가 없었다. 다혜의 말이 자연스레 이해됐다.

그가 몇 살인지는 모르지만 해준은 저와 비슷한 또래일 거라고 짐작했다. 외모는 일견 젊어 보이나 숨길 수 없는 카리스마가 느껴졌다. 일개 학생인 자신은 갖지 못한 것이었다.

왜 저 남자일까.

무엇에 반해서 16년을 한결같이 좋아했을까.

다혜가 해석을 다시 해보는 동안 해준은 계속 세준을 바라봤다. 그는 똑같은 자세로 서서 내내 다혜를 바라보고 있었다. 시계 한 번 보는 법이 없었다. 그저 차에 기대 서 있을 뿐이었다. 지치지도 않을까. 지루하지 않을까.

해준이 흘끗 시계를 바라봤다. 6시 15분. 약속 시각이 6시였다고 생각하면 15분이나 기다리고 있다는 뜻이었다. 그럼에도 그의 표정은 여유롭기만 했다. 한 시간이고 두 시간이고 그저 기다릴 것 같은 태도였다.

"이렇게 하면 어때요?"

다혜가 해석을 마치고 고개를 들었다. 해준이 창밖을 바라보고 있는 것을 보자 다혜의 시선도 그를 따라갔다.

"아……."

그제야 다혜가 시계를 확인했다. 약속 시간이 훌쩍 지나버렸다. 당황하는 다혜에게 해준이 웃으면서 말했다.

"네가 전혀 불안해하지 않는 이유를 알아버렸어."

"네?"

다혜가 무슨 뜻이냐는 듯 눈을 깜박였다. 해준은 그저 웃기만 했다.

"모레 마저 하자. 얼른 가봐."

그의 배려에 다혜가 미안하다고 말하고는 얼른 짐을 챙겼다. 해준은 괜찮다고 대답하고는 한 번 더 그를 바라봤다. 다혜의 부산스러운 움직임을 보면서도 그는 미동이 없었다.

"그럼 가볼게요, 선배. 오늘 고마웠어요."

"응. 조심히 가."

다혜가 먼저 자리를 떴다. 건너편 테이블에서 여자들이 '남친인 줄 알았는데…….' 하며 수군거리는 소리가 해준에게까지 들렸다.

카페를 나선 다혜가 그에게 달려가는 게 해준의 눈에도 보였다. 구두를 신은 탓에 아슬아슬하게 달려가는 그녀가 예뻤다. 내내 팔짱을 고수하고 있던 그가 이내 팔을 풀었다. 뛰어온 다혜를 자연스럽게 끌어안는 모습이 한 폭의 그림 같았다.

왜 저 남자였는지 알 것 같은 기분이 들었다.

"소고기는 굽기만 해도 맛있어."

"고기만 먹으면 안 돼요."

"아스파라거스도 같이 구우면 되지."

"……우리 샐러드 채소도 사요. 드레싱에 버무리기만 하면 되잖아요?"

"드레싱 만들 줄 알아?"

"사, 사면 되죠."

주거니 받거니. 요리 고자 둘이 만났더니 영 시원찮다. 요즘 다혜는 본가 주방장의 노고를 톡톡히 실감하고 있었다. 멋있게 완성된 것만 보고 자랐더니 어떻게 요리를 해야 할지 감도 잡히지 않았다. 그건 세준도 마찬가지였다.

그러다 보니 매일 비슷한 것만 먹었다. 굽기 쉬운 소고기에 채소를 곁들였다. 이제는 전기밥솥 사용법을 터득해서 즉석밥은 사지 않아도 됐다.

생선 코너를 지나가는 세준의 눈이 반짝였다. 다혜가 그 눈빛을 보고는 난감해했다. 생선은 최대 난제였다. 다혜를 본 세준이 피식, 웃으며 그녀의 어깨를 끌어안았다.

"내일 외식하자."

뭐가 문제인가. 요리를 못하면 사 먹으면 되지. 세준의 사고방식에 토를 달지는 않았지만, 다혜는 그가 좋아하는 음식을 해줄 줄 모른다는 것이 내심 마음 쓰였다. 생선 요리를 맛있게 해주고 싶었다.

'요리를 제대로 배울까, 역시……'

분가한 이후 세준과 다혜는 같이 장을 보러 다녔다. 생전 처음 생필품도 직접 사보고, 음식 재료도 골라봤다.

처음 이사를 결정했을 때 같이 쓸 가구를 보러 간 적이 있었다. 서관에서는 있는 인테리어를 그대로 사용했기에 느껴보지 못했던 설렘이 있었다.

"음, 어제보다 오늘이 더 맛있었어."

세준이 정말 맛있었다며 웃자 다혜도 그를 따라 웃었다. 요리도 같이했다. 고기를 굽고 아스파라거스와 버섯을 구운 것도 세준이니 메인 요리는 그가 했다고 봐도 무방했다. 다혜는 옆에서 밥을 하고 샐러드를 만든 정도였다. 같이 힘쓰다 보니 그래도 구색은 갖췄다.

처음 이사 왔을 때는 본가 셰프가 도저히 걱정돼서 안 되겠다고 출장을 나온 적도 있었다. 하지만 매번 이럴 수는 없다며 세준이 돌려보냈다. 걱정이 많았지만 둘이 같이 요리하니 어떤 요리도 맛있게 느껴졌다.

"요리를 배워볼까요?"

"그것도 나쁘지 않지. 같이 다닐까, 요리학원?"

"같이요?"

세준의 말에 다혜가 놀라 눈을 크게 떴다. 세준과 같이 요리학원에……. 상상하는 것만으로도 어쩐지 부끄러웠다. 다혜의 얼굴이 붉게 물들자 세준이 의아한 듯 손을 뻗어 그 뺨을 가볍게 쓰다듬었다.

"왜?"

"어쩐지…… 연인들이 할 법한 느낌이라서요."

다혜가 슬쩍 입술을 핥고 나서 속삭이듯 대답하자 세준이 웃음을 터트렸다. 그 웃음이 청명했다. 제 말이 그리 웃을 만한 말인가 싶어 다혜가 눈만 깜박이자, 세준이 웃으며 대답했다.

"부부가 할 법한 느낌은 아니야?"

"에……."

부부……. 연인보다 훨씬 강도 높은 단어에 다혜가 심하게 부끄러워했다. 그 모습이 어찌나 사랑스러운지, 세준이 참아내지 못하고 그녀를 끌어안았다. 와락 안고 나서도 계속 웃음을 흘리는 것에 다혜가 웃지 말라며 눈을 흘겼다.

"우리는 부부면서 또 연인이니까 연인이 할 법한 느낌이면 어때."

"부부면서…… 연인이요?"

"응. 연애한 지 얼마 안 됐는데 부부가 됐잖아. 그러니까 혼인 신고한 연인이라는 거지."

부부면서 연인……. 다혜가 그 말을 되뇌는 걸 들은 세준이 슬쩍 웃었다. 끌어안고 있으니 다른 의미로 가슴이 뛰어서 슬쩍 다혜의 등허리를 검지로 쓸었다. 무의식적으로 부르르 떤 다혜가 몸을 떼며 말했다.

"저도 세준 씨와 연애 많이 하고 싶어요."

세준이 당황해서 대답하지 못했다. 이 아가씨……. 등허리를 쓰다듬은 게 무슨 의미인지 모르는 모양이었다. 실수로 닿은 거라고 생각하는 걸까. 눈을 반짝이며 예쁜 말을 쏟아내는 다혜를 보며 세준이 이내 피식, 웃고 말았다.

"그래. 연애 많이 하자. 뭐가 제일 하고 싶어?"

"아……."

거기까지는 생각해보지 않았다는 듯 다혜가 대답을 망설였다. 이것저것 생각해보는 듯하더니 이내 작게 '같이 요리 배우는 거요.' 하고 대답했다. 세준은 고개를 끄덕이며 요리 교실을 찾아보겠다고 대답했다. 기분 좋은 듯 맑게 웃는 다혜를 바라보고는 슬쩍 입을 뗐다.

"다혜야."

"네?"

"나는 뭘 제일 하고 싶을 것 같아?"

세준의 질문에 다혜가 커다란 눈을 깜빡거렸다. 세준이 가장 하고 싶은 것? 정말 열심히 뭔지 맞히려고 생각하는 것에 세준이 웃음을 꾹 참았다. 요리, 드라이브, 영화……. 이것저것 생각하고 있는 것이 겉으로 다 드러났다. 그 순수한 생각에 세준이 혀를 슬쩍 깨물었다.

아무래도 자신은 늑대인 모양이었다.

세준이 손을 뻗어 다혜의 허벅지 위를 검지로 톡톡 쳤다. 골똘히 생각 중이던 다혜가 아래를 내려다봤다. 플리츠스커트의 얇은 천 위를 톡톡 건드리는 손가락의 감촉이 묘하게 생생했다. 무슨 힌트를 주는 것만 같은 손짓이었다.

허벅지와 상관있다는 건가? 하고 생각할 무렵 검지와 중지가 다리처럼 아장아장 걸어 올라갔다. 허벅지 위를 유유히 걷는 손가락의 감촉이 간지러워 다혜가 살짝 웃음을 흘렸다.

"······음?"

손가락이 허벅지 위에서 다혜의 팔 위로 점프했다. 민소매의 얇은 니트를 입고 있어서 맨살에 세준의 감촉이 고스란히 느껴졌다. 그 감촉이 또 달랐다. 치마 너머로 닿는 감촉보다 훨씬 더 간지럽고 묘했다. 웃음이 나올 것 같다가도 아르르했다.

소름이 돋을 것 같아 다혜가 몸을 움칠거리자 세준이 피식, 웃었다. 그 웃음소리에 고개를 든 다혜가 순간 숨을 들이켰다. 그의 눈빛이 짙게 물들어 있었다. 이제는 저 색이 의미하는 바를 알았다. 그 눈동자에 사로잡힌 자신을 발견하자 자동으로 세준의 목소리가 머릿속을 스쳤다.

'키스.'

다혜는 뺨에 불이 붙은 듯 화끈거려 정신을 차리지 못했다. 그 모습을 본 세준이 다시 웃었다. 알아차린 것이다.

다혜의 팔을 간질이던 손가락은 어느새 어깨까지 올라가 있었다. 니트 아래 숨겨진 쇄골을 따라 올라가자 다혜가 목을 움츠렸다. 그 덕에 턱이 오히려 가까워졌다. 세준의 손가락이 턱 끝을 간질였다. 다혜는 살면서 턱이 이렇게 예민한 부분이라고 한 번도 느껴본 적이 없었다. 세준의 손가락이 입술에 닿을 듯 말 듯했다.

"다혜, 네가 키스해줬으면 하는데······. 너는 어때?"

세준이 일부러 그때와 똑같이 말했다. 다혜가 부끄러움 속에서 고개를 들었다. 다시 마주한 시선이 뜨겁게 얽혔다. 새빨간 뺨과 젖어든 눈동자가 세준을 자극했다. 붉은 입술 사이로 혀가 살짝 나왔다가 사라진다. 그 혀가 세준의 눈동자에 새겨진다.

"좋아요."

그 말은 숨결이나 다름없었다. 입술이 그렇게 움직이는 것이 보였을 뿐, 소리는 거의 들리지 않았다. 그럼에도 세준은 알아들었다. 미친 듯이 요동치는 심장에도 애써 태연한 척 입꼬리를 올려 미소 지었다.

대학교 1학년 때, 다혜는 고백을 받은 적이 있었다. 내내 여중, 여고를 나와서 고백 같은 것은 연이 없었다. 그래서 많이 당황스러웠다. 그가 수줍게 내민 편지를 집에 들고 와서 고민을 많이 했다. 어떻게 하면 상처 주지 않고 끝낼 수 있을까.

편지를 책상 서랍에 넣어두고 온종일 고민했다. 자신도 계속 짝사랑해왔으니까 그의 마음을 단칼에 끊어낼 수가 없었다. 그의 편지 속 문장 하나하나가 다 제 마음 같았다.

〈같이 수업을 듣는 동안, 자꾸 너에게 시선이 갔어.〉

항상 세준에게 시선이 갔다. 서재에서 수업 중인 그를 보러 일부러 서재에 들른 적도 있었다. 같이 저녁 식사를 할 때면 늘 그를 의식하느라 매우 긴장하고 있었다.

〈교수님 말씀이 들리지 않을 정도로 너에게 푹 빠졌어.〉

간간이 그를 훔쳐보느라 할머니 말씀을 놓칠 때가 있었다. 그래서 할머니께 마음을 들키기도 했다.

〈내게 한 번 기회를 주면 안 될까? 내가 어떤 사람인지, 널 얼마나 생각하는지 알려주고 싶어.〉

세준에게 말을 걸고 싶었다. 친해지고 싶고 이 마음을 터놓고 싶었다. 당신은 만나기 전부터 제 왕자님이었다고 고백하고 싶었다.

그의 편지가 꼭 제가 쓴 것만 같이 동질감을 느꼈다. 그래서 결국 답장을 썼다. 솔직하게 자신도 좋아하는 사람이 있다고 밝혔다. 그 말을 쓰는 손이 덜덜 떨렸다. 좋아한다는 글자를 쓰는 것만으로도 가슴이 뛰었다.

한 번만, 한 번만 좋아한다고 말해보고 싶었다.

그게 임다혜의 사춘기였다.

"좋아해요."

대뜸 튀어나온 고백에도 세준은 놀라는 법이 없었다. 길게 이어진 키스 끝에 나온 고백이 달콤했다. 세준은 고개만 가볍게 끄덕였다. 그래도 좋아서, 다혜가 환하게 미소 지었다.

"나는 사랑해."

세준이 짓궂게 웃었다. '흐응. 다혜, 너는 날 좋아하는구나. 나는 사랑하는데.'라는 뉘앙스에 다혜가 발끈했다.

"나, 나도 사랑해요."

"내가 더 사랑하는데?"

세준의 말에 다혜가 입을 꾹 다물었다. 그럼에도 입술은 깨물지 않는다. 그게 세준은 미칠 듯이 좋았다. 버릇이라는 게 고치기 얼마나 어려운 건지 잘 알았다. 그래도 다혜는 그날 이후, 한 번도 세준의 앞에서 입술을 깨물지 않았다. 의도적으로 하지 않는다는 뜻이었다.

"내가, 내가 더 오래 좋아했어요."

"정말?"

세준이 눈을 크게 뜨는 것에 다혜가 고개를 끄덕여 강조했다. 그러고는 슬쩍 웃는다. 그 웃음이 어쩐지 자신만만했다.

"어떻게? 첫눈에 반하기라도 했어?"

세준의 말에 다혜는 웃기만 했다. 만나기 전부터, 흑백 신문의 작은 사진을 보았을 때부터 좋아했다고 마음속으로 속삭였다. 세준이 대답을 궁금해하는 것을 보니 괜히 기분이 좋았다.

"비밀이에요. 그래도 내가 먼저 좋아했어요."

"흐음……. 그 비밀, 굉장히 알고 싶어지는데?"

세준이 눈을 가늘게 떴다. 정말 궁금하다는 눈치였다. 다혜는 입을 앙다문 채로 웃기만 했다. 절대 말하지 않겠다는 태도에 세준이 가볍게 입술을 핥았다. 그 혀가 남자의 것임에도 굉장히 섹시했다.

"그럼 몸에 물어보지."

"……에?"

그대로 허리가 끌려갔다. 다시 맞닿은 몸으로 서로의 체온이 뜨겁게 전해졌다. 엉겁결에 세준의 위로 걸터앉게 된 다혜가 얼굴을 붉혔다. 세준의 의도가 너무도 뻔한 탓이었다. 얇은 니트 속으로 들어온 손이 부드럽게 다혜를 끌어안았다. 세준이 니트 위로 솟은 가슴에 얼굴을 파묻었다. 그러고는 고개를 들어 다혜를 바라봤다.

"말하고 싶어질 거야."

그러고는 웃었다. 그 웃음에는 이길 수가 없었다. 다혜는 오늘 밤이 지나기 전에 말해주게 될 것을 예감했다. 그래도 좋았다.

삼십첩반상이라는 단어를 말로만 들어봤지, 실제로 보는 건 다혜도 처음이었다. 네 명이 먹을 거긴 하지만 그래도 매우 많았다.

30가지 반찬을 한 번씩만 먹는다고 해도 다 못 먹어볼 것 같았다.

"내가 너무 내 취향으로 골랐니?"

"아니요. 저도 한식 좋아해요, 어머니."

오늘 저녁 메뉴를 고른 건 세준의 어머니였다. 하지만 한정식이 좋겠다고 말했을 뿐, 실제 식당을 고른 건 세준이었다.

"세준이 녀석이 오버한 것 같아. 뭐가 이리 많이 나오는 건지 원……."

그녀도 혀를 내둘렀다. 아직 그녀의 남편과 세준은 도착하지 않은 상황이었다. 세준은 회사 끝나고 아버지를 모시러 갔다. 요 앞이라고 연락을 받았으니 곧 도착할 터였다.

"그나저나 다혜, 너는 웨딩드레스를 나랑 같이 골라도 되는 거야?"

"물론이죠, 어머니. 저는 오히려 좋았는걸요. 세준 씨는 바쁘고…… 그렇다고 할머니를 모시고 갈 수도 없고요. 혼자 올 뻔했어요."

"그렇다면 다행인데……."

"게다가 어머니 안목이 좋으셔서 예쁜 드레스만 고를 수 있었어요. 감사해요."

오늘 다혜는 세준의 어머니와 함께 웨딩드레스를 보고 왔다. 사진 촬영용, 본식용, 피로연용……. 골라야 하는 드레스만도 다섯이 훨씬 넘었다. 절대 혼자는 못 고른다고 같이 가주십사, 다혜가 미리 부탁했었다. 세준도 함께 가고 싶었지만, 일을 뺄 수가 없어서 대신 그의 어머니와 함께 보러 갔다.

세준이 가운데서 노력한 덕에 다혜는 그녀와 오해를 풀 수 있었다. 그녀는 때려서 미안하다며 무릎을 꿇기까지 했다. 당황한 다혜가 같이 무릎을 꿇고 머리를 조아리는 바람에 지켜보던 세준이 쓴웃음을 짓고 말았다. 내버려두었다가는 아예 땅을 파고 들어가 엎드릴 기세였다.

신혼집으로 이사한 후, 다혜는 세준의 어머니와 자주 만나려고 애썼다. 다혜가 집으로 찾아가기도 하고, 그녀가 직접 집에 오셔서 살림을 가르쳐주시기도 했다. 때로는 모녀처럼 같이 쇼핑을 가기도 했다.

다혜에게는 그런 경험이 매우 새로웠다. 태어나자마자 버림받았다시피 했기 때문에 한 번도 모성을 느껴본 적이 없었다. 할머니가 정성으로 키워주셨지만, 그것과는 또 달랐다. 그래서 세준의 어머니와 함께 있을 때면 생소한 감정이 톡톡 튀어나왔다. 어머니가 계셨다면 이런 느낌이었을까, 하는 그런 묘한 감정이 가슴을 두드렸다.

그래서 어머니라는 호칭도 쉬이 입에 붙었다. 세준의 어머니도 늘 부르던 다혜 아가씨라는 호칭 대신 다혜라고 부르며 말을 놓았다. 이제야 제대로 된 관계가 성립되는 듯했다.

"벌써 음식 나왔어요? 늦었네요. 죄송합니다."

다혜와 어머니가 아까 봤던 웨딩드레스에 관해서 대화의 꽃을 피우는 사이, 세준이 문을 열었다. 그의 아버지가 먼저 들어오고 세준이 뒤를 따랐다. 다혜가 얼른 일어나 반겼다.

"오셨어요, 아버님."

"그래. 먼저들 먹지 그랬어."

세준의 아버지는 아직 다혜에게 아버님 소리 듣는 것이 어색한 듯 멋쩍게 웃음으로 넘겼다. 자리에 앉은 그가 입을 떡 벌리며 상을 둘러봤다. 뭐가 이렇게 많으냐는 태도에 어머니가 세준을 흘겨봤다.

"아들이 진수성찬을 대접하고 싶다네요."

어머니의 말에도 세준은 끄덕하지 않았다. 다혜의 옆에 앉으면서 재킷을 벗었다. 다혜가 물수건을 건넸다.

"넷이 같이 식사하는 건 처음이잖아요."

세준의 말에 모두의 눈이 커졌다. 진짜였다. 상견례를 한 적도 없으니 이게 최초의 식사였다. 그 의미가 진중했다.

"물론 회장님 모시고 따로 식사하겠지만, 그 전에 한 번 자리를 만들고 싶었어요."

"애도 참……."

어머니가 괜히 핀잔을 줬다. 하지만 자신들을 신경 써준 아들의 마음이 고스란히 느껴져 길게 이어지지는 않았다. 아버지도 코끝이 찡한 듯 인상을 슬쩍 찡그리며 웃었다. 검지로 슬쩍 코를 문지르고는 어서들 먹자며 먼저 젓가락을 들었다.

식사를 마치고 한식집에서 같이 운영하는 카페로 자리를 이동했다. 주문한 차와 커피를 기다리는 사이, 세준이 드레스 얘기를 꺼냈다.

"드레스는 잘 골랐어?"

"네. 어머니께서 도와주셔서 막힘없이 골랐어요."

다혜가 고개를 끄덕이자 세준의 어머니가 휴대폰을 꺼내 들었다.

"내가 다 찍어놨지."

왠지 드레스를 입어볼 때마다 사진을 계속 찍으신다 했더니……. 다혜가 살짝 얼굴을 붉혔다. 세준이 휴대폰을 받으려고 손을 뻗자, 어머니가 잽싸게 손을 뒤로 뺐다.

"어머니?"

"보여줄까, 말까?"

"헛……."

세준이 황당한 듯 헛숨을 들이켰다. 그러고는 피식, 웃음을 터트렸다.

"보여주세요."

순순히 보여달라고 청하자 어머니가 알쏭달쏭한 표정을 지었다.

"안 보여줄래. 사진 촬영하는 날 봐."

"……궁금하게 해놓고 안 보여주시겠다는 거예요?"

"응."

어머니가 짓궂게도 휴대폰을 다시 집어넣자 세준이 어이가 없다면서 웃음을 터트렸다. 다혜는 당황해서 어느 쪽 편도 들지 못하고 쩔쩔매기만 했다. 옆에서 가만히 지켜보던 세준의 아버지가 입을 열었다.

"나만 살짝 보여줘. 얼마나 예쁜지 보게."

"좋아요."

제게는 비싸게 굴더니 아버지가 보여달라니까 냉큼 보여주는 어머니를 보고 세준이 헛웃음을 흘렸다. 그녀는 남편 곁에 딱 붙어서는 사진을 한 장 한 장 넘겼다.

"오, 이거 예쁜데."

아버지의 대구에 어머니가 웃으면서 고개를 막 끄덕였다.

"역시 당신 안목은 나랑 같다니까. 그거 당연히 선점했죠."

둘이 장단이 척척 맞는다. 그 모습을 보고 있자니 어처구니가 없던 듯 세준이 다혜에게 물었다.

"나만 따돌리는 거야, 지금?"

"하하……."

다혜의 어색한 웃음에 세준이 입술을 슬쩍 핥았다. 눈을 가늘게 뜨더니 이내 제 휴대폰을 꺼내 들었다. 화면을 몇 번 누르자 이내 건너편에서 벨소리가 울렸다.

"앗, 아들?"

"저, 안 보여주실 거면 두 분도 그만 보세요."

어머니의 휴대폰에 전화를 건 세준이 입꼬리를 들어 올렸다. 휴대폰 화면에 전화 알림이 뜨자 사진이 더는 보이지 않았다. 어머니가 전화를 거부하자 세준이 다시 전화를 걸었다. 한쪽은 계속 전화를 끊고, 한쪽은 계속 전화를 걸어댔다.

"아들!"

"그럼 보여주시든가요."

"으휴, 누가 낳은 거야, 대체."

"김진옥 여사께서요."

"흥."

어머니가 재수 없다는 듯 아들을 노려보고는 이내 휴대폰을 던져줬다. 놀리면 당해주는 맛이 있어야 하는데, 제 아들은 늘 한 수 위였다. 세준이 휴대폰을 받고는 씩 웃었다.

"고마워요, 어머니."

"됐어."

옆에서 지켜보는 다혜는 둘이 왜 모자지간인지 확실하게 깨달았다. 어른스러운 줄만 알았던 세준의 애 같은 일면을 본 것 같아 흥미롭기도 했다. 세준의 이런 모습을 처음 보는지라 어쩐지 새로운 매력을 발견한 기분이었다.

부모님을 모셔다드리고 잠깐 본가에 들렀다. 본관에 들어서자 주 집사가 마중을 나왔다. 안으로 모시는 그의 표정이 지난날과 조금도 다르지 않았다.

세준이 다혜의 어깨를 살포시 감쌌다. 그 손의 체온에, 무게에 다혜가 마음을 가다듬었다.

"할머니!"

다혜는 홍례를 보자마자 얼른 곁으로 다가갔다. 며칠 만에 보는 손녀가 그리웠던 듯 그녀도 팔을 벌려 다혜를 반겼다. 다른 말은 필요하지 않았다. 부둥켜안은 채 온기로 마음을 나눴다. 다혜 너머로 홍례와 눈이 마주친 세준이 가볍게 미소 지어 보였다.

세준이 다혜와 나가 살겠다고 했을 때 임 회장은 놀란 듯했지만, 반대하지는 않았다. 체념한 듯한 태도로 고개를 묵묵히 끄덕였다.

"그래, 둘이 사는 건 불편하지는 않은 게야?"

"불편하지 않다고 하면 거짓말이겠지만, 좋습니다."

세준의 대답에 홍례가 슬쩍 웃었다. 둘 다 옆에서 남이 시중들어주는 삶을 살아왔기 때문에 둘이서만 사는 게 얼마나 불편하고 힘들지 보지 않아도 알 수 있었다.

평생 처음 청소기를 만져봤을 테고, 설거지한다고 손에 물을 묻혀봤을 것이다. 그런 사소한 일이 잘못하면 스트레스가 될 수 있을 텐데, 둘의 표정은 그저 밝기만 했다. 그 미소가 얼마나 깊은 믿음을 바탕으로 하고 있는지 알기에 홍례는 그저 고개를 끄덕였다.

"너희가 알아서 잘하겠지만, 그래도 도움이 필요하면 언제든지 연락하거라."

"예, 감사합니다."

손녀가 자랑스러우면서도 안쓰러워 홍례는 잠시 입을 다물었다. 감정이 울컥 차올랐다. 다혜가 그런 할머니의 손을 꼭 잡아드렸다.

항상 같이 있었는데, 분가한 이후로는 며칠에 한 번 보니 그만큼 아쉬울 수밖에 없었다. 둘이 얘기 나눌 수 있도록 세준이 자리를 피해줬다. 밖으로 나오는데, 막 차를 내오던 주 집사와 마주쳤다.

"제가 들고 가죠."

"……예."

세준의 말에 잠깐 멈칫한 그가 이내 쟁반을 넘겨줬다. 그도 다혜가 자신을 불편해한다는 사실을 알고 있었다.

세준이 차를 내주고 나오자 그가 밖에서 기다리고 있었다. 할 말이 있는 기색이라 세준이 말없이 자리를 옮겼다.

정원으로 따라 나온 주 집사, 계훈이 허리 숙여 인사했다.

"감사합니다."

자신이 감사받을 일이 있던가. 그렇다고 생각하지 않기에 세준은 대답하지 않았다. 계훈은 한참을 허리 숙이고 있었다. 그의 마음이 어떤지 모르는 것은 아니었기에 세준은 가만히 그를 지켜보기만 했다.

제삼자인 세준이 보기에 다혜와 계훈은 닮은 점이 있었다. 둘

다 부모에게 사랑받지 못했다는 점이, 하필 그리도 슬픈 점이 닮았다. 하나뿐인 아버지는 그에게 가족이 되어주지 못했다. 마지막까지…… 가족이지 않았을 터였다.

그에게는 홍례밖에 없었을 것이다. 그게 사랑이었든 가족애였든. 임씨가에서 태어나 임씨가 안에서만 자란 그에게는 홍례가 전부였다. 그러니 모든 것을 알고도 입을 열지 못했다. 홍례를 잃으면 정말 외톨이가 되어버리니까.

임씨가를 나와 홀로 본가로 내려갔을 때 무슨 생각이었을지 세준은 짐작조차 하고 싶지 않았다. 추억이 묻어 있는 그곳은 행복과 불행이 공존하는 곳이었다.

계훈이 이내 고개를 들었다. 한 번 더 고개 숙여 인사하고 안으로 들어가는 그를 본 세준이 이내 정원으로 걸음을 옮겼다. 다혜가 나오려면 시간이 걸릴 테니 잠깐 들르고 싶은 곳이 있었다.

"역시 회장님도…… 한 성격 하시는군."

정원 안쪽에 도착한 세준이 쓰게 웃었다. 분홍 유선화가 지독하리만큼 아름답게 피던 협죽도는 뽑혀나가고 없었다. 처음부터 그곳에 없던 것처럼 땅이 메워져 있었다.

없앤다고 없던 일이 되지 않는다는 것은 누구나 알고 있다. 그래도 없애는 데에는 그만한 이유가 있다.

세준은 그 앞에 잠시 서 있다가 이내 몸을 돌렸다. 본관으로 돌아가는 그의 시선에 다혜가 잡혔다. 벌써 나온 건지 본관 현관에 서서 주변을 두리번거리는 모습이 보였다. 자신을 찾고 있다는 것을 알아차린 세준이 잠시 걸음을 멈춰 섰다.

이게 이세준의 자리였다. 늘 이 정도 되는 거리에서 다혜를 훔쳐봤다. 이만큼이 이세준과 임다혜의 거리였다. 이 거리가 좁혀지는 날이 올 거라고 상상이나 했을까.

다혜가 반대쪽으로 걸어가는 것에 세준이 슬쩍 웃었다. 엇갈릴까 봐 얼른 그녀를 따라갔다. 걸음을 옮길 때마다 다혜의 스커트가 나비의 날갯짓처럼 팔랑거렸다. 그 팔랑거림에 마음이 같이 살랑댔다. 그녀의 뒤를 쫓던 세준이 문득 걸음을 멈췄다. 다혜가 뒤를 바라본 탓이었다.

"세준 씨."

찾았다는 안도감에 환하게 웃는 다혜를 보니 심장이 순식간에 요동쳤다.

그래, 더는 이세준과 임다혜 사이가 멀지 않았다. 이렇게 마음이 이어져 있으니까. 물리적 거리는 아무런 장해가 되지 못했다.

행복하다는 말은 이럴 때 쓰는 거군. 세준이 웃으며 다혜를 향해 걸어갔다. 얼른 끌어안고 싶었다.

"신 회장님 생신 파티요?"

"응. 같이 가지 않겠어?"

"저야 상관없지만…… 세준 씨, 매년 할머니를 에스코트하지 않았나요?"

"그랬지. 하지만 이번에는 부부 동반으로 가고 싶어."

세준의 말에 다혜가 뺨을 살짝 붉혔다. 부부 동반. 아직도 그런 단어들이 익숙하지 않았다.

한송 그룹의 신운중 회장이라면 다혜도 아는 인물이었다. 할머니와 친분이 있어 몇 번 뵌 적이 있었다. 그가 누구의 아버지인지도 알고 있었지만, 다혜는 순순히 알겠다며 고개를 끄덕였다. 세준이 빙그레 웃었다. 어쩐지 기분이 좋아 보여 다혜는 고개를 갸웃거렸다. 부부 동반으로 참석한다는 게 기분 좋은 걸까?

다혜의 의문을 풀어줄 생각이 없는 듯 세준은 차 키를 집어 들었다.

"그럼 나갈까."

"아, 네."

다혜가 얼른 그를 따라 움직였다. 오늘은 대망의 토요일이었다. 세준이 신청해둔 요리 수업이 있는 날로, 이번이 벌써 네 번째 수업이었다. 매주 토요일마다 배우는데, 커플 수업이다 보니 선생님 한 명이 전담해서 수업을 진행했다.

"1부는 연어 스테이크, 2부는 생선 튀김이야."

주제는 다혜가 골랐다. 생선을 좋아하는 세준을 위해 배우고 싶어 했다. 손질된 생선을 굽는 것밖에 못했기 때문에 (물론 처음에는 굽는 것조차 제대로 못했다.) 뭔가 특별한 요리를 해주고 싶었다.

"튀김이 어려울 것 같아요."

"내 생각도 그래."

세준이 순순히 동의했다. 레시피를 보니 연어 스테이크는 그냥저냥 할 만해 보였다. 하지만 생선 튀김은 생선을 튀긴다는 것 자체가 둘에게는 난제였다. 그러고 보니 같이 살면서 한 번도 튀김은 해본 적이 없었다.

매일같이 음식을 하고 있으니 조금 발전이라는 걸 하기는 했지만, 사실 아직도 칼질조차 제대로 하지 못했다. 손끝을 오므려야 한다는 것도 수업 때 배워서 알았다.

"오늘도 선생님이 다 하시는 건 아니겠지."

세준의 말에 다혜가 키득키득 웃음을 흘렸다. 첫날 그랬다. 수업은 시작했는데, 세준도 다혜도 생초보라서 아무것도 할 줄 몰랐다. 대체 어떻게 살았느냐는 선생님의 질문에 둘은 멋쩍은 웃음만흘렸다. 사실 세준의 어머니가 반찬을 해다가 주시지 않았다면 정말 매일같이 고기만 구워 먹을 뻔했다.

수업이 진행되는 쿠킹 스튜디오는 집에서 그리 멀지 않았다. 삼성역 근처에 있어서 끝나고 데이트하기도 좋았다. 뭐, 둘에게는 요리 수업 자체가 데이트라 할 수 있었다.

"어서 오세요. 두 분은 오늘도 깨가 쏟아지네요."

"이 정도는 보통이죠."

"윽. 듣는 솔로 생각 좀 해주시죠."

"미안합니다."

"……순순히 사과하는데 어째서 더 얄밉죠."

수업을 맡은 준호가 과장되게 진저리를 쳤다. 다혜는 미소만 지은 채로 그와 인사를 나눴다. 사십이 훌쩍 넘었다는 그는 전혀 그렇게 나이 들어 보이지 않았다. 스타일도 좋고 말끔해서 30대 중반 정도로 보였다. 그래도 연륜이 있어서 그런지, 분위기를 참 편하게 해주는 사람이었다.

"오늘은 각오 단단히 하셨습니까?"

준호가 짓궂게 윙크를 하며 물었다. 대망의 생선 요리다. 다혜가 수업 첫날부터 생선 요리를 희망했다는 걸 알고 있어서 하는 질문이었다. 다혜가 각오 단단히 했다는 듯 고개를 끄덕이자 그가 웃음을 터트리고는 '귀여운 분이에요, 진짜.' 하고 세준에게 작게 속삭였다. 세준도 부정하지 않았다.

다혜가 앞치마를 두르자 세준이 뒤에서 매듭을 지어줬다. 요리할 때면 머리를 하나로 높게 올려 묶고는 했는데, 그때 드러나는 목덜미가 상당히 매력적이었다.

희고 긴 목덜미를 보고 있노라면 세준은 키스 마크를 남기고 싶은 충동이 일었다. 갑자기 타오르는 갈증에 입술을 살짝 축이는데, 다혜가 몸을 돌렸다. 세준의 앞치마 매듭을 지어주려 했는데, 그가 아직 앞치마를 두르지 않은 것을 보고는 그를 슬쩍 바라봤다. 그의 눈이 짙었다. 그대로 키스를 당할 것 같은 느낌이 들어 다혜가 얼굴을 붉혔다.

"어허. 거기, 둘만의 세계에 빠질 겁니까?"

그때, 준호가 끼어들었다. 그는 세준의 앞치마를 빼앗아서는 그의 목에 휙 둘러줬다. 재빠른 솜씨로 매듭까지 지어주고는 눈을 흘겼다. 그 눈초리에 세준이 웃음을 터트리며 사과했다. 목덜미에 스위치가 켜질 줄은 그도 몰랐다.

"자, 자. 알래스카 출신의 연어 군이 기다리고 있다고요."

준호가 싱긋 웃으며 양손을 모았다.

"이 타르타르소스가 진짜 중요해요. 신맛이 싫으면 레몬즙을 좀 덜 넣으면 되고요."

연어를 재는 건 세준이 맡았고, 소스를 만드는 건 다혜가 맡았다. 양파를 잘게 써는 게 조금 아슬아슬했지만, 그래도 손을 베이지 않고 해냈다. 소스를 만들고 나니 그 뒤는 쉬웠다. 버터를 발라 연어를 굽고 그 위에 타르타르소스를 얹으면 됐다.

"생선 튀김에서 주의할 점은 딱 하나입니다. 물기를 꼭 제거해야 한다는 것. 그것만 지켜주면 전혀 어렵지 않아요."

이번에도 생선은 세준이 맡고, 다혜는 채소 손질을 맡았다. 준호의 지휘 아래 역할 분담이 자연스럽게 이뤄졌다. 다혜는 생선의 미끈거리는 감촉을 싫어했지만, 세준은 아무렇지 않게 만졌다. 반대로 칼질은 다혜가 그나마 좀 더 능숙했다.

"두반장이랑 굴 소스는 사두면 유용하게 써요. 굴 소스 조금 넣고 볶음밥 해먹어도 맛있고요. 소스 조금이면 중화풍 맛이 나죠. 아, 대신 많이 넣으면 짜니까 주의하세요."

준호는 가르치는 게 능숙했다. 얘기를 듣고 있다 보면 어느새 요리가 완성되어 있었다. 자신들이 만들었다고 믿기 어려울 정도였다. 집에서 다시 만들어본다고 이런 완성도가 나올지는 의문이었지만, 그래도 몇 번 연습하면 될 것도 같았다.

"아, 맛있어요."

맛을 본 다혜가 순수하게 감탄을 뱉었다. 준호가 옆에서 '직접 만든 거라 더 맛있는 거죠.' 하고 거들었다. 튀긴 조기 살이 매콤한 마파 소스와 잘 어울렸다.

다혜가 살을 발라 내밀었다. 세준이 냉큼 받아먹자 준호가 눈꼴시다며 고개를 절레절레 흔들었다. 대체 누가 커플 쿠킹 클래스 따위를 만들었느냐면서 입술을 삐죽 내민다. 만든 장본인이 그렇게 말하는 것에 다혜가 맑은 웃음을 터트렸다.

"선생님, 진짜 감사해요."

"음음, 난 정말 감사받을 자격 있는 것 같아요."

요리 고자인 두 사람을 이만큼 가르쳐냈으니까요. 그 속뜻이 그대로 드러나 세준이 피식, 웃었다. 부정할 수는 없어서 고개를 끄덕였다. 준호가 씩 웃으며 가볍게 윙크를 날렸다. 흑심이 아님을 알기에 아무렇지 않았다.

"다음 수업은 칼국수 어때요? 면 좋아해요?"

"칼국수요?"

세준이 눈을 깜박였다. 칼국수가 어떤 요리인지 생각하는 중인 듯했다. 그래서 다혜가 대신 고개를 끄덕였다. '세준 씨, 면 요리 좋아하죠?' 하고 물으니 세준이 얼떨결에 고개를 끄덕였다. 준호는 의아한 듯 고개를 갸웃거리고는 '그럼 다음 수업은 칼국수랑 만두 합시다. 감자 피로 만두 빚으면 진짜 맛있어요.' 하고 결론지었다.

수업이 끝난 후 밖으로 나온 세준이 작게 물었다.

"그래서 칼국수가 어떤 거였지?"

신운중 회장의 생일잔치는 조용하지만 성대하게 열렸다. 신 회장과 친분이 있는 재계 총수들이 모인 자리인 만큼 최고급 만찬이 준비되었다.

"어서 와."

장희가 반갑게 세준을 맞이했다. 신 회장은 두 아들과 세 딸을 보았는데, 장희는 그중 막내였다. 그래서 신 회장의 연배가 홍례와 비슷했지만, 장희는 세준과 동갑이었다.

"서로 알지?"

세준이 장희와 다혜를 번갈아 바라봤다. 먼저 반응한 건 장희였다. 강렬한 화장으로 무장한 그녀는 피식, 웃으며 다혜를 훑었다. 명백한 비웃음이었다.

"알지, 이게 몇 년 만이야. 4년? 성년식 때 본 것 같은데 맞나?"

"네, 오랜만에 뵙네요."

다혜가 엷은 미소를 띤 채 응수했다. 비웃든 말든 신경 쓰지 않는 눈치였다. 장희는 세준과 꼭 붙어 있는 그녀를 고깝게 바라보다가 이내 세준에게로 시선을 돌렸다. 순식간에 태도를 바꾼 그녀는 활짝 웃으며 세준에게 안으로 들어가자고 권했다. 다혜를 무시하는 티가 노골적으로 났다.

"아……."

그 태도에서야 세준은 그녀에게 모두 다 오해였다고 해명하지 않았음을 깨달았다.

"왜 그래?"

세준의 탄식에 장희가 눈을 크게 뜨고 물었다. 얼른 말하라는 태도에 세준은 오히려 입을 다물었다. 다혜 앞에서 말하기 곤란했다.

"아니, 나중에 얘기 좀 하자."

"지금 해도 되는데?"

장희가 눈을 깜박이며 싱긋 웃었다. 무슨 얘기기에 몰래 해야 해? 하고 되묻는 것이 일부러 그러는 티가 팍팍 났다. 세준이 쓰게 웃으며 고개를 저었다. 다혜의 팔을 감싸 안으며 걸음을 뗐다.

"임 회장님은?"

"따로 오시기로 했어. 아직 도착 안 하셨어?"

"아직. 네가 에스코트 안 해서 그런 거 아니야?"

"그럴 리가."

다혜는 세준과 장희가 친한 줄은 알았지만, 이 정도로 친밀한 사이인지 전혀 몰랐다. 그래서 그들의 분위기가 낯설었다.

다혜는 집안 소개로 만난 친구가 별로 없었다. 그보다는 학교 친구가 더 많았다. 그쪽이 더 대화가 잘 통했기 때문이었고, 홍례는 다혜가 굳이 이쪽 친분에 매달릴 필요가 없다고 생각했다. 이쪽은 세준이 알아서 잘할 거라는 믿음이 있었다.

장희를 보고 나서야 다혜는 세준의 교우 관계에 대해 전혀 모르고 있음을 알아차렸다. 세준이 집에 친구를 부른 적이 없고, 같이 살면서도 친구 이야기를 한 적이 없었다. 어째서인지 생각해보던 다혜가 조금 얼굴을 붉혔다. 둘만으로도 하루가 짧았다. 둘이 있는 동안은 다른 사람을 생각할 여유가 없었다.

"왜 그래?"

그 미미한 홍조를 눈치챈 걸까, 세준이 말을 걸어왔다. 어쩌면 그저 조용히 옆에 있기만 해서 마음에 걸렸는지도 모른다. 다혜는 아무것도 아니라며 슬쩍 웃었다. 친구와 나누는 시간을 굳이 뺏고 싶지 않았다. 그리고 어쩐지 저 여자가 보내오는 시선이 곱지 않았다. 대화를 방해했다가는 안 좋은 소리를 들을 것 같았다.

"그러고 보니 결혼식이 다음 달이죠?"

끼고 싶지 않은 다혜의 바람과 달리 장희가 먼저 말을 걸어왔다. 다혜는 차분히 네, 하고 짧게 대답했다. 제게 좋지 않은 감정을 가진 이유는 알지 못했지만, 굳이 길게 말을 섞고 싶지 않았다. 그런데 장희의 생각은 다른 듯 대화는 거기서 끝나지 않았다.

"잘 생각해보지 그래요?"

"……네?"

어쩐지 말에 가시가 잔뜩 박혀 있었다.

"야, 신장희."

세준이 얼른 그녀를 만류했다. 그게 더 신경 쓰였다. 무슨 의미로 저런 말을 했는지, 다혜는 짐작조차 할 수 없었다.

"무슨 의미죠?"

"어머, 모르는 척하는 건가요?"

"신장희!"

세준이 조금 더 크게 그녀를 불렀다. 그만하라는 뜻이었다. 다혜는 그게 더 거슬렸다. 그는 알고 있는 모양이었다. 다혜가 손을 들어 그의 팔을 잡았다. 세준이 당황해서 다혜를 바라봤다.

"다혜야, 오해가 있어."

"……오해요? 어떤 오해요?"

"……"

세준이 입을 다무는 것이 다혜는 생소하기만 했다. 그의 이런 모습은 처음이었다. 그런데 그 처음이라는 것이 불쾌했다. 별로 보고 싶지 않은 모습이었다. 게다가 옆에서 장희가 피식 웃음을 흘렸다.

"아가씨, 그렇게 불쌍한 인생 살지 말고 슬슬 자립하는 게 어때? 당신, 그거 세준이한테 민폐거든."

"신장희! 그만하랬어."

세준이 버럭 고함을 지르자 주변 시선이 모두 쏠렸다. 장희는 대수롭지 않은 듯 웃으면서 아무 일도 아니라고 해명했다. 그 여유로운 태도를 가만히 바라보던 다혜가 주변의 이목이 가시기를 기다린 후 입을 열었다.

"제가 세준 씨에게 민폐를 끼치고 있는지는 신장희 씨가 판단

할 일이 아니에요. 제게 무례한 언사를 퍼부으시기에는 때와 장소가 적절치 않았네요."

"흐응, 그렇게 나오시겠다? 때와 장소가 어때서? 어차피 우리 아버지 생신이고, 우리 집에서 내가 하고 싶은 말 하겠다는데, 뭐가 문제지?"

장희가 전혀 물러서지 않자 세준이 둘 사이에 끼어들었다. 다혜를 제 몸으로 가리고는 장희를 향해 말했다.

"둘 다 그만해. 미리 말하지 않은 내 잘못이야. 신장희, 신경 써주는 거 정말 고마운데, 우리 일 다 풀렸어. 다혜, 내가 사랑하는 사람이다. 부디 무례하게 굴지 말아줘."

"뭐, 네가 그렇다면야."

세준이 정색하고 나서자 장희는 순순히 물러섰다. 다혜에게는 오히려 더 강하게 나오던 태도와는 완전히 상반됐다.

"다혜, 넌 이리 와."

세준이 다혜의 손목을 잡아끌었다. 다혜는 장희를 흘끗 보고는 그를 따라갔다. 세준은 성큼성큼 걸어 현관 밖으로 나갔다. 그 보폭이 다혜가 따르기에는 벅찼지만, 다혜는 내색하지 않았다.

뛰다시피 따라가자 세준이 정원 한쪽에 멈춰 섰다. 하아, 다혜가 거친 숨을 내뱉은 후 숨을 골랐다.

"미안해."

뒤돌아 다혜를 마주 선 세준이 사과부터 했다. 진지하게 머리까지 숙이는 것에 다혜는 잠자코 그를 바라봤다. 오해가 있었다는 말은 믿었다. 다만 그녀의 태도가, 그리고 세준의 반응이 꺼림칙했을 뿐이었다.

"예전에 장희에게 심정을 털어놓은 적이 있었어."

세준이 고개를 들고 시선을 마주쳐왔다. 다혜는 속에서 들끓는 감정을 참기 위해 입술을 깨물려다가 멈칫했다. 이 순간에도 그가 입술 깨무는 것을 싫어한다는 것이 걸렸다. 티가 나지 않게 이를 악물었다.

"네가 나를 싫어한다고 오해했을 때 일이야. 나를 싫어하는 널 곁에 두는 게 좋지만, 그만큼 미칠 것 같다고⋯⋯. 그 뒤로 정신이 없어서 그게 오해였다고, 사실 서로 사랑하고 있었다고 말해주는 걸 잊었어."

세준은 최대한 의미가 달라지지 않게, 또 다른 오해가 생기지 않도록 조심스레 말했다. 숨기는 것 없이 그녀를 잘 이해시키고 싶었다. 가만히 듣기만 하는 다혜를 보니 미칠 것 같았다. 설마 신장희가 이렇게 나올 줄은 몰랐다. 아니, 솔직히 말하면 그녀에게 얘기했던 것 자체를 잊고 있었다.

"신장희 씨는⋯⋯ 세준 씨 친구죠?"

한참 동안 가만히 있던 다혜가 처음으로 내뱉은 말에 세준이 한 번 더 당황했다. 물론 거리낄 것 없는 친구였다. 다만 첫 만남이 설명하기 조금 걸렸다.

'여자를 아는 게 좋겠지. 신 회장 딸인데, 좋은 애야. 만나두면 좋을 거다.'

심지어 임 회장이 소개했다. 남자가 동정이어서 좋을 것 없다며, 여자도 알아두어야 한다고 했다. 세준이 웃으면서 그러다 감정이 발전하면 어떻게 합니까 하고 묻자, 그녀는 태연하게 눈썹을 들어 올렸다. 네가? 라는 느낌이었다. 그 이중적인 의미에 세준도 거부하지 않고 그녀를 만났다.

물론 만나도 아무 감흥이 없어서 친구 사이로 발전했다. 임다혜가 아니면 소용없었다. 임다혜가 아니면 감정도, 욕정도 일지 않았다.

"응. 친한 친구야."

세준이 고심 끝에 장희를 설명할 표현을 골랐다. 누가 뭐래도 지금은 아주 친한 친구였다. 세준에게 있어 마음을 털어놓을 수 있는 여자 친구는 그녀뿐이었다.

"다 세준 씨를 위해서 한 말이라는 거네요. 제가 세준 씨께 상처 줄까 봐."

"……말하자면 그렇지. 나쁜 애는 아닌데, 말이 좀 거칠어."

"그럼 됐어요. 좋은 친구 두셨네요."

"……다혜야."

세준이 조금 놀라 다혜를 불렀다. 다혜는 그를 바라보고는 한숨 섞인 웃음을 길게 내뱉었다. 그 웃음이 애달팠다. 세준은 가슴이 무너지는 느낌을 받았다. 다혜의 웃음이 아팠다.

"원인 제공은 제가 했으니까 됐어요."

"아니야."

세준이 인상을 팍 찡그리고는 다혜를 강하게 끌어안았다. 갑자기 끌어안긴 탓에 다혜가 당황해 고개를 옆으로 돌렸다. 그의 옷에 화장이 묻을 판이었다.

"세준 씨."

다혜가 얼른 그를 불렀지만, 세준은 요지부동이었다.

"아니야, 다혜야. 그 어떤 것도 네 잘못이 아니야. 모두 다 네 책임으로 돌리려고 하지 마. 어머니랑도 그래. 다혜, 네가 잘못한 거 아닌데, 네가 다 뒤집어썼잖아."

"……아니, 세준 씨. 그게."

다혜가 반박하려고 했지만 세준은 오히려 더 강하게 끌어안아 입을 막아버렸다. 그 바람에 그의 옷에 입술이 찍히고 말았다. 하지만 그는 신경도 안 쓰는 눈치였다.

"지금도 그렇게 따지면 내 잘못이지. 처음부터 솔직하게 널 좋아한다고 털어놨다면 네가 혼자 마음고생 하지 않아도 됐잖아. 널 괴롭게 한 건 난데, 왜 네가 잘못했다고 그래. 네 이기심? 아니야. 아니라고."

"……."

눈물이 핑 돌았다. 그래서 더는 입을 열지 못했다. 세준의 가슴에 얼굴을 묻은 채로 다혜가 울음을 삼켰다. 이세준은 항상 이런 식이었다. 마음 깊은 곳에 숨겨둔 상처를 아무렇지 않게 끄집어낸다. 화끈하게 소독약을 들이부었다.

"제발 혼자 감내하려 들지 마. 속으로 삼키지 마. 네가 그럴 때마다 난 미칠 것 같아."

세준의 부탁이 다혜에게는 너무도 어려웠다. 늘 그래 왔다. 제가 잘못이라고, 자신이 문제라고, 그렇게 생각하지 않고는 사는 게 힘들었다. 제가 부족해서 엄마를 붙잡지 못했다고, 그렇게 생각하는 게 차라리 속 편했다.

그런데 그러지 말라고 한다. 당당하게 아니라고 하란다.

"내게 화를 내. 왜 저런 말 듣게 했느냐고, 저 여자가 뭔데 우리 일에 참견하느냐고. 왜 남한테 오해받게 하느냐고 화를 내라고."

울지 않으려고 몇 번이고 입술을 깨물어보지만, 결국 울음을 터트리고 말았다. 세준이 다혜의 머리를 감싸 쥐었다. 머리카락이 바스락대며 같이 울었다. 손에 눌려 흐트러지며 다혜 대신 화를 냈다.

"미안해. 정말 미안해, 다혜야. 앞으로 절대 저런 소리 듣지 않게 할게. 다시는 그 누구도 네게 그러지 못하게 할게. 내가 잘못했어. 미안하다."

세준의 마음이 절절하게 흘러들어왔다. 다혜는 아무 말도 하지 못했다. 아니, 할 필요 없었다. 말하지 않아도 세준은 알았다. 다혜의 눈물이 그의 옷에 스몄다. 그의 가슴에 스며들었다.

"너를 아껴, 다혜야. 내가 너를 이렇게나 아끼는데, 다혜 네가 너를 아끼지 않으면 안 되잖아. 너를 사랑해. 너를 소중히 여겨줘, 제발."

세준의 애원에 다혜는 숨도 내쉬지 못하고 울었다. 처음이었다. 임다혜에게 임다혜를 소중히 여기라고 말해주는 사람은 평생 처음이었다. 부모도 해주지 못한 말을 세준이 대신했다.

"나를 사랑하는 만큼 너 자신도 사랑해줘. 응? 다혜야."

세준의 말이 가슴에 새겨졌다. 다혜는 고개를 끄덕이려 애썼다. 하지만 그보다 더 먼저 하고 싶은 말이 있었다. 잔뜩 젖은 목소리로 간신히 속삭였다.

"사랑해요. 세준 씨, 정말 사랑해요."

사랑할 수밖에 없었다. 세상에 오로지 이세준뿐이었다. 임다혜가 임다혜보다 더 사랑하는 사람이었다.

"응. 알아."

세준은 웃으며 대답했다. 그 대답이 자신만만해서 다혜는 우는 채로 조금 웃고 말았다. 눈물이 눈꼬리에 매달려 툭 떨어졌다.

"돌아가게 됐으니까 알아서 잘 말씀드려줘. 네 책임이 크니까."

세준이 장희와 통화하는 동안 다혜는 차에 앉아 마음을 추슬렀다. 화장이 엉망이 된 데다가 눈이 퉁퉁 부어서 생일잔치에 참석하기에는 무리가 있었다.

세준의 옷도 다혜의 화장이 번져 보기 흉했다. 그래서 집에 돌아가기로 했다. 옷을 갈아입고 혼자 다녀오라고 다혜가 권했지만, 세준이 싫다고 했다. 중요한 건 신 회장의 생일잔치가 아니었다.

미리 말해줬으면 그런 말 안 했잖아, 하고 장희가 멋쩍어했다. 설마 둘이 서로 죽고 못 사는 관계가 되어 있을 줄이야. 전혀 몰랐다는 반응에 세준도 그다지 화내지 않았다. 모르는 게 당연했다.

"나중에 따로 보자."

전화를 끊은 세준이 차에 올라탔다. 번진 화장을 지우던 다혜가 그를 쳐다봤다. 세준이 짓궂게 웃었다.

"판다 됐다."

"옷…… 보지 마세요."

"왜, 귀여운걸."

귀엽다니, 다혜가 그건 아니라는 듯 고개를 짧게 흔들었다. 거울 속에 비친 제 모습은 귀신 저리 가랄 정도로 심각했다. 번진 눈

화장을 다 지우니 퉁퉁 부은 눈이 드러났다. 집에 돌아가면 얼음 찜질해야겠다며 작게 한숨을 내쉬었다. 그때, 뺨에 세준의 손이 닿았다.

"열난다."

"아⋯⋯."

느끼지 못했다는 듯 다혜가 반대편 뺨에 손바닥을 올렸다. 따듯한 것 같긴 한데, 열이 나는지는 알 수 없었다.

"병원 들를까?"

"아뇨, 괜찮아요."

열난다고 듣고 나니 조금 몸이 붕 뜬 느낌을 받았지만, 병원에 갈 정도는 아니라고 생각했다. 다혜가 거절하자 세준은 잠시 고민하더니 약국에는 들르겠다고 했다. 다혜가 고개를 끄덕이는 것을 본 후에야 차를 출발시켰다.

집에 도착하자마자 무조건 누워야 한다며 세준이 다혜를 침대로 끌고 갔다. 거의 반강제적으로 침대에 누운 다혜가 불만 어린 눈을 했다. 괜찮은데⋯⋯ 하고 주장했지만, 씨알도 먹히지 않았다.

"코 자."

한마디 짧게 남기고는 방을 나가버리는 세준에 다혜가 입술을 삐죽였다. 옆에 있어주길 바랐는데 매정하게도 휙 나가버렸다. 생일잔치를 불참하고 집에 와버렸으니 뒤처리를 해야 한다는 걸 알지만 어쩐지 어리광부리고 싶은 심보가 들었다. 정말 열이 나는 탓일까, 마음이 약해졌다고 느끼며 다혜는 쓰게 웃었다.

머리가 멍했지만 잠은 오지 않아서 멀뚱히 누워 있는데, 문이 조심스레 열렸다. 소리 하나 없었다. 보고 있지 않았다면 몰랐을 것 같았다. 다혜가 눈을 뜨고 있는 걸 본 세준이 어쩔 수 없다는 듯 웃었다.

"이거 먹고 약 먹자."

"그게 뭐예요?"

세준이 걸어옴과 함께 맛있는 냄새가 풍겼다. 고소한 향이었다. 다혜가 몸을 일으켜 앉자 세준이 침대 옆에 의자를 놓고 앉았다. 쟁반에 올려진 죽 한 그릇이 눈에 들어왔다.

"……직접 만든 거예요?"

"별거 아니야."

채소죽이었다. 초록색과 주황색이 알록달록한 게 시각을 자극했다. 세준이 한 수저 떠서는 가볍게 호 불었다. 그리고 내미는 것에 다혜가 멀뚱히 그를 바라봤다.

"자, 아 해."

환자 대접이 지극정성이다. 다혜는 조금 웃음이 났지만 얌전히 받아먹었다. 뜨거웠지만 입에 들어오자마자 고소함이 느껴졌다. 쌀을 갈았는지 별로 씹지 않아도 꿀꺽 넘어갔다. 그를 확인한 세준이 한술 더 떠서 내밀었다. 그렇게 몇 번 받아먹자 금세 그릇을 비웠다.

"잘했어."

아이를 칭찬하듯 부드럽게 칭찬하는 것에 다혜는 어쩐지 가슴이 뭉클했다. 세준이 건넨 물을 마시는 동안 그는 쟁반을 들고 나갔다. 부엌을 치우는지 조금 늦게 돌아와서 약을 건넸다.

"이제 자면 괜찮을 거야."

그가 시키는 대로 얌전히 자리에 누운 다혜가 우물쭈물하며 그를 바라봤다. 그 눈빛이 뭔가 할 말이 있는 듯해 세준이 먼저 물었다.

"뭐 필요한 거 있어?"

다혜는 쉽사리 대답하지 못하고 입술만 달싹였다. 그를 들으려고 세준이 고개를 좀 더 숙였다. 잠깐 망설인 다혜가 속삭이듯 말했다.

"세준 씨요."

"……응?"

"옆에…… 있어줘요."

똑똑히 들은 세준이 소리 없는 웃음을 터트렸다. 환하게 미소 지어 웃고는 다혜의 머리를 쓰다듬어줬다.

"그런 부탁이라면 언제든 환영이야."

세준이 잠깐 자리에서 일어났다. 셔츠를 벗어 의자에 걸쳐놓고는 반팔 티 차림으로 다혜의 옆에 누웠다. 그를 물끄러미 바라보던 다혜와 시선이 마주치자 이마에 가볍게 뽀뽀했다. 그 입술의 감촉이 따듯했다.

다혜는 마음이 사랑과 기쁨으로 충만했다. 세준을 향한 마음이 흘러넘쳤다. 이 마음을 어떻게 다 전할 수 있을까.

한참 그를 바라보던 다혜가 그의 품속으로 파고들었다.

"오, 언니. 그거 청첩장?"

세미나 팀원들과 카페에 모였을 때 다혜가 청첩장을 꺼냈다. 가장 먼저 반응을 보인 건 유미였다. 청첩장이라는 말에 모두의 시선이 다혜의 손으로 집중됐다.

"전에 말한 대로 다음 주 토요일이야. 와서 축하해줘야 해?"

다혜가 옅은 웃음을 띤 채로 청첩장을 나눠줬다. 가장 먼저 청첩장이 든 봉투를 받은 유미가 우와, 하고 탄성을 내질렀다.

봉투 개봉하는 곳에 찍힌 실 스탬프가 고급스러웠다. 중세의 편지를 떠올리게 하는 붉은 왁스에 찍힌 이니셜이 눈에 확 들어왔다. 두 개의 'L'이 반쯤 겹쳐져 있었다.

유미가 뜯기 아깝다고 아쉬워했다. 물론 말은 그렇게 해도 누구보다 가장 먼저 봉투를 열었다.

"오, 센스 있다. 공연 티켓?"

공연 티켓처럼 만든 청첩장이었다. 웨딩드레스를 입은 다혜가 꼭 여주인공처럼 보였다. 그녀를 바라보고 있는 남자, 세준도 그랬다. 머리를 위로 깔끔하게 세운 모습이 그의 인상을 날카롭게 보이게 했다. 하지만 그 눈은 부드럽기 그지없었다. 다혜를 담고 있는 눈이 누가 봐도 사랑으로 가득했다.

"제목 봐. 아주 사랑이 쏟아지네. '행복해요. 행복합니다.'라니 너무 자랑하는 거 아니야?"

민선이 짓궂게 눈을 흘겼다. 골드미스 언니 듣기 힘들다, 하고 웃는 것에 다혜가 슬쩍 혀를 빼물었다. 행복하다는 말을 두 번 쓴 건 행복한 걸 자랑하기 위한 게 아니었지만, 굳이 의미를 설명하지는 않았다. 그 의미야 자신들만 알면 된다.

"이건 뭐야? 골드카드?"

옆에서 조용히 청첩장 티켓을 보고 있던 해준이 봉투 안에 들어 있는 카드를 발견했다. 황금의 화려한 카드에는 LM Membership Card라고 적혀 있었다.

"아, 그거 잃어버리면 결혼식 못 와요. 결혼식을 저희 LM타워에서 하거든요. 입장하려면 그 카드로 찍어야 해요."

"참석자 제한하는 거야?"

"네. 그래야 한다고 하더라고요. 할머니 아시는 분들이 많이 오셔서……. LM타워 라운지 1년 이용권이기도 하니까 언제든 사용해보세요."

"우와, 1년 이용권? 세상에……!"

유미가 눈을 크게 떴다. 모시러 오는 기사가 있거나 명품만 입고 다니니 잘사는 건 알고 있었지만, '저희 LM타워'라고 말하는 것에는 깜짝 놀라고 말았다. 해준에게 알고 있었냐는 눈빛을 보내니 그가 작게 속삭였다. 집에 도서관이 있더라고.

"신혼여행은 어디로 가기로 했어?"

민선의 질문에 다혜가 멋쩍은 웃음을 흘렸다. 말을 흐리는 것에 민선이 '아직 안 정했어?' 하고 다시 물었다.

"그게…… 저도 아직 학기 중이고 세준 씨가 일 때문에 자리를 비울 수가 없어서 나중에 가기로 했어요."

"아……."

서로의 스케줄을 맞추느라 결혼식과는 상관없는 여행이 되어버렸지만, 그래도 여행 계획은 다 짜둔 상태였다. 서로 가고 싶은 곳들 나열하고 공통된 곳을 뽑았다. 지중해의 푸른 바다 위에 손끝이 서로 닿았다. 다혜가 졸업하는 대로 같이 지중해로 여행 가자고 했다.

"그래도 행복하기만 한 것 같네?"

민선의 말에 다혜는 웃음으로 답했다.

황의홍상이라고 했다. 노란 저고리에 붉은 치마를 곱게 차려입는데, 시집가기 전 어머니가 마지막으로 해주는 옷이었다. 물론 다혜는 어머니가 아니라 할머니 홍례가 정성껏 지어줬다.

다혜의 머리가 흑진주처럼 검고 허리까지 내려와 댕기 머리를 하니 아주 곱고 예뻤다. 옆에서 바라보던 홍례가 저도 모르게 눈시울을 붉혔다. 핏덩이 같던 아이가 어느새 시집갈 준비를 한다.

"아주 예쁘구나."

그리 말하는 목소리에 떨림이 희미하게 묻어났다. 다혜가 한복을 입고 준비하는 사이, 봉채 떡이 왔다. 함 들일 준비가 시작됐다. 세준의 집에서도 함을 준비하느라 바쁠 터였다.

함은 세준이 혼자 들고 오기로 했다. 어차피 임씨 저택 안에서 움직이는 거라 조용히 치르기로 했다. 임씨가에도 식구라고는 홍례밖에 없어서 이례적이지만 함 들이고 나면 세준의 부모님도 같이 모여 식사하기로 했다.

다혜를 물끄러미 바라보던 홍례가 결국 먼저 방을 나섰다. 수십 년이 지났지만 아직도 생생한 민주의 모습이 자꾸 떠올랐다. 제 딸도 저리 곱고 예뻤다. 그 모습이 눈앞에 어른거려 감정이 북받쳐 올랐다. 이런 경사스러운 날 눈물을 보이고 싶지는 않았다.

"함 사세요!"

함 사세요! 함 사세요! 정식대로 세 번 외친 세준의 표정이 사뭇 진지했다. 방에서 그 소리를 들은 다혜가 옅은 웃음을 지었다. 자꾸 바깥이 궁금해서 나가고 싶은 마음이 들었다. 박을 깨는 것까지는 창문으로 보였는데, 현관 안으로 들어가버린 후로는 전혀 보이지 않았다. 방문은 왜 또 이리 두꺼운지 안에서 나는 소리는 들리지 않았다.

얼른 밖으로 나가고 싶다고 안절부절못하는 다혜를 보며 도우미 아주머니가 웃음을 지었다. 이 집에서 일한 지 10년이 넘은 분이었다. 다혜를 오랫동안 봐온 그녀조차 이런 모습은 처음이었다. 늘 차분한 아가씨였는데, 신랑 앞에서는 이렇게 귀여워지는 모습을 보니 꼭 딸을 시집보내는 기분이 들었다. 집에서 처놀고 있는 백수 딸도 시집보내면 이런 느낌이려나.

떡을 한 입 먹고 나서야 밖으로 나온 다혜가 옥빛 한복을 차려입은 세준과 마주했다. 한복 맞출 때 몇 번이나 본 모습이었는데도 이렇게 보니 또 달랐다.

함을 들이고 나니 결혼이 한 번 더 실감이 났다. 같이 살면서 받는 느낌과는 전혀 달랐다. 세준이 다혜의 곁으로 가 가볍게 볼을 쓰다듬었다. 눈물이 어느새 한 방울 맺혀 있었다. 세준이 눈물을 훔쳐주고 나서야 그를 알아차린 다혜가 멋쩍은 듯 웃었다.

식구들이 모두 본관에 모였다. 세준의 어머니는 오자마자 함 속에서 무엇을 꺼냈는지부터 물어봤다. 붉은 보자기면 딸, 푸른 보자기면 아들을 낳는다는 미신 탓이었다.

세준은 짓궂게 웃으며 '무슨 색일 것 같아요?' 하고 가르쳐주지 않았다. 옆에서 다혜가 제 치마를 슬쩍 가리켰다. 세준의 어머니는 '아…….' 하고 작게 탄성을 흘렸다. 임씨가에는 정말 여자아이만 태어나는 건가, 하고 작게 탄식했다.

"정신없어서 실수는 안 했는지 모르겠어요."

"아무 실수도 안 했어."

세준이 웃으면서 고개를 저었다.

"그보다 정말 예뻤어. 황의홍상이던가? 색이 참 잘 어울려."

"이제는 못 입어요. 결혼하면 녹의홍상 입어야 하니까."

"댕기 머리도 이제 끝이고?"

"유부녀가 댕기 머리 하면 이상하겠죠. 댕기만 안 달면 괜찮으려나?"

"유부녀라……."

신호에 걸린 사이 세준이 다혜를 바라봤다. 한복은 벗었지만 머리는 여전히 댕기 머리를 고수하고 있었다. 세준이 손을 들어 머리끝에 달린 댕기를 만졌다. 비단의 느낌이 아주 부드러웠다.

"유부녀의 어감이 좋아질 줄이야."

늘 아가씨 소리만 듣던 다혜였다. 아주 어릴 때부터 아가씨였다. 세준이 슬쩍 웃자 다혜가 고개를 갸웃거렸다.

"내 여자라고 남들에게 떠벌리고 다니는 기분이야."

아가씨 임다혜가 이제 이세준의 여자가 되었다고, 이세준이란 남편을 가진 유부녀라고 공인한다. 그를 알아들은 다혜가 얼굴을 슬쩍 붉혔다.

"이마에 써 붙일까? 이세준의 여자입니다, 하고."

"……세준 씨 이마에 먼저 쓰면 생각해볼게요."

"임다혜의 남자라고?"

"네."

"좋아. 아예 문신으로 새겨줘?"

"……하지 마요."

다혜가 정색하고는 고개를 흔들었다. 진심으로 들려서 무서웠다. 진짜 하려고 들까 봐. 세준이 큭큭 웃음을 흘리는 것에 눈을 흘긴 다혜가 한 번 더 진저리를 쳤다.

"가슴에는 어때? 옷 벗지 않는 한 안 보이잖아. 요즘은 한글 문신이 유행이래."

"읏. 그만해요, 진짜."

다혜가 진짜 싫다는 듯 반응하자, 세준이 흐음, 하고 아쉬워했다. 진짜 하려던 것만 같아 다혜가 혀를 내둘렀다. 문신이라니……몸에 상처를 내는 건 질색이었다.

"뭐, 좋아. 어차피 임다혜는 내 심장에 새겨져 있으니까. 나만 알면 돼."

안색 하나 변하지 않고 말하는 것에 다혜가 오히려 더 부끄러워했다. 아무 대답도 하지 못한 채 부르르 떠는 걸 보며 세준은 기분 좋은 웃음을 흘렸다.

"같이 씻을까?"

집에 도착한 다혜가 피곤한 듯 씻지도 못하고 소파에 반쯤 누워 있자 세준이 이미 목욕물을 다 받아놓고서 제안했다.

"먼저 씻어요."

"씻겨줄게."

"……그냥 먼저 씻어요. 너무 피곤해서 손가락 하나 까딱하기 힘들어요."

"손가락 까딱 안 해도 돼."

정말 피곤해서가 아니라 부끄러워서 피한다는 걸 아는 세준이 웃으면서 다가왔다. 소파 앞에 한쪽 무릎을 꿇고 앉아서는 다혜를 안아 들었다.

"세준 씨!"

"버둥거리면 다쳐."

순식간에 공주님 안듯 안아버린 세준이 자리에서 일어났다. 망설임 하나 없이 욕실로 향하는 것에 다혜가 결국 발버둥을 멈췄다. 흔들리지 않게 목을 끌어안자 세준이 웃으며 이마에 키스를 날렸다.

"그러고 보니 그날 이후 처음인가?"

"……무슨 얘긴지 모르겠네요."

다혜가 아무것도 모르겠다면서 고개를 파묻었다. 아직 달고 있는 댕기가 고갯짓에 흔들렸다.

같이 산 지 꽤 지났지만, 첫날밤 이후 한 번도 같이 씻은 기억이 없었다. 그를 콕 집어 얘기하는 것에 다혜의 얼굴이 새빨갛게 물들었다.

"그날…… 회상하고 있어?"

세준이 짓궂게 속삭였다.

"장미꽃잎이라도 띄웠어야 분위기가 사는 건데, 미리 준비해 둘 걸 그랬군."

"웃……."

"물이 너무 투명해?"

다혜의 마음을 읽고 있는 세준이 참지 못하고 웃음을 터트렸다. 물이 야속하리만큼 맑고 투명해서 속속들이 다 보일 판이었다. 다혜가 몸을 움츠리는 것이 세준은 귀엽기만 했다. 같이 자면서 매번 보는 몸이었는데 뭐가 그리 부끄러울까. 하지만 그래서 더 좋은 것도 사실이었다. 귀엽고 사랑스러워서 보고만 있어도 기분이 좋았다.

"딱 좋네. 너무 뜨겁지도 않고."

다혜를 내려놓은 세준이 물 온도를 확인했다. 젖은 손을 털어내고는 태연하게 셔츠 단추에 손을 올렸다. 능숙한 손길로 단추를 푸는 것을 다혜는 가만히 바라보고만 있었다. 손이 점점 아래로 내려갔다. 마지막 단추까지 금세 풀어서는 셔츠를 벗어 서랍장 위에 올려놨다. 흰 셔츠도 벗고 나니 다혜가 슬쩍 시선을 피했다.

"부끄러워하는 게 꼭 새신부 같네."

세준이 슬쩍 웃고는 팔을 뻗었다.

"서방님한테 와요, 새신부 씨."

"놀리지 마요."

다혜가 슬쩍 눈을 흘기고는 못 이기는 척 그에게 다가갔다. 세준이 가볍게 그녀를 끌어안으며 허리를 밀착시켰다. 흰 블라우스가 그의 몸짓에 가볍게 흐트러졌다.

"이틀 남았네, 이제."

"아직 실감이 안 나요. 솔직히⋯⋯."

"이미 부부니까?"

세준이 대신 답을 말했다. 다혜는 순순히 긍정했다. 부부 생활과 다르게 결혼식이 가지는 의미가 있을까. 남들에게 공인받는 것? 우리 결혼해서 행복하게 살겠습니다, 하고 남들 앞에서 약속하는 것?

세준이 마치 다혜의 생각을 읽기라도 한 듯 같은 말을 했다.

"모두 앞에서 약속하는 거야. 우리 죽을 때까지 헤어지지 않고 잘 살게요."

"……죽어도 헤어지고 싶지 않아요. 세준 씨, 내가 저주 하나 해도 돼요?"

저주라는 생뚱맞은 말에 세준이 키스하려다 말고 다혜를 바라봤다. 다혜가 슬쩍 혀를 빼물고는 작게 속삭였다.

"다음 생에도 나를 사랑해줘요."

"……."

"저주니까 싫다고 해도 소용없어요."

"왜 싫어할 거라고 생각하는 거야."

세준이 가볍게 웃음을 터트렸다. 다혜는 멋쩍은 듯 입술을 한 번 핥고는 그를 바라봤다. 눈동자만 살짝 치켜뜨는 것이 사랑스러웠다. 그 눈짓에 반해서 세준이 두근거리는 사이, 다혜가 슬쩍 그의 입술에 입을 맞췄다.

말로 하는 것보다 차라리 행동하는 게 덜 부끄러웠다. 다혜는 가볍게 입을 맞추고는 뗐다. 서로의 코끝이 맞닿을 정도로 가까운 거리였다. 조심스레 시선을 올리자 세준과 눈이 마주쳤다. 시선을 마주치는 것이 이리도 달콤한 것이었나. 사시나무처럼 떨리는 가슴을 그가 알아차릴까 두려우면서도 알려주고 싶었다. 용기 내어 한 번 더 입을 맞췄다.

세준은 피하지 않았다. 오히려 다혜의 양 뺨을 그러쥔 채 더 격렬하게 입을 맞췄다. 입술만 가볍게 가져다 댄 다혜와 달리 입술을 비집어 열어 혀를 섞었다. 입안에서 느껴지는 그의 감촉에 다혜가 눈을 감았다.

혀는 그 어떤 방해도 없이 입안을 휘저었다. 움직일 줄을 모르는 다혜의 혀를 찾아내 휘감았다. 혀와 혀가 얽히는 것이 그 무엇보다 오싹하게 전신을 달궜다. 온몸을 겹치는 것보다 더 강렬했다. 다혜가 저도 모르게 몸을 떨었다.

세준이 다혜를 안은 채 몸을 돌렸다. 서랍장 옆 벽에 다혜의 등이 닿았다. 그게 목적이었던 듯했다. 벽에 기댄 다혜가 눈을 떠 그를 올려다봤다. 불빛 아래 선 탓에 그림자가 강하게 졌다. 그 분위기가 위험했다. 다혜는 심장이 터질 것 같아 숨이 가빠왔다.

세준이 다시 입을 맞췄다. 다혜도 피하지 않았다. 그의 흥분이 숨결 너머로 전해져왔다. 혀가 얽히고설켰다. 말캉한 감촉조차도 야했다.

다혜도 열심히 혀를 움직이려 애를 썼다. 그때, 세준이 그녀의 혀를 강하게 빨아올렸다. 깜짝 놀라 다혜가 휘청거렸다. 물러서는 건 용납하지 않겠다는 듯 세준이 몸을 밀착했다. 어느새 그의 다리가 다혜의 다리 사이에 끼워져 있었다. 주저앉을 수도 없었다. 완전하게 밀착된 몸으로 그의 흥분이 단단하게 느껴졌다.

"……으훗!"

혀뿌리를 뽑으려는 양 강렬하게 빨았다가 놔주고 애간장을 태우며 슬쩍 혀 안쪽에서부터 바깥까지 혀끝으로 훑어낸다. 뾰족하게 세운 혀로 혀 위를 간질이자 다혜가 참지 못하겠는 듯 신음을 흘렸다. 그 신음이 미치도록 달았다.

몇 번이나 입술과 입술이 마주했다가 떨어지기를 반복했다. 서로의 숨과 타액이 삼켜지고 흘러내렸다.

세준이 눈을 가늘게 떠 다혜를 살폈다. 그녀는 눈을 감은 채로 키스에만 집중하고 있었다. 질끈 감긴 눈을 바라보면서 혀뿌리를 다시 빨아올리자 속눈썹이 파르르 떨리는 것이 못내 사랑스러웠다. 달아오른 뺨에도 홍조가 가득했다.

다음 생에도 자신을 사랑해달라는 저주. 세준은 기꺼이 그 저주를 받아들였다. 그뿐인가. 똑같이 저주해주리라. 다음 생에도, 그다음 생에도 이세준만을 사랑하라고.

"책임져."

"……네?"

"어쩌려고 이렇게 흥분시켰어."

세준이 슬쩍 입을 떼고는 속삭였다. 그 목소리가 못내 야했다. 숨이 잔뜩 섞여서 흥분을 고스란히 드러냈다. 허리를 더 밀착시키자 다혜의 얼굴이 더 빨개졌다. 그녀의 빨라진 숨소리가 세준을 자극했다. 맞닿은 가슴이 후르르했다.

"……나도."

다혜가 깊게 심호흡한 후 입을 열었다. 입이 말라 몇 번이나 입술을 축여야 했다. 키스 탓에 새빨개진 입술이 조곤조곤하게 움직였다.

"나도 세준 씨만큼 흥분했어요."

예상치 못한 말에 세준이 멈칫했다. 잠시 가만히 다혜를 바라보고는 웃음을 터트렸다. 맑은 웃음에 다혜가 긴장한 채로 그를 올려다봤다. 어렵게 용기 내서 겨우 한 말인데 어디가 웃긴 건지 도무지 알 수 없었다.

한참을 웃던 세준이 입술을 다시 겹쳐왔다. 키스한다고 생각했는데 아랫입술을 강하게 깨물렸다. 웃, 다혜가 작게 신음을 흘리자 세준이 으르렁대듯 속삭였다.

"더는 못 참아."

참지 마요. 다 받아줄게요. 그렇게 대답하고 싶었다. 하지만 다혜는 그를 속으로 삼켰다. 말했다가는 정말 잡아먹힐 것만 같았다. 세준의 눈이 그리 말하고 있었다. 두근두근, 가슴이 주체할 수 없을 정도로 요동쳤다.

물이 투명한 것을 신경 쓸 겨를이 없었다. 세준에게 안긴 몸이 부끄럽다는 생각이 들 새도 없이 사랑받았다. 봉긋하게 솟은 가슴에 닿은 입술 감촉에 등허리마저 부르르 떨렸다. 그녀의 가는 허리를 부드럽게 문지르며 세준이 가슴 중앙을 혀로 핥아 올렸다.

"……읏."

입술에 받는 키스보다 가슴에 받는 키스가 더 부끄럽다는 것을 이제야 알았다. 다혜가 참지 못하고 그를 끌어안았다. 머리를 꽉 끌어안는 바람에 세준의 얼굴이 그녀의 가슴 사이에 파묻혔다.

얼굴 전체에 느껴지는 부드럽고 말랑한 감촉에 세준이 슬쩍 웃음을 흘렸다. 그 숨결이 가슴에 닿자 다혜는 얼굴을 더 붉혔다.

요동치는 심장 고동이 그대로 세준에게 전해졌다. 세준이 부드러운 손길로 다혜의 가슴을 그러쥐었다. 빠르게 뛰는 심장 고동이 손바닥을 타고 넘어와 그의 것과 겹쳐졌다. 누가 더 빠르게 뛸까. 구별할 수 없는 두 개의 심장 고동이 점차 하나처럼 들려왔다.

첫눈에 반한다는 문학적 표현은 허구가 아니었다. 흑백사진 한 장에 반한 제가 있었다. 사진 속 그와 눈이 마주쳤을 때 마음을 뺏겼다. 이 사람이다, 이 사람이면 좋겠다. 그 감정이 애정이 되기까지는 얼마 걸리지 않았다.

다혜는 하루하루가 꿈만 같았다. 순간순간이 믿기지 않을 만큼 행복했다. 좋아하는 감정만으로 버텨온 세월이 있었다. 그 사랑이 이루어진 지금은 당장 죽어도 여한이 없을 정도였다.

"아……."

세준이 왼쪽 가슴을 들어 올려 아래에 입을 맞췄다. 부드럽게, 그리고 강하게 재차 빨아올리는 것에 묘한 쾌감을 느꼈다. 붉게 물들었을 살갗에 쪽쪽 입을 맞추는 것이 그 이유를 알아차렸다. 심장에 입을 맞추고 있었다.

"나도…… 나도 하고 싶어요."

다혜가 용기 내 입을 열었다. 세준이 고개를 들어 조금 놀란 눈으로 바라봤다. 이내 부드럽게 입꼬리를 올려 웃었다.

"해줘."

원하는 대로 하라고 몸을 떼는 것에 다혜가 부끄럼을 무릅쓰고 상체를 숙였다. 그의 다리 위에 앉은 상태라 고개를 많이 숙여야 했다. 세준의 평평하고 단단한 가슴에 입술이 닿았다. 돌기가 입술에 닿자 어쩐지 대담한 행동을 하고 있다는 느낌이 들었다.

입술을 붙이고 있자 세준의 심장 소리가 스며들 듯 입술 끝에 느껴졌다. 조심스레 입술을 오므려 살갗을 빨아올리자, 세준이 움찔거리는 게 느껴졌다. 그 떨림에 되레 다혜의 가슴이 뛰었다. 그가 했던 대로 붉은 자국을 내려고 몇 번 쪽쪽댔다. 희미한 붉음이 세준의 가슴에 남은 것을 본 다혜가 살짝 웃었다.

"마음에 들어?"

"……네."

다혜가 혀를 살짝 깨물었다. 그 웃음이 예뻐서 세준이 다시 그녀를 덮쳤다. 방금 제 심장에 키스했던 입술을 물고 빨았다. 본능적으로 도망가는 혀를 낚아채 강하게 빨아올렸다. 다혜가 몸을 떨며 안겨왔다. 맞닿는 몸이 뜨거웠다. 자신만큼이나 흥분한 게 느껴졌다. 타액이 서로 섞여 턱을 타고 흘러내렸다. 다혜의 입술을 이로 긁듯 깨문 세준이 열기로 가득한 목소리로 속삭였다.

"다혜, 너와 얼른 하나가 되고 싶어."

다혜는 대답 대신 입을 맞췄다.

대충 물기를 닦고 침실로 이동했다. 걸어가겠다는 다혜를 안아 든 세준이 가는 동안에도 목덜미에 키스 마크를 만들며 장난을 쳐 넘어질 뻔했다. 그래 놓고도 뭐가 그리 좋은지 둘 다 웃음을 터트렸다. 흥분이 가슴을 뜨겁게 끓어오르게 했다.

겨우 침대에 도착했을 때는 물이 아니라 땀으로 몸이 젖을 정도였다. 하지만 기분 나쁜 끈적임은 없었다. 다혜를 침대에 눕힌 세준이 그녀의 다리를 들어 무릎 부근에 입술을 맞췄다. 그러는 중에도 눈은 다혜를 바라보고 있었다. 그 시선이 고혹했다.

"하웃……."

세준이 다리를 더 높게 들어 올려 허벅지 안쪽에 입을 맞추는 것에 절로 신음이 터졌다. 그 혀의 부드러운 감촉에 다혜는 어쩔 줄을 몰라 했다.

"세준 씨……."

다혜가 기어들어가는 목소리로 그를 불렀다. 그의 혀의 감촉이 지나치게 생생했다. 그 목소리를 사랑스럽다고 생각하며 세준은 천천히 눈을 들었다. 시선이 서로 얽혔다. 그 상태에서 세준이 다시 다혜의 다리에 입을 맞췄다. 다혜가 참지 못하고 몸을 떠는 것을 고스란히 느끼면서 쪽, 하고 강하게 빨아올렸다. 붉은 반점이 예쁘게 새겨졌다.

다혜의 얼굴은 딸기처럼 빨개진 상태였다. 그 반응이 귀여워서 세준은 조금 짓궂은 마음이 들었다. 여린 살을 슬쩍 이로 갉아 내렸다. 아하앙! 강렬한 신음이 자꾸 욕정을 불러일으켰다.

짙은 쾌락의 열기에 점차 말이 사라졌다. 다혜가 수치스러워하지 않도록 다리를 감싸 안은 채로 몸을 쓰다듬어줬다. 다혜의 숨결을 따라 오르락내리락하는 배를 만져주며 괜찮다고, 다 괜찮다고 얘기하는 손의 온기에 그녀의 신음도 점차 농염해진다.

관계를 가질 때면 항상 이렇게 오랜 시간 공을 들였다. 그게 세준식 사랑법이었다. 아프지 않게, 두려워하지 않게.

"천천히…… 심호흡해."

자세를 잡은 세준이 부드럽게 속삭였다. 다혜가 말 잘 듣는 아이처럼 그 말을 따랐다. 보란 듯이 심호흡하는 모습에 세준이 천천히 움직였다.

"……흐읏."

아픔과는 다른 감각이 아래서부터 퍼져나갔다. 몸 안이 꽉 차는 느낌에 다혜가 저도 모르게 입술을 깨물었다. 그를 본 세준이 몸을 겹쳐 입을 맞춰줬다. 혀로 살살 핥아 이에 힘을 주지 못하게 하자, 다혜가 젖은 눈으로 그를 마주 봤다. 그 눈에서 눈물이 한 방울 또록 떨어졌다. 그에 맞춰 세준이 입술에 쪽, 하고 가볍게 키스를 날렸다. 닿았다 떨어지는 입술이 달콤하게 마음을 쓰다듬어준다.

몸 안쪽에서 느껴지는 감촉이 이상야릇했다. 좋으면서도 거북했다. 그를 싫지 않게 느끼는 건 상대가 세준이기 때문이었다. 세준이 천천히 허리를 움직이자 이상한 감촉이 쾌감을 불렀다. 좋으면서도 자신이 자신이 아니게 되는 느낌에 다혜가 무의식중에 그에게 매달렸다.

세준은 그녀를 꽉 끌어안아준 채로 더 안으로 파고들어갔다. 둘이 완전하게 결합해 치골이 맞닿을 때까지 다혜가 아픔을 느끼지 않도록 배려하며 움직였다. 그 움직임은 부드러우면서도 피할 수 없는 뜨거움을 갖고 있었다. 아주 천천히, 언제라고 깨닫지도 못할 만큼 천천히 다혜의 안을 장악했다.

"흐…… 웃……."

터져 나오던 신음이 쥐도 새도 모르게 키스 속으로 삼켜진다. 그가 한 번 입을 맞출 때마다 사랑이 녹아 들어와서, 한 번 쓰다듬을 때마다 마음이 읽혀서 다혜는 참을 수가 없었다. 그 마음에 보답하고 싶어 눈을 접으면서 활짝 웃어 보이니 세준의 표정도 밝아졌다. 허리의 움직임에 점차 속도가 붙었지만 다혜는 두려워하지 않고 그를 받아들였다.

자신이 자신이 아니게 되어도 좋다. 이세준이 옆에 있으면 그 또한 좋으리라.

임 회장의 지인이라 하면 국내 유수의 재벌 총수들이었다. 그래서 더 경비가 삼엄했다. 입구에서 즐비하게 늘어서 있는 경호원들에 기가 질린 유미가 해준의 팔에 매달렸다. 뒤로 숨어서 빼꼼히 고개만 내미는 것에 해준이 웃음을 터트렸다.

"이 카드만 있으면 되는 거 아니야?"

민선은 오히려 대수롭지 않게 멤버십 카드를 꺼내 보였다. 경호원들 곁으로 걸어가는 그녀의 걸음이 당당해서 유미가 얼른 그녀의 뒤를 따라갔다. 해준도 잇따라 걸어갔다. 카드를 내미니 별다른 신원 조회 없이 통과되었다.

"신부 대기실은 어디예요?"

"35층에 있습니다."

검은 정장을 빼입은 경호원이 사나워 보이는 눈매가 무색하게 부드러운 목소리로 알려줬다. 그 친절에 민선이 가볍게 고개를 끄덕이고 엘리베이터로 향했다. 어쩐지 도도해 보이는 태도에 유미가 호들갑을 떨며 해준의 팔을 쳤다.

"왠지 그린 라이트 같지 않아요?"

"응? 한마디 나눈 걸로 그린 라이트야?"

"에이, 느낌이 딱 오는데!"

해준이 영 모르겠다는 듯 고개를 갸웃거리자 유미는 쯧쯧 혀를 찼다. 그런데 엘리베이터를 기다리는 사이, 아까 그 친절했던 경호원이 달려왔다. 민선에게 척, 명함을 내민 남자는 매서운 눈을 곱게 접어 웃고는 자리로 돌아갔다.

"꺅! 거봐요!"

유미가 그것 보라며 어깨를 으쓱했다. 해준이 놀라며 민선을 바라봤다. 정작 그녀는 아무렇지 않게 명함을 파우치에 집어넣을 뿐이었다. 이름조차 확인하지 않는 시크함에 해준이 혀를 내둘렀다.

"누나, 인기 많네요."

"그다지?"

민선이 슬쩍 웃으며 어깨를 으쓱해 보이자 유미가 툴툴거렸다. 쿨한 척하지만 집에 가면 분명 방방 뛸 거라고. 질투하지 말라고 한마디 한 해준의 팔을 꼬집어주는 것도 잊지 않았다.

"맞다. 그 얘기 들었어요? LM타워 홀은 결혼식용이 아니라 새로 싹 뜯어고쳤대요. 신부 대기실도 원래 없었는데 만들었고요."

"다혜 결혼식을 위해서 리모델링했다고?"

"네! 대단하죠, 진짜?"

다혜 언니가 재벌 2세였다니 완전 충격이에요. 유미의 말에 해준이 쓰게 웃었다. 처음에는 그도 그래서 더 관심을 가졌다. 하지만 철벽에 가로막혔지. 해준이 잠시 회상하는 사이, 엘리베이터가 35층에 멈춰 섰다.

엘리베이터 문이 열리자 찬란하게 금빛으로 빛나는 바닥이 시선을 사로잡았다. 대리석 바닥에 금빛 문양이 아름답게 새겨져 있었다. 놀라기도 잠시, 한 남자가 다가와서 신분을 확인했다. 다혜의 학교 친구라고 밝히니 안으로 안내해주는 태도가 매우 공손했다.

금실로 장식된 두꺼운 문을 열고 들어갔다. 안쪽에서 사진 촬영 중인 다혜가 보였다. 순백의 웨딩드레스를 입은 채 턱시도 입은 남자와 다정하게 손을 맞대고 있는 모습을 본 유미가 환호하며 발을 굴렀다.

예뻤다. 원래도 예쁜 사람이었지만, 저 남자 곁에서 웃고 있는 모습을 보니 후광이 비친다고 해도 과언이 아니었다. 저게 바로 사랑에 빠진 사람의 얼굴인가. 처음 보는 다혜의 모습에 유미는 부러움을 감추지 못했다.

"왔어요?"

다혜가 그들을 발견하고 자리에서 일어났다. 드레스 때문에 움직이기 힘들어 보였다. 유미가 얼른 달려가며 꺅꺅거렸다.

"언니, 너무 예뻐! 진짜 신부네!"

호들갑을 떠는 것에 다혜가 부끄러운 듯 미소를 지었다. 얼른 사진 찍자면서 휴대폰을 들이대자 사진가가 직접 찍어주겠다며 나섰다. 다혜가 민선과 유미와 함께 사진을 찍는 동안 해준은 세준을 바라봤다. 새신랑다운 모습이었다. 질투 같은 감정은 예전에 없어진지라 순수하게 축하해줄 수 있었다.

"축하드립니다."

세준은 해준을 똑바로 마주했다. 처음에는 다혜를 좋아하는 티를 노골적으로 드러냈던 사람이 지금은 그런 기색이 전혀 보이지 않았다.

"고맙습니다."

세준도 당당한 미소를 지으며 답했다. 그러고는 손님을 맞이하기 위해 자리를 떴다. 해준도 이내 다혜의 곁으로 가 같이 사진을 찍었다.

결혼식은 언론에 비공개로 진행되었다. 애초에 세 받아 이윤을 내는 부동산 기업인 'LM건설'은 신문에 나가나 하는 기업은 아니었다. 다만 임 회장의 엄청난 인맥 탓에 재벌 총수들이 한자리에 모인다고 해서 화제가 되었다. 그래서 쫓아온 기자들이 있었지만 모두 입구에서 저지당했다.

세준이나 다혜의 개인 손님은 많지 않았다. 세준의 친척들과 임 회장의 손님들이 좌석을 메웠다. 그 와중에 장희가 신부대기실을 방문했다. 장희는 다혜의 앞에 서서는 다짜고짜 고개 숙여 사과했다. 당황한 다혜가 얼른 그녀를 말렸다. 세준을 생각해서 한 말임을 알게 된 이상 그녀가 사과할 필요는 없었다. 괜찮다는 얘기를 듣자, 장희는 '그래? 그럼 사과 안 할래.' 하고 털털하게 웃었다. 참 기분 전환이 빠른 여자였다.

부모님이 안 계신 다혜의 손을 누가 잡고 입장할 것인가에 대해 의견이 분분했다. 일가친척이 할머니 홍례밖에 없는 터라 다혜를 세준에게 인계해줄 남자 어른이 전혀 없었다. 그래서 결국 동시 입장을 하기로 했다. 다혜는 그게 더 좋았다. 세준의 손을 잡고 버진 로드를 걷는다. 그 의미가 특별했다.

결혼식이 시작된다는 알림에 유미 일행은 먼저 자리로 떠났다. 세준이 다혜를 데리러 왔다.

"준비됐어?"

"네."

다혜가 자리에서 일어나자 직원이 드레스 자락을 뒤에서 잡아줬다. 세준이 그를 물끄러미 바라보다가 다혜에게 손을 내밀었다. 그 손바닥을 다혜가 가만히 내려다봤다.

손을 잡는다. 그 간단한 행위에 담긴 의미가 가슴에 스며들었다. 손을 잡자 긴장한 기색이 확 드러났다. 손에 배어난 땀이 부끄러워 다혜가 혀를 슬쩍 깨물었다. 긴장하면 입술이나 혀를 깨무는 건 어쩔 수 없는 모양이었다. 그래도 입술은 절대 깨물지 않는 것에 세준이 부드럽게 웃었다. 그런 작은 동작 하나에도 그녀의 애정이 느껴졌다.

이미 하객이 모두 자리한 뒤라 입장하는 문이 닫혀 있었다. 문이 어찌나 크고 두꺼운지 한 사람이 밀어서는 열리지도 않을 것 같았다. 높이도 3미터는 훌쩍 넘을 듯했다. 금실로 장식된 웅장한 문 앞에 서자, 긴장감이 흘렀다.

다혜가 작게 심호흡하는 걸 들은 세준이 손에 힘을 줬다. 손을 꽉 쥐는 행동이 마치 자신만 믿으라고 하는 것 같아서 다혜가 살짝 미소 지었다. 그래, 세준과 함께였다. 앞으로 있을 행복도 역경도 모두 세준과 함께 맞이할 것이다.

다혜는 미칠 듯이 요동치던 심장이 조금 안정을 찾는 걸 느꼈다. 떨림이 가라앉고 나자 자연히 웃음이 났다. 세준을 향해 고개를 돌리자 시선이 마주쳤다. 세준이 저를 바라보고 있었음을 깨달았다.

"신랑 신부 입장이 있겠습니다."

안에서 사회자가 말하는 소리가 들렸다. 꿈쩍도 하지 않을 것 같던 문이 소리 하나 없이 스르륵 움직였다. 열린 틈 사이로 안의 빛이 환하게 새어 나왔다.

"세준 씨."

"응?"

문이 조금 더 열리던 순간, 다혜가 입을 열었다.

"나와 결혼해줘서 고마워요."

그리고 환하게 웃는 것에 세준이 다혜의 손을 끌어올려 손가락에 입을 맞췄다. 곧 결혼반지를 낄 약지였다. 조금 전까지는 세준이 준 커플링을 끼고 있던 손가락이었다. 반지가 작았던 탓에 자국이 아직 남아 있었다. 그 반지 자국에 입을 맞추는 행동에 다혜가 얼굴을 붉혔다.

"나야말로 다혜, 너라서 다행이야."

그리고 행복으로의 문이 열렸다.

에필로그 - 신혼여행

"혼자 오셨어요?"

이국땅에서 들려온 한국어에 놀라 뒤를 돌아봤다. 웬 젊은 남자가 부드러운 웃음을 지은 채 서 있었다. 훤칠한 인상이 시원해 보였다.

"아니요. 일행 있어요."

"아, 그럼 혹시 친구들하고 여행 오신 건가요? 저도 친구랑 왔는데……."

남자가 엄지로 뒤를 가리켰다. 그쪽을 쳐다보니 남자의 일행으로 보이는 남자가 셋 있었다. 눈이 마주치자 고갯짓을 하며 알은척을 해왔다.

"아니요. 친구가 아니라……."

"아, 혹시 경계하는 거예요? 근데 이런 데 여자 혼자 다니면 위험해요."

남자는 성미가 꽤 급한 듯 자꾸 말을 끊었다. 생글생글 웃고 있지만, 조급해 보이기도 했다. 게다가 크게 오해하고 있는 듯했다. 다시 고개를 저으며 아니라고 말하는데, 그가 자꾸 말을 채갔다.

"혼자 둘러보는 거면 우리랑 같이 다닐래요? 이탈리아어 할 줄 알아요? 제가 또 이탈리아어 전공자거든요. Bella signorina, 아름다운 아가씨."

그가 먹히지도 않을 윙크를 하며 웃었다. 이탈리아에 온 지 3일이나 지났기 때문에 이탈리아 남자들의 남성적인 윙크를 많이 봤다. 그러고 나서 한국인의 윙크를 보니 이건 왠지 아니다 싶었다.

"괜찮아요. 혼자 온 것도 아니고요."

"에이, 자꾸 빼신다. 한국인끼리 뭉쳐야죠. 밖에 나오면 한국인밖에 믿을 사람 없어요. 여기 이탈리아 남자들, 매너남인 척하지만 모르는 거거든요. 다 유혹해서 한번 해보려는……."

"Levati dalle palle."

남자의 간섭이 무례함으로 바뀌던 때였다. 단호한 목소리가 그의 말을 끊었다. 유창한 이탈리아어였다. 강한 발음이 그가 얼마나 화가 나 있는 상태인지도 알려줬다. 하지만 익숙한 목소리였다. 그래서 다혜의 입가에도 미소가 번졌다.

"세준 씨."

다혜가 웃으며 뒤를 돌아봤다. 세준이 바로 다혜의 어깨에 팔을 둘러 제 품으로 끌어당겼다. 그러면서도 시선은 남자에게 고정하고 있었다. 전공자라는 말이 거짓은 아니었는지, 세준이 한 말이 '꺼져.'라는 걸 알아들은 남자의 얼굴이 붉으락푸르락했다.

세준은 어디 더 볼일이 있으면 말해보라는 듯 그를 쳐다봤다. 그러면서도 다혜를 끌어안은 손은 주먹을 꽉 쥐고 있었다. 그 주먹이 남자의 시야에 들어왔다.

"뭐야, 남자가 있었으면 말을 하지."

인상을 찡그린 남자가 구시렁대며 뒤돌아 일행에게 걸어갔다. 세준이 한마디 하려는 것을 다혜가 서둘러 말렸다. 일이 커지는 건 원치 않았다. 그리고 그가 화낼 만한 일이 있던 것도 아니었다.

"괜찮아?"

"네, 아무 일도 없었어요."

잠시 다혜를 혼자 둔 게 문제였다. 항상 같이 다녔는데, 세준이 잠깐 술 박물관에 들르느라 잠시 떨어져 있었다. 박물관 안에 술 냄새가 강해 다혜는 밖에서 기다렸는데, 그 잠깐의 시간에 헌팅을 당한 것이다.

"있을 뻔했지."

세준의 말에 묘한 가시가 느껴졌다. 아직도 그 남자에 대한 화가 풀리지 않은 듯했다. 다혜는 그의 팔에 가볍게 머리를 기대며 그를 올려다봤다. 애교 부리듯 눈을 일부러 깜박이면서 말했다.

"세준 씨가 와준 덕에 아무 일도 없었어요. 고마워요."

"아니야, 혼자 둬서 미안해."

세준이 사과하며 그녀를 끌어안았다. 이마에 가볍게 입을 맞추는 게 꼭 과시하는 느낌이었다. 어딘가에서 일행과 구시렁대고 있을 그 남자를 노린 게 분명했다.

"다혜, 네가 너무 예뻐서 그래."

"그냥 타지에서 만난 한국인이 반가워서 그렇겠죠."

"아냐, 예쁜 탓이야."

끝까지 부정하려다 다혜가 피식 웃었다. 이런 대화에서는 그를 이길 수 없었다. 민망할 정도로 강하게 주장하니까 되레 부정하는 자신만 피곤해졌다. 게다가 세준의 눈에 예뻐 보인다는 게 기뻐 뺨이 빨개지는 것도 문제였다.

"간수 잘해요, 그러니까."

얼굴에 철판 깔고 그리 속삭이자, 세준이 크게 웃음을 터트렸다. 다혜는 부끄러워 빨개진 뺨을 양손으로 가리고 먼저 걸어갔다. 세준이 웃으며 뒤에서 그녀의 허리를 끌어안았다. 여기서는 어떤 스킨십도 남들 시선을 의식할 필요가 없었다.

"이제 서비스 에이전시에 가야 하죠?"

"응. 프로치다 관광은 여기까지 해야겠네."

둘은 현재 이탈리아 프로치다에 있었다. 대망의 신혼여행이었다. 다혜가 대학원을 졸업할 때까지 기다리느라 이제는 신혼여행이라고 말하기 약간 애매했지만, 그래도 신혼여행이라는 이름으로 지중해 여행을 왔다.

이곳 프로치다에서 출발하는 요트 여행이 목적이었다. 보트를 타면 열흘의 일정으로 지중해의 해변과 로마 유적지를 두루 둘러볼 수 있었다.

"오늘 가는 곳이 이스키아 섬이죠?"

다혜가 지도를 펼치며 물었다. 들르기로 한 지점마다 체크가 되어 있었다. 세준이 고개를 끄덕였다. 그는 이미 일정을 다 외우고 있었다.

"응. 아라고네스 성을 보고 온천에 간다고 했어. 하룻밤 묵을
거야."

"야경이 예쁘다고 해서 기대돼요."

"아아, 환상적이라더군."

아이처럼 좋아하는 다혜를 보니 세준의 입가에는 미소가 떠날
날이 없었다.

원래 6명 정원으로 구성되는 요트 투어였지만, 다혜와 세준은
신혼여행인 점을 고려해 전세를 냈다. 그만큼 추가 비용을 내야
했지만, 그 정도는 아깝지 않았다. 일정도 원래 7일이었는데, 도
중에 나폴리와 카프리 섬에서 머무는 기간을 좀 더 늘려 10일로
잡았다.

서비스 에이전시에 도착하자 인솔자가 차를 대기해 두고 있었
다. 그길로 선착장으로 향했다. 요트를 마주하고 나니 기대가 더
욱 커졌다.

은빛의 요트는 그 자체로도 세련되고 아름다웠다. 게다가 내부
도 원래 6명은 묵을 수 있는 공간이라 꽤 컸다. 킹사이즈 침대가
고급스럽게 꾸며져 있어 신혼여행 느낌이 물씬 났다.

분위기 있게 꾸며진 응접실도 있었다. 안을 둘러보는 동안 다
혜는 탄성을 금치 못했다. 이 아름다운 요트를 타고 세준과 열흘
동안 지중해를 항해한다고 생각하니 가슴이 미칠 듯이 두근거렸
다.

"정말 멋있네요."

"회장님도 요트 가지고 계시지 않아?"

요트에 처음 타는 것도 아닌데 마치 모든 게 처음이라는 듯 신기해하는 다혜를 의아해한 세준이 물었다. 자신이 기억하는 것만으로도 다섯 번은 요트 파티를 했다. 세준의 질문에 다혜는 잠시 머뭇거리더니 이내 귓속말로 속삭였다.

"세준 씨와 단둘이는 처음이잖아요."

그렇게 말한 다혜는 부끄럽다는 듯 얼른 위로 올라가버렸다. 홀로 남은 세준이 뒤늦게 반응했다. 입꼬리가 귀에 걸릴 지경이다.

"진짜 임다혜…… 하……."

심장이 하도 요동쳐서 세준은 잠시 심호흡한 뒤에야 그녀를 뒤따랐다.

요트 여행의 절정은 나폴리였다. 문제는 나폴리가 하루 이틀로는 시간이 부족할 정도로 볼거리가 많다는 점이었다. 그래서 가이드의 추천을 따라 산타루치아 항구와 구시가지 위주로 둘러보게 됐다.

구시가지를 보지 않고는 나폴리를 다 봤다고 하지 말라는 말처럼 구시가지는 꼭 와볼 만한 가치가 있었다. 구시가지에 들어서자마자 마치 과거로 여행을 온 것 같았다.

구시가지에서 나와 카포디몬테 박물관이 자리한 언덕에 선 다혜와 세준이 나폴리를 내려다봤다. 해안선을 따라 쭉 이어진 붉은색 지붕들이 그 자체로 예술 작품처럼 보였다.

다혜는 이 아름다운 나라를 둘러보는 것도 좋았지만, 무엇보다 이 여행을 함께하는 이가 세준이라는 게 너무도 행복했다.

"단 한 가지도 아름답지 않은 게 없네요."

"응. 오길 잘했다."

네가 제일 예뻐. 이런 말을 하면 또 부끄러워할 게 틀림없었다. 세준은 말하는 대신 마음으로 속삭였다. 어떤 아름다운 풍경도 다혜, 너보다 예쁘지는 않다고.

바닷바람이 시원한 듯하면서도 조금 차게 불어왔다. 세준이 다혜를 품에 끌어안았다. 서로의 온기가 따듯하게 느껴졌다. 다혜는 세준의 가슴에 등을 기댄 채 그 순간을 만끽했다.

이 환상적인 여행은 고작 열흘이면 끝난다. 다음 주면 한국행 비행기에 오르리라. 한국에 도착하면 평소와 다름없는 하루가 시작될 것이다.

코발트블루의 해안가 대신 아파트 단지를 볼 것이고 붉은색 지붕들 대신 흰 콘크리트 건물들만 빼곡할 터였다. 하지만 그래도 괜찮았다.

사랑하는 사람과 함께라면 그래도 좋을 테니까. 그래도 행복할 테니까.

−마침−

작가 후기

　새벽 5시 58분입니다. 폭염주의보가 내린 가장 더운 날인데도 이 시간은 조금 선선한 편이네요. 매미도 안 울고요.

　안녕하세요, 아이수입니다. 두 번째 종이책으로 찾아뵙게 되었습니다.

　다 썼다고 생각하니 묘하네요. 원래 신혼여행 에필로그가 없었거든요. 에필로그를 추가하면서 다혜와 세준이를 다시 만나니까 마음이 뭉클한 거 있죠. 이 예쁜 녀석들이 이렇게나 행복해졌구나 하고……

　예쁜 아이들입니다. 예쁜가요? 제 아이들이라 예쁘게 느껴지나 봅니다;

　한없이 맑고 순수하게 자란 다혜와 한결같이 곧게 자란 세준이. 속세의 때가 묻지 않은 사랑을 그려보고 싶었습니다.

봄에 쓴 글답게 다혜와 세준이에게서 봄 내음이 납니다. 여름에도, 아니 눈이 펑펑 내리는 겨울에도 봄 내음이 날 것 같아요.

천년만년 늘 봄처럼 따듯하고 사랑스럽기를 바라며, 저는 이만 물러갑니다:)

읽어주셔서 감사합니다. 세준이와 다혜처럼 항상 행복하시길.

                                              −아이수 드림.